Le voile du danger

Une femme prise au piège

ELLE JAMES

Le voile du danger

Traduction française de
CATHERINE VALLEROY

BLACK ROSE

HARLEQUIN

Collection : BLACK ROSE

Titre original :
THUNDER HORSE HERITAGE

Ce roman a déjà été publié en 2013

HARPERCOLLINS FRANCE
83-85, boulevard Vincent-Auriol, 75646 PARIS CEDEX 13
Service Lectrices — Tél. : 01 45 82 47 47

www.harlequin.fr

ISBN 978-2-2804-4474-3 — ISSN 1950-2753

1

Alors que son avion venait de se poser et roulait doucement vers la porte de débarquement de l'aéroport de Bismarck, dans le Dakota du Nord, Tuck Thunder Horse regarda son téléphone portable. Devait-il l'allumer ?

Non. Il était en congé, et avait prévu de se reposer. Cela lui ferait du bien, après la mission qu'il venait d'accomplir pour le FBI et les interminables séances de débriefing qui s'en étaient suivi. Il n'avait qu'une envie : dormir.

Mais son sens des responsabilités l'emporta : il ne pouvait tout simplement pas ignorer son travail. Il ralluma l'appareil et grogna quand celui-ci se mit immédiatement à sonner. Il avait pas moins de cinq messages vocaux et trois SMS. Que pouvait-il se passer de si important ? Son patron savait qu'il était en route pour le Dakota, où sa famille l'attendait en début de soirée.

Son rythme cardiaque augmenta très légèrement. Y avait-il eu un accident au ranch ?

Deux des SMS disaient : « Ecoute tes messages » et provenaient d'un de ses collègues de travail, Josh Behling, affecté comme lui à l'antenne de Bismarck. Josh et lui se connaissaient depuis leur formation à Quantico. Cette période et quelques missions éprouvantes avaient forgé entre eux des liens d'amitié qui duraient depuis lors. Il avait hâte de le revoir.

Behling avait promis de venir le chercher à l'aéroport et de l'emmener ensuite chez lui, où il avait laissé sa voiture. Tuck y passerait la nuit. Son frère Pierce devait arriver de Quantico le matin suivant et les deux frères avaient prévu de faire ensemble la route jusqu'au ranch Thunder Horse, un trajet d'au moins trois heures et demie, qui leur permettrait de commencer à profiter ensemble d'un repos bien mérité.

Le dernier SMS indiquait seulement « 911 », suivi d'un numéro de téléphone.

Fronçant les sourcils devant les trois autres messages de l'interlocuteur anonyme, Tuck sélectionna le message de Behling. Toutefois, avant qu'il puisse l'écouter, son téléphone se mit à vibrer, indiquant un appel entrant. Il décrocha.

— Bon, tu dois déjà avoir atterri, déclara Josh. Je suis à l'aéroport, mais il va falloir changer de programme. Tu dois récupérer ton sac ?

— Non. Je l'ai pris en cabine.

L'avion s'immobilisa tout à fait et les passagers se massèrent dans l'allée centrale, s'affairant à récupérer leurs bagages dans les compartiments au-dessus des sièges.

Tuck défit sa ceinture et se cogna la tête en se levant. Mesurer plus d'un mètre quatre-vingts avait ses désavantages dans les transports publics. Il marmonna un juron et tendit le bras pour se saisir de son bagage, le téléphone toujours collé à l'oreille.

— C'est quoi, le plan ?

— Eh bien…

Josh poussa un soupir.

— Désolé de te décevoir, mais je ne peux pas t'emmener chez toi.

— Ah bon ? répondit Tuck en souriant. On va en ville célébrer le bon vieux temps ?

Il fit quelques pas dans l'allée en direction de la porte de sortie, en jonglant avec son portable et en prenant garde à ne pas heurter le type devant lui avec son sac.

— Non, un agent de la Commission indienne des jeux a été assassiné aujourd'hui. On a trouvé son corps sur la rive du Lake Oahe. On a aussi découvert le corps d'une femme, mais nous ne l'avons pas encore identifiée.

Tuck s'arrêta, la gorge serrée.

— Quelqu'un qu'on connaît ?

Au cours des années, il avait fait la connaissance de quelques représentants de la Commission, lors d'enquêtes ponctuelles.

— Non. Ce type s'occupait du casino de Fort Yates. Je ne sais pas très bien ce qui se passe là-bas, mais le shérif du comté a demandé des renforts.

A la mention de Fort Yates, un flot de souvenirs submergea Tuck. La dernière fois qu'il était allé dans cette ville proche de la frontière du Dakota du Sud, il était en vacances et cela s'était terminé par une catastrophe absolue. Il reprit son souffle, repoussa les images inopportunes de son esprit et demanda :

— Que s'est-il passé ?

— Je ne sais pas encore. Je m'apprêtais à y aller quand ton avion a atterri. McGowan est en arrêt maladie. J'ai besoin d'un équipier et je me suis dit que tu serais mon homme.

— Je suis censé être en congé toute la semaine prochaine.

— Ouais, dit Behling, mais combien de fois est-ce qu'un agent de la Commission est assassiné dans le Dakota du Nord ?

— Rarement.

— Exactement. Tu en es, ou bien j'appelle le patron pour qu'il m'envoie quelqu'un ?

— J'arrive. On a un transport aérien ou il faut y aller en voiture ?

Behling rit doucement.

— J'ai un hélicoptère qui n'attend que nous.

— Je te retrouve dehors.

Tuck raccrocha, rempocha son portable et soupira. L'idée de reprendre les airs tout de suite après avoir atterri ne l'enchantait guère.

Tout comme celle de retourner dans un endroit où il s'était juré de ne jamais remettre les pieds depuis cette nuit fatale, un an plus tôt…

Pourtant, il était assez curieux pour mordre à l'hameçon. Les meurtres étaient rares dans le Dakota du Nord et… qui sait ? Pendant qu'il était à Fort Yates, il *la* croiserait peut-être.

Behling le cueillit à la sortie du terminal dans son 4x4 noir et n'attendit pas que Tuck ait bouclé sa ceinture pour redémarrer.

— Tu as parlé d'une femme ? De qui s'agit-il ? demanda-t-il, le cœur brusquement serré.

Behling jeta un coup d'œil dans le rétroviseur et s'engagea dans le flot de voitures qui quittait l'aéroport. Avant d'atteindre l'autoroute, il prit sur la droite en direction d'une rangée de hangars où l'on parquait les avions privés et les hélicoptères.

— Le shérif n'était pas très bavard. Il avait l'air davantage préoccupé par la mort du commissaire.

— On va uniquement avoir affaire aux services du shérif ou bien à la police tribale de Standing Rock aussi ?

— Les deux. Jusqu'ici, ils se sont montrés coopératifs, mais je n'ai pas réussi à leur soutirer beaucoup d'informations.

Tuck sortit du 4x4 et ils se dirigèrent tous deux vers le bâtiment.

— Il n'y a que vous deux ?

Un homme vêtu d'une combinaison bleu marine, portant un sac de vol et un petit bloc-notes, les attendait à la porte du bureau.

— Salut, Rick. Oui, il n'y a que nous.

Josh serra la main de l'homme et se tourna vers Tuck.

— Je ne sais pas si vous vous connaissez. J'ai dû user de toutes mes ressources pour pouvoir utiliser cet appareil.

Il afficha un large sourire.

— Tuck Thunder Horse, je te présente Rick Knoell.

Les deux hommes se serrèrent la main et ils s'avancèrent tous sur le tarmac où les attendait un élégant petit hélicoptère noir.

Tuck laissa échapper un sifflement.

— On a le budget pour ça ?

— Comme je viens de le dire, j'ai dû user de toutes mes ressources, dit Josh en inclinant la tête en direction du pilote. Rick avait besoin de quelques heures de vol de nuit et il me devait une faveur.

Il haussa les épaules et grimpa à bord de l'oiseau de métal, avant de se glisser sur le siège passager.

Tuck s'assit à côté de lui. Pendant que Rick entamait la séquence de vérifications avant décollage, il écouta ses autres messages. Un de Behling, lui signalant qu'il risquait d'être en retard à l'aéroport. Les autres messages émanant de l'inconnu ne comportaient rien d'autre qu'un bruit d'air et un son bizarre, comme des gazouillements de bébé à l'arrière-plan.

Tuck secoua la tête. Il ne connaissait personne qui ait un bébé. C'était sans doute un faux numéro. Mais quelque chose le mettait mal à l'aise. Pourquoi quelqu'un ayant composé un faux numéro, rappellerait-il deux fois de plus ?

Il ne s'interrogea pas longtemps. Le temps qu'il efface les messages, Rick avait mis les moteurs en marche.

Une fois dans les airs, Tuck enfila le casque de vol et s'enfonça dans son siège, pensif.

La dernière fois qu'il était allé à Fort Yates, un peu plus d'un an auparavant, il avait prévu de pêcher, jouer et boire pendant une semaine. Ses souvenirs étaient un mélange d'impressions floues et d'images d'une précision stupéfiante.

Mais il n'avait jamais vécu une fin de vacances semblable. Après tout, ce n'était pas tous les jours qu'un homme se fiançait, se mariait et se faisait quitter en l'espace de quarante-huit heures. Il ne savait pas bien comment tout cela était arrivé, mais il avait les photos et les papiers d'annulation du mariage pour prouver que ce n'était pas un mauvais rêve.

A l'approche du petit aérodrome de Fort Yates, les néons du Casino Running Buffalo se détachèrent dans le noir. Les lumières rouges, jaunes, bleues et vertes se reflétaient aussi sur les eaux tranquilles du lac Oahe. L'étendue d'eau fournissait des kilomètres de terrain de pêche et de camping aux résidents du coin.

Tuck sentit son cœur se serrer quand il se pencha pour regarder par le hublot de l'hélicoptère. Le casino et les bâtiments qui l'entouraient étaient exactement comme la dernière fois. Rien n'avait changé. Sauf lui. Son insouciance et sa manière de prendre chaque jour comme il venait avaient disparu.

Il ne savait toujours pas pourquoi il avait plongé dans ce mariage ni pourquoi son épouse y avait mis fin aussi rapidement. Cet épisode l'avait grandement refroidi.

L'hélicoptère dépassa le casino et atterrit à l'aérodrome

de Standing Rock, où le 4x4 du shérif les attendait déjà, gyrophare en marche.

Le shérif s'avança vers eux, la main tendue, dès qu'ils descendirent de l'appareil.

— Shérif White Hawk. J'ai cru que vous n'arriveriez jamais.

— Vous pouvez me mettre au courant ? demanda Tuck en faisant un pas en avant, habitué à prendre la responsabilité des enquêtes.

— Les victimes sont un agent de la Commission des jeux et une enseignante de l'école locale.

Le shérif parlait tout en les guidant vers son véhicule.

— Nous avons déroulé des cordons sur la rive autour des deux corps et mes adjoints ont interrogé les personnes qui étaient présentes dans la zone. Jusqu'ici, personne n'a rien vu.

Typique, songea Tuck. Dans les grands espaces du Dakota du Nord, il était facile de disparaître sans qu'on s'aperçoive de rien pendant des jours et des jours. C'était pourquoi son travail avait tant d'importance.

— Les techniciens du labo sont déjà arrivés ?

Le shérif acquiesça d'un signe de tête.

— Ils viennent juste de débarquer.

— Tout a été laissé en l'état ?

— Hormis les empreintes des pêcheurs, personne n'a touché à rien.

— Bon.

Tuck grimpa sur le siège passager du 4x4.

Ils accomplirent le court trajet jusqu'à la scène de crime dans un silence relatif, sur fond de grésillements de la radio du shérif, qu'il portait à l'épaule sur une courroie.

Un kilomètre et demi environ après le casino et le terrain de camping, le shérif tourna sur une route secondaire qui menait au lac. Au bout d'un autre kilomètre, le policier ralentit et lança un regard doublé d'une grimace à Tuck.

— Il n'y a plus de route à partir d'ici.

Tuck hocha la tête et se cramponna à son siège, tandis que le véhicule s'engageait avec force secousses sur le terrain sec et plat de la rive, où plusieurs autres 4x4 et une flottille de bateaux à moteur cernaient les lieux. Du côté terre, les rubans jaunes de scène de crime virevoltaient dans le vent.

Une fois descendu de voiture, Tuck se baissa pour passer en dessous et sortit son insigne pour franchir le barrage de policiers.

Une fois à l'intérieur du périmètre, Josh se hâta de rejoindre les techniciens et échangea quelques mots avec eux.

Tuck s'immobilisa à quelques pas, survolant la zone du regard et prenant note mentalement de tout ce qui pouvait constituer un indice. Mais il n'y avait pas grand-chose.

A en juger par l'absence d'éclaboussures de sang, l'agent et la femme avaient été assassinés ailleurs et leurs corps abandonnés sur la rive, probablement à l'aide d'une embarcation. Les adjoints du shérif allaient rechercher tous ceux qui avaient vu un bateau accoster. Mais étant donné l'obscurité, si le bateau en question n'avait pas de lumière, personne n'aurait rien vu.

Quand Behling recula, Tuck aperçut pour la première fois le corps de la femme.

Sa respiration se bloqua soudain dans sa poitrine et son cœur se mit à battre la chamade. Sa vision périphérique se brouilla.

Se ressaisissant, Tuck aspira à fond et se força à

avancer. Il devait avoir des hallucinations, cela ne pouvait pas être elle.

— Vous avez identifié avec certitude la femme ? demanda-t-il d'une voix rauque.

Le médecin légiste releva la tête, les sourcils froncés.

— Pourquoi voulez-vous le savoir ?

— Tout va bien, intervint Behling, il fait partie du FBI.

Tuck s'approcha plus près, le regard fixé sur le corps.

Seigneur !

Il ferma les yeux, les poumons comprimés par l'angoisse.

— Je la connais.

Il rouvrit les yeux et posa le regard sur le cadavre sans vie de la femme qu'il avait rencontrée un peu plus d'un an auparavant à Fort Yates.

Behling se tourna brusquement vers lui.

— Tu la connais ? répéta-t-il.

Tuck acquiesça.

— C'est Julia Anderson. Mon ex-femme.

2

Une heure plus tard, Tuck s'assit sur le lit de sa chambre d'hôtel et fixa ses mains.

Que s'était-il donc passé ? Il était en route pour une semaine de congé chez lui et, tout à coup, il allait passer son temps à essayer de découvrir qui avait tué la femme avec qui il avait été marié pendant quarante-huit heures.

Behling l'avait quitté à la porte de sa chambre, en prétendant qu'il avait une montagne de paperasse à traiter et des appels à passer. Il lui avait dit qu'il le retrouverait le lendemain matin avant que Rick ne les ramène à Bismarck.

Soulagé de pouvoir rester seul, Tuck lui avait assuré qu'il allait bien et qu'il avait seulement besoin de repos et de réflexion…

En dehors d'une tache de sang sur la poitrine, Julia avait la même apparence que la dernière fois, lors de leur nuit de noces. Du moins, autant qu'il s'en souvienne. De longs cheveux blonds, des yeux bleu très clair, une silhouette élégante et des seins ronds et fermes. C'était une très belle femme, et elle était tout aussi belle dans la mort. S'ils s'étaient rencontrés dans d'autres circonstances… s'ils avaient essayé de faire durer cette parodie de mariage… l'histoire aurait pu avoir une fin tout à fait différente.

Plus d'un an était passé depuis leur dernière correspondance, des formulaires d'annulation qui lui avaient été remis par coursier.

Il laissa tomber la tête entre ses mains, assommé par le caractère affreux de la mort de Julia. Qui avait bien pu la tuer ?

Sur le lit, à côté de lui, son portable se mit à vibrer. Il fixa le numéro de l'appelant. Dante. Il ne se donna pas la peine de prendre l'appel. Qu'aurait-il pu dire à son frère ? *Salut, je suis à Fort Yates où je viens de voir le cadavre de mon ex-femme ?*

Ses frères ne savaient même pas qu'il s'était marié. A l'époque, il était trop embarrassé pour en parler à quiconque.

Il était allé à l'enterrement de la vie de garçon d'un ami et était tellement ivre quand il avait croisé Julia qu'il avait du mal à s'en souvenir. Après avoir dansé ensemble pendant deux heures d'affilée, ils avaient échoué dans sa chambre d'hôtel et fait l'amour jusqu'au petit matin. Toujours ivres d'alcool et de sexe, ils s'étaient précipités chez le juge de paix, avaient obtenu une licence de mariage, et avaient ensuite échangé leurs vœux dans une jolie petite chapelle de Fort Yates. A mesure que leur taux d'alcoolémie redescendait, l'épuisement avait pris le relais, et ils étaient retournés à l'hôtel pour dormir le reste de la journée et la nuit suivante.

Quand Tuck s'était éveillé le matin suivant, Julia avait disparu en laissant une note d'excuses mais pas d'adresse. Elle avait immédiatement demandé l'annulation du mariage et leur union n'avait pas tardé à être dissoute. C'était tout ce qu'il y avait à en dire.

Quand son portable cessa de sonner, Tuck le regarda et se souvint du SMS « 911 » qu'il avait reçu dans la journée, avant… avant tout ça. Avec l'appel de Behling, le trajet jusqu'à Fort Yates et les meurtres, il avait complètement oublié de rappeler, mais le contenu du message se présentait maintenant avec force à son esprit.

Le message émanait-il de Julia ? Il sentit son cœur manquer plusieurs battements en composant le numéro indiqué. Cela pouvait-il avoir été son dernier message avant qu'elle ne soit brutalement assassinée ?

Le cœur battant, il pressa la touche d'appel.

Quelqu'un décrocha au bout de plusieurs sonneries. Du moins, Tuck crut comprendre que quelqu'un avait décroché. Les sonneries avaient cessé, mais personne ne parlait.

— Allô ?

Tuck attendit. Le réseau aux confins du Dakota du Nord était faible, voire inexistant.

— Allô ?

— Tuck ? Tuck Thunder Horse ? dit une voix féminine dans un murmure.

L'impression qu'il avait déjà entendu cette voix traversa sa conscience et son rythme cardiaque accéléra légèrement.

— Lui-même.

— C'est J… Julia.

Tuck sentit ses poumons se vider de leur air, comme si on venait de lui donner un coup de poing en pleine poitrine.

— Julia ?

Comment cette personne aurait-elle pu être Julia ? Elle était morte, et son cadavre avait été transporté à la morgue de Fort Yates. Il avait lui-même identifié le corps.

— Il faut que je te voie, reprit la femme.

Tuck se passa une main dans les cheveux. Qui était cette femme ? Pourquoi prétendait-elle être Julia ? Il resserra les doigts sur son portable, tandis que la colère montait en lui. Mais il se contint et feignit d'ignorer ce qu'il avait vu.

— Quand ? Où ?

Son ton était plus brusque qu'il ne le voulait car il avait un nœud dans la gorge.

— Tu es dans le Dakota du Nord ? demanda encore la voix.

Il pinça les lèvres.

— Effectivement. J'ai atterri à Bismarck il y a deux heures et je viens d'arriver à Fort Yates.

Elle émit un son qui ressemblait fort à un sanglot.

— Dieu merci !

— Tout va bien ? demanda-t-il.

— Non. Rien ne va, rien du tout.

Il n'aurait pas pu être plus d'accord. Quiconque avait le front de se faire passer pour une morte n'avait pas toute sa tête.

— Dis-moi où tu te trouves.

— A Fort Yates.

Elle articulait les mots avec soin, comme si elle avait peur d'en dire trop.

— Où ça à Fort Yates ? Je vais voir ce que je peux faire pour venir.

— Je ne peux pas te le dire. Dis-moi où tu es et je te rejoindrai.

— Je suis à l'hôtel du casino.

Après une longue pause, elle murmura :

— Rejoins-moi dans un quart d'heure à la marina. Viens seul.

Seul. Tuck se tendit dans un réflexe de prudence. Elle voulait peut-être le piéger. Mais dans quel but ? Et, de toute façon, quelle importance ? Il voulait découvrir à quel jeu elle jouait.

— Il fait nuit. Comment vais-je te trouver ?

— Ne t'inquiète pas. Moi, je te trouverai.

Avant qu'il puisse la questionner davantage, elle raccrocha.

Les nerfs toujours à vif d'avoir vu la femme qu'il avait épousée sur un coup de tête allongée, morte, sur la rive du lac Oahe, Tuck se sentit glacé jusqu'aux os puis, brusquement, bouillant de rage. Comment cette inconnue osait-elle se faire passer pour Julia, alors que celle-ci était morte ?

Il jeta un coup d'œil à sa montre et se dirigea vers la porte. Marcher jusqu'au port de plaisance ne lui prendrait pas plus de cinq minutes. Cela lui laisserait dix minutes pour la voir arriver si elle n'était pas déjà là.

Il parcourut le trajet à longues enjambées. Une part de lui-même avait envie d'appeler Josh pour l'informer de cette histoire, mais quelque chose dans la voix de la femme le faisait hésiter. Il fallait qu'il entende ce qu'elle avait à lui dire avant de mettre son ami au courant, sinon Behling penserait qu'il imaginait des choses.

Les immenses étendues des prairies du Dakota du Nord étaient parsemées de petits arbres rabougris sur la route qui menait à la marina. Tuck regarda autour de lui, surveillant buissons et ombres des broussailles le long du chemin.

La marina consistait en deux longues jetées s'avançant dans le lac Oahe, entre lesquelles mouillaient des bateaux de toutes tailles. Le bureau du port de plaisance, qui comprenait aussi une boutique et des sanitaires, était situé au bout d'une des jetées, fermé pour la nuit, tous les étalages habituels rentrés à l'intérieur. En dehors du faible éclairage des lampadaires du port, seules deux lumières au sommet des piliers de chacune des jetées se reflétaient dans l'eau d'un noir d'encre.

Tuck avait presque renoncé à trouver l'inconnue

quand une silhouette coiffée d'une casquette noire tirée bas sur le visage bougea dans l'ombre du bâtiment. En voyant Tuck s'approcher, elle regarda nerveusement à droite et à gauche. Elle portait un grand châle drapé qui dissimulait ses formes. Elle pouvait tout aussi bien être jeune qu'âgée, mince que forte. Tuck n'aurait pas su le dire, mais il le découvrirait bien assez tôt.

Il s'immobilisa, observant la femme pendant une minute et s'efforçant de se calmer.

Se reprenant, il fit disparaître toute trace de colère de son visage et s'avança vers elle.

Elle continuait à se dissimuler dans l'ombre.

— Je suis là… Julia.

Il grinça des dents en prononçant son nom.

— Que veux-tu ?

Il fit halte, refusant d'approcher plus près. Il fallait qu'elle fasse la moitié du chemin.

Le son d'un sanglot étouffé flotta vers lui dans l'air frais du soir, et la femme fit un autre pas en avant en tendant la main. La lumière des lampadaires se refléta sur son visage, illuminant son profil.

Tuck retint sa respiration et recula d'un pas. Cette femme était la réplique exacte de celle que le médecin légiste avait déclarée officiellement morte quelques heures auparavant.

Il se jeta sur elle et lui agrippa les bras, les doigts serrés, refusant de la lâcher.

— Qui êtes-vous ?

Elle se recroquevilla, tremblant de tout son corps, et le dévisagea.

— Tuck.

Ce n'était pas une question mais une affirmation.

Tuck resserra son emprise sur elle. Il était prêt au cas où elle voudrait s'enfuir.

— Nous ne pouvons pas rester ici, murmura-t-elle.

Tuck plissa les yeux.

— Nous n'irons nulle part avant que vous ayez répondu à mes questions.

Il serra la mâchoire et ne fit pas un geste.

Le regard de Julia passait de droite à gauche.

— Nous ne sommes pas en sécurité, ici.

Il émit un grognement méprisant.

— Vous auriez dû penser à ça avant de choisir cet endroit.

— Il fallait que je m'assure que c'était bien toi avant de…

— Avant de quoi ?

— S'il te plaît, pourrions-nous aller quelque part pour parler en sécurité ?

Elle tenta d'échapper à ses mains, le regard fixé derrière lui.

— De quoi avez-vous peur ? demanda Tuck.

— Je ne sais pas.

Elle le dévisagea de ses grands yeux bleus.

— S'il te plaît, allons autre part.

— Nous pouvons rester ici ou bien aller dans ma chambre, à l'hôtel.

Il pinça les lèvres. Il n'avait aucune envie de laisser cette femme entrer dans sa chambre, mais il fallait qu'il sache qui elle était et ce qui se passait.

— Ta chambre ?

De nouveau, le regard de la jeune femme passa de droite à gauche et elle pencha la tête.

— Non, je ne peux pas, dit-elle d'une voix brisée. Je ne peux pas retourner là-bas.

— Il n'y a pas beaucoup le choix dans une ville comme Fort Yates. Vous avez une autre idée ?

— Je ne peux pas retourner chez moi.

Son corps s'affaissa et ses bras mollirent.

— Je n'ai nulle part où aller.

Tuck hésita quelques secondes, puis il lâcha l'un de ses bras, en gardant toutefois la main sur l'autre, tandis qu'il la guidait vers l'hôtel en revenant sur ses pas. Il s'admonesta en son for intérieur. Quel imbécile il faisait ! Mais s'il voulait connaître le fin mot de cette énigme, il devrait se montrer conciliant pour obtenir des réponses.

A l'approche de l'hôtel, la femme ralentit et ajusta le châle volumineux autour de sa taille et de son cou. D'une main tremblante, elle baissa aussi la visière de sa casquette sur ses yeux en repoussant de longues mèches de cheveux par en dessous.

A bout de patience, Tuck la poussa en avant avec un peu plus de vigueur que nécessaire, et grimpa le porche arrière du casino avant de pousser les portes vitrées qui menaient à l'escalier.

L'inconnue chancela et un petit cri s'échappa du châle.

— Qu'est-ce que c'était que ça ?

Tuck tendit la main pour écarter le vêtement.

Elle l'arrêta d'un geste, et ses yeux bleus bordés de cils blonds plongèrent comme des couteaux dans les siens.

— Ne fais pas ça.

— Je ne vous ferai pas entrer à l'hôtel à moins de savoir ce que vous cachez derrière ce châle.

Il tendit de nouveau la main.

Elle recula, le menton levé, les yeux réduits à de simples fentes.

— Et moi, je te dis que si tu essaies de m'enlever ce châle, je te tue.

Pour souligner son propos, elle pressa le canon d'un revolver sur ses côtes.

— Maintenant, on va dans ta chambre ou non ?

Tuck sentit son pouls s'emballer. S'il ne faisait pas erreur, l'arme était un revolver SIG Sauer, exactement semblable à celui qu'il portait en service. Malheureusement, le sien était à l'armurerie. En congé pour une semaine, il n'avait pas vu l'utilité de l'emporter avec lui. Que faisait cette femme avec une telle arme ? La manière dont elle la tenait montrait qu'elle n'avait pas la moindre idée de la manière de s'en servir, mais cela ne rendait pas l'arme moins dangereuse. Tuck s'efforça de garder son calme.

— Vous n'avez pas peur qu'on vous voie pointer un revolver sur moi ?

— Non. Maintenant, tu m'emmènes dans ta chambre ou je dois me servir de ceci ?

Il ne bougea pas, évaluant la probabilité qu'elle ait l'audace de presser la détente. De plus en plus curieux, il décida de continuer à lui obéir. Si nécessaire, il pourrait facilement la désarmer quand le moment serait venu.

— Venez.

Elle laissa échapper un soupir de soulagement.

— Bon. Plus tôt nous en aurons fini avec cette conversation, mieux ce sera.

Tuck la devança dans l'escalier jusqu'au troisième étage. Quand ils furent devant sa porte, il inséra sa clé dans la serrure et la laissa passer devant lui.

Franchissant le seuil, elle se tourna vers lui, l'arme toujours pointée sous le châle.

— N'essaie pas de me jouer un sale tour. Je sais m'en servir. Et je n'en ai vraiment pas envie.

— Je n'en doute pas une seconde, mentit Tuck en la suivant dans la chambre.

Une fois la porte soigneusement refermée derrière eux, il se tourna pour faire face à la femme, le cœur glacé comme une pierre.

— Maintenant que nous sommes seuls, vous allez me dire comment il est possible qu'une femme morte me tienne en joue ?

Julia en eut le souffle coupé.

— Tais-toi.

— Qui êtes-vous ?

Tuck Thunder Horse s'approcha d'elle jusqu'à la frôler.

— J'ai vu le médecin légiste refermer le sac qui contenait le cadavre de Julia Anderson.

Julia éleva sa main libre jusqu'à son oreille et ses yeux se remplirent de larmes.

— Tais-toi, murmura-t-elle.

Elle se doutait que sa sœur était déjà morte, mais en avoir la confirmation l'avait pétrifiée. Elle se mit à trembler et ses frissons devinrent si violents qu'elle se dit qu'elle allait tomber.

— Tais-toi.

— Non. Je ne me tairai pas tant que vous ne m'aurez pas expliqué ce qu'il se passe.

Julia déglutit avec effort, sachant que pour qu'elle et son bébé restent en vie, elle devait se reprendre. Il *fallait* qu'elle convainque Tuck Thunder Horse de les protéger, ou bien elles mourraient avant d'avoir pu quitter Fort Yates.

— Je suis Julia Anderson. Toi et moi, nous nous sommes mariés il y a un an et j'ai fait annuler le mariage le jour suivant.

Une bouffée d'émotion lui serra la gorge. Sa sœur était couchée sur une table d'autopsie à la morgue. Elle venait de perdre une des deux personnes qui lui restaient en ce monde. Elle se damnerait plutôt que de laisser quelqu'un faire du mal à Lily. Et Tuck était le seul en qui elle pouvait avoir confiance pour protéger sa fille.

Tuck serra les dents, et un muscle tressauta sur sa mâchoire.

— Si vous êtes Julia, alors qui se trouve dans ce fichu sac ?

Le bébé blotti contre le torse de Julia remua et geignit. Lily, la petite Lily, l'amour de sa vie, sa raison de vivre.

Julia toussa pour couvrir le bruit de l'enfant.

— C'était ma sœur jumelle, Jillian. Et celui qui l'a tuée me pourchasse à présent.

— Quoi ?

Tuck plongea la main dans ses cheveux, visiblement sonné par ces révélations.

— Et vous vous attendez à ce que je croie que vous aviez une sœur jumelle ?

Julia enleva sa casquette et ses longs cheveux blonds se répandirent sur ses épaules. Sa sœur et elle étaient de vraies jumelles. Parfaitement identiques. Leur mère leur avait raconté que Jillian était arrivée en second, en donnant des coups de pied, tandis que Julia était plus calme et plus posée.

— Est-ce qu'elle me ressemble ?

Tuck observa son visage, et laissa son regard descendre le long de son corps.

— C'est difficile à dire alors que tu es couverte de la tête aux pieds.

Julia laissa tomber la casquette par terre et glissa sa main libre sous le châle. Tapotant le dos de Lily, elle hésita, réticente à infliger un nouveau choc à l'homme qui ne croyait pas à ses paroles.

— Eh bien, c'est pourtant vrai. C'était ma sœur.

Les larmes accumulées dans ses yeux se répandirent sur ses joues et elle les essuya avec un coin du châle.

— Sais-tu ce qui lui est arrivé ? demanda Tuck d'une voix dure.

Julia hocha la tête.

— Sais-tu pourquoi ? la questionna-t-il ensuite.

— Oui. C'est pourquoi je t'ai appelé.

— Pourquoi moi ? Pourquoi me recontacter après tout ce temps ?

Elle prit une longue inspiration. Le moment était venu de lui raconter le reste de l'histoire.

— Nous avons besoin d'aide.

— Qui ça, nous ? Il est un peu tard pour ta sœur.

Julia tressaillit, soudain traversée par une bouffée de haine face à la dureté de Tuck. Pourtant, il valait peut-être mieux qu'il reste calme et détaché. Dieu sait qu'elle en était incapable, pas avec ce qu'il y avait en jeu. Sa sœur était morte. Elle serait peut-être la suivante. Son bébé était en danger. Tout cela ne signifiait qu'une chose : elle devait le convaincre de les protéger.

— J'ai des ennuis et j'ai besoin d'aide.

— Et qu'est-ce qui te fait penser que je vais t'aider ?

Il lui lança un regard hostile.

— Tu ne voulais rien avoir affaire avec moi l'année dernière. Tu n'as même pas eu la décence de me dire adieu.

Julia se sentit envahie par un puissant sentiment de culpabilité, mais le féroce instinct de protection qu'elle avait développé depuis la naissance de sa fille prit le dessus. La protéger passait avant tout. Pour sauver Lily, elle accepterait tous les reproches que cet homme lui adresserait. De plus, elle savait qu'elle les méritait. Se glisser hors de la chambre d'hôtel, s'enfuir sans explications et faire annuler le mariage à distance, sans jamais le revoir… Cela avait été une décision lâche, elle le savait. Mais, à présent, elle n'avait pas d'autre choix que de se montrer courageuse, pour le bien de son bébé, si ce n'était pour le sien.

Prenant une nouvelle inspiration, Julia posa l'arme sur la tablette de la télévision et, saisissant un coin du châle, elle le fit glisser à terre.

Pendant quelques secondes, Tuck la regarda, les sourcils froncés. Il ne fit pas un geste, ne dit pas un mot, et fixa sa taille.

Puis Lily remua et une main minuscule sortit du porte-bébé que Julia portait en bandoulière.

— Tuck Thunder Horse, je suis désolée de ne pas te l'avoir dit plus tôt, mais je te présente Lily…

Elle s'arrêta une seconde, avant de poursuivre :

— Ta fille.

3

Tuck s'arrêta momentanément de respirer et l'image du bébé vacilla comme un mirage dans le désert.

Aussi soudainement que sa vision était devenue floue, la rage le prit, féroce et brûlante, émanant du tréfonds de son être.

— Comment oses-tu me menacer, que ce soit avec une arme ou un bébé ? Tu penses vraiment que je vais croire que ce bébé est de moi ?

Il pointa le doigt sur la poitrine de la jeune femme.

— Même si tu as dit la vérité sur ta sœur jumelle et que tu es vraiment Julia, pourquoi devrais-je te faire confiance ? N'oublie pas que tu t'es enfuie comme une voleuse moins d'un jour après notre mariage. Tu penses que je suis assez stupide pour avaler n'importe quoi ?

Elle serra l'enfant contre sa poitrine, puis se tourna pour permettre à Tuck de voir le visage de la petite fille.

Niché dans une couverture rose, le bébé remua les lèvres dans un mouvement de succion. Sa touffe d'épais cheveux noirs coupa net la colère de Tuck.

— Elle te ressemble, murmura Julia. Elle a tes cheveux, ton teint mat, tes yeux…

Au moment même où elle prononçait ces mots, le bébé ouvrit les yeux et braqua sur lui des pupilles sombres qui commençaient déjà à perdre leur teinte bleutée pour prendre le noir d'encre si typique de la famille Thunder Horse.

Tuck sentit ses poumons se comprimer si fort qu'il eut de la peine à respirer. Le bébé lui ressemblait, en effet.

— D'accord, elle a des cheveux noirs…

Il lutta contre l'envie de tendre la main et de caresser la joue rose du bébé.

— Mais ça n'implique pas qu'elle soit de moi.

— Elle a quatre mois, dit Julia en le fixant. Fais le compte.

Son ex-femme leva la main pour défaire le nœud qui retenait le porte-bébé, tout en retenant la petite fille de l'autre. Quand ce fut fait, elle tendit l'enfant à Tuck.

Il hésita et recula un peu, les bras ballants.

— Prends-la, elle ne va pas te mordre.

Julia lui tendit le bébé et il n'eut d'autre choix que de le prendre.

Il la fixa la petite fille. L'enfant lui rendit son regard de ses yeux si sombres, si semblables aux siens.

Puis elle sourit, et le simple plissement de ses lèvres minuscules et de ses joues de chérubin le mit presque à genoux.

Ses mains se mirent à trembler. Plutôt que de risquer de la faire tomber, il la serra contre lui, et la nicha contre sa poitrine.

— Tu es sûre ?

Tuck lança un regard à la femme qui se tenait devant lui.

Les lèvres de Julia tremblèrent, et ses yeux se remplirent de larmes.

— Absolument certaine.

— Pourquoi ne m'as-tu rien dit ?

Elle soupira.

— Je n'ai appris que j'étais enceinte que deux mois

après notre rencontre et, à ce moment-là, tout s'est enchaîné. C'est arrivé si vite…

Elle eut un hoquet et regarda ses pieds.

— La veille, j'étais une femme célibataire et sans attaches et, le jour suivant, je devais trouver un appartement assez grand pour moi et le bébé. L'année scolaire a commencé, je faisais la classe aux enfants. Tout arrivait en même temps.

— Et ça t'est sorti de l'esprit ? Tu n'as pas pensé une minute que j'avais le droit de savoir ?

— Bien sûr que tu avais le droit de savoir.

Elle sentit la culpabilité lui nouer les entrailles.

— Mais je ne savais pas si tu voudrais qu'elle fasse partie de ta vie ou non.

Ce n'était qu'un prétexte, celui auquel elle s'était accrochée afin de ne pas reprendre contact avec l'homme qu'elle avait épousé, puis fui. Elle avait choisi pour lui.

— Et tu as pris ta décision sans m'en parler.

— Après ce qui s'était passé entre nous, je pensais que ce serait injuste de te charger d'un enfant dont tu ne voulais peut-être pas.

Elle soupira.

— J'ai eu tort.

Elle avait eu tort pour tant de choses !

Epouser Tuck avait été sa première erreur. Encore aujourd'hui, elle avait du mal à croire qu'elle avait fait cela. Cela lui ressemblait si peu de se lancer à l'aveuglette. Jillian, sa sœur, avait toujours été spontanée, mais pas elle. Elle était réfléchie, prévoyante, elle calculait les coûts et les conséquences de tout ce qu'elle faisait.

Si elle avait pris le temps de réfléchir, elle ne serait jamais allée dans cette petite chapelle. Elle aurait d'abord pris la précaution de mieux connaître son mari, suffisamment au moins pour savoir quelle était sa profession. Si elle avait su, avant de prononcer ses vœux, qu'il un agent du FBI, alors elle aurait compris que leur relation ne pourrait jamais marcher.

Julia ne savait que trop bien ce que cela signifiait. En tant que membre du FBI, son père avait passé la majeure partie de sa carrière professionnelle loin de sa famille. Elle se souvenait encore comment sa mère attendait près du téléphone, craignant chaque fois de recevoir un appel lui disant que son mari avait été blessé ou tué dans l'exercice de ses fonctions. Malheureusement, elle avait fini par recevoir cet appel quand Julia et Jillian avaient douze ans.

Jillian avait néanmoins suivi les traces de son père au FBI.

Julia ne comprenait toujours pas pourquoi sa sœur avait fait pareil choix. Perdre son père n'avait-il pas suffi à lui démontrer combien c'était risqué ?

Elle-même n'avait jamais été tentée de rejoindre l'agence ni même d'avoir quoi que ce soit à faire avec elle. Cette carrière n'avait pas seulement emporté son père, elle avait aussi anéanti la vie de sa mère. Elle avait vu la manière dont le stress et l'anxiété que comportait le fait d'être la femme d'un agent avaient pesé sur sa vie. C'était un fardeau que Julia refusait de porter. C'était bien assez qu'elle se fasse du souci pour sa sœur. Elle ne voulait pas s'inquiéter aussi pour son mari.

Quand elle avait découvert l'insigne de Tuck dans leur chambre d'hôtel, elle avait perdu contenance. Des images de sa mère retenant ses larmes près du téléphone avaient envahi son esprit et l'avaient fait vaciller sur ses jambes. Elle devait fuir Tuck le plus vite possible. Il n'était pas question qu'elle devienne l'une de ces femmes qui attendent jour et nuit *le* coup de téléphone.

Tout ce qu'elle voulait, c'était une maison agréable

et quelqu'un qui serait là pour l'aimer. Un père qui ferait passer sa famille avant son travail. Un homme qui n'était pas destiné à mourir d'une blessure par balle reçue pendant ses heures de travail.

Un seul coup d'œil à cet insigne bien trop familier lui avait suffi pour prendre la fuite. Elle avait quitté l'hôtel, après avoir écrit un court message disant qu'elle était désolée et que leur mariage était une erreur. Les papiers d'annulation avaient été faciles à obtenir et, en l'espace de quarante-huit heures, elle avait cessé d'être mariée.

Bien sûr, il y avait eu des conséquences qu'elle n'aurait jamais pu imaginer. Des conséquences comme cette magnifique petite fille blottie pour la première fois dans les bras de son père.

Tuck regarda le bébé un long moment.

— J'ai une fille, articula-t-il en secouant la tête, les yeux grands ouverts. Comment tu dis qu'elle s'appelle ?

— Lily. Lily Amelia.

Elle regarda ses mains.

— Tu m'avais dit que c'était le prénom de ta mère. J'ai trouvé ça joli.

Elle avait baptisé leur fille du nom de sa mère… Tuck effleura du doigt la joue ronde du bébé, émerveillé par la douceur de sa peau.

— Tu n'avais pas le droit, murmura-t-il.

Elle avait quatre mois. Il aurait pu faire sa connaissance depuis longtemps déjà.

— Tu n'avais pas le droit de me cacher son existence.

— Je suis d'accord.

La colère et les regrets montèrent de nouveau en lui.

— Alors pourquoi ?

Il la fixa avec colère.

— Pourquoi maintenant ? Tu ne m'aurais pas contacté si tu ne voulais pas quelque chose.

Julia fit quelques pas vers lui.

— Je te l'ai dit, nous avons besoin d'aide. Nous avons des ennuis.

— Les mêmes ennuis qui ont tué ta sœur ?

Elle tressaillit, les lèvres tremblantes.

— Oui.

— Qui est l'auteur de ce meurtre ?

— Je ne sais pas. Ma sœur et moi, nous étions au casino. Elle était en vacances, elle était venue me rendre visite.

Julia avala sa salive avant de poursuivre dans un flot de paroles précipitées :

— Jillian était en train de me filmer avec son appareil photo sur l'allée du casino, celle qui mène à la marina. Elle voulait avoir le lac en arrière-plan. J'étais en train de me mettre en position quand j'ai vu un mouvement près des docks.

Elle pressa une main sur sa bouche, les yeux agrandis par la frayeur.

— En y regardant mieux, j'ai vu un homme en tenir un autre en joue puis lui tirer un coup de feu dans la poitrine. Jillian a enregistré la scène sur la vidéo avant même de comprendre ce qui se passait. J'étais trop bouleversée pour dire quoi que ce soit. Tout s'est passé si vite !

Elle fixa Tuck, l'horreur de ce qu'elle avait vu se reflétant dans ses yeux noyés de larmes.

— Ensuite, le meurtrier a regardé dans notre direction. Je ne crois pas qu'il ait vu Jillian, mais il m'a vue, moi, sans aucun doute.

Tuck resserra les mains autour du bébé.

— Que s'est-il passé ?

— J'ai raconté ce que j'avais vu à ma sœur, et elle s'est mise à sa poursuite.

— Où étais-tu ?

— Elle m'a fait promettre de rentrer à la maison et de l'attendre. De m'occuper de Lily jusqu'à ce qu'elle vienne me chercher.

Elle s'arrêta de parler et des larmes tombèrent de son menton.

— Mais elle n'est jamais revenue, dit-elle d'une voix épuisée par l'émotion. Mon Dieu, je n'aurais pas dû la laisser partir.

Le bébé dans les bras, Tuck ne pouvait pas la réconforter. D'ailleurs, il n'aurait pas dû en avoir envie, étant donné leur histoire commune. Julia lui avait menti par omission. Quelque chose d'aussi important qu'un enfant ne devait pas être caché à un père.

En outre, elle n'était pas venue le voir pour qu'il la console ; elle voulait qu'il l'aide. Elle avait dit qu'elle avait des ennuis, et il était de son devoir d'éclaircir les choses.

— Tu as averti les autorités de ta situation ?

— Oui, je t'ai appelé.

— Non, je veux dire, tu as appelé le shérif ?

— Non.

— Et pourquoi ça, nom d'un chien ?

Julia lui adressa un pâle sourire.

— Parce que Jillian m'a dit de ne pas le faire. Je ne l'ai jamais revue après l'avoir laissée devant le casino, mais j'ai eu de ses nouvelles, une fois. J'étais à la maison, en train de l'attendre, quand elle m'a envoyé un SMS. En attachement, il y avait la vidéo qu'elle avait tournée, avec le meurtre. Elle est assez longue pour que quelqu'un ayant l'équipement nécessaire puisse identifier le meurtrier. Son message me disait de prendre Lily et de fuir, et de ne faire confiance à personne, pas même à la police, et encore moins au FBI.

— Bon sang…

Tuck pinça les lèvres, fronça les sourcils et lui tendit le bébé.

— Dans ce cas, tu ferais mieux de la reprendre.

— C'est ta fille.

Julia recula, les mains levées en signe de reddition.

— C'est la tienne aussi.

Il tendait toujours le bébé à Julia.

— Prends-la.

Lily gémit et se mit à gigoter dans les mains de Tuck.

— Tu lui fais peur.

Julia hésita, et laissa retomber les bras.

— S'il te plaît, garde-la. Je tremble tellement en ce moment que ça va l'effrayer.

Elle tira son téléphone portable de sa poche avec des mains si peu sûres qu'elle faillit le laisser tomber.

— Elle doit m'avoir envoyé le SMS en… en mourant. Pourquoi ne faisait-elle plus confiance aux forces de l'ordre ? Ma sœur travaille… travaillait pour le FBI. Elle était agent spécial, comme toi.

Tuck haussa les sourcils.

— Ta sœur appartenait au FBI ?

— Oui.

Elle baissa les yeux, mais il eut le temps de voir qu'ils étaient brillants de larmes.

Son chagrin l'émouvait, même s'il n'avait aucune raison de réagir à ses émotions. Il ne la connaissait pas, bien qu'ils aient passé une nuit ensemble. Une nuit seulement.

Une nuit très spéciale. Son regard se posa sur le bébé dans ses bras. La pensée qu'il était devenu père le stupéfia de nouveau. Une seule nuit et un splendide bébé avait été conçu.

Les yeux sombres de Lily cillèrent sous son regard. Elle ressemblait tellement aux Thunder Horse…

— Je vais appeler un ami à moi et essayer de savoir où en est l'enquête, déclara-t-il. On va partir de là. Mais je ne te promets rien.

Julia ouvrit tout grand les yeux.

— Tu ne leur diras rien à mon sujet ou à celui de Lily ?

— Pas un mot.

Il serra Lily contre lui. Un féroce sentiment de protection lui fit resserrer le bras autour de son enfant. Il ferait n'importe quoi pour la garder en sécurité.

— Tu es sûr que tu peux faire confiance à l'homme que tu vas appeler ? demanda Julia en se mordant la lèvre inférieure.

Ce geste attira l'attention de Tuck. Elle était si belle, avec ses cheveux blonds et ses yeux bleus.

— Je mettrais ma vie entre ses mains.

Elle leva vivement les yeux sur lui.

— Et celle de ta fille ?

Sa fille. Ces mots le frappèrent de nouveau. Le minuscule être humain qu'il tenait dans ses bras était son enfant, une part de lui-même qui dépendait totalement de lui. Les yeux du bébé se fermèrent doucement, et il blottit sa joue contre la poitrine de Tuck, dans un abandon total.

— Je lui fais confiance, répéta-t-il.

Josh lui avait sauvé plusieurs fois la vie et Tuck avait fait de même. Ils étaient aussi proches que des frères.

Julia acquiesça, lui reprit Lily et se mit à marcher dans l'espace restreint de la chambre, berçant doucement le bébé pour le rendormir.

A moitié en état de choc, Tuck composa le numéro du portable de Josh et attendit, le regard fixé sur la femme et le bébé qui venaient de bouleverser sa vie.

Son ami répondit à la deuxième sonnerie.

— Josh ?

— Oui, Tuck ?

— Du nouveau dans l'enquête sur les meurtres ?

— Je viens de raccrocher avec Bismarck. Je ne peux pas te donner beaucoup de détails, mais ce n'est jamais bon quand on perd un agent de la Commission. Ils veulent des réponses et vite.

— Typique. Vous avez des indices sur celui qui a fait le coup ?

— Non, et d'après les dires du shérif, il n'y a aucun témoin en vie.

Tuck lança un regard à Julia. Le seul témoin en vie était bien trop effrayé pour sortir de sa cachette avec la vidéo affichant les preuves.

Il sentit son sang se glacer dans ses veines. Julia était une pièce maîtresse de l'enquête. Si le tueur savait que Jillian avait envoyé la vidéo à sa sœur, il ferait tout pour l'éliminer et détruire toute preuve matérielle. Et il pouvait être assez impitoyable pour se servir du bébé et obtenir ainsi ce qu'il voulait.

— Et Anderson ? questionna-t-il.

L'attention de Julia revint se fixer sur lui et elle ouvrit grand les yeux.

— C'est la partie triste de l'histoire. On l'a identifiée comme étant une institutrice de l'école primaire. Nous pensons qu'elle a été témoin du meurtre et a été assassinée en représailles. Mais il n'y a aucun signe de lutte, ce qui est étrange.

— Aucun ?

— Non. Et, à la différence de l'agent de la Commission

qui a été tué d'un coup de feu, la femme a été poignardée. Elle connaissait peut-être le tueur. Nous sommes allés chez elle et les voisins nous ont dit qu'elle avait un bébé, ce qui est également bizarre.

— Pourquoi ? demanda Tuck.

— La baby-sitter habite l'appartement voisin et elle nous a dit que Julia a repris l'enfant à l'heure présumée du meurtre. Le tueur l'a peut-être tuée à proximité de son appartement, mais personne n'a vu le bébé depuis. Nous avons déclenché une alerte Ambre. J'espère que ce n'est pas le meurtrier qui l'a emmenée.

Josh soupira.

— Tragique quand ce sont des innocents qui font les frais de ce genre d'histoire.

Tuck savait parfaitement où se trouvait le bébé, mais il se tut, déterminé à ne pas en dire plus qu'il ne fallait.

— Autre chose ?

— Oui, la baby-sitter a parlé d'une sœur qui était venue rendre visite à Mme Anderson. Il y a une valise et des vêtements dans l'appartement, mais nous n'avons pas localisé la sœur et il n'y avait aucun papier d'identité dans ses affaires. Elle s'est peut-être enfuie avec le bébé, terrorisée. Nous avons entamé des recherches pour voir si nous pouvons la retrouver.

— Tiens-moi au courant de ce que vous trouverez.

Josh émit un son inarticulé.

— T'es censé être en vacances, vieux. Désolé de t'avoir entraîné dans tout ça.

— Oui, mais je connaissais la victime. Maintenant, j'ai un intérêt là-dedans.

— On se voit au petit déj ? questionna Josh.

— Désolé, mon vieux. Je crois que je vais faire la grasse matinée. Le décalage horaire commence à se faire sentir. Mais appelle-moi si vous trouvez quelque chose d'autre ou si Rick veut partir plus tôt.

Tuck croisa le regard de Julia. Les cernes sombres sous ses yeux et les larmes qui s'accrochaient à ses cils l'émurent. Quand il raccrocha, il resta immobile un long moment.

— Tu ne lui as pas dit que j'étais là. Est-ce que ça signifie que tu vas nous aider ? demanda Julia.

Elle serra Lily contre elle.

— Parce que si tu ne veux pas, je m'en vais.

— Tu ne seras plus en sécurité à Fort Yates quand le tueur aura compris qu'il y a un autre témoin. Il faut espérer qu'il n'a pas trouvé le téléphone de ta sœur.

De toute façon, Tuck savait que Julia courrait un grave danger dès le lendemain, si ce n'était pas déjà le cas. Quand l'équipe du légiste aurait terminé son travail, il ne se passerait pas longtemps avant qu'ils découvrent que la victime était en réalité Jillian Anderson. Quand il saurait que Jillian avait une sœur jumelle, celui qui l'avait tuée additionnerait deux et deux et comprendrait que la personne qu'il avait tuée et celle qui avait témoin du meurtre n'étaient pas la même. Et plaise à Dieu qu'il ne trouve le téléphone de Jillian, car cela lui apprendrait que sa dernière communication avait été adressée à Julia pour lui envoyer la vidéo du meurtre. Il se mettrait à la poursuite de Julia et Lily ne serait plus en sécurité avec sa mère.

La jeune femme prit une profonde inspiration et regarda le bébé endormi dans ses bras.

— Il faut que j'emmène Lily loin d'ici.

— Demain matin à la première heure. Pour le moment, tu es aussi blanche qu'une morte.

Dès que ces mots eurent quitté ses lèvres, il eut envie de se mordre la langue.

Les larmes que Julia retenait se remirent à couler sur ses joues.

— Je suis désolée. Je n'arrive pas à arrêter de pleurer.

— C'est tout à fait compréhensible. Tu viens de perdre ta sœur.

L'idée de perdre l'un de ses propres frères frappa soudain Tuck et, avant de réfléchir, il attira Julia et le bébé dans ses bras. La crainte de ce qui pouvait leur arriver outrepassait largement la peur d'avoir de nouveau le cœur brisé.

Oui, songea-t-il, sa vie venait de prendre un tour beaucoup plus compliqué.

Julia était allongée sur le grand lit double de la chambre d'hôtel, Lily tranquillement endormie à côté d'elle.

Par la fente de la porte, elle voyait Tuck s'affairer. Cet agent du FBI à la froide efficacité était à des lieues de l'homme amusant, attentif et passionné qu'elle avait rencontré et épousé un an auparavant.

Sa vie avait ainsi décrit un cercle complet, ne la ramenant pas seulement vers Tuck, mais envoyant aussi sa dernière parente en vie à la morgue. La carrière professionnelle qui l'avait effrayée toute sa vie, qui avait emporté son père, brisé le cœur de sa mère, et l'avait fait fuir Tuck quelques mois auparavant, était à présent la raison même pour laquelle elle revenait vers lui. Elle lui faisait confiance pour les protéger, elle et Lily. Mais qu'arriverait-il une fois que tout serait terminé ? Tuck était désormais au courant de l'existence de Lily et, si elle se fiait à son expression quand il l'avait tenue dans ses bras, il ne les laisserait pas facilement repartir.

Elle ne savait presque rien de Tuck, en réalité. Il avait parlé d'une mère, mais avait-il des frères et sœurs ? Lui ressemblaient-ils ? Auraient-ils envie de connaître Lily ?

Tuck et elle n'avaient pas eu le temps de découvrir tous ces détails essentiels lors de leur idylle éclair.

Et si Tuck ne se montrait pas un bon père pour Lily ? Elle la prendrait sous le bras et l'élèverait elle-même, s'il fallait en arriver là.

Mais s'il était vraiment l'homme bon et aimant qu'il semblait être ? S'il était capable d'être un bon père, alors elle n'avait pas le droit de l'éloigner de sa fille. Pourtant, comment pouvait-elle le laisser faire partie de leur vie sans avoir de sentiments pour lui ? Des sentiments qui la mettraient exactement dans la position de sa mère.

Dans l'autre pièce, Tuck déboutonna sa chemise en jean et la laissa glisser sur son dos.

Julia en eut le souffle coupé.

Grand, large d'épaules, doté d'une peau cuivrée, de cheveux longs qui lui arrivaient presque aux épaules, il aurait pu faire de la publicité pour les Indiens des deux Dakotas ou de la figuration dans un western.

Il n'était pas étonnant qu'elle ait craqué pour lui. Quelle femme célibataire ne l'aurait pas fait ? Et il n'y avait rien de surprenant non plus à avoir été si emballée qu'elle n'avait pas pensé à prendre de précautions. Elle posa les yeux sur le petit trésor niché contre elle. Elle ne regrettait pas un seul instant les moments qui avaient amené sa fille dans sa vie. Néanmoins, elle était consciente qu'elle aurait pu gérer bien mieux la situation.

Pendant sa grossesse, elle s'était menti à elle-même, sachant très bien qu'elle aurait dû informer Tuck qu'elle était enceinte. Elle savait très bien que ce qui était en cause, c'était le travail de Tuck au FBI. Elle était alors déterminée à élever Lily seule, à se prouver qu'elle n'avait pas besoin d'un homme, surtout d'un homme qui travaillait dans un domaine si dangereux.

Un sentiment de culpabilité bien familier l'envahit.

Elle aurait dû le lui dire. Il avait le droit de connaître sa fille. Il aurait pu être là quand elle était née. Les choses auraient peut-être marché entre eux. Tuck aurait peut-être plus de chance que son père et sa sœur. Il vivrait peut-être assez longtemps pour assister à la naissance de ses petits-enfants.

Bien sûr, et les poules auront des dents.

Le chagrin l'envahit de nouveau. Avait-elle besoin d'autres preuves ? Son père, agent du FBI, était mort dans l'exercice de ses fonctions. Sa sœur travaillait pour la même agence et, à présent, elle était morte également.

Tuck s'assit sur le canapé et retira ses bottes de cow-boy. Puis il se releva et déboutonna son jean.

Julia aurait dû détourner les yeux au lieu de l'épier, mais elle ne pouvait s'y résoudre. Les larmes continuaient à glisser sur ses joues, et pourtant son regard était attiré vers cet homme comme un papillon par la lumière.

Il baissa la fermeture Eclair, puis s'immobilisa, comme frappé d'une idée soudaine. Laissant retomber les mains, il lança un regard en direction de la chambre.

Julia ferma les yeux, feignant de dormir.

Le doux bruissement de pieds nus sur la moquette lui apprit que Tuck était entré dans la pièce.

Discrètement, elle entrouvrit les paupières.

Tuck Thunder Horse était penché sur le lit, fixant le bébé à côté d'elle. Il tendit la main et effleura la petite joue du doigt, le regard insondable et la mâchoire serrée.

Se penchant davantage, il posa un baiser léger sur le front de l'enfant. Puis son regard se déplaça sur Julia, avec une expression indéchiffrable. Aussi silencieusement qu'il était entré, il se dirigea vers la salle de bains.

Julia le suivit des yeux, saisie d'une bouffée de jalousie aiguë à l'idée que c'était elle qui aurait dû recevoir ce baiser. Elle se souvenait encore de la sensation de ses lèvres sur les siennes.

Elle secoua la tête et força ses pensées à changer de cours. Elle ne pouvait pas se permettre de succomber de nouveau à l'attirance qu'elle ressentait pour Tuck. Cette situation n'était que temporaire, et prendrait fin quand le danger serait passé.

Ses joues humides lui rappelèrent ce qui importait vraiment dans cette histoire : sa sœur était morte et Lily et elle pourraient bien être les prochaines victimes.

4

Tuck tourna le robinet de la douche et le positionna sur froid.

Dormir était la dernière chose dont il avait envie, alors que son ex-femme était couchée de l'autre côté de la porte.

Son sexe était tendu. Les souvenirs de la nuit qu'ils avaient passée ensemble avaient provoqué un afflux de sang dans son bas-ventre. Une douche froide était donc le seul remède auquel il pouvait songer. Coucher avec Julia était absolument hors de question. Pas après qu'elle se fut enfuie au lendemain de leur mariage et omis de l'informer d'un événement aussi important que la naissance d'un enfant.

Une colère dirigée contre lui-même courait dans ses veines en même temps que le désir. Il avança sous la douche et l'eau froide martela sa peau, sans réussir à éteindre le désir qui s'était emparé de lui. Il se saisit du minuscule flacon de shampoing fourni par l'hôtel et fourra les doigts dans ses cheveux pour les laver. Mais rien ne pouvait le débarrasser de l'odeur de Julia, de la vision de son teint de porcelaine, de ses cheveux d'un blond soyeux, du doux renflement de ses hanches, de ses lèvres voluptueuses… Tout ce qui faisait qu'elle était elle.

Tuck grogna et laissa ses mains couvertes de savon

descendre le long de son torse vers une érection si dure qu'il ne pouvait la faire disparaître, même avec une douche froide.

Comment allait-il la protéger, si tout ce qu'il voulait était de se perdre en elle ?

Il se força à visualiser le bébé qui dormait à côté d'elle. Une petite version féminine de lui-même, paisiblement couchée à côté de sa mère, inconsciente des dangers qui la guettaient. La gravité de la situation de Lily fit mieux pour le tirer de son brouillard de désir que le déluge d'eau glacée.

Cette enfant lui donna la résolution nécessaire pour se détourner de ses pensées érotiques et se concentrer sur la situation présente. Peu importaient ses désirs ou ses souhaits, le bébé était son principal souci. La maintenir hors de danger — de même que sa mère — était la priorité absolue. Et la seule manière de les protéger était d'arrêter l'homme qui avait tué l'agent de la Commission des jeux et la sœur de Julia.

Il avait regardé la vidéo. La distance et la résolution rendaient difficile de déterminer l'identité du tireur. Mais avec un équipement et des techniques de pointe, ils avaient une chance d'y parvenir. S'il pouvait faire sortir Julia, Lily et le téléphone portable de Fort Yates sans dommages.

Allongée à côté de sa fille, Julia fixait le plafond, incapable de trouver le sommeil. Le bruit de la douche de l'autre côté de la porte de la salle de bains lui rappelait que Tuck était là, nu, sous le jet. Comme si c'était la veille, elle se souvint de s'être tenue dans une douche similaire, dans ce même hôtel, et d'avoir admiré le corps solide et sexy de son mari, l'avoir exploré et taquiné des doigts, avoir goûté et mémorisé chaque centimètre carré de sa peau.

Son pouls accéléra tandis qu'une vague de chaleur descendait dans son ventre. Elle n'avait eu aucun amant depuis cette nuit-là, même avant de savoir qu'elle était enceinte. Aucun autre homme ne pouvait lui faire le même effet que Tuck, elle le savait. Leur union avait peut-être été brève, les heures qu'elle avait passées dans ses bras avaient été magiques, irrésistibles, au-delà de tout ce qu'elle avait connu. S'était-elle montrée trop irréfléchie en fuyant au lieu de donner une chance à leur mariage précipité ?

La pensée de sa sœur gisant dans une morgue froide et obscure la ramena à la réalité avec une brusquerie qui lui broya le cœur. Non, elle avait eu raison de partir et d'éviter ainsi de tomber encore plus amoureuse de cet homme. Si elle était restée avec lui, elle serait tombée dans le piège de devoir souffrir le même genre de chagrin que celui de perdre son père et sa sœur.

La sonnerie de son portable la tira en sursaut de ses pensées moroses. Elle saisit l'appareil et fixa l'affichage digital. Numéro privé.

A la troisième sonnerie, Lily se réveilla et laissa échapper un cri.

A bout de nerfs, entre les cris de Lily et les événements de la soirée, Julia n'arrivait pas à réfléchir. Elle pressa le bouton d'appel et éleva le téléphone à son oreille, le cœur battant et les cordes vocales nouées.

— Julia Anderson, tout le monde pense que vous êtes morte. Mais je sais que ce n'est pas le cas.

La voix rauque poursuivit :

— Je sais aussi ce que votre sœur vous a envoyé avant de mourir.

— Je n… n… ne sais p… pas de quoi vous parlez, mentit-elle.

— J'ai son portable. J'ai vu la vidéo. Si vous ne vous taisez pas et si vous ne me donnez pas cette vidéo, vous et votre bébé finirez comme elle.

Les mains de Julia se mirent à trembler si fort que le téléphone lui échappa et tomba sur le plancher. Comme si Lily avait senti sa détresse, ses pleurs redoublèrent.

Des larmes s'accumulèrent dans les yeux de Julia et elle se leva en trébuchant, fixant l'appareil à ses pieds comme si c'était un serpent à sonnette.

— Que se passe-t-il ?

Tuck apparut sur le seuil de la salle de bains, une serviette enroulée autour des hanches. L'eau dégoulinait sur son corps.

— Le téléphone, répondit Julia dans une sorte de stupeur.

Tuck serra les dents.

— Quel téléphone ?

— Le mien.

Elle lança un regard à l'appareil tombé à ses pieds.

— Tu n'as pas pris d'appel, n'est-ce pas ?

Elle fit signe que si en regardant Tuck.

Un muscle tressauta sur sa mâchoire et il pinça les lèvres.

— Le tueur ?

Elle hocha derechef la tête.

— Qu'a-t-il dit ?

— Qu'il nous tuerait, Lily et moi, si je montrais la vidéo à qui que ce soit.

Julia prit le bébé sur le lit et le serra contre elle.

— Donc il sait pour Jillian et il est au courant qu'elle t'a envoyé le film.

Les paroles de Tuck sonnaient comme une affirmation. Il tendit la main dans la salle de bains et attrapa son jean.

— Il faut que nous partions.

Le souffle coupé, Julia murmura :

— Tout de suite ?

Tuck lui rendit son regard, avec une expression aussi tendue que sa mâchoire.

— Tout de suite. Prépare-toi, vite.

Il passa dans l'autre pièce, laissa tomber la serviette et sauta dans son jean.

Pendant une seconde, Julia ne put s'empêcher de fixer son corps nu, et sa bouche s'assécha. Puis elle pivota sur elle-même et entra en action, la sécurité de son enfant ayant pris la place de toute autre pensée. Elle posa Lily sur le lit et la cala entre deux oreillers avant de s'habiller et de fourrer couches, biberons et lait en poudre dans son sac.

Elle eut fini en moins de deux minutes. Tandis qu'elle fixait le porte-bébé derrière sa nuque, elle regarda Tuck qui se tenait à la fenêtre, épiant derrière le rideau.

La valise de Tuck attendait près de la porte. Il vérifiait si un nouveau véhicule ne s'était pas garé sur le parking. Vu l'heure, la plupart des joueurs avaient décidé soit d'aller se coucher, soit de passer le reste de la nuit aux machines à sous dans l'espoir de toucher le jackpot. Rien ne bougeait au-dehors.

Puis deux paires de phares se mirent à briller le long de la route qui menait au casino.

Le pouls battant, Tuck fixa les véhicules à l'approche et cria par-dessus son épaule :

— Il faut y aller !

— Je suis prête.

Julia apparut à ses côtés, Lily blottie contre elle. Elle passa sous son bras et regarda au-dehors.

— Que se passe-t-il ?

— Je n'ai pas la moindre envie de le savoir. Filons d'ici.

Il prit sa valise, puis la reposa après réflexion. Il n'avait rien d'important dedans. Ils se déplaceraient plus vite sans elle. A la place, il empoigna le sac de Julia et tint la porte à celle-ci.

Une fois dans le couloir, il rattrapa et dépassa Julia, se dirigeant vers l'escalier et non vers l'ascenseur. Dévalant les marches deux par deux, il arriva en bas le premier.

Julia descendait à un rythme bien plus lent, prenant garde à ne pas glisser, au risque de laisser tomber son précieux fardeau.

Tuck ouvrit la porte qui donnait sur l'arrière du bâtiment et survola les alentours du regard.

— Rien à signaler pour le moment. Mais il faut nous dépêcher.

— Où allons-nous ? questionna Julia en le contournant pour sortir.

A cet instant, il vit un mouvement du coin de l'œil, à l'angle de l'hôtel. Un homme en noir tournait le coin, bougeant la tête de droite à gauche, manifestement en quête de quelqu'un.

Cherchant Julia, sans aucun doute.

Tuck la tira à l'intérieur et la poussa derrière l'escalier métallique.

— Attends ici, sous l'escalier, jusqu'à ce que je revienne. Reste accroupie et ne fais pas de bruit.

Il se glissa par la porte et se dissimula dans l'ombre d'un arbuste proche. En progressant tout doucement le long du mur du casino, il suivit l'homme du regard, tout en réfléchissant à la manière dont il allait faire sortir Julia de l'hôtel sans danger.

Il vit soudain une voiturette de golf près de la porte, garée sous un auvent.

Au même instant, l'homme qui fouillait l'arrière du bâtiment se rapprocha de l'endroit où Tuck se cachait dans l'ombre. Malgré la faible lumière de cette nuit sans lune, la forme obscure d'un pistolet était clairement reconnaissable dans sa main. Et l'homme ne faisait pas partie des adjoints du shérif, ni de la police tribale qui s'était trouvée sur la scène de crime plus tôt, ni même des témoins potentiels qu'il avait lui-même questionnés au casino.

Il portait des vêtements sombres et se déplaçait de manière furtive, se glissant dans l'obscurité comme quelqu'un qui en a l'habitude. Prenant une décision immédiate, Tuck bondit, fit voler l'arme que tenait l'homme et lui assena un coup sur le nez.

Le type se plia en deux, juste au moment où Tuck levait le genou pour le frapper derechef au visage. Il tomba à terre et resta immobile.

Sachant qu'il ne disposait sans doute que de quelques instants avant que l'homme ne reprenne connaissance et ne sonne l'alarme, Tuck se précipita vers la voiturette et chercha à tâtons, priant pour trouver une clé. Quand ses doigts se refermèrent sur l'objet en question, il adressa des remerciements silencieux à Wakantanka, le Grand Esprit. Il démarra le véhicule et passa la marche arrière, recula à toute vitesse jusqu'à la porte du casino et fit signe à Julia de le rejoindre.

Elle se hâta de grimper à bord, et se glissa sur le siège passager tandis que Tuck passait en marche avant et prenait la direction de la marina.

— Qu'est-il arrivé à l'homme que tu as vu ? demanda Julia en se retournant pour regarder derrière eux.

— Je me suis occupé de lui, dit Tuck entre ses dents, tandis que la voiturette rebondissait sur l'allée qui menait au lac.

— Où allons-nous ? Nous ne devrions pas trouver une autre voiture ?

— Pas une voiture. Un bateau. La route qui mène au casino est toute droite et étroite. Ils nous repéreraient immédiatement. Le lac est assez grand pour nous laisser une avance sur eux.

Julia se cramponna à la barre qui soutenait le toit tandis que Tuck poussait le véhicule à sa vitesse limite.

— Je crois que quelqu'un nous suit. On dirait qu'ils sont deux.

Elle se tourna vers Tuck.

— Tu peux accélérer ?

Tuck grinça des dents. La pédale de l'accélérateur était déjà au plancher.

— Je fais ce que je peux, mais si tu penses que tu peux courir plus vite en portant Lily…

— Sûrement pas. Mais ils gagnent du terrain, tu sais.

Un coup d'œil rapide derrière lui le rassura.

— Nous y arriverons avant eux.

Cependant, ils allaient avoir besoin de chance. Le premier bateau qu'ils verraient devait avoir une clé sur le contact, ou bien ils mourraient.

Lily gémit.

Tuck n'osait pas la regarder. Il devait arriver à la marina et les sortir de là, Julia et elle, avant que quelque chose ne leur arrive.

Un bruit sourd fit frémir la voiturette. Des morceaux de plastique se répandirent sur le dos de Tuck.

— Baisse-toi !

Se tenant au siège, Julia s'accroupit sur le plancher du véhicule, le bras serré autour de Lily.

— Ils nous tirent dessus ! cria-t-elle. Et s'ils touchent Lily ?

— Ça n'arrivera pas.

Tuck espérait que la chance lui donne raison. Il vira en cahotant sur la jetée de bois, ralentissant à peine tandis qu'il évaluait à vue de nez les bateaux amarrés.

Une longue et élégante vedette attira son attention. Il se dirigea droit vers elle et pressa la pédale d'accélérateur à fond. La voiturette bondit en avant, heurtant les planches et secouant ses occupants.

La voix de Lily monta dans les aigus, accompagnée par les exclamations de Julia quand elle jaillit de la voiturette à reculons, et tomba sur le dos sur la jetée devant la vedette.

— Julia ?

Tuck craignit qu'elle ne soit tombée à l'eau, mais il n'y avait eu aucune éclaboussure.

Julia agita une main.

— Ça va, je suis juste secouée.

— Reste où tu es.

Tuck bondit hors de la voiture et sauta sur la vedette. Il chercha le contact, priant pour que le propriétaire ait été assez stupide pour avoir laissé la clé.

— Bon sang !

Pas de clé.

Il ressortit et grimpa sur le bateau de ski nautique voisin. Une bouée miniature se balançait à la clé restée dans le contact. Il leva les yeux sur la route menant au casino. Les silhouettes de trois hommes couraient vers eux.

— Monte !

Tuck démarra le moteur, se pencha de côté et détacha les amarres qui retenaient le bateau à la jetée.

En un instant, Julia se remit sur pied et courut vers l'embarcation.

Tuck tendit le bras pour l'aider à monter à bord avec Lily.

Un « pop » silencieux retentit et des échardes de bois volèrent en direction de Tuck. Il se pencha en avant et passa la marche arrière, en abaissant le levier à fond. Le moteur rugit et le bateau recula hors de son emplacement aussi vite que Tuck pouvait le manœuvrer. Quand ils eurent distancé les tireurs, il réduisit les gaz et fit pivoter l'embarcation vers l'avant. Celle-ci releva le nez et laboura la surface de l'eau jusqu'à prendre assez de vitesse pour que la proue s'abaisse et qu'ils filent à quarante-cinq nœuds.

Pour la première fois depuis ce qui lui semblait des heures, Tuck poussa un soupir de soulagement. Il savait qu'ils n'avaient pas beaucoup d'avance. Les truands allaient trouver eux aussi un bateau avec une clé ou bien trafiquer les fils et ils seraient bientôt sur leurs talons. Plus ils s'éloigneraient de la marina, mieux ce serait. Il se risqua à allumer la lumière pour vérifier le niveau de carburant et fit la grimace. Bon sang, il restait à peine un quart de réservoir. Cela ne les mènerait pas loin.

Il fallait qu'il trouve un endroit où abandonner le bateau et se cacher. Son regard se posa sur la femme assise près de lui.

— Ça va, vous deux ?

— Oui, Dieu merci.

Julia surveillait Lily. Le bébé était blotti contre sa mère, sa petite main refermée sur le tissu de la chemise de Julia.

Une bouffée d'orgueil remplit la poitrine de Tuck

en même temps qu'une immense frayeur lui nouait les entrailles.

— Regarde si tu peux trouver des gilets de sauvetage pour vous deux. Ils doivent être sous les sièges.

Il n'ajouta pas que les gilets se révéleraient indispensables si le bateau chavirait ou bien si un virage trop serré les projetait tous dans l'eau.

Comment allait-il pouvoir les mettre en sécurité avec ces hommes qui leur tiraient dessus ? Avec si peu de carburant, ils ne pourraient pas rester longtemps sur le lac. Avait-il choisi la mauvaise route ? Auraient-ils dû plutôt s'enfuir en voiture ?

Les regrets ne le mèneraient à rien. Ils avaient assez de carburant pour aller quelque part. Il devait y avoir des terrains de camping autour du lac.

Mais il n'osait pas ralentir. Il garda un cap aussi stable que possible tandis que Julia se déplaçait dans l'embarcation à la recherche des coffres sous les sièges. Elle trouva même un petit gilet pour enfant. Malheureusement, il était quand même bien trop grand pour Lily.

— Mets d'abord le tien, lui enjoignit Tuck.

Julia posa le bébé sur le siège arrière et passa les bras dans le gilet, avant de resserrer les lanières et de boucler la ceinture. Puis elle fixa le petit gilet autour de Lily, l'attachant assez étroitement pour l'empêcher de glisser si le bébé tombait à l'eau avec eux.

Tout ce temps, Tuck garda l'œil fixé derrière eux, bien qu'il n'y voie pas beaucoup. Le ciel nocturne était rempli de millions d'étoiles, mais sans lune, le lac d'un noir d'encre, dont la surface frémissait sous le vent du Dakota, ne révélait rien.

Tuck ne pourrait pas voir les tueurs avant qu'ils ne les rattrapent. Et alors, il serait trop tard.

Portant Lily, Julia revint s'asseoir près de Tuck.

— Elle n'est pas contente, mais je ne peux rien faire pour le moment.

Elle fixa un regard préoccupé sur le bébé, qui gigotait dans ses bras.

Tuck sentit son cœur se serrer. Il ne pouvait rien faire d'autre pour alléger leur fardeau.

— Essaie de repérer les terrains de camping et les aires de camping-cars. Il va falloir bientôt quitter le lac.

— Pourquoi ?

— Nous n'avons pas assez de carburant pour les distancer pendant très longtemps.

— Compris. Je vais regarder.

Elle tourna la tête.

— Il faut que tu t'approches davantage de la rive si tu veux que j'y voie.

Intérieurement, Tuck débattait du meilleur côté où aborder et se décida finalement pour la rive est. Le bateau rasait la surface de l'eau et le plat paysage du Dakota du Nord s'étirait dans l'obscurité.

C'était seulement la deuxième fois de sa vie que Tuck avait vraiment peur. La première fois, c'était moins de deux mois auparavant, durant une mission. Son frère Pierce et le meilleur ami et collègue de Tuck, l'agent Mason Carmichael, avaient prêté main-forte aux forces aériennes. Tuck pensait avoir failli à son devoir en laissant son ami pénétrer dans un immeuble dont ils soupçonnaient qu'il recelait une cache d'armes et de drogue.

L'explosion qui avait suivi avait projeté Pierce et Tuck à plusieurs mètres, leur coupant le souffle et leur infligeant à tous deux une commotion légère, mais en les éloignant en même temps du cœur du brasier. Mais l'équipe des forces aériennes et Mason avaient péri, de même que tous les membres du groupe terroriste à l'intérieur.

Il avait vu Mason mourir dans les bras de Pierce, alors qu'il aurait pu l'empêcher d'entrer dans ce bâtiment. Sa pire crainte, à présent, était d'échouer à sauver Julia et Lily.

Il ne permettrait pas que cela arrive.

— Là !

Julia pointait du doigt la rive à environ cinq cents mètres en amont.

— Qu'est-ce que c'est ?

Tandis qu'ils s'approchaient progressivement, Tuck distingua les contours d'un terrain de jeux pour enfants, doté de balançoires et de toboggans. Derrière se trouvaient des rangées de caravanes, de camping-cars et de tentes bien alignées. Une lumière jaune brillait au-dessus du bâtiment des douches, situé au centre du terrain.

Il tourna un peu la barre vers la droite pour amener l'embarcation plus près du rivage.

D'autres bateaux étaient amarrés ou bien ancrés un peu plus loin dans l'eau. Tuck dépassa le terrain de camping.

— On ne s'arrête pas pour essayer de trouver une voiture ? demanda Julia en tournant la tête pour regarder derrière eux.

— Si, mais nous ne pouvons pas nous arrêter ici, quelqu'un pourrait nous voir.

Tuck dirigea le bateau directement vers le nord du camping.

Julia posa la main sur son bras.

— Pourquoi ne t'arrêtes-tu pas ? Nous allons nous échouer.

— C'est bien l'idée.

La coque toucha enfin le fond de sable et de gravier, et le bateau fit halte dans un mètre cinquante d'eau.

— Vous deux, vous allez descendre ici et m'attendre sur le rivage.

Julia retira son gilet, prit son sac, détacha le bébé et l'emporta vers la proue du bateau. Quand elle fut prête, elle s'assit sur le rebord.

— Que vas-tu faire ?

— Nous ne pouvons pas laisser le bateau ici. Si ces types le reconnaissent, ils comprendront que c'est ici que nous avons abordé.

Il tendit les bras pour prendre Lily.

— Tu veux que je débarque d'abord et que je vous aide à descendre ?

— Non, il vaut mieux que je descende la première pendant que tu tiens Lily.

Julia lui tendit la petite fille et se tourna pour se glisser dans l'eau glacée. Quand ses pieds touchèrent le fond, elle perdit pied et chancela, les bras étendus.

— Attention ! cria Tuck, le bébé dans les bras, contrarié de ne pas pouvoir l'aider.

Julia perdit tout à fait l'équilibre et tomba à la renverse dans l'eau. Elle lutta pour se remettre debout, gênée par son sac à dos et le châle, tous deux trempés, qui l'alourdissaient. Enfin, elle parvint à se relever, dégoulinante d'eau, les cheveux pendant sur son visage.

— Dieu merci, c'est toi qui avais Lily.

Elle claquait des dents.

— L'eau est glaciale.

Elle se rapprocha du bateau en marchant avec précaution sur le fond sableux. Quand elle fut à hauteur de la proue, elle tendit les bras pour prendre le bébé.

— Tu es sûre que ça va ? questionna Tuck en lui tendant l'enfant.

— Oui. Je suis gelée, mais ça va.

Le bébé dans les bras, Julia pataugea jusqu'au rivage et se laissa tomber sur le sol sec, tenant Lily à quelque distance de ses vêtements afin de ne pas mouiller l'enfant.

Tuck secoua la tête, désolé de ne pas avoir débarqué le premier pour aider Julia. Mais ce qui était fait était fait. Il fit reculer le bateau, pointa le nez vers le nord et, se servant des lanières du gilet de sauvetage, attacha la barre pour la coincer, ce qui mènerait l'embarcation directement au milieu du lac.

Prenant une profonde inspiration, il grimpa sur la coque avant, poussa les gaz à fond et sauta dans l'eau.

5

Le cœur de Julia fit un bond et elle se leva, Lily dans les bras, quand elle vit Tuck sauter dans le lac.

Il s'enfonça dans l'eau jusqu'à mi-cuisses, mais parvint à rester debout. Un bien meilleur atterrissage qu'elle-même. Elle secoua la tête. La brise fraîche de la nuit la faisait frissonner de tous ses membres.

Tuck la rejoignit en pataugeant, et tendit les bras pour prendre sa fille.

— Je suis sec jusqu'à la taille, laisse-moi la prendre.

— Merci.

Elle fit remonter les bretelles de son sac sur ses épaules

— Je me serais relevée plus vite si je n'avais pas eu le sac à dos.

Ses yeux s'élargirent brusquement.

— Le sac !

— Quoi ?

— Le portable est dedans.

Elle le posa sur le sol, et fouilla les différentes poches pour trouver l'appareil. Celle où il se trouvait était remplie d'eau glaciale. Son cœur chavira.

— Oh, non !

— Il est humide ?

— Trempé.

Elle pressa la touche d'allumage et n'obtint aucune réaction. Le voyant de veille et l'écran restèrent obscurs.

Julia perdit soudain tout espoir de retrouver l'homme qui avait tué sa sœur.

— Il est fichu. Comment allons-nous coincer le tueur sans cette vidéo ?

— Fais-moi voir.

Tuck fit passer Lily sur l'un de ses bras et se mit à tripoter les différentes touches du portable. Quand il fut clair que rien ne fonctionnait, il le referma et retira la batterie.

— Tiens-le.

Il lui rendit le téléphone et sécha la batterie à l'aide de sa chemise.

Pendant ce temps, Julia s'efforçait de sécher l'intérieur du téléphone avec sa propre chemise. Sa main effleura la peau de Tuck, la réchauffant à un endroit de son corps que l'eau du lac n'avait pu atteindre.

Quand il lui tendit la batterie, elle la remit en place, formula une prière silencieuse et pressa la touche de contact.

Rien. Un frisson la secoua si fort qu'elle laissa presque tomber le téléphone.

La main de Tuck vint se poser sur la sienne.

— Nous nous en occuperons plus tard. Il faut trouver un abri et que tu enlèves ces vêtements mouillés.

— Mais la vidéo…

— Ça peut attendre.

Il rempocha le téléphone et saisit d'une main le sac à dos, tenant toujours Lily en équilibre sur un bras.

— Allons-y.

Julia escalada la rive, s'efforçant de rattraper Tuck. Elle lui prit le sac à dos des mains.

— Je me charge du sac, et toi de Lily.

Il poursuivit son chemin à longues enjambées, en direction du terrain de camping.

Fatiguée, gelée et courbatue, Julia fit ce qu'elle pouvait pour ne pas se laisser distancer. Quand ils rejoignirent finalement les camping-cars, les tentes et les voitures, elle se demanda comment ils allaient pouvoir convaincre quelqu'un de les aider.

Aux premières heures du matin, sortant de nulle part, et avec leur allure trempée et débraillée, ils allaient terrifier les gens.

Tuck s'approcha d'un gros camping-car situé un peu à l'écart des autres caravanes, et dont l'entrée faisait face au terrain. Il frappa à la porte, tenant toujours le bébé dans les bras.

Aucune réponse ne leur parvint.

Il frappa un peu plus fort, vérifiant d'un coup d'œil qu'ils n'étaient pas visibles depuis le reste du terrain et qu'il n'avait pas réveillé les autres dormeurs.

Le rideau d'une petite fenêtre près de la porte se souleva et un vieil homme grisonnant jeta un regard au-dehors.

— Vous savez quelle heure il est ?

Tuck sourit.

— Oui, monsieur. Je suis désolé de vous déranger. Je m'appelle Tuck Thunder Horse et j'appartiens au FBI. Pourriez-vous ouvrir cette porte ? Il y a urgence.

— Montrez-moi une preuve de ce que vous avancez et je vais y réfléchir.

Le regard du vieil homme survola Tuck, le bébé dans ses bras et Julia derrière eux.

— J'vous avertis, j'ai un pistolet.

— Parfait. Nous avons besoin de votre aide.

Tuck sortit son portefeuille et l'ouvrit, affichant sa carte et son insigne du FBI.

Julia frissonna. L'insigne évoquait tant de souvenirs de son père et de sa sœur ! Elle ferma les paupières pour s'empêcher de s'effondrer. Elle ne pouvait pas se le permettre. Pas maintenant, Lily avait besoin d'elle.

Les yeux du vieil homme se plissèrent.

— Et comment je sais que c'est des vrais ?

— Vous ne le savez pas. Mais j'ai un bébé avec moi et cette femme est trempée. Elle a besoin de se sécher, sinon elle va tomber en hypothermie.

— Oh ! pour l'amour de Dieu, Marshall, ouvre cette porte !

Une voix féminine venait de se faire entendre derrière l'homme.

Le rideau retomba, des serrures cliquetèrent et la porte s'ouvrit.

Une femme âgée portant une robe de chambre bleue un peu usée leur fit signe d'entrer.

— Entrez, entrez. Il fait froid dehors, vous allez attraper la mort.

Elle resserra sa robe de chambre et recula, repoussant son mari dans le camping-car.

Tuck s'effaça pour permettre à Julia d'entrer la première.

— Merci infiniment, réussit à dire Julia entre ses dents qui claquaient.

— Seigneur ! Marshall, donne une serviette à cette dame. Elle est gelée.

Marshall se glissa en grommelant dans une minuscule salle de bains.

— L'aurait pas besoin d'une serviette si elle entrait pas dans le lac la nuit. L'arrive que des mauvaises choses aux gens qui restent dehors après minuit, j'arrête pas de le dire.

Il revint en portant une moelleuse serviette blanche, qu'il tendit à Julia avec une expression un peu radoucie devant son air pitoyable.

— Je m'appelle Lois Glimm, et voici Marshall, mon mari. Je vous en prie, faites comme chez vous.

Du regard, elle évalua la taille de Julia.

— J'ai un survêtement qui pourrait vous aller. Pourquoi n'allez-vous pas dans la salle de bains retirer ces vêtements mouillés ?

— Je suis désolée de vous déranger…

Un autre frisson la secoua tout entière et elle sourit en laissant glisser les bretelles de son sac à dos.

— … mais merci beaucoup.

Elle se hâta d'entrer dans la salle de bains et retira son châle, sa chemise et son jean, ne gardant que son soutien-gorge et son slip.

La porte s'entrouvrit et la main de Lois lui tendit un paquet de vêtements.

— Essayez ça, ma chérie.

Julia les accepta et enfila immédiatement le pantalon. La chaleur lui fit pousser un soupir de soulagement. Une fois qu'elle eut passé le haut, ses frissons se calmèrent et elle se sentit de nouveau humaine. Puis elle fit l'erreur de se regarder dans le miroir. Ses cheveux pendaient en mèches trempées sur ses épaules, ses paupières étaient rouges d'avoir tant pleuré et son visage était pâle et bouffi. Mais son apparence lamentable n'était rien comparé à l'idée que, dorénavant, la seule manière qu'elle aurait de voir ce visage serait de se regarder dans une glace. Elle ne verrait plus jamais le visage de sa sœur jumelle.

Des larmes lui montèrent de nouveau aux yeux. Jillian était morte. Sa seule parente encore en vie n'était plus. Lily et elle étaient seules au monde, poursuivies par des truands.

Puis elle se souvint de Tuck. Il lui avait sauvé la vie plus d'une fois jusqu'ici. Une fois passé le choc d'apprendre qu'il avait une fille, il avait pris les choses en main et déplacé des montagnes pour leur venir en aide.

Elle n'avait pas le temps de pleurer la perte de sa sœur. Elle devrait attendre que le tueur soit capturé, et Lily et elle en sécurité.

Enroulant ses vêtements humides dans la serviette, elle sortit de la salle de bains, les épaules droites.

Tuck était assis sur le canapé en cuir du salon, et Lily allongée sur les coussins devant lui sur une serviette. Une couche mouillée était posée entre eux sur le sol.

Une couche propre à la main, Tuck tenait les chevilles de Lily dans l'autre.

La petite fille fixait cet homme étrange qui était son père, les joues creusées de fossettes de joie.

Tuck lui glissa la couche sous le derrière et fixa les rubans adhésifs.

Le contenu du sac à dos avait été étalé sur la table à côté de lui, ses vêtements mouillés et ceux de Lily rassemblés en tas.

Julia se félicita d'être si prévoyante quant au bien-être de sa fille. Elle avait l'habitude d'empaqueter toutes les affaires du bébé dans des sacs en plastique, les couches dans l'un, le lait en poudre dans un autre. Les sacs hermétiquement fermés avaient tenu bon, protégeant ainsi quelques couches et la nourriture dont elle aurait besoin pour le reste de la nuit et le jour suivant.

— Votre mari s'y prend drôlement bien avec votre petite fille, remarqua Lois. Et elle, c'est un vrai trésor.

Julia lança un regard à Tuck, et s'abstint de corriger l'erreur de la femme quant à leur lien.

— Merci.

Lois s'empara d'un sac en plastique de supermarché, le secoua pour l'ouvrir et y fourra les vêtements humides.

— Je crois comprendre que vous alliez à Bismarck en bateau quand vous avez eu des ennuis ?

Julia regarda de nouveau Tuck. Qu'avait-il raconté à ce couple sympathique ?

— Tout à fait, intervint Tuck. Nous sommes partis plus tard que prévu et ensuite, je crois que nous avons dû griller un fusible. Quand nous avons abordé, Julia est tombée à l'eau. Puis le bateau a dérivé pendant que je la repêchais et que j'essayais de tenir le bébé en même temps.

Tuck prit Lily dans ses bras et elle pressa le visage contre sa chemise, pinçant le tissu entre ses lèvres. Il lui sourit et lui caressa la joue du doigt.

— Je crois que cette petite a faim.

— Nous larguons les amarres tout à l'heure pour rentrer à Minneapolis, dit Lois. Si vous voulez, vous pouvez venir avec nous jusqu'à Bismarck.

— Vous êtes sûre ? la questionna Julia.

— Absolument. Toutefois, je dois vous dire…

Lois pinça un peu les lèvres et Julia fronça les sourcils, attendant la suite.

— Nous nous levons tôt, ajouta Marshall. Nous levons le camp à cinq heures afin de rentrer chez nous avant la nuit.

— Oh ! cela ne pose aucun problème. Nous sommes aussi des lève-tôt, n'est-ce pas, chéri ?

Julia sourit à Tuck, en resserrant son survêtement autour de sa taille, enfin réchauffée à l'intérieur et à l'extérieur.

— Une fois là-bas, nous enverrons quelqu'un chercher le bateau.

Elle prit un biberon vide et l'éleva.

— Vous auriez de l'eau potable dont je pourrais me servir pour préparer un biberon à Lily ?

Tandis que Lois allait chercher de l'eau en bouteille, Julia écouta les deux hommes discuter leur plan pour lever l'ancre le matin suivant.

Elle espérait que cinq heures n'était pas une heure trop tardive. Si les gens qui les suivaient s'arrêtaient au camping, allaient-ils frapper à toutes les portes pour les trouver ?

Elle espérait que non.

Quand elle eut nourri Lily, Marshall aida Tuck à déplier le canapé-lit et Lois prit des draps et des couvertures dans un placard. A eux deux, Tuck et Lois firent le lit en un rien de temps.

Julia sentit son pouls s'emballer à l'idée de dormir aux côtés de Tuck. La dernière fois qu'elle avait partagé son lit, elle était tombée enceinte. Non pas qu'ils allaient faire quoi que ce soit en présence de ce couple âgé, mais la tentation allait installer une atmosphère tendue entre eux.

— Toi et Lily, prenez le lit, dit Tuck. Je dormirai dans l'un des fauteuils.

— Je peux installer un petit matelas par terre pour le bébé, suggéra Lois.

— Je préfère qu'elle soit près de sa mère, répliqua Tuck. Je serai parfaitement bien dans le fauteuil. Merci beaucoup, de toute façon, madame Glimm.

— Si vous en êtes certain…

Lois toisa Tuck, puis le fauteuil. L'homme était beaucoup plus grand que le siège en question.

Julia se mordit la langue, espérant que les Glimm allaient retourner au lit avant de poser davantage de questions.

— Vous avez fait tellement pour nous ! Je vous en prie, dormez un peu. Nous sommes déjà très contents d'être au sec et au chaud.

Lois rougit.

— Eh bien, alors, à tout à l'heure.

Elle fit signe à Marshall de la suivre dans la chambre à l'arrière et referma la porte derrière eux.

— Rappelez-vous…, cria Marshall.

— Oui, je sais, dit Tuck avec un sourire. Vous avez une arme.

Le générateur électrique se mit en marche, et un ventilateur se mit à souffler de l'air chaud dans tout le camping-car, noyant de bruit tout ce que Julia et Tuck pouvaient dire.

— Prends le lit avec Lily, déclara Julia. Je serais plus à l'aise que toi dans le fauteuil.

Tuck secoua la tête.

— Je ne dormirai pas. Mais tu ferais mieux de te reposer. Lily en a besoin aussi.

Il fit un signe de tête en direction de la petite fille qui suçait les dernières gouttes de son biberon, les yeux fermés, les lèvres pressant puis relâchant la tétine au ralenti.

Julia lissa de la main les cheveux noirs de Lily et posa un baiser sur son front. Son cœur s'emplit d'une bouffée d'amour pour sa fille, un sentiment qu'elle éprouvait toujours quand elle regardait son petit visage endormi.

Quand elle releva les yeux, elle vit Tuck qui la regardait avec une expression insondable.

— Tu es formidable avec elle.

— Merci. C'est facile parce que je l'aime tellement.

Elle ôta le biberon de la bouche du bébé et posa celui-ci sur la table d'angle. Puis elle redressa Lily contre son épaule et lui tapota le dos pour lui faire faire son rot.

Les yeux de Tuck s'agrandirent et les coins de sa bouche se relevèrent en un demi-sourire. Puis il serra la mâchoire et fronça les sourcils.

— Tiens-toi prête à partir à la moindre alerte.

Julia posa Lily sur le lit et se tourna vers lui.

— Tu crois qu'ils vont nous trouver ici ?

— Je ne pense pas, mais mieux vaut rester prudents.

— Bien sûr.

Elle déposa ses vêtements humides près du lit et rassembla tous les objets disposés sur la table dans l'éventualité d'un départ précipité. En se déplaçant dans cet espace restreint, elle heurta Tuck à plusieurs reprises. Chaque fois, son cœur bondit dans sa poitrine et son souffle se bloqua.

Quand elle eut fini de préparer tout ce qui pouvait l'être, elle s'allongea à côté de Lily, face au fauteuil où Tuck s'était étendu. Il était couché sur le dos, un bras derrière la tête, le visage tourné vers sa fille.

— Elle est magnifique, murmura-t-il avec un nouveau sourire.

Julia sourit en retour, et elle arrangea la couverture autour du bébé.

— Elle ressemble tout à fait à son père.

Le sourire de Tuck disparut et fit place à son habituelle expression impénétrable.

— Tu aurais dû me le dire.

Julia sentit une espèce de main géante lui broyer le cœur.

— Je sais.

Elle se détourna. Elle ne pouvait défaire ce qui était fait. Si elle l'avait pu, elle aurait fait revenir sa sœur et annoncé à Tuck qu'il allait être père dès qu'elle avait appris la vérité.

Mais elle ne le pouvait pas. Une larme glissa du coin de son œil et roula sur sa joue.

Quelles que soient les erreurs que l'on commettait, la vie suivait son cours.

Pour certains.

Elle ferma les yeux, repoussant le flot de larmes qui s'accumulait dans sa gorge. Des images de Jillian et elle, campant avec leurs parents, envahirent son esprit. Sa mère agrafant l'insigne de Jillian quand elle était sortie de Quantico. Jillian lui tenant la main tandis qu'elle accouchait et que Lily arrivait au monde en donnant des coups de pied et en braillant. Julia n'arrivait pas à imaginer sa vie sans sa sœur.

Les larmes finirent par déborder pour de bon. Elle s'efforça d'étouffer ses sanglots, afin de ne pas déranger les Glimm et surtout afin que Tuck ne devine pas qu'elle s'abandonnait au chagrin.

Mais le bord du lit se creusa. Des bras forts et chauds la redressèrent contre l'oreiller et l'attirèrent contre une poitrine solidement musclée.

Devant ses yeux, le tissu de la chemise bleue de Tuck devint flou. Elle s'accrocha au vêtement et s'abandonna à ses larmes.

Tuck se mit à lui parler doucement, une longue suite de mots qui n'avaient aucun sens pour elle. On aurait dit sa langue maternelle, le lakota. De la main, il repoussa les mèches de cheveux qui collaient à ses joues trempées et lui caressa le dos.

Quelque temps après, ses pleurs cessèrent et un sentiment troublant émanant de l'homme qui la tenait dans ses bras lui réchauffa le corps. Elle glissa les doigts sous sa chemise et les posa sur sa peau nue, absorbant la chaleur de son corps. Elle voulait le sentir encore plus près. La tristesse glaciale provoquée par la perte de sa sœur la faisait encore trembler.

Tuck l'attira tout contre lui et glissa les mains sous son sweat-shirt pour lui caresser la peau.

Julia hoqueta, et sentit le sang courir plus vite dans ses veines.

Tuck Thunder Horse n'avait pas changé, et ses réactions face à lui non plus. Elle avait désespérément envie de lui, envie du contact de ses mains pour laver la douleur qui remplissait son corps et son âme.

Mais elle ne pouvait pas lui donner son cœur. Pas tant qu'il ferait partie du FBI. Le Bureau lui avait pris son père, et à présent qu'elle avait perdu sa sœur, les risques d'une carrière d'agent l'effrayaient encore davantage.

— Non.

Elle le repoussa et s'écarta en même temps.

— Il ne faut pas.

Les mains de Tuck s'immobilisèrent. Pendant un long moment, il ne bougea pas, puis il se leva et la regarda.

— Tu as raison. Il ne faut pas. Tu m'as fait clairement comprendre ta position, il y a un an, quand tu m'as envoyé les papiers d'annulation du mariage.

Il tourna les talons et s'approcha de la fenêtre, puis écarta les lames du store pour regarder dehors.

Julia remonta la couverture sous son menton. Sans la chaleur du corps de Tuck, elle frissonna, le corps secoué de tremblements qui ne devaient rien au froid.

Elle aurait voulu lui dire de revenir au lit et elle dut se mordre la langue pour s'empêcher de l'appeler. Elle comprit ainsi, gagnée par la frayeur, qu'elle pouvait tomber de nouveau amoureuse de Tuck, avec la même rapidité et la même facilité que la première fois.

Or il n'en était pas question. Elle ne pourrait pas endurer un autre deuil.

6

Tuck veilla sur Lily et Julia le reste de la nuit, surveillant par la fenêtre tout signe des truands qui les avaient pourchassés jusqu'à la marina. Du camping-car, il ne pouvait voir la rive. Il espérait que le bateau abandonné avait fait du chemin vers le nord avant de s'échouer.

Quand Julia succomba enfin à un sommeil troublé, il alterna les regards entre la fenêtre, sa fille et la femme qu'il avait épousée.

Lily était blottie contre sa mère, son poing minuscule refermé sur une mèche des cheveux de celle-ci. Quant à Julia, elle dormait en chien de fusil. Même dans son sommeil, elle faisait attention à ne pas rouler par inadvertance sur son enfant. Elle avait posé la main sur la hanche de Lily comme pour la sentir près d'elle, en sûreté.

Elles étaient aussi différentes que la nuit et le jour. L'une blonde et le teint pâle, l'autre brune avec une peau qui promettait de devenir encore plus mate.

Tuck sentit son cœur se serrer. Lily était sa fille. Un jour, elle l'appellerait papa. Comment cet être minuscule avait-il pu le mettre à genoux si facilement ?

Il tendit la main pour lui caresser les cheveux. Leur douceur lui rappela combien elle était sans défense. Elle ne pouvait pas s'occuper d'elle-même. Avec ces bandits à ses trousses, Julia pourrait continuer à fuir, mais pour combien de temps ? Lily deviendrait une innocente victime de plus.

Il sentit ses entrailles se nouer à l'idée que l'on fasse du mal à cet enfant sans défense ou à sa mère. Aucune d'elles ne méritait qu'on leur fasse du mal. Mais tant que le tueur ne serait pas arrêté, elles seraient en danger.

Plusieurs fois, au cours des premières heures du jour, Tuck vérifia l'état du téléphone qui avait pris l'eau, espérant qu'il se serait miraculeusement rallumé, mais il fut déçu chaque fois. Il faudrait l'envoyer à Skeeter, le technicien du bureau de Minneapolis. Il avait l'équipement et les compétences nécessaires pour en extraire les données. Avec un peu de chance, une fois qu'il aurait téléchargé la vidéo, il serait en mesure de donner assez de netteté à l'image pour qu'on identifie l'homme. Ensuite, il suffirait d'arrêter celui-ci. Plus facile à dire qu'à faire, néanmoins.

Avant l'aube, une sonnerie se fit entendre dans la chambre de derrière. Tuck donna une petite secousse à Julia.

— C'est l'heure de se lever.

Elle se redressa d'un bond.

— Ils nous ont retrouvés ?

— Non. Il est cinq heures. Nous allons partir dans moins d'une demi-heure.

Quelques minutes après, les Glimm émergèrent de leur chambre, habillés, coiffés et prêts à partir.

Tuck se passa de l'eau sur la figure dans la petite salle de bains et se brossa les dents avec une brosse neuve que les Glimm lui avaient donnée. Quand il émergea de la minuscule cabine, il se sentait encore fatigué, mais toute trace de sommeil avait disparu. Il fallait qu'il soit au meilleur de sa forme au cas où quelque chose se produirait sur leur route jusqu'à Bismarck.

Lois s'occupa de Lily pendant que Julia faisait elle aussi une petite toilette.

Les deux hommes replièrent le canapé-lit, puis ils sortirent pour faire rentrer les panneaux coulissants dans les flancs du camping-car.

Tuck demanda à Julia de rester à l'intérieur. L'été dans ce soin du Dakota signifiait des levers de soleil très matinaux et des couchers tardifs. Peu de temps après qu'ils se furent tous levés, le soleil était apparu au-dessus de l'horizon et, sur les autres emplacements, les gens avaient commencé à remuer. Il voulait éviter que quiconque la voie dans le camping.

Quand les pieds hydrauliques automatisés furent rentrés et que tout fut arrimé, ils furent prêts à partir.

Lois insista pour que Tuck s'assoie devant avec Marshall, afin qu'ils puissent parler « entre hommes », tandis qu'elle et Julia s'installeraient dans le salon, qui avait été réduit de plus de moitié par le repli des panneaux coulissants.

Tandis qu'ils prenaient la direction du nord sur une route de campagne, Tuck observait les autres véhicules. La plupart de ceux qu'ils dépassaient étaient des camions de fermier ou des 4x4 conduits par des agriculteurs tannés par les intempéries, qui revenaient ou se dirigeaient vers Bismarck en quête de fournitures ou de provisions.

Avec le bruit du moteur diesel en fond, Tuck n'entendait pas la conversation derrière lui. Mais l'avantage, c'était que les femmes ne pouvaient pas non plus entendre ce que Marshall et lui se disaient.

— Vous savez, j'ai pas cru une minute à votre histoire de bateau.

— Je m'en suis aperçu.

Tuck avait décidé de ne pas dire la vérité aux Glimm

de peur qu'ils n'appellent la police et ne mettent Julia et Lily en danger. Si Jillian n'avait pas ordonné à sa sœur de ne surtout pas contacter les autorités, il aurait immédiatement appelé son ami Josh. Les choses étant ce qu'elles étaient, il ne voulait pas remettre la vie de Julia et de Lily dans d'autres mains que les siennes.

— Disons que nous avons eu des ennuis plus au sud et que nous avons dû quitter les lieux de la seule manière possible.

— Vous avez tué quelqu'un ?

Marshall lui lança un regard appuyé.

— Non, mais deux personnes sont mortes qui n'auraient pas dû mourir. Je ne voulais pas que Julia et Lily soient les prochaines sur la liste.

Marshall hocha la tête. Il ne dit pas un mot pendant un long moment.

Plus ils s'approchaient de Bismarck, plus Tuck se crispait, au point d'agripper son portable si fort que ses jointures blanchirent.

Quand ils furent dans la zone de réception, il hésita, le doigt prêt à presser la touche d'appel rapide de l'antenne du FBI. Au dernier moment, il changea d'avis.

— Vous pourriez nous laisser dans une agence de location de voitures, près de l'aéroport ?

Marshall acquiesça.

— Je peux même louer un véhicule pour vous. Si vous voulez garder profil bas, il vaut mieux ne pas utiliser vos cartes de crédit.

Tuck fixa le vieil homme derrière le volant.

— Et vous n'avez pas peur que je profite de vous ? Vous ne nous connaissez même pas.

— Je me considère comme un bon juge des caractères.

Il haussa les épaules, et jeta un coup d'œil à sa femme dans le rétroviseur.

— Je dois dire que c'est le truc le plus excitant qui me soit arrivé depuis que nous voyageons avec le camping-car.

Il fit un geste de la tête en direction du rétroviseur.

— Et Lois a l'air heureuse avec ce bébé, vu que nos propres enfants ne nous ont pas encore donné de petits-enfants.

Il haussa de nouveau les épaules.

— Disons que je fais ce que je peux pour vous aider.

— Je vous remercie. Et je vous serais très reconnaissant de ne parler de nous à personne jusqu'à ce que nous ayons résolu cette histoire.

— C'est promis, mais l'empêcher de parler elle, ce sera une autre paire de manches, bougonna le vieil homme avec un nouveau signe en direction de sa femme. On peut toujours essayer. Elle est bien intentionnée, ajouta-t-il, mais, pour elle, il n'y a pas d'inconnu qui tienne et, parfois, ça nous met dans des situations assez intéressantes.

— Comme avec nous ? sourit Tuck.

Marshall rit doucement.

— Comme avec vous.

Ils entrèrent dans Bismarck par le sud, et passèrent par l'aéroport. Marshall s'arrêta devant la première agence de location de voitures qu'ils virent.

— Restez là, dit-il.

Quelques minutes plus tard, il émergea de la boutique, une liasse de papiers et une clé à la main. Il disparut de nouveau dans le parking.

Tuck posait un regard appuyé sur toute personne dont l'apparence lui semblait même très vaguement suspecte.

— Qu'est-ce qu'on fait ? demanda Julia en se glissant entre les sièges jusqu'à l'avant du camping-car.

— Reste dans l'ombre. Il ne faut pas prendre le

risque que l'on te voie, lui murmura-t-il afin que Lois ne l'entende pas. Il va falloir te couvrir les cheveux avec quelque chose.

— J'ai une casquette de base-ball dont je me sers quelquefois quand je vais à la pêche avec Marshall. Laissez-moi aller la chercher.

Lois tendit le bébé à Julia et s'en fut dans la chambre, où elle farfouilla dans plusieurs placards et tiroirs.

Julia sourit.

— Lois porte une prothèse auditive. Elle a entendu toute votre conversation.

Tuck pinça les lèvres.

— J'espère qu'elle ne dira rien.

— Ne vous inquiétez pas.

Lois réapparut, une casquette des Fighting Sioux, vert, noir et blanc, à la main.

— Je ne dirai pas un mot à quiconque. Au temps pour Marshall et ses commentaires sur le fait que je ne sais pas me taire.

Julia se mit à pouffer.

— Tu vois ?

Mme Glimm pressa un doigt sur ses lèvres.

— Disons que c'est notre petit secret. Marshall pense que je suis dure d'oreille et j'en profite pour écouter tout ce qu'il ne veut pas que je sache. Laissez-moi vous prendre Lily pendant que vous mettez la casquette.

Elle prit le bébé dans ses bras, le visage adouci par un sourire.

— Il faudra nous donner des nouvelles, quand vous pourrez le faire sans risque.

Elle leva les yeux vers le ciel, sourcils froncés.

— J'espère vraiment que tout ira bien pour vous. C'est terrible de perdre une sœur de cette manière.

Le regard de la vieille femme se posa sur le bébé.

— Prenez bien soin de la petite et vous viendrez me rendre visite avec elle, un de ces jours.

Julia tordit sa longue chevelure blonde en une tresse et l'enroula autour de sa tête, avant d'enfoncer la casquette sur son crâne.

Bien qu'il en ait eu lui-même l'idée, Tuck fut déçu de voir disparaître cette magnifique chevelure. Après une année entière, il n'avait pas oublié combien c'était bon de plonger les mains dans ces mèches soyeuses.

Mais même sans sa tresse, Julia ne pouvait dissimuler sa beauté. Ses yeux bleus brillants entre ses cils épais, son teint de porcelaine et ses lèvres voluptueuses, teintées de rose pâle, attiraient tous les regards.

Tuck sentit un gros nœud se former dans sa gorge. Elle l'avait quitté au lendemain de leur mariage coup de tête, puis elle lui avait adressé les formulaires d'annulation par coursier et lui avait caché quelque chose d'aussi important que la naissance de sa fille.

Pourquoi ?

Julia n'avait pas l'air particulièrement frivole. Bien sûr, ce qu'ils avaient fait était plutôt impulsif, mais était-ce une raison suffisante pour prendre la fuite en laissant un message gribouillé ? Il fronça les sourcils. Elle avait refusé de le revoir quand il l'avait contactée. Qu'est-ce qui lui avait fait si peur ?

Il se détourna, incapable de la regarder sans repenser à la nuit qu'ils avaient passée ensemble, nus sur le grand lit de la chambre d'hôtel du casino.

Une berline gris foncé s'arrêta près du camping-car et Marshall Grimm en sortit. Il pénétra dans le véhicule par la porte latérale.

— Voilà les clés, les papiers, si on vous arrête, et un peu de liquide.

Il tendit le formulaire de location à Tuck et quelques billets de cent dollars.

Tuck leva les mains.

— Je ne peux pas prendre l'argent. Je n'accepterais même pas la location de la voiture si je pouvais le faire avec ma propre carte de crédit.

Il prit les clés et les papiers et nota l'adresse des Glimm.

— Je vous promets de vous rembourser le montant de la location dès que nous serons en sécurité.

Il se tourna vers Julia.

— Prête ?

Elle hocha la tête et reprit le bébé à Lois.

— Prête.

— Attendez.

Marshall se précipita dans la chambre et revint en portant un étui en plastique dur. Il le posa sur le canapé et ouvrit les fermoirs.

Dedans, niché sur un présentoir de velours, se trouvait un antique pistolet, du genre de ceux qu'on voyait dans les magazines spécialisés.

— J'vous ai dit que j'avais un pistolet… annonça-t-il, en se rengorgeant un peu.

— Allons, Marshall ! dit Lois. Ce n'est pas une arme, c'est une antiquité.

Son mari fronça les sourcils.

— Il marche parfaitement et j'ai les munitions qui vont avec.

Il ouvrit un compartiment dans l'étui, révélant de brillantes balles argentées.

— C'est un Colt calibre trente, avec un fini de nickel et une poignée en nacre.

— Puis-je ?

Tuck ne pouvait résister. Il prit l'arme dans l'étui et

la soupesa. La crosse allongée en métal froid épousait parfaitement la paume de sa main.

— Joli.

Il reposa l'antiquité dans son étui.

— Je tiens à ce que vous le preniez, dit Marshall.

Lois poussa un grognement de mépris.

— Pour quoi faire ?

Le vieil homme se rembrunit.

— Pour qu'ils se défendent.

— Contre qui ? dit sa femme en riant. Jesse James et Billy the Kid ?

Tuck sourit.

— J'apprécie l'intention, mais je ne peux pas accepter.

— Vous avez besoin d'une protection. Je vous donnerais quelque chose de plus moderne si c'était possible, mais mon 9 mm est dans mon coffre-fort, chez nous, à Minneapolis.

— Nous nous débrouillerons sans arme. Merci beaucoup quand même.

Tuck souleva le sac à dos qui contenait leurs vêtements humides et le passa sur une épaule.

— Et merci pour votre aide. Je vous promets de reprendre contact bientôt.

Julia serra Lois contre elle et surprit Marshall en faisant de même avec lui.

— Vous avez été formidables. Je vous appellerai dès que possible.

Tuck descendit les marches et regarda à gauche et à droite. Quand il fut certain que les parages étaient sûrs, il ouvrit la portière de la voiture et fit signe à Julia de le rejoindre.

Lily installée dans le porte-bébé et blottie contre elle, sous le châle encore humide, la casquette verte tirée sur le front, Julia descendit les marches.

Elle se glissa sur le siège passager et baissa le pare-soleil afin d'empêcher la lumière d'illuminer l'habitacle.

Tuck prit place derrière le volant, ferma sa portière et fit un signe d'adieu aux Glimm. Sans perdre de temps, il sortit du parking et prit la direction du nord, vers Bismarck, tout en élaborant mentalement un plan.

Julia boucla sa ceinture et resta silencieuse à côté de Tuck, l'estomac serré par la tristesse. Lois et Marshall étaient le genre de personnes qu'elle aurait voulu donner comme grands-parents à Lily. Elle se demanda si la mère de Tuck leur ressemblait. Jouerait-elle avec Lily et la bercerait-elle pour l'endormir ? Et ses frères et sœurs voudraient-ils faire sa connaissance et l'inclure dans leur vie ?

Elle avait une grosse boule dans la gorge. Non seulement Lily ne pourrait jamais faire la connaissance de ses propres grands-parents, mais elle ne connaîtrait pas non plus sa tante Jillian, qui avait été folle d'elle depuis le jour de sa naissance.

Une larme glissa sur sa joue, du côté de la vitre. Julia leva discrètement la main pour l'essuyer. Devoir s'occuper d'une femme fragile quand la vie de sa fille était en danger ne ferait aucun bien à Tuck. Elle aurait le temps de pleurer sa sœur plus tard, quand ils auraient récupéré et déchiffré la vidéo et que le tueur aurait été traduit en justice.

L'énormité de leur tâche, alors qu'ils devaient rester cachés, la submergea soudain.

— Où allons-nous ?

— Nous allons devoir trouver un endroit où nous cacher jusqu'à ce que je sache comment transmettre le portable à l'expert.

— J'ai une amie et collègue qui vit à Bismarck. Nous pourrions peut-être aller chez elle.

— Non. Le tueur sait qui tu es et, à l'heure qu'il est, il sait que tu es avec moi. S'il est en lien avec un policier ou un agent du FBI corrompu, il retrouvera notre trace grâce à nos contacts. Il vaut mieux ne pas communiquer avec nos amis ou ma famille et ne pas nous servir de nos cartes de crédit.

— J'ai seulement vingt dollars en liquide, dit Julia en le regardant. Je vais avoir besoin de couches et de lait en poudre pour Lily avant la fin de la journée, et ce ne sont pas des produits bon marché. De plus, pour éviter que la police nous arrête, il va falloir acheter un siège bébé.

— J'ai assez d'argent pour aujourd'hui, mais nous n'irons pas très loin avec ça.

Il jeta un coup d'œil à sa montre.

— La première chose à faire est de vous mettre en sécurité, toi et Lily.

Il pénétra dans les faubourgs de la ville et s'engagea peu après dans une rue peu avenante, au milieu de laquelle se trouvait un vieil hôtel, affichant en lettres de néon rouges « Chambres libres ». Garant la voiture hors de vue, derrière un grand container à poubelles, il se tourna vers Julia.

— Reste dans la voiture. Je reviens tout de suite.

Julia s'abstint de lui rappeler qu'elle n'avait nulle part où aller et hocha simplement la tête.

Il sortit de voiture.

Lily s'agita dans le porte-bébé en amorçant un petit mouvement de succion des lèvres. Heureusement, Mme Glimm avait insisté pour que Julia prenne deux autres bouteilles d'eau pour elle. Allongeant la petite fille sur le siège à côté d'elle, elle mélangea du lait en poudre et de l'eau dans un biberon et le secoua jusqu'à ce qu'il soit bien homogène.

Prenant Lily dans ses bras, elle lui mit le biberon dans la bouche. Le soleil était levé depuis quelques heures, mais il était encore très tôt à Bismarck. Le bourdonnement de la circulation matinale augmentait d'intensité sur l'autoroute jouxtant le quartier.

Un homme négligé, portant un jean sale et une veste tout aussi crasseuse, pénétra sur le parking en poussant un chariot de supermarché chargé de couvertures, de sacs en plastique et de bric-à-brac. Il passa près de la voiture où Julia attendait.

L'homme se pencha et regarda par la vitre. En voyant Julia, il leva la main.

— S'il vous plaît, je n'ai pas mangé de petit déjeuner depuis deux jours.

Julia s'éloigna de la fenêtre, à la fois gênée par sa crasse et pleine de compassion devant sa pauvreté évidente. Elle sortit son portefeuille de son sac à main et y prit toute la monnaie qui y restait. Puis elle tourna la clé dans le contact pour faire fonctionner la vitre électrique et lui tendit l'argent par la fente, tout en tenant le bébé et le biberon de l'autre main.

Soudain, l'homme lui saisit le poignet.

Julia hurla et lâcha les pièces de monnaie. Avec Lily nichée au creux de son autre bras, elle ne pouvait se tourner suffisamment pour se dégager de l'emprise de l'homme.

— Lâchez-moi !

— J'ai faim. Ce n'est pas assez.

Il lui tira le bras, le sortant presque de la voiture.

Le biberon s'échappa de la bouche de Lily. Son visage se plissa dans une grimace de colère et elle poussa un cri de toute la force de ses poumons.

Par peur d'attirer l'attention sur la voiture davantage qu'elle ne l'avait déjà fait en criant, Julia changea de position pour résister.

L'homme était plus fort qu'elle et il avait l'avantage du fait de sa position debout. Il pressa son bras sur l'arête de la vitre qui s'enfonça dans sa chair.

Elle sentit la douleur lancer dans son poignet et son avant-bras. S'il appuyait encore, l'os allait se casser.

— Lâchez-moi, répéta-t-elle, les dents serrées.

L'homme introduisit l'autre main par la fenêtre ouverte pour tenter d'atteindre la poignée intérieure.

Terrifiée à l'idée de ce qu'il pourrait faire, une fois la voiture ouverte, Julia attendit qu'il fixe toute son attention sur sa manœuvre, et se dégagea d'une secousse en lui assenant un coup sur le nez du plat de la main.

Le type chancela en arrière et se couvrit le nez de la main. Le sang commença à sourdre entre ses doigts.

Julia se hâta de presser le bouton de fermeture et la vitre remonta.

Le clochard ouvrit des yeux ronds et ses lèvres sanglantes esquissèrent un rictus. Puis il chargea la voiture et frappa la vitre des mains, laissant des empreintes rouges sur le verre. Reculant d'un pas, il heurta de nouveau le flanc du véhicule.

Julia s'arc-bouta, certaine que le verre allait se briser et que l'homme allait s'introduire dans la voiture pour les extraire de là.

Il chargea une fois de plus, mais, avant d'avoir pu porter un nouveau coup de bélier, il fut soudain projeté au sol, où il s'immobilisa en gémissant.

— Ouvre les portières, cria Tuck en passant au petit trot du côté conducteur.

Le cœur battant et le regard fixé sur l'homme qui

se relevait péniblement sur les genoux, elle pressa le bouton.

Fais vite, Tuck !

Il se glissa derrière le volant, mit le moteur en marche et recula hors du parking. L'agresseur de Julia fit quelques pas mal assurés dans leur direction.

Une fois dans la rue, Tuck enfonça la pédale d'accélérateur et ils filèrent loin du motel miteux.

Julia serra Lily contre elle et lui remit le biberon entre les lèvres.

Le bébé cessa immédiatement de crier et posa ses petites mains sur le biberon.

Se détendant contre son siège, Julia ordonna à son cœur de ralentir. Elle était secouée de tremblements après cette agression.

— Je suis désolée. Il avait l'air tellement pitoyable.

— Je sais. Nous ne pouvions pas nous abriter dans cet hôtel de toute façon.

— Pourquoi ?

— C'était une porcherie, l'employé était drogué jusqu'aux yeux et ils louaient les chambres à l'heure.

Julia ouvrit de grands yeux.

— Oh !

Tandis que Tuck se mettait à la recherche d'un autre hôtel, elle resta immobile et silencieuse, se demandant quand ce cauchemar allait prendre fin. Les choses semblaient empirer sans cesse.

Quinze minutes plus tard, Tuck avisa un autre hôtel. Egalement retiré, c'était un bâtiment ancien et de petites dimensions, mais l'extérieur avait été repeint et les propriétaires, un couple âgé, s'efforçaient d'en faire un *bed and breakfast*.

Julia patienta de nouveau dans la voiture, surveillant nerveusement tous ceux qui pouvaient avoir l'air d'une source d'ennuis, même de loin. Elle souhaitait presque, à présent, avoir avec elle le pistolet que Marshall leur avait offert. Pas pour s'en servir sans doute, mais, au moins, pour le brandir en guise d'avertissement d'un air féroce sous le nez de quiconque la menacerait, et au diable la prudence.

Tuck revint rapidement à la voiture, une clé à la main. Il grimpa dans le véhicule, le dirigea vers l'arrière de l'hôtel et l'arrêta près d'un grand buisson.

— Et maintenant ? demanda Julia.

— Maintenant, tu vas prendre un peu de repos, pendant que je vois ce que je peux faire pour la vidéo.

Elle posa une main sur son bras.

— Tu ne vas pas l'apporter au FBI, n'est-ce pas ?

Il fixa sa main.

— Si tu veux dire par là que je vais la remettre au bureau, la réponse est non.

Julia fronça les sourcils.

— Alors, qu'est-ce que tu veux dire ?

— Mon frère doit arriver aujourd'hui de Quantico. Il fait aussi partie du FBI. Je vais entrer en contact avec lui.

— Mais s'ils savent que tu es avec moi, tu ne crois pas qu'ils vont le surveiller pour voir si tu essaies de le contacter ?

Tuck hocha la tête.

— J'y ai pensé. Je vais veiller à ne pas me faire voir.

— Lily et moi, nous allons t'attendre ici ?

— Tu vois autre chose à faire dans une ville de la taille de Bismarck ? C'est peut-être plus grand que Fort Yates, mais ça ne l'est pas assez pour que tu te promènes en public sans risquer la vie de Lily et la tienne.

Les épaules de Julia s'affaissèrent. Ce qu'elle avait voulu dire, c'était qu'elle ne voulait pas qu'il la quitte. Mais cela lui aurait donné l'air misérable et impuissant.

Tuck s'efforçait seulement de résoudre l'affaire le plus vite possible.

— Quand est-ce que ton frère arrive ?

— Dans quatre heures. J'ai besoin d'un peu de sommeil et, si je ne me trompe, toi aussi.

Il posa les yeux sur Lily.

— Tu crois qu'elle va faire la sieste ?

Julia sourit.

— Lily dort et se réveille toute la journée. Elle vient juste de finir son biberon, alors elle va dormir quelques heures.

— Alors, allons-y. Je ne sais pas ce que nous réserve la journée, mais je me sentirai mieux quand nous nous serons reposés.

Il sortit de voiture et fit le tour pour lui ouvrir la portière.

Julia se chargea du sac à dos et de Lily et, le cœur battant, sortit également du véhicule en jetant des regards dans toutes les directions. Après avoir été pourchassée, visée par des coups de feu et presque extraite de force par la fenêtre de la voiture, elle avait toutes les raisons de se sentir nerveuse. Même si le dernier incident n'avait rien à voir avec les hommes qui la recherchaient, cela avait suffi à lui donner la peur de sa vie. Elle se demandait pendant combien de temps encore elle pourrait endurer le danger.

Une ombre noire émergea de derrière le buisson et traversa le parking à toute allure.

Julia poussa un glapissement et se jeta dans les bras de Tuck.

Ses bras l'enveloppèrent avec le bébé. Il la tint contre lui jusqu'à ce qu'elle se reprenne, la poitrine secouée d'un rire affectueux.

— Qu'est… qu'est-ce que c'était ? demanda-t-elle.

Il fit un signe de tête en direction de la voiture.

— Regarde toi-même.

Derrière le pare-chocs arrière, un chat noir était assis, faisant tranquillement sa toilette.

Julia lâcha un éclat de rire qui ressemblait à un sanglot et reposa le visage contre la poitrine de Tuck.

— Pourquoi est-ce que tout cela m'arrive ?

— Wakantanka a un plan.

— Wakantanka ?

— Le Grand Esprit.

Tuck lui sourit et effleura du doigt la joue de Lily, puis leva la main pour essuyer une larme vagabonde sur le visage de Julia.

— C'est la volonté de Wakantanka.

La colère monta en elle.

— Et c'était la volonté du Grand Esprit que ma sœur meure ?

Elle s'écarta de lui et se redressa, les yeux remplis de larmes qu'elle refusait de laisser couler.

— Je suis désolée, je n'aurais pas dû dire ça. Ce n'est pas Wakantanka qui l'a tuée. C'est sans doute le même homme qui s'en est pris à l'agent de la Commission des jeux, celui qu'on voit sur cette vidéo que nous ne pouvons pas lire.

Tuck acquiesça, une expression impénétrable gravée sur le visage.

— Nous en parlerons dans la chambre.

Le cœur battant, Julia regarda autour d'elle, en quête d'un signe de tueurs, de clochards ou d'autres personnages louches qui avaient fait de sa vie un enfer. Tuck avait raison. Ils ne pouvaient pas rester dehors, mieux valait rentrer dans l'hôtel pour mettre Lily à l'abri.

Il lui prit le coude et l'entraîna rapidement vers la dernière chambre du motel. Une fois la porte refermée sur eux, Julia constata que les difficultés n'étaient pas terminées.

Un lit en cent quarante occupait la majeure partie de la chambre, avec juste assez de place de chaque côté pour qu'un adulte puisse se glisser. Sans aucun autre fauteuil, canapé ou même espace sur le sol, elle allait être obligée de partager le lit avec Tuck et Lily.

Un frisson courut sur sa peau.

Comment pourrait-elle dormir serrée contre lui de cette manière ? Elle avait à peine réussi à dormir le matin même, trop consciente de chacun de ses mouvements. Elle l'avait observé derrière ses cils tandis qu'il se déplaçait dans le camping-car, ses épaules larges moulées par son T-shirt, ses muscles saillants…

Epuisée, elle avait fini par dériver dans le sommeil, avant que le réveil des Glimm ne se mette à sonner.

A présent, seule avec Tuck devant ce lit, elle sentit son souffle s'accélérer et le sang courir plus vite dans ses veines.

Lily gigota dans ses bras, tel un rappel bien vivant de leur situation.

Avec l'enfant entre eux, elle n'avait rien à craindre. Ils ne pourraient pas donner libre cours à leur passion comme ils l'avaient fait la nuit de leur rencontre.

C'était à cause de Lily qu'elle avait repris contact avec Tuck. Le bébé représentait tout son monde, sa raison de vivre. Elle la protégerait à n'importe quel prix. L'amour et le sexe n'avaient pas leur place dans les circonstances présentes.

Alors pourquoi son corps était-il devenu brûlant ? Et pourquoi avait-elle envie que Tuck la prenne dans ses bras et lui fasse doucement l'amour jusqu'à ce que ses mauvais rêves s'en aillent ?

7

Tuck régla l'alarme de son téléphone une heure avant l'atterrissage de l'avion de Pierce à Bismarck. Bien qu'il soit aussi un agent du FBI, Pierce était la seule personne en qui il pouvait avoir confiance dans cette ville. Même si Jillian avait eu raison en soupçonnant un cas de corruption au sein des forces de l'ordre, Tuck savait que son frère ne le laisserait jamais tomber. Plus vite il lui donnerait le portable, plus vite ils pourraient l'analyser et récupérer éventuellement la vidéo sur la carte SIM mouillée.

Après avoir jeté un dernier coup d'œil par la fenêtre, Tuck s'allongea sur le lit, près de Lily et loin de Julia.

L'odeur du shampoing de cette dernière se mélangeait au parfum de talc pour bébé et de lait maternisé et lui serra le cœur, le faisant désirer quelque chose qui ne pouvait se produire.

Julia l'avait repoussé et était passée à autre chose, lui refusant le droit de connaître son enfant.

Il grinça des dents. Il ne la laisserait pas l'éloigner de sa fille plus longtemps. Lily avait le droit de connaître son père et l'héritage des Thunder Horse. Elle était autant à lui qu'à sa mère.

Se forçant à fermer les yeux, il détourna son attention du bruit de leurs respirations et se concentra sur les sons qui venaient de l'extérieur jusqu'à ce qu'il tombe dans un sommeil épuisé. Il rêva de bandits qui volaient sa fille, de Julia le cœur brisé, qui le fixait de ses grands yeux expressifs, le suppliant de la retrouver.

L'alarme du téléphone le sortit de son sommeil en sursaut. Il s'assit en respirant fort, le cœur tambourinant. Dans un délai d'une heure, il allait devoir prendre position afin d'intercepter Pierce sans attirer sur lui l'attention de ceux qui le recherchaient.

Il avait désactivé l'antenne de son téléphone en arrivant à Bismarck, par crainte que quelqu'un qui connaissait son numéro ne repère sa position avec un GPS.

Coupé de son bureau et ayant abandonné son partenaire à Fort Yates, Tuck savait qu'il évoluait en terrain miné, car son comportement pouvait paraître suspect, même aux yeux des autorités amies.

Julia remua et ouvrit les yeux.

— C'est l'heure ? murmura-t-elle en effleurant du regard le bébé endormi avant de le fixer.

— Oui.

Elle s'assit et se frotta les yeux. Avec un profond soupir, elle prit un bloc et un stylo dans le tiroir de la table de chevet et gribouilla quelque chose sur une feuille avant de la lui tendre.

— Ce sont les articles dont j'ai besoin pour Lily.

Tuck déchiffra la liste qui comprenait des couches, du lait maternisé et un siège auto.

— Et toi ?

Il tendit la main vers le chevet et arracha une autre feuille du bloc avant de la fourrer, de même que le stylo, dans sa poche arrière.

— Je n'ai besoin de rien. Occupe-toi seulement d'acheter ça pour Lily quand tu le pourras. Je me débrouillerai avec ce que j'ai.

— Tu sais ce que tu dois faire ?

— Oui, ne pas sortir de la chambre, n'ouvrir la porte à personne d'autre que toi et ne pas répondre au téléphone.

Avec un sourire, elle lui demanda :

— J'ai tout bon ?

Tuck lui sourit en retour, traversé d'une bouffée de fierté et de quelque chose d'indéfinissable.

— Tu ferais un bon agent spécial.

Le sourire s'évanouit sur le visage de Julia et elle détourna les yeux pour les poser sur le bébé.

— Non merci.

Etonné, mais pressé par le temps, Tuck se pencha et posa un baiser sur la joue de Lily. Julia était assise si près d'elle que, sur une impulsion, il effleura également son front des lèvres.

— Sois prudente. Je reviens dès que je peux.

Julia se redressa et, de la main, le retint par le pan de sa veste.

— Tuck ?

Il fit halte, le regard assombri par les soucis.

— Fais attention à toi aussi.

Elle se leva et, debout sur la pointe des pieds, l'embrassa légèrement sur la bouche.

A la seconde où elle le toucha, une vague d'excitation le saisit. Il lui encercla la taille d'un bras et l'attira plus près pour approfondir leur baiser. Elle ne le repoussa pas et l'adrénaline et le désir se ruèrent dans ses veines.

Quand il l'écarta enfin, elle se passa la langue sur la lèvre inférieure, les yeux brillants et les bras ballants. Elle ouvrit la bouche pour parler.

Tuck n'attendit pas qu'elle dise que ce baiser avait été une erreur et que cela ne devait pas se reproduire. Avant qu'elle puisse détruire la magie de ce que venait de se passer entre eux, il tourna les talons et, traversant en deux enjambées la minuscule chambre, il referma la porte derrière lui.

Il grimpa dans sa voiture et prit la direction de l'aéroport, vers le sud, son esprit fixé sur la tâche qui l'attendait mais son cœur toujours au motel. S'il ne se concentrait pas, il allait tout faire rater et mettre sa vie en danger, de même que celle de Julia et de Lily.

Il fit halte au premier supermarché qu'il croisa sur sa route et acheta un portable à carte, une paire de lunettes, une casquette de base-ball grise et un sweat-shirt aux armes du Dakota du Nord gris-mauve. Dans la voiture, il enleva son blouson de cuir et enfila le sweat-shirt. Avec la casquette et les lunettes de soleil, il ressemblait à Monsieur Tout-le-monde.

A l'aérodrome, il se gara dans le parking courte durée et attendit dans la voiture jusqu'à ce qu'un minivan plein de gens s'arrête à côté de lui. Quand la famille de cinq personnes, dont trois adolescents, sortit de voiture, il se mêla à eux et se glissa dans l'aéroport comme s'il faisait partie de leur groupe.

Une fois à l'intérieur, il entra dans une boutique de souvenirs et acheta un sweat-shirt noir et une casquette noire. Il était désolé de dépenser autant de liquide alors qu'il n'avait aucun moyen de s'en procurer mais, vu la gravité de la situation, il voulait éviter à tout prix d'emmener les truands dans son sillage vers Julia et Lily.

Il vérifia le tableau des arrivées. L'avion de Pierce venait d'atterrir. Quelques minutes encore avant que son frère aîné ne passe la porte d'arrivée. Si Tuck voulait entrer en contact avec lui tout en restant discret, il devrait le faire sur son chemin vers la sortie, au milieu de la foule des arrivants qui quittaient le terminal tous ensemble.

Se faufilant dans les toilettes des hommes, il pénétra

dans une cabine et ferma la porte. Vivement, il passa le sweat-shirt noir sur le gris, fourra la casquette grise sous son T-shirt et enfonça la noire sur son crâne. Les lunettes de soleil sur le nez, il prit le stylo et une feuille de papier du bloc, gribouilla une note pour Pierce et la froissa comme s'il allait la jeter à la poubelle.

Des pas se firent entendre sur le carrelage, à l'extérieur. Tuck épia par la fente entre la porte et la paroi de la cabine. Deux hommes vêtus d'un blouson de cuir noir et d'un pantalon noir se tenaient devant les lavabos. L'un avait un téléphone à l'oreille. Ils portaient des lunettes de soleil et l'un d'eux avait un tatouage sur le cou.

Le cœur battant la chamade, Tuck s'efforça de faire le moins de bruit possible, recula jusqu'au fond de la cabine et se fit tout petit.

Tandis que l'un des hommes gardait la porte, l'autre grognait au téléphone.

— Ouais, d'accord.

Il rempocha son portable et rejoignit l'autre à la sortie.

Tuck retint son souffle, comptant les secondes. Si ces types cherchaient Pierce, il allait avoir une toute petite chance de remettre son message à son frère et de s'esquiver sans se faire remarquer.

Trop de gens. Attends-moi à la sortie.

Des pas lui apprirent le départ des deux hommes.

Tuck compta jusqu'à dix et émergea des toilettes. Des gens tirant des valisettes se frayaient un passage vers la sortie.

Quand Pierce apparut, Tuck se glissa dans la foule, en interposant plusieurs personnes entre eux. Il se mit à marcher plus lentement que son frère, en calculant la distance afin que celui-ci le rejoigne au moment où ils franchiraient la porte de sortie.

Les deux truands qu'il avait vus dans les toilettes se

tenaient près des portes vitrées, dévisageant soigneusement les passagers et leurs familiers.

Tuck se faufila entre un mari et sa femme à l'approche des deux hommes en noir et sourit en disant quelque chose, les freinant dans leur progression.

Pierce arriva derrière eux et attendit que le trio poursuive son chemin. Quand tous quatre franchirent la porte, Tuck laissa le couple filer. Heurtant Pierce intentionnellement, il marmonna à voix basse :

— *Wakantanka yuha yuwakape miye.*

Ce qui voulait dire « Le Grand Esprit m'a béni ».

Il glissa le papier dans la main libre de son frère et le laissa sur place, en se faufilant derrière une grande famille d'Amérindiens qui escortait l'un de leurs parents en direction d'un van garé au parking.

Il ne regarda pas en arrière, mais garda un œil vigilant à la limite de sa vision périphérique sur quiconque pouvait avoir été témoin de l'échange.

Quand il parvint à sa voiture, il sauta dedans. Se forçant à rester calme, il regarda le terminal derrière lui dans le rétroviseur.

Il vit Pierce prendre ses clés de voiture dans sa poche et se diriger vers le parking longue durée. La note avait disparu et il serrait son trousseau de clés dans sa main.

Les deux hommes en blousons de cuir le suivaient à quelque distance. Dans d'autres circonstances, Tuck ne les aurait pas remarqués. Mais la manière dont ils surveillaient Pierce et le fait qu'aucun d'eux ne portait de sac, de valise ou d'attaché-case attiraient l'attention. Ils firent halte au bord du trottoir, les mains dans les poches.

Tuck resta dans le parking courte durée, recroquevillé sur le siège conducteur, jusqu'à ce que Pierce monte dans sa camionnette et se dirige vers la caisse de sortie.

Les deux hommes debout sur le trottoir sautèrent dans une berline noire devant eux et s'élancèrent à sa poursuite dans la circulation.

Tuck jura tout haut.

Il prit lentement la direction de la sortie, laissant Pierce, suivi de la berline noire, prendre de l'avance. Il ne pouvait pas suivre son frère au cas où ses poursuivants s'en apercevraient. Il fallait espérer que Pierce avait compris son message, se mette en devoir de semer la berline et le rejoigne dans le supermarché indiqué, au rayon des fournitures pour bébé.

Il prit un raccourci derrière l'aéroport tout en vérifiant régulièrement qu'il n'était pas suivi. Jusque-là, tout allait bien. Il patrouilla dans plusieurs rues résidentielles pour s'en assurer, en conduisant lentement, afin que quiconque le suivait soit forcé de le rattraper.

Quand il fut convaincu que les parages étaient sûrs, il continua par le chemin le plus direct jusqu'au magasin et se gara dans la foule des véhicules qui remplissait le parking.

Après un regard rapide autour de lui, il pénétra dans le supermarché et se munit d'un chariot. La liste de Julia à la main, il parcourut les rayons d'alimentation au pas de course, choisissant des articles qui n'avaient besoin ni de réfrigération ni d'ouvre-boîtes. Il ne prit pas grand-chose, sachant qu'il ne fallait pas se charger s'il fallait quitter l'hôtel de manière précipitée.

Puis il se dirigea vers le rayon bébé. Si Pierce avait lu son message et n'avait pas eu trop de mal à semer ses poursuivants, il serait là dans quelques minutes.

S'arrêtant devant les étagères de couches, il compara sa liste au choix presque infini de marques qu'il avait devant les yeux et poussa un grognement de désespoir.

— Tu ne trouves pas ta taille ? demanda une voix près de lui.

Tuck pivota sur ses talons, le cœur serré.

En voyant son frère, il laissa échapper le souffle qu'il retenait et l'étreignit à pleins bras.

— Du calme… Je t'ai vu hier à Washington, tu t'en souviens ?

Pierce recula d'un pas et fronça les sourcils.

— J'ai l'impression que tu as des ennuis.

Tuck ferma les yeux et se pinça l'arête du nez.

— Il me faut cette marque et cette taille de couches, et je n'ai pas la moindre idée de l'endroit où elles se trouvent.

Pierce jeta un coup d'œil sur la liste et observa les rangées d'articles.

— Que s'est-il passé à Fort Yates ?

Tuck enleva sa casquette et se passa une main dans les cheveux.

— Tu ne vas pas me croire.

— Essaie toujours.

— Je croyais que ma femme avait été tuée, mais il s'est avéré que c'était sa sœur jumelle et ma femme est le seul témoin à même d'identifier le tueur. Nous avons une vidéo de lui que nous ne parvenons pas à lire, et comme il sait que nous l'avons, nous nous sommes enfuis, elle, moi et le bébé.

Il remit sa casquette en place et haussa les épaules.

— En gros, c'est ça.

Pierce cligna des yeux mais, en dehors de ce petit mouvement des yeux, il ne laissa rien filtrer du choc que Tuck ressentait lui-même devant les événements des dernières vingt-quatre heures.

— Tu peux me répéter ça et ajouter quelques détails au passage ?

Tuck le poussa de côté, afin qu'une jeune mère puisse passer, un bébé assis dans le siège en plastique de son chariot. Quand elle atteignit l'autre bout du rayon, il raconta de nouveau toute l'histoire à Pierce, en murmurant assez bas pour que personne ne puisse l'entendre.

Cette fois, Pierce émit un sifflement bas.

— T'as un vrai problème, pas vrai ?

Il sourit jusqu'aux oreilles.

— Et t'as aussi une femme et un enfant ? Vraiment ? Je suis devenu un oncle ? Comment ça se fait ?

— C'est mon ex-femme et cette histoire-là peut attendre.

Tuck détourna le regard, le cœur subitement gros en entendant son frère prononcer le mot « oncle ». Il s'était passé tant de choses qu'il n'avait pas encore pleinement réalisé son nouveau statut de père.

— M'man va tomber à la renverse, espèce de sournois, va !

Pierce lui envoya une claque dans le dos, avant que son humeur taquine ne le quitte pour une expression plus sérieuse.

— J'ai parlé à Behling ce matin avant d'embarquer à Washington et de nouveau à Minneapolis lors de ma correspondance. L'unité est en ébullition. Quelqu'un a répandu la rumeur que tu t'es enfui parce que tu as payé la personne qui a assassiné l'agent de la Commission et la fille et que tu l'aides à s'enfuir.

— Quoi ?

Tuck chancela.

— Et quel motif est-ce que j'aurais de tuer un agent de la Commission et la sœur de Julia ?

— Personne n'a encore compris que la morte n'est pas la maîtresse d'école.

Pierce haussa les épaules.

— Ils pensent que tu t'es enfui parce que tu es coupable de quelque chose. Donne-leur quelques jours de plus et ils vont s'imaginer que toi et le commissaire, vous trafiquiez les livres de comptes.

— La seule chose dont je suis coupable, c'est d'être tombé sur la fille qu'il ne fallait pas et de l'avoir mise enceinte il y a un an. Le reste, c'est des inventions. Personne ne croit à ces conneries, j'espère ?

— Pas dans notre équipe, mais Josh a eu du mal à expliquer au patron pourquoi tu n'étais pas là.

— Je ne pouvais pas le contacter. La sœur de Julia lui a dit de ne faire confiance à personne, surtout pas au FBI.

Pierce sourit de nouveau.

— Tu me fais confiance.

— Tu fais partie de la famille.

— Le shérif du Comté sioux veut t'interroger. Jusque-là, tout ce que les gens peuvent échafauder, ce sont des spéculations… et tu sais comment les gens s'emballent dans ces cas-là.

Tuck prit une profonde inspiration, en une tentative pour se débarrasser de la tension qui lui raidissait les épaules. Il n'avait pas le temps de s'embarrasser des rumeurs qui faisaient le tour du Bureau et des services du shérif.

— Aide-moi à trouver ces trucs. Il faut que je retourne voir Julia et le bébé.

Il poussa la liste en direction de Pierce.

Pierce leva les mains, refusant de la prendre.

— Je ne connais rien aux bébés. Garde-la. C'est toi le père. Pendant ce temps, donne-moi le portable abîmé. Je vais le transmettre à quelqu'un qui s'y connaît et qui pourra récupérer la vidéo.

Tuck plongea le regard dans les yeux de son frère en lui donnant le portable.

— C'est la seule preuve que nous avons de l'identité du meurtrier du commissaire aux jeux. La sœur de Julia a été catégorique au sujet du fait qu'elle ne devait pas impliquer la police là-dedans, en particulier le FBI, ce qui m'incline à penser qu'il y a peut-être quelque chose de pourri au Bureau.

— Je comprends. Et comment la sœur de Julia le savait-elle ?

— Je ne sais pas, mais il est difficile de ne pas croire les dernières paroles d'une morte.

— Pigé. Je vais faire super attention.

— Pierce, tu sais qu'avec ce téléphone, c'est toi la cible maintenant.

— Je peux gérer ça.

Pierce glissa l'appareil dans sa poche et posa une main sur l'épaule de son frère.

— La question, c'est plutôt : est-ce que toi tu peux ? Tu as deux personnes à protéger, en plus de toi-même.

— Je fais de mon mieux. Si nous perdons les données enregistrées sur la carte SIM, la seule autre option que nous aurons, c'est que Julia identifie le meurtrier. Elle a été témoin du meurtre en même temps que sa sœur le filmait.

Pierce siffla derechef.

— Elle aurait pu tout aussi bien peindre une cible sur sa poitrine. L'assassin du commissaire va la pourchasser jusqu'au bout de la terre dans l'espoir d'effacer ses traces.

Exactement ce que Tuck estimait.

— Ils nous ont déjà tiré dessus. Et ce n'étaient pas des revolvers en plastique.

— Tu es sûr que tu ne veux pas mettre le boss au courant ?

— Il vaut mieux que je ne m'approche pas du Bureau tant que ce n'est pas terminé et que nous sachions qui est responsable de tout ça. Après ce qui s'est passé à l'entrepôt de Stanton, il y a deux mois, je ne veux pas risquer que le chef me retire l'affaire et m'envoie à Quantico pour une autre série de séances de débriefing.

Pierce pinça les lèvres. Il venait juste de subir le même genre de traitement et il secoua la tête.

Il avait davantage perdu que son frère. Tuck avait perdu son meilleur ami, mais Pierce, en plus d'un ami, avait perdu sa fiancée.

La sœur de Mason, Roxanne, n'avait pas voulu comprendre que Pierce et Tuck aient survécu tandis que son frère avait été tué durant l'opération. Elle avait annulé leur mariage deux semaines avant la date prévue.

A en juger par la tension de sa bouche et l'expression vide de son regard, Pierce n'avait pas encore surmonté la perte de Roxanne et de leur ex-équipier et ami. L'opération ratée de saisie d'armes dans un entrepôt au sud de la ville avait tué un agent spécial du FBI, deux agents de l'AFT et cinq civils. Cela avait été un désastre absolu, encore empiré par le fait que certains des criminels impliqués couraient toujours.

— Je vais mettre la vidéo en sûreté loin d'ici. Bismarck n'est pas le meilleur endroit pour tenter de débrouiller le mystère. Je pense que Skeeter est l'homme qu'il nous faut.

— Tout à fait. C'est lui qui possède le meilleur équipement et les connaissances pour ce travail. Mais il est à Minneapolis.

— Je vais mettre le truc dans le prochain avion et

lui faire comprendre que c'est super-sensible et que personne d'autre ne doit savoir.

Tuck approuva.

— Et insiste sur le fait que nous avons besoin des données aussi vite que possible. Je ne sais pas combien de temps encore je vais pouvoir cacher Julia et Lily.

— Tu devrais peut-être demander à Julia de regarder des photos d'identité judiciaire pour voir si elle arrive à identifier le tueur.

Son frère prit une grande inspiration et relâcha son souffle lentement.

— Comment est-ce que je reste en contact avec toi ?

— J'ai acheté un téléphone à carte. Je t'appellerai.

Pierce saisit un sac de couches sur l'étagère.

— Je crois que c'est la marque et la taille que tu cherches.

Tuck esquissa un sourire.

— Merci, frangin.

— Pas la peine de me remercier. Et fais en sorte de veiller sur ma nièce. J'ai envie de faire sa connaissance.

— Je ferai de mon mieux.

Tuck poussa un long soupir, se sentant un peu moins seul dans sa mission. Savoir que Pierce était de son côté l'aidait grandement à reprendre espoir.

Son frère tira son portefeuille de sa poche et en sortit tout l'argent qu'il contenait avant de le tendre à Tuck.

— Ce n'est pas grand-chose, mais ça te permettra d'éviter les distributeurs et les paiements par carte.

Il étreignit de nouveau Tuck et s'éloigna.

Tuck rassembla ses emplettes et le siège bébé et se dirigea vers la caisse. La tête baissée, il paya tout en liquide.

Le sang battait à ses temps et l'anxiété le rendait maladroit tandis qu'il rangeait ses achats dans un sac en plastique et prenait la direction de la sortie. Il était resté absent bien plus d'une heure. Bien trop longtemps, selon lui.

Quelqu'un avait-il localisé Julia et Lily ?

Les pires scénarios se bousculaient dans son esprit tandis qu'il enfilait les rues en un trajet compliqué vers le discret *bed and breakfast*. Il ne cessait de jeter des coups d'œil dans le rétroviseur à chaque virage, priant Wakantanka pour ne pas guider le tueur vers Julia et Lily.

8

Julia avait mal au ventre : l'inquiétude, la nervosité et la faim lui nouaient l'estomac. Le temps passait comme au ralenti. Trente minutes après le départ de Tuck, Lily s'était réveillée, agitée, et avait fini le reste du lait maternisé. Julia lui avait mis la dernière couche propre. La petite fille était restée éveillée quarante minutes, souriant et gazouillant, inconsciente du danger dans lequel elles se trouvaient. Julia avait joué avec elle, lui avait chatouillé le ventre, l'avait bercée et avait chantonné à voix basse pour l'empêcher de pleurer.

Quand Lily s'était rendormie, elle avait regardé le réveille-matin sur la table de chevet pour la centième fois et allumé la télévision, le son coupé. Elle mourait d'envie de savoir ce qui se passait à l'extérieur, au risque que quelqu'un entende le bruit et essaie de s'introduire dans la chambre.

Lily s'étira, le visage plissé et la bouche ouverte sur un hurlement tout prêt à s'échapper. Sa couche devait certainement être mouillée ou pire.

Si Tuck ne revenait pas rapidement, Julia serait forcée de sortir du motel avec Lily en quête des articles nécessaires. Mais dans l'intervalle, elle prit le bébé dans ses bras et l'emmena à la salle de bains pour l'envelopper d'une serviette de toilette qui ferait temporairement office de couche en l'absence d'autre solution.

Ignorant combien de temps Tuck allait rester absent, Julia décida de profiter de ce laps de temps pour prendre une douche. Lily et elle n'avaient pas pris de bain depuis qu'elles avaient quitté le casino.

Une boule se forma dans sa gorge quand elle se souvint combien Jillian et elles étaient excitées à l'idée de sortir entre filles. Elles s'étaient douchées, coiffées avec soin, et avaient pris la route du casino pour un bon dîner et une soirée de jeu aux machines à sous. Jillian ne lui avait pas rendu visite depuis la naissance de Lily. Le FBI ne lui laissait aucun répit et lui confiait affaire après affaire au bureau de Minneapolis.

Jillian était venue la voir dans l'intention de discuter de leur éventuel déménagement dans le Minnesota afin qu'elle puisse les voir plus souvent.

Julia en avait envisagé l'idée plus d'une fois durant sa grossesse. Pourtant, elle était restée à Fort Yates, comme maîtresse de cours moyen à l'école primaire. La zone était si peu peuplée qu'ils avaient grand besoin de bons enseignants.

Après avoir obtenu son diplôme de l'université du Dakota du Nord à Grand Forks, Julia avait postulé à Fort Yates. L'administration de l'école s'était montrée ravie de son recrutement et l'avait très bien accueillie dans la petite commune.

Ce n'était pas avant d'avoir rencontré Tuck Thunder Horse lors d'une soirée entre amis au casino qu'elle avait réalisé à quel point elle était isolée sans quelqu'un dans sa vie.

Mais pas quelqu'un comme Tuck.

C'était pourtant le plus bel homme qu'elle ait jamais rencontré, avec ses traits typiquement amérindiens, ses pommettes hautes, ses yeux et ses cheveux d'un noir de jais. Et son charme ne tenait pas seulement à son physique. Il avait confiance en lui, un air d'assurance qui faisait savoir à tout le monde qu'il pouvait gérer n'importe quelle situation.

Elle était tombée amoureuse de lui dès la première danse.

Ses propres parents s'étaient rencontrés grâce à des amis et s'étaient mariés une semaine après leur premier rendez-vous. Sa mère leur avait souvent dit que cela avait été un coup de foudre mutuel. Alors, pourquoi pas Julia ?

Au fond d'elle-même, elle avait toujours su qu'elle rencontrerait l'homme de ses rêves et le reconnaîtrait au premier coup d'œil. Le soir où elle avait fait la connaissance de Tuck, tout était magique, comme s'il était celui avec qui elle était destinée à passer le reste de sa vie.

Quand il lui avait demandé de l'épouser, elle avait accepté sans aucune hésitation. Et s'il n'avait pas fait partie du FBI, ils auraient sans doute pu être heureux. Mais ils ne le sauraient jamais à présent.

Julia posa Lily sur une grosse serviette moelleuse sur la tablette du lavabo et, sans la quitter des yeux, ouvrit à tâtons le robinet d'eau chaude de la douche. Quand la température lui parut appropriée, elle se déshabilla puis déshabilla Lily. La tenant contre elle, elle entra dans la cabine et laissa l'eau couler sur son dos.

Sa petite fille aux cheveux si noirs et aux yeux si brillants éclata de rire, et cilla quand l'eau lui coula sur la tête jusque dans les yeux.

Julia la savonna avec un gant de toilette, tout en la tenant fermement.

Quand elle eut fini de laver sa fille, elle la percha sur sa hanche et se savonna elle-même à l'aide de sa main libre. Puis elle pressa le minuscule flacon de shampoing offert par l'hôtel et se frictionna le crâne en faisant mousser ses longues mèches. Ecartant Lily de son corps, elle renversa la tête sous l'eau et se rinça.

Lily gigota et gazouilla dans ses bras, tandis qu'elle rinçait le reste du savon sur leurs corps à toutes deux.

Comme elle refermait les robinets, elle entendit un bruit sourd dans l'autre pièce et elle retint son souffle. Elle serra Lily contre elle et resta tout à fait immobile derrière le rideau de douche, terrifiée à l'idée de faire un mouvement ou un bruit, si léger qu'il soit, qui alerterait celui qui était entré.

Le son très reconnaissable d'une porte qu'on refermait et verrouillait lui parvint derrière la porte de la salle de bains.

Etait-ce Tuck ? Allait-elle oser quitter la douche pour s'en assurer ? Ou bien devait-elle rester là jusqu'à ce qu'il l'appelle ?

Lily serrée contre son corps nu, dégoulinante d'eau, et frissonnante, elle attendit. Personne ne dit mot, mais le son étouffé de mouvements derrière la porte lui mit les nerfs à vif et le pouls à cent à l'heure.

Dis quelque chose, Tuck. Dis que c'est toi, suppliat-elle intérieurement.

La poignée de la porte de la salle de bains tourna en grinçant.

Lily se tortilla contre elle et se mit à gazouiller.

Oh ! s'il vous plaît, s'il vous plaît, faites que ce soit Tuck, pria-t-elle.

Quelques pas se firent entendre sur le carrelage de la salle de bains, à peine audibles par-dessus les battements assourdissants de son cœur. Elle se tint prête à sauter hors de la douche et à s'enfuir.

Puis le rideau fut tiré brusquement et un homme

de haute taille apparut, portant un sweat-shirt noir et une casquette de base-ball noire, tirée bas sur le front.

Julia hurla à plusieurs reprises et l'homme les fit prestement sortir de la douche en les prenant toutes deux dans ses bras.

Le cœur battant, toute mouillée, Julia serra Lily avec l'un de ses bras et se défendit de l'autre.

— Bon sang, Julia, c'est moi, grogna l'homme quand elle lui envoya un coup de son pied nu dans les tibias.

— Tuck ?

Le regard de Julia se posa sur son visage et elle reconnut ses pommettes hautes et son teint mat partiellement dissimulés par les lunettes de soleil et la visière de sa casquette.

— Ah, Dieu merci !

— Qu'est-ce que tu fabriques, bon sang ? demanda-t-il, une main brûlante toujours posée sur son dos. Tu as failli me faire mourir de peur. J'ai cru que tu étais partie.

— Et moi, j'ai cru que c'était le tueur.

Julia s'appuya contre lui, Lily prise en sandwich entre eux.

— Tu n'as rien dit. Je ne savais pas quoi faire, alors je suis restée derrière le rideau.

Elle pressa son visage contre son sweat-shirt noir.

— Je ne t'ai pas reconnu avec ces lunettes… et cette casquette.

Il les enleva aussitôt et les jeta sur le lavabo.

— Désolé. Mais je suis heureux de voir que vous allez bien. J'ai cru qu'on vous avait enlevées.

— Non, j'ai profité du temps que nous avions pour nous laver.

Un courant d'air frais effleura sa peau, lui rappelant

qu'elle était nue. Elle tendit la main pour se saisir d'une serviette.

Tuck la lui tendit, et prit Lily dans ses bras.

Son regard ne quitta pas le corps de Julia tandis qu'elle dépliait la serviette. Ses yeux devinrent encore plus sombres, et son corps se tendit. Il la détailla depuis les chevilles jusqu'à ses seins.

Julia sentit le désir faire irruption dans son propre corps, augmentant sa température corporelle. S'il n'avait pas eu le bébé dans les bras, elle se serait peut-être passée de la serviette…

La respiration haletante, elle brisa la tension du moment pour les ramener à la réalité.

— Tu as acheté les couches ?

Il secoua la tête comme pour éclaircir sa vision et se focaliser sur autre chose que son corps nu.

— Oui. Elles sont dans la chambre.

— Tu pourrais la sécher et lui en mettre une avant qu'elle ne te fasse pipi dessus ?

— Elle ferait ça ?

Il dévisagea le bébé nu dans ses bras.

Lily découvrit ses gencives dans un grand sourire enfantin et écrasa son petit poing sur la figure de son père.

Tuck lui sourit en retour.

— Non, n'est-ce pas ?

Il porta le bébé dans l'autre pièce, le coucha sur une serviette disposée sur le lit, et ouvrit le sac de couches tout en lui parlant.

Puis il enleva son sweat-shirt noir, découvrant le gris en dessous. Il ôta aussi celui-ci et garda le T-shirt noir qu'il portait quand il était parti plus tôt.

— Il fait froid dehors ?

— Non, ces sweat-shirts m'ont servi à me déguiser pour entrer et sortir du terminal sans me faire remarquer.

Il se tourna vers elle.

— Il fait chaud ici.

Julia sentait presque la chaleur qui émanait de son corps. Elle resserra la serviette autour d'elle et la noua entre ses seins.

Le regard de Tuck suivit son mouvement avec une expression avide. La tension entre eux augmenta au point d'en être palpable.

Convaincue qu'il pouvait s'occuper de Lily, Julia referma la porte de la salle de bains et s'appuya contre elle, le cœur toujours battant et la respiration coupée, non par la peur cette fois, mais par le désir de cet homme dans la pièce d'à côté. Elle serait folle de refaire l'amour avec lui. Même si elle n'aurait renié Lily pour rien au monde, elle ne voulait pas envisager les conséquences d'une autre nuit avec lui. Après avoir affronté seule sa grossesse et les premiers mois de son bébé, elle n'était pas prête à recommencer de sitôt.

Elle se sécha rapidement et le tissu de la serviette lui irrita un peu le bout des seins, lui rappelant combien Tuck s'était montré doux quand il lui avait fait l'amour, un an auparavant. Il l'avait tenue dans ses bras, embrassée et l'avait fait jouir avant de prendre son propre plaisir. En amant attentif, il savait ce qui faisait plaisir aux femmes et n'avait pas ménagé son temps pour lui en donner.

Son ventre se contracta et une spirale brûlante monta de son intimité. Combien de temps allaient-ils fuir et se réfugier dans de minuscules pièces, seuls tous les deux ? Elle posa une main sur sa poitrine où son cœur tambourinait et se contractait, revenant par l'esprit au jour où elle avait rempli les papiers d'annulation.

A cette époque, elle avait réussi à mettre de la distance

entre Tuck et elle et à se cramponner avec fermeté à la décision de couper tout lien entre eux. Elle savait que plus elle passerait de temps avec lui, moins elle serait capable de s'éloigner par la suite.

Mais dans les circonstances actuelles, elle n'avait pas le choix entre rester ou s'en aller. Tuck était leur bouée de sauvetage, à elle et à Lily. Si elle voulait vivre, il fallait qu'elle reste avec lui.

Elle prit une profonde inspiration et souffla profondément. Sa peau fourmillait et son corps était en feu après avoir saisi l'expression de Tuck qui la dévorait des yeux comme un pauvre affamé. Cohabiter avec lui dans cet espace minuscule allait être très difficile, voire impossible.

Tuck se concentra sur sa fille afin d'effacer de sa mémoire l'image du magnifique corps nu de Julia. Il la désirait si fort. Il aurait voulu la prendre de nouveau dans ses bras, la coller à la paroi de la douche et la pénétrer encore et encore.

Lily agita la main devant son visage et mit à baver des bulles comme pour attirer son attention. Ses sourires et ses joues de chérubin le détournèrent de ses pensées et, très vite, il se mit à poser des baisers sonores sur son ventre.

La petite fille fit entendre des cascades de rires et s'agrippa à ses cheveux. Après plusieurs minutes de jeu, elle referma son petit poing autour de son doigt et le porta à sa bouche pour tenter de le sucer.

— Elle a faim, cria Tuck par-dessus son épaule.

— Je n'avais plus de lait pour elle.

Julia se tenait sur le seuil de la salle de bains, vêtue du survêtement trop grand que lui avait donné Mme Glimm. Cela n'avait pas d'importance. Même avec ses cheveux mouillés qui pendaient en longues mèches, sa silhouette dissimulée par les vêtements flottants et sans maquillage, elle était toujours belle.

Tuck serra les dents et sentit son bas-ventre se tendre et durcir douloureusement derrière la fermeture Eclair de son jean. Il disposa un oreiller de chaque côté de Lily, afin qu'elle ne puisse pas tomber en gigotant. Puis il tourna le dos à Julia et soulagea un peu son inconfort en tirant sur son jean, avant de fouiller dans les sacs en plastique du supermarché pour trouver la boîte de lait maternisé et les bouteilles d'eau.

Julia les lui prit des mains et mesura une cuillère de lait en poudre dans le biberon propre. Elle remplit le reste d'eau, le secoua et le tendit à Tuck.

Il ouvrit de grands yeux et leva les mains, refusant de le prendre.

— Il faut que je surveille la fenêtre.

— Je vais te dire… C'est moi qui vais surveiller la fenêtre et toi, tu vas nourrir ta fille. A moins que tu n'aies peur d'un bébé ?

Il fronça les sourcils.

— Je n'ai pas peur de ma fille.

Toutefois, il n'était pas certain d'être prêt à faire autre chose que de changer ses couches. Il prit Lily dans ses bras, s'assit au bord du lit et tendit la main pour prendre le biberon.

— Et maintenant, je fais quoi ?

— Mets-lui la tétine dans la bouche. Elle sait comment faire. Tout ce que tu as à faire, c'est de tenir le biberon.

— Et si elle s'étouffe ?

— Elle ne s'étouffera pas, dit Julia en souriant. Tu vas très bien t'en sortir.

Le biberon dans une main et l'autre autour de Lily, Tuck pressa la tétine contre les lèvres de sa fille.

Elle ouvrit la bouche et suça le caoutchouc avec avidité, en tirant fort pour faire venir le flot de lait. Pendant quinze minutes, il la tint contre lui, envahi d'un amour comme il n'en avait jamais connu au cours de sa vie. Durant le bref laps de temps écoulé depuis qu'il avait appris son existence, il avait finalement compris pourquoi sa mère avait renoncé aux agréments de la vie urbaine pour élever quatre garçons turbulents à la campagne.

Lily finit la dernière goutte de lait et dériva dans le sommeil, ses longs cils noirs étalés sur ses petites joues lisses.

Tuck sentit son cœur se gonfler tellement qu'il pouvait à peine respirer.

— Elle est magnifique.

Il n'avait jamais éprouvé quelque chose d'aussi merveilleux et douloureux à la fois. Il tenait son propre enfant dans ses bras.

— Merci de l'avoir faite.

— J'étais enceinte, qu'est-ce que j'aurais pu faire d'autre ?

— Tu aurais pu avorter.

Julia secoua la tête.

— Non.

Tuck se releva et posa le bébé entre les deux oreillers. Son cœur se serra devant cet être minuscule qui était devenu une part essentielle de sa vie, de son cœur et de sa famille.

— Vu les circonstances, certaines femmes y auraient songé.

— Pas moi, murmura Julia.

Elle n'avait pas bougé depuis qu'elle était apparue dans l'encadrement de la porte de la salle de bains.

Tuck fut surpris de voir des larmes dans ses yeux ;

quelques-unes débordèrent sur ses joues. Il fit un pas vers elle et les essuya du pouce.

Julia le regarda de ses grands yeux bleus brillants.

— Je suis désolée, Tuck. J'aurais dû t'en parler. Tu avais le droit de connaître son existence.

Elle inspira et souffla lentement.

— Et elle avait le droit de connaître son père.

— J'ai pu la prendre dans mes bras, au moins.

Julia acquiesça.

— Quand tout ça… sera terminé, je veillerai à ce que tu puisses la voir très souvent. Nous nous mettrons d'accord sur les jours de visite, les week-ends, les vacances…

Les Thunder Horse constituaient un clan très soudé. Ils protégeaient les leurs au prix de leur vie si besoin était. Comment pourrait-il prendre soin de sa fille et de la mère de sa fille s'ils vivaient aussi loin les uns des autres la majeure partie du temps ?

— Et si les week-ends et les vacances ne me suffisent pas ?

Julia fronça les sourcils.

— Je ne renoncerai pas à elle. Elle fait partie de ma vie, de moi.

Il sentit une frustration bouillante envahir son corps et faire surface.

— Lily est aussi ma fille. C'est une Thunder Horse. Elle nous ressemble, tu l'as dit toi-même.

— Mais c'est mon bébé, cria Julia, les yeux grands ouverts, et la voix fêlée par un sanglot. Je ne pourrai jamais l'abandonner.

Il se rapprocha d'elle jusqu'à la dominer de toute sa taille.

— Elle est aussi à moi. Je veux qu'elle fasse partie de

ma vie. Je veux qu'elle vive là où je pourrai la protéger et veiller sur elle.

Julia se raidit et sa bouche se pinça en une ligne étroite, tandis qu'elle plissait les yeux. Elle recula d'un pas ou deux pour croiser son regard sans devoir lever la tête.

— Moi aussi, je veux la protéger. Je donnerais ma vie pour elle et je suis plus à même de le faire que toi.

Tuck la fixa.

— Qu'est-ce que tu veux dire par là ?

— Je serai toujours là pour elle.

Elle redressa les épaules et le menton.

— Tu peux en dire autant ?

— Oui, bon sang !

Il secoua la tête.

— Pourquoi est-ce que je ne le pourrais pas ?

— En tant qu'enseignante, je ne suis pas constamment en danger. Je ne vais pas au travail tous les jours en n'étant pas certaine de revenir. Est-ce que tu peux garantir que tu ne te feras pas tuer dans l'exercice de tes fonctions ?

Tuck ouvrit la bouche, un « Bien sûr que oui » sur la langue. Mais il ne pouvait pas dire ça car ce n'était pas tout à fait exact.

Julia hocha la tête, et une autre larme glissa au coin de son œil.

— Comment pourrais-tu protéger ta fille du chagrin de perdre son père par la faute d'un criminel ?

Sa voix se brisa.

— Qu'arrivera-t-il si je dois dire à Lily que son papa ne reviendra pas pour jouer avec elle, lui apprendre à faire de la bicyclette ou la mener à l'autel ? Qui sera là pour la prendre dans ses bras quand elle aura le cœur brisé ?

Lily gémit et remua sur le matelas.

Le cœur tout aussi brisé par les paroles que venait de proférer Julia, Tuck la prit dans ses bras et pressa le visage au creux de son cou.

— Non. Je ne peux pas te promettre que je serai toujours là.

Les mains de Julia s'élevèrent puis retombèrent le long de ses flancs.

— Exactement.

Elle voulut s'écarter, mais Tuck refusa de la lâcher.

— Je ne peux pas te promettre que je serai toujours là, mais je peux te garantir que je l'aimerai toujours et que je subviendrai à ses besoins que je sois là ou non.

Julia le dévisagea et reprit ses propres mots.

— Et si ça ne lui suffit pas ? Et si elle veut plus que ça ?

Pendant un long moment, Tuck la fixa, puis il la relâcha.

— C'est pour cette raison que tu es partie ? demanda-t-il doucement, d'un ton compréhensif.

Julia hocha la tête, les lèvres tremblantes.

— Mon père était agent au FBI. Il est mort quand j'avais douze ans. Il n'était pas là quand j'ai eu mon bac. Il n'était pas là quand Jillian a reçu son diplôme de Quantico. J'ai vu ma mère dépérir lentement et mourir de chagrin. Et maintenant, j'ai perdu la seule famille que j'avais en dehors de Lily.

Elle secoua la tête.

— Quand j'ai découvert ton insigne… J'ai compris que je ne pouvais pas rester mariée avec toi. Je ne peux pas. Je ne peux pas aimer quelqu'un qui pourrait mourir demain.

Tuck s'efforça de trouver des mots qui la convaincraient que ça n'arriverait pas, mais ils n'auraient pas été totalement sincères. Il adorait son travail au FBI. Il avait toujours eu envie de faire partie du Bureau et il connaissait les risques. Après la mort de son meilleur ami au cours d'une opération ratée, il avait encore plus conscience de sa propre mortalité.

Son regard se posa sur Lily, puis de nouveau sur Julia. Il ne renoncerait pas à sa carrière pour elle, mais comment pourrait-il se résoudre à les laisser partir ? Y avait-il quelque chose à dire qui la ferait changer d'avis ?

— Personne ne peut promettre qu'il sera encore là demain. Qui peut garantir qu'il ne mourra pas dans un accident de voiture ?

Il fit un pas vers elle.

Julia recula encore et se colla au mur.

— Le risque de mourir dans l'exercice de ses fonctions pour un agent spécial est bien plus grand que de mourir dans un accident de la circulation.

— Et si j'étais pilote d'avion ? Soldat ? Ouvrier du bâtiment ?

Il prit son visage entre ses mains et la força à le regarder dans les yeux.

— Tu m'aurais aussi quitté ?

Elle secoua la tête.

— Je ne sais pas. Nous avons fait une bêtise en nous mariant après une seule nuit.

— Mais ce n'est pas toi qui as dit que tu croyais au coup de foudre ?

Il ramena une mèche de cheveux derrière son oreille.

— Tu avais des sentiments pour moi, sinon tu n'aurais pas dit oui.

— C'était du désir, dit-elle en regardant ses lèvres. Rien que du désir.

Tuck fit un geste de dénégation.

— Bien sûr qu'il y avait du désir, mais c'était davantage que cela.

Ses lèvres s'approchèrent des siennes.

— Davantage que le désir de sentir ton corps nu contre le mien.

Il posa un baiser aussi léger qu'une plume sur sa bouche, savourant la douceur, le goût et la chaleur de son souffle.

— Tu peux le nier ?

La respiration de Julia s'accéléra et elle posa les mains sur sa taille en glissant les doigts sous son T-shirt.

— Non, mais ça ne change rien.

— Bien sûr que ça change tout.

Sa bouche fondit sur la sienne et il l'écrasa contre son torse. Son intention était sans doute de lui prouver qu'il avait raison avec un baiser, mais l'argument se retourna contre lui, le remplissant d'un désir plus urgent que jamais.

Il glissa les doigts sous son sweat-shirt, effleura ses côtes et son soutien-gorge en dentelle. Il détacha l'agrafe dans son dos et prit ses seins dans ses mains.

Julia lui planta les ongles dans la peau, le dos cambré, pressée contre lui.

Tirant sur le bord de son sweat-shirt, il le fit passer par-dessus sa tête et le jeta sur la commode.

Elle baissa les bras, laissant glisser les bretelles de son soutien-gorge. D'une secousse du poignet, elle fit voler celui-ci et ôta également le T-shirt de Tuck.

Elle caressa légèrement sa poitrine nue des deux mains et remonta jusqu'à son visage, en suivant du regard son mouvement. Elle mit les mains en coupe autour de ses joues et effleura du pouce sa lèvre inférieure. Puis elle se hissa sur la pointe des pieds et l'embrassa.

Tuck pressa ses lèvres contre les siennes et laissa courir ses mains jusqu'à l'élastique de son pantalon de survêtement trop grand, reconnaissant à Mme Glimm d'avoir fourni un vêtement si facile à enlever. D'une petite secousse, il fit glisser le pantalon et le slip sur les jambes de Julia.

Celle-ci fit un pas pour se dégager et enroula sa jambe autour de la sienne.

Tuck la souleva soudain et fit passer ses deux jambes autour de sa taille avant de l'adosser au mur derrière elle. Puis il se mit en devoir de sucer le bout de ses seins voluptueux.

Julia renversa la tête en arrière et ses longs cheveux humides glissèrent sur ses épaules. Elle gémit et croisa les doigts derrière sa nuque pour l'amener plus près.

Il lui obéit et se mit à lécher et sucer ses seins à pleine bouche.

Elle gémit de nouveau et ses jambes se resserrèrent autour de sa taille, son entrejambe pressé sur le bord de son jean qui était devenu insupportablement étroit.

Il passa la main sous les fesses de Julia, fit descendre sa fermeture Eclair et libéra son membre.

S'agrippant à lui, Julia se positionna au-dessus, en faisant halte juste avant la pénétration.

— Non.

Tuck l'écarta de lui et la déposa sur la commode. Il s'immobilisa entre ses jambes et traça une ligne tout le long de ses jambes, des genoux à l'intérieur de ses cuisses.

— Pas encore.

— Ne prends pas trop de temps. Je te veux, murmura-t-elle. Je te veux en moi…

Il se pencha pour lui déposer un baiser sur les lèvres.

— Patience.

Elle engloutit sa bouche d'un mouvement des lèvres. Interrompant leur baiser, il se fraya un chemin de ses lèvres à son oreille, puis tout le long de son cou, en repoussant les petites mèches de cheveux.

La poitrine de Julia se soulevait et retombait à un rythme effréné à chacune de ses caresses et chacun de ses baisers. Il pinça l'un de ses seins entre le pouce et l'index et en roula le bout tout en suçant l'autre.

Julia poussa un autre gémissement de plaisir et gigota sur la commode. Elle plongea les mains dans ses cheveux pour l'attirer encore plus près.

Après l'avoir caressée et léchée encore et encore, il s'immobilisa, les sens en feu, et se pressa contre elle.

Julia ouvrit les yeux, le souffle entrecoupé.

— Je t'en prie, dis-moi que tu as un préservatif.

Sans la lâcher, il fouilla dans le sac posé sur la commode et en sortit une boîte de préservatifs.

Il la lui tendit avec un petit sourire.

— Je n'avais pas l'intention de te séduire, si c'est ce que tu penses. Mais je me souvenais de ce que c'est que de côtoyer une femme aussi attirante que toi et je ne voulais pas être pris au dépourvu, cette fois-ci.

Elle ne dit mot et ouvrit la boîte intacte. Puis elle prit un des préservatifs et en déchira l'emballage des dents avant de le dérouler sur le sexe de son amant.

Enfin, elle croisa de nouveau les chevilles derrière son dos et se positionna au-dessus de lui, en hésitant juste avant de le laisser la pénétrer.

Tuck retint son souffle. Le sang courait, brûlant, dans ses veines et il était prêt, avide de la prendre.

— Je veux que tu saches…

Elle prit une profonde inspiration et resserra les chevilles, le laissant entrer en elle.

— … que ça ne changera rien.

Tuck ferma les yeux, laissa les sensations traverser son corps, prêt à exploser au moindre mouvement. Il se retint. Il voulait lui donner du plaisir, l'amener tout en haut avant de se laisser glisser lui-même dans le gouffre.

Il se retira et revint en elle sur un rythme rapide qui la fit haleter.

Julia lui prit les hanches et le guida encore plus rapidement, plus fort, jusqu'à ce qu'il n'en puisse plus. Avec un dernier coup de reins, il la rejoignit au plus profond d'elle-même.

Quand il revint sur terre, il se sentit frappé avec une force soudaine par ce qu'il venait de faire. Il avait fait l'amour à cette femme pour la deuxième fois.

Il s'était menti en pensant qu'il pouvait lui résister, en croyant qu'une passion aussi puissante pouvait s'oublier ou s'ignorer. Cette nouvelle rencontre prouvait ce qu'il savait depuis la nuit où il l'avait demandée en mariage. Ils étaient faits l'un pour l'autre.

Elle avait dit que cela ne changeait rien, mais elle avait tort.

Restait à l'en convaincre.

9

Julia resta dans les bras de Tuck le plus longtemps possible, leurs corps toujours unis. S'éloigner de lui signifierait la fin de quelque chose de si beau qu'elle en avait presque tout oublié.

Tuck fut le premier à revenir à la réalité. Il avait le nez dans son cou quand il releva soudain la tête, les yeux grands ouverts, en alerte.

— Qu'est-ce qui se passe ? Tu as entendu quelque chose ? demanda Julia en bougeant à contrecœur, car elle ne voulait pas mettre fin à leur intimité.

Mais, en même temps, l'adrénaline venait d'envahir son système circulatoire et la chair de poule l'avait saisie.

Tuck prit une profonde inspiration et s'écarta d'elle, son membre luisant dans la faible lumière. Il se débarrassa rapidement du préservatif, enfila son jean et remonta la fermeture Eclair tout en s'approchant de la fenêtre.

Ecartant à peine le rideau, il jeta un regard prudent au-dehors.

Julia ramassa la serviette qui était restée sur le sol de la salle de bains, l'enroula autour de son corps et le rejoignit.

Une voiture noire aux vitres fortement teintées entra dans le parking étroit, s'arrêta, attendit plusieurs secondes, puis recula et s'éloigna dans la rue.

Tuck enfila son T-shirt, puis son sweat-shirt à la va-vite et mit sa casquette.

— Reste ici. Je reviens tout de suite. N'ouvre à personne en dehors de moi.

Julia sentit son pouls s'accélérer et elle remit le rideau en place d'une main tremblante.

Tuck entrouvrit à peine la porte, regarda dehors et sortit en refermant doucement derrière lui.

Le souffle court, Julia bloqua le verrou et mit la chaîne de sécurité en place. Puis elle s'en fut de nouveau à la fenêtre.

En quelques secondes, Tuck disparut à l'angle du bâtiment.

Julia agrippa le voilage, le corps tremblant de frayeur, toutes ses pensées tournées vers la sécurité de Tuck.

Heureusement, le bébé émit un petit soupir sur le lit derrière elle, l'obligeant à maîtriser sa crise de panique et à se mettre en mouvement. Si Tuck était pris au piège, elle devait se préparer à fuir ou à se défendre. En tout état de cause, elle ne pourrait pas le faire vêtue d'une simple serviette.

Elle ramassa sa culotte et son pantalon de jogging et les enfila. Puis elle attacha son soutien-gorge, en remonta les bretelles sur ses épaules et passa le sweat-shirt.

Enfin, elle mit ses chaussures et se mit en devoir de fourrer tous les achats de Tuck dans le sac à dos. Ce faisant, elle sursautait au moindre bruit, entendu ou imaginé. Elle remit de l'ordre dans ses cheveux avec ses doigts, fit une tresse des longueurs encore mouillées et l'enroula autour de son crâne pour la dissimuler sous sa casquette.

Profondément endormie, Lily remuait les lèvres dans un petit mouvement de succion. Le ventre plein, vêtue d'une couche propre et recouverte d'une chaude couverture, elle était tout à fait à son aise, paisiblement inconsciente du danger que son papa et sa maman affrontaient. Elle n'avait pas besoin de grand-chose pour être heureuse.

Elle ne connaissait pas la douleur de perdre un proche. Elle ne saurait pas ce que c'était de tomber amoureuse avant de nombreuses années et, quand le moment serait venu, Julia espérait que ce ne serait pas d'un agent du FBI.

Malgré les terribles efforts qu'elle avait faits pour oublier Tuck durant ces neuf longs mois de grossesse, une fois née, sa fille lui avait servi de rappel quotidien. Elle lui ressemblait tellement que le simple fait de la regarder ravivait le chagrin de Julia.

Elle ne comptait plus le nombre de fois où elle avait remis en cause sa précipitation à couper les ponts avec Tuck Thunder Horse. A présent, en voyant sa fille avec lui, la manière dont il la tenait comme si elle était en porcelaine, dont il effleurait sa joue du doigt, dont il posait des baisers sonores sur son ventre, elle avait de nouveaux doutes. Il lui parlait et roucoulait avec elle d'une voix grave et chaude qui la faisait frissonner de tout son corps.

Durant les quelques heures qu'ils avaient passées ensemble depuis la mort de sa sœur, Julia avait senti la muraille dont elle s'était entourée commencer à se fissurer, et cela l'effrayait si fort que ses genoux en tremblaient.

Après la séance de sexe torride à laquelle ils venaient de se livrer, elle savait qu'il serait bien plus difficile de s'éloigner de lui.

Quand elle eut terminé de tout préparer, elle se mit à faire les cent pas, et s'assit finalement au bord du lit, la main posée sur sa fille, prête à fuir en cas de besoin.

Le réveille-matin posé sur la table de chevet fit entendre une autre minute. Une de plus depuis qu'elle l'avait regardé. Qu'est-ce qui prenait si longtemps à Tuck ?

Un coup léger se fit entendre à la porte.

Julia sauta sur ses pieds et se précipita vers elle, la main tendue pour l'ouvrir avant de se figer, les doigts posés sur le bouton. Au dernier moment, elle pressa un œil contre le judas.

Le visage mat de Tuck lui rendit son regard.

— C'est moi, ouvre.

Julia détacha la chaîne de sûreté, fit pivoter le pêne dormant et ouvrit tout grand la porte.

Tuck entra et la referma aussitôt.

Sans réfléchir, Julia lui jeta les bras autour du cou.

— Dieu merci, tu es revenu.

Il rit doucement et la serra contre lui, avant d'effleurer ses lèvres des siennes puis de l'écarter en survolant la chambre d'un rapide regard appréciateur.

— C'est bien, tu as fait les bagages.

— Nous partons ?

Julia prit Lily dans ses bras.

— Le conducteur de la voiture qui vient de passer ne me dit rien qui vaille. L'employée de la réception m'a dit qu'il avait demandé si une blonde avec un bébé séjournait à l'hôtel.

Julia sentit l'air quitter ses poumons.

— Ils nous ont retrouvés ?

— Pas forcément. Souviens-toi, tu n'étais pas avec moi quand j'ai pris la chambre. En ce qui la concerne, la réceptionniste pense qu'il s'agit d'un homme seul. Je ne lui ai rien dit d'autre.

— Alors, nous sommes en sécurité.

— Non. Ils sont passés trop près. Ceux qui te cherchent passent tous les hôtels de Bismarck au peigne fin. Il ne se passera pas longtemps avant que quelqu'un vous voie, toi et Lily, et que la rumeur se répande.

— Où allons-nous nous cacher alors, pour que personne ne nous repère ?

— Je connais un endroit, mais ça ne sera pas très confortable.

— Du moment que Lily est en sécurité, au chaud et au sec, je m'en fiche.

Elle se dirigea vers la porte.

Tuck lui bloqua le passage.

— Attends ici avec Lily et laisse-moi sortir le premier.

Il transporta le sac à dos jusqu'à leur voiture de location derrière le motel.

Quand il revint, il prit Lily et la guida jusqu'à la voiture. Il installa la petite fille sur le siège bébé, fixé à l'arrière, l'attacha et la recouvrit d'une couverture tirée jusqu'au menton.

Prenant place sur le siège passager, Julia tira sa casquette sur son front en regardant Tuck s'affairer avec les lanières.

Une fois le bébé installé, il se glissa derrière le volant et fit reculer la voiture.

Julia retint son souffle quand ils s'aventurèrent dans la rue hors du parking de l'hôtel. Elle avait l'impression d'être une fugitive hors la loi. Une fois que les techniciens criminels auraient identifié sa sœur en tant que Jillian Anderson et non Julia, le shérif du Comté sioux allait sans doute la mettre en tête de sa liste de suspects et émettre un avis de recherche pour interrogatoire. C'est alors qu'elle fuirait à la fois le tueur et la loi. Elle n'avait pas l'intention de se rendre aux autorités jusqu'à ce qu'ils aient trouvé qui avait tué sa sœur.

Jillian, oh, Jillian. Comment as-tu fait pour me laisser dans un bazar pareil ?

Tandis que Tuck s'éloignait de l'hôtel, Julia resta calmement assise sur son siège, envahie par un tel chagrin à l'idée de la disparition de sa sœur que son cœur lui faisait mal. Un brouillard de larmes obscurcit sa vision.

Elle resta silencieuse pendant le quart d'heure suivant, s'efforçant de retenir ses pleurs. Elle devait se reprendre et rester forte, pour le bien de Lily. Quand elle releva enfin les yeux, la ville avait fait place à des fermes disséminées et ils filaient sur une route de campagne.

— Où allons-nous ?

— Quelque part où nous serons en sécurité. Un endroit où ils ne pourront pas nous trouver.

Elle émit un petit grognement de doute.

— Et qu'est-ce que c'est ?

— Le ranch des Thunder Horse.

— Chez toi, tu veux dire ?

Le cœur de Julia manqua plusieurs battements et prit un rythme irrégulier.

— Ce n'est pas à plusieurs heures d'ici ?

— Il nous faudra un peu plus de trois heures pour y arriver. Mais il n'y a pas d'endroit plus sûr au monde. Je connais le terrain, les endroits où se cacher et je sais comment survivre. Nous nous installerons dans une cabane de chasse à l'écart. Personne ne saura que nous sommes là, en dehors de mon frère Pierce. Le tueur ne pourra pas nous retrouver et toi et Lily, vous serez en sécurité.

Il tira le téléphone à carte de sa poche et composa le numéro de son frère.

— Pierce, nous sommes en route pour le ranch.

Il y eut une pause.

— Nous prendrons les petites routes. Ne t'inquiète pas. Je t'appellerai dès que possible.

Il interrompit la communication et glissa le téléphone dans sa poche.

— Pierce approuve l'idée de vous faire sortir de Bismarck.

— Comment allons-nous poursuivre l'enquête de si loin ?

Elle fit face à Tuck et posa la main sur sa manche.

— Nous ne pouvons pas laisser tomber les recherches du tueur. Lily et moi ne serons pas en sécurité tant qu'il n'aura pas été capturé.

— Pierce va continuer l'enquête avec l'aide de notre homme à Minneapolis. Nous ne pouvons pas risquer la vie de Lily pour retrouver l'assassin de ta sœur. Il va falloir faire confiance aux agents avec lesquels nous travaillons pour cette mission.

Julia se renversa sur son siège, dégoûtée par la décision arbitraire de Tuck.

— J'ai l'impression que nous laissons tomber Jillian.

Elle fixa le paysage devant elle, parsemé de champs et de prairies à perte de vue.

Elle aurait voulu protester et crier, lui reprocher de l'entraîner encore plus loin de ceux qui avaient pris la vie de sa sœur. Mais un coup d'œil sur le siège arrière suffit à lui rappeler sa priorité numéro un.

Lily.

Le bébé dormait sur son siège, une main pendante, un petit sourire aux lèvres.

Julia aurait fait n'importe quoi pour la sauver.

— Combien de temps allons-nous rester là-bas ? questionna-t-elle, d'une voix plate et dépourvue d'émotion.

Plus ils s'éloignaient de Fort Yates, plus elle avait le sentiment qu'elle manquait à son devoir envers sa sœur.

— Aussi longtemps qu'il faudra pour extraire et analyser cette vidéo.

— Et si on ne peut pas la récupérer sur le téléphone ? objecta-t-elle. Et si je suis le seul témoin du crime et la seule à avoir vu celui qui est sur cette vidéo ?

Sa voix s'évanouit. Elle serra les mains sur ses genoux pour les empêcher de trembler.

— Nous aviserons à ce moment-là. Pour le moment, nous devons nous reposer sur l'idée que les techniciens seront capables d'en récupérer suffisamment pour identifier l'auteur de ces crimes.

En d'autres termes, il n'avait aucune autre réponse.

C'était sa crainte depuis le début. Si elle était le seul témoin de l'assassinat d'un agent de la Commission des jeux, le tueur s'emploierait à ne laisser aucune trace derrière lui. Elle ne serait plus jamais en sécurité, de même que Lily.

Mais elle avait le choix entre deux options. Ou bien elle s'apitoyait sur elle-même, ou bien elle se montrait forte et veillait au bien-être de sa fille. Elle se redressa et regarda au loin, prenant note mentalement de tout ce dont ils auraient besoin pour survivre une durée indéterminée dans une cabane isolée.

— Nous allons avoir besoin de provisions pour les prochains jours.

— La cabane a un stock de nourriture en conserve.

— Il nous faudra encore du lait maternisé et des bouteilles d'eau pour Lily. Et des couches. Ce petit sac que tu as acheté n'ira pas bien loin.

— Nous nous arrêterons pour faire le plein dans une petite ville avant d'atteindre le ranch.

— Bon. Je vais aussi avoir besoin d'un jean et d'une veste.

Elle se pencha en avant et surveilla la route afin de repérer un magasin qui pourrait leur fournir tout ce dont ils auraient besoin.

Evitant l'Interstate, Tuck suivait les petites routes de campagne. Une heure et demie après avoir quitté Bismarck, ils firent halte dans la petite commune de Hazen.

Julia pointa le doigt devant elle.

— Dépose-moi au magasin général. Je vais acheter ce qu'il nous faut pendant que tu fais le plein.

Elle sortit de voiture et ouvrit la portière arrière pour prendre Lily.

— Laisse-la sur son siège. Elle dormira pendant que je mets de l'essence, lui dit Tuck.

Julia hésita. Etant donné les circonstances, elle voulait garder Lily sous les yeux. Mais sa fille serait avec son papa, qui la protégerait.

— OK, je n'en ai que pour quelques minutes.

— Quand j'aurai fini, je te rejoindrai. Je suis sûr que j'ai besoin de quelques trucs aussi.

Se précipitant dans le magasin, Julia jeta un regard derrière elle à la voiture tandis que Tuck s'éloignait. Les ombres qui tombaient sur les vitres arrière l'empêchèrent de voir Lily.

Le vide se fit dans son cœur tandis qu'elle se forçait à entrer. Tuck allait prendre soin de Lily pendant qu'elle faisait les courses, se dit-elle.

Avec sa chance habituelle, la cabane n'aurait sans doute ni électricité ni eau courante, songea-t-elle ensuite. En plus du lait maternisé, de l'eau et des couches, elle mit aussi dans son chariot des bougies, des lampes de poche, du papier-toilette, des allumettes et des conserves, en priant pour qu'il y ait au moins un ouvre-boîtes. Elle choisit également un jean et un sweat-shirt pour elle afin de pouvoir changer le jogging trop grand que Mme Glimm lui avait donné. Ses vêtements étaient encore humides de la tentative qu'elle avait faite le matin même pour les laver. Si elle ne les étendait pas rapidement, ils allaient moisir.

Dix minutes plus tard, elle était à la caisse, cherchant Tuck du regard à travers la paroi vitrée. Elle n'avait pas assez d'argent pour payer tous ses achats et elle avait espéré qu'il arriverait à temps pour le faire. Où était-il ?

Cinq autres minutes passèrent et son impatience légère fit place à l'inquiétude.

La première pensée qui lui vint à l'esprit fut qu'il était parti avec Lily, la laissant se débrouiller toute seule à Hazen.

Non, il ne ferait pas une chose pareille. Pas après avoir risqué sa vie pour la sauver et l'emmener aussi loin.

La conclusion suivante fut qu'il avait des ennuis. Et si Tuck était en danger, Lily l'était aussi.

Abandonnant son chariot, Julia sortit et courut jusqu'à la station-service. Ils avaient vu le panneau sur la route et Tuck lui avait dit que c'était là qu'il allait faire le plein.

La voiture n'était pas devant les pompes et un panneau « fermé » pendait à la vitre de la boutique. L'intérieur était vide et désert. Tuck, la voiture et Lily n'étaient en vue nulle part.

Le cœur battant et les poumons comprimés par l'angoisse, Julia s'efforça de reprendre son souffle. Calme-toi, s'ordonna-t-elle. Il est seulement allé dans une autre station-service puisque celle-là est fermée. Elle fit un tour complet sur elle-même. Les bâtiments, la station-service et les voitures disparurent dans une sorte de brume devant ses yeux.

Où étaient-ils ?

Elle se mit en marche le long de la rue, dans une stupeur hébétée, les larmes aux yeux, presque aveuglée. En dépit de la petite voix qui lui ordonnait de se reprendre, elle ne pouvait pas se calmer. La terreur lui brûlait l'estomac, forant un trou dans la paroi.

A travers un brouillard de larmes, elle repéra une berline gris foncé garée à côté d'un grand container à ordures, à l'arrière d'une station-service de l'autre côté de la rue. L'espoir revint et elle courut sur les derniers mètres, ignorant les regards curieux que lui lançaient les passants.

C'est eux, c'est eux, scandait son esprit, tandis que son cœur refusait de recommencer à battre et ses poumons de relâcher l'air. En s'approchant de la voiture, elle reconnut la plaque d'immatriculation. C'était le véhicule que M. Glimm avait loué pour eux. La portière côté conducteur était ouverte et un bras recouvert d'un sweat-shirt gris pendait, inerte.

Julia chancela, subitement figée sur place. Elle dut se forcer à avancer, terrifiée par ce qu'elle allait découvrir. Le spectre de la mort de sa sœur revint la hanter.

Un grognement se fit entendre dans la voiture et la main se serra.

L'espoir revenu, Julia se précipita en avant.

Tuck était effondré sur le volant. Une bosse de la taille d'un œuf enflait à l'arrière de son crâne et du sang s'était coagulé sur le col de son sweat-shirt. Mais il grogna de nouveau, un bruit paradisiaque aux oreilles de Julia. Il était vivant.

Ses pensées se tournèrent immédiatement vers le bébé. Elle ouvrit la portière arrière et sentit la terre trembler sous ses pieds.

La banquette arrière était vide. Le siège bébé, le sac à dos et le bébé… avaient disparu.

Julia tomba à genoux, le visage tourné vers le ciel.

— Mon Dieu, je vous en prie… Pas elle, pas ma fille !

10

La douleur émanant de l'arrière de son crâne lui traversait toute la tête jusqu'aux mâchoires. Des pleurs ressemblant à des gémissements le tirèrent du brouillard d'inconscience ou de semi-conscience dans lequel il se trouvait. C'était un son si désespéré que son cœur se serra instinctivement pour celui ou celle qui était dans une telle détresse.

Il se redressa et lutta contre une nouvelle vague de vertige et de nausée qui menaçait de l'engloutir. Il fallait qu'il reste conscient. Quelqu'un avait besoin de lui. Pendant plusieurs secondes, il s'efforça de se souvenir de qui il s'agissait.

Puis tout lui revint. La station-service, les hommes qui portaient des cagoules de ski et des armes, leurs menaces et Lily.

Il ouvrit brusquement les yeux et pivota sur son siège pour regarder derrière lui. Il eut l'impression qu'on lui lâchait une enclume sur la poitrine. Lily avait disparu.

Un autre gémissement s'éleva du sol près de la voiture.

Tuck sortit une jambe, puis l'autre. Une fois les deux pieds sur le sol, il se hissa au-dehors, en s'appuyant à la carrosserie pour garder l'équilibre.

Tandis qu'il se redressait, le mal de tête qui lui enserrait la base du crâne s'intensifia, mais le vertige diminua. Il contourna la portière ouverte et un horrible sentiment d'échec le frappa derechef en pleine poitrine.

Julia était recroquevillée sur le sol, les épaules secouées par des sanglots à briser le cœur.

La tête si douloureuse qu'il en avait les larmes aux yeux, Tuck s'agenouilla près d'elle et la prit dans ses bras.

— Oh ! Seigneur, Julia, je suis désolé.

— Elle a disparu !

Julia se mit à sangloter de plus belle contre son sweat-shirt, trempant jusqu'à sa peau à travers le tissu.

— Nous la retrouverons. Je te jure que nous la ramènerons.

Il la serra contre lui, le cœur saisi d'une douleur bien plus grande encore que celle de son crâne.

Quand ses sanglots diminuèrent, Julia agrippa le devant de son vêtement et le dévisagea avec des yeux gonflés et désespérés.

— Qu'ont dit les kidnappeurs ? Ont-ils laissé un message ? Des instructions ? Quelque chose ?

Il toucha du bout des doigts l'arrière de sa tête, essayant de se souvenir exactement de ce qu'ils lui avaient dit avant de l'assommer avec un démonte-pneu. Quand sa mémoire lui présenta enfin la totalité de leurs exigences, il serra les poings de colère.

— Ils veulent toi et la vidéo en échange de Lily.

— Tu ne leur as pas dit que nous ne l'avions pas ?

Julia s'accrochait à lui.

— Je leur ai dit qu'elle était à au moins cinq heures d'ici, dit Tuck en pressant les doigts sur sa tempe. Il faut retourner à Minneapolis, vite.

— Mon Dieu, ils ont Lily.

Julia ferma fortement les paupières.

— En supposant que nous puissions récupérer le téléphone aussi vite, comment suis-je censée leur remettre la vidéo ? Comment allons-nous les contacter ? Et qui va s'occuper de mon bébé ?

La tête de Tuck lui faisait mal et sa vision était brouillée.

— Ils m'ont dit d'apporter le téléphone vers minuit à Bismarck et qu'ils nous contacteraient par téléphone. Nous ne devons en parler à personne, surtout à la police, ou au FBI.

— Il faut leur donner coûte que coûte. Ils ne doivent pas se servir de Lily comme ça.

La voix de Julia se brisa.

— Ce n'est qu'un bébé… Elle ne comprend pas. Ils n'auront aucune patience quand elle se mettra à pleurer. Il faut la récupérer. Tout de suite.

Tuck se sentit déchiré par la culpabilité. Il en avait des courbatures partout, comme si on l'avait frappé partout sur le corps avec ce démonte-pneu.

— Nous ne pouvons rien faire tant qu'ils ne nous contactent pas de nouveau.

— Pourquoi ? Nous ne pouvons pas les poursuivre ? Les arrêter ?

— Ils ont toutes les cartes en main. Ils ont Lily. Ils m'ont dit que si nous essayions de le suivre, ils lui feraient du mal.

— Oh ! mon Dieu !

Julia pressa ses doigts contre sa bouche, et laissa couler d'autres larmes.

— Ce n'est qu'un bébé !

— Ce sont eux qui prendront l'initiative et qui nous appelleront.

— Mais comment ?

Elle s'essuya le visage du bras.

— Ils vont m'appeler sur mon portable.

Elle se releva, les yeux grands ouverts et la main serrée sur la manche de Tuck.

— Il faut appeler la police. J'aurais dû le faire dès le début.

— Non, Julia. Nous ne pouvons pas faire ça au risque que Lily…

Il ne put finir sa phrase. La pensée que quelque chose arrive à sa fille lui retourna l'estomac et chauffa sa colère à blanc. S'ils lui faisaient du mal, il les tuerait, les réduirait en pièces, membre par membre. Plus il pourrait leur faire mal, mieux ce serait.

— Oh, Tuck ! J'aurais dû remettre la vidéo à la police dès que Jillian me l'a envoyée.

Elle appuya de nouveau le front sur sa poitrine.

— C'est ma faute. Rien de tout cela ne serait arrivé si je n'avais pas insisté pour que nous allions au casino toutes les deux ce soir-là. Jillian serait toujours en vie, Lily serait au lit à cette heure-là et je serais toujours en train de faire la classe aux cours moyens. Je suis maudite.

Tuck la prit par les bras et la secoua gentiment.

— Tu n'es pas maudite du tout. Tu es une femme magnifique avec une longue vie devant toi. Et notre fille aura besoin de sa mère quand nous la retrouverons.

— Elle aura son père.

— Et quel bien est-ce que ça lui ferait ? Ils nous ont retrouvés et l'ont prise quasiment sous mes yeux. Tu parles d'un garde du corps !

Julia le regarda au fond des yeux, et ses propres larmes cessèrent.

— OK, tu as raison. C'est notre faute à tous les deux. Pleurer là-dessus ne va pas nous ramener Lily. Nous devons faire quelque chose.

— Tout à fait. Viens, je dois passer un coup de fil,

et ensuite, nous retournerons à Bismarck aussi vite que possible.

— Nous ne pouvons pas faire l'aller et retour jusqu'à Minneapolis en cinq heures.

— Non, mais Pierce peut demander à ce qu'on lui envoie la vidéo par le premier avion.

— Et dans l'intervalle, qu'allons-nous faire ?

— De notre mieux pour capturer l'assassin et récupérer Lily.

Il la guida vers le siège passager en contournant la voiture.

— Qu'est-ce que tu veux dire ? questionna Julia en freinant des quatre fers, les sourcils froncés. Nous devons faire exactement ce qu'ils nous ont dit. Reprendre le téléphone et l'échanger avec moi contre Lily. Je ne vais pas jouer à la roulette russe avec la vie de ma fille.

— Non. Je ne te laisserai pas partir en échange de Lily. Nous avons cinq heures entre maintenant et le moment de l'échange. Nous devons utiliser ce laps de temps pour essayer de découvrir qui est derrière tout ça et pourquoi. Avec un peu de chance, le type de Minneapolis a réussi à télécharger les données et les examine en ce moment même. Nous allons résoudre cette affaire. Je suis certain que nous le pouvons.

— Tuck, nous ne pouvons pas les laisser analyser la vidéo. S'ils le font et que l'assassin le découvre, il tuera Lily.

— Nous avons du temps grâce à la vidéo. Nous devons nous en servir pour t'amener au bureau et voir si tu peux identifier le meurtrier en examinant notre base de données d'identité judiciaire. Si tu le reconnais, nous n'aurons pas besoin de la vidéo. Nous pourrons peut-être le retrouver avant l'heure prévue de l'échange.

Julia se mordit la lèvre et acquiesça finalement.

— D'accord, si tu crois vraiment que nous pouvons récupérer Lily plus vite de cette façon, je vais le faire.

— Génial !

Tuck prit le téléphone qu'il avait acheté à Bismarck et appela son frère.

— Pierce, ils ont enlevé Lily.

— Que s'est-il passé ?

— Nous avons fait halte dans une petite ville à une heure et demie au nord de Bismarck pour faire le plein et quelques courses. Ils m'ont sauté dessus pendant que je me servais en carburant.

Il n'ajouta pas qu'ils avaient pointé une arme sur Lily. Il n'avait pas eu d'autre choix que de la laisser partir.

— Tu as pu les voir ? demanda Pierce.

— Non, ils portaient des cagoules de ski et étaient équipés de SIG Sauer.

— Où est Julia ?

Il lança un regard à la mère de son enfant. Elle avait pâli en l'écoutant donner tous ces détails.

— Elle est avec moi. Ils la veulent, elle et la vidéo, en échange du bébé.

Tuck tendit la main et prit celle de Julia.

Ses doigts étaient glacés et tremblants. Il se sentait fier d'elle, fier qu'elle tienne le coup aussi bien face à la disparition de son enfant et le danger dans lequel elle se trouvait.

— Pierce, il faut nous renvoyer le téléphone à Bismarck aussi vite que possible. Je dois être prêt quand ils m'appelleront pour l'échange.

— Je vais voir ce que je peux faire. Je ne sais pas si Skeeter a eu le temps de récupérer les données et de les analyser.

— A ce stade, il vaut mieux qu'il ne l'ait pas fait. Ils ne veulent pas que Julia en fasse part à quiconque.

Nous ne pouvons pas risquer la vie du bébé. Vois si tu peux tirer une ou deux ficelles et réquisitionner le transport. J'ignore quel est leur degré de détermination.

Il resserra la main autour de celle de Julia.

— Fais-moi signe quand le téléphone arrivera à Bismarck.

— Je m'en occupe, dit Pierce. Sois prudent, frangin.

— Bien sûr. Toi aussi.

Tuck raccrocha et attira Julia dans ses bras.

— Nous allons la ramener.

Le trajet jusqu'à Bismarck passa en un éclair. La route se brouillait devant ses yeux tandis qu'il franchissait toutes les limites de vitesse entre Hazen et la capitale du Nord Dakota.

Julia se cramponnait à l'accoudoir, pour une fois, insouciante de la vitesse, car elle était terrifiée par ce qui pouvait arriver à Lily.

Tuck prit un raccourci à travers les zones résidentielles, enfilant l'un après l'autre les sens interdits. Il parut décrire des cercles avant de s'engager enfin sur un chemin de terre qui menait à l'arrière d'un parc public.

Il cacha la voiture dans l'ombre d'un bosquet de jeunes trembles.

Un homme faisait du jogging sur un chemin de traverse, à quelques mètres de là.

— Je viens ici pour courir quand il fait beau et que le terrain est sec, dit Tuck en suivant du regard l'avancée du coureur solitaire.

— Combien de temps allons-nous rester ici ?

— Jusqu'à ce que tout le monde ait quitté le bureau.

Elle jeta immédiatement un coup d'œil à sa montre, en tapotant du pied avec impatience. Plus longtemps Lily était loin d'elle, plus elle devenait nerveuse. L'heure de la tétée était probablement passée et elle avait sans doute besoin d'un change. Ses ravisseurs allaient-ils prendre soin d'elle ? Comment allait-elle survivre ?

— A quelle heure seront-ils tous partis ?

— Je vais le savoir tout de suite.

Tuck prit son téléphone et composa un numéro.

— Passez-moi le bureau de Josh Behling.

— Tuck à l'appareil.

Il écouta pendant un instant.

— Oui, je sais que je lui dois des explications, mais le boss peut attendre. Dis-lui que je travaille sur une affaire et que je suis une piste… N'importe quoi. Fais juste en sorte qu'il me lâche les baskets pendant encore quelque temps. J'ai trop à faire tout de suite.

Une autre pause.

— Oui, je me doutais qu'ils finiraient par le découvrir. Oui, Jillian et Julia étaient des jumelles identiques.

Il secoua la tête, fixant le sentier.

— Ah oui ? Bon sang !

Il serra les dents et un muscle tressauta sur sa mâchoire.

Julia écoutait la conversation unilatérale, retenant son souffle pour mieux entendre ce qui se disait à l'autre bout. Mais rien n'y faisait, elle ne distinguait pas les mots. Elle aurait voulu savoir ce qu'avait dit Behling pour provoquer cette réaction chez Tuck.

— Ecoute, Behling, nous avons besoin d'avoir accès à un des ordinateurs du bureau.

Il écouta en fronçant les sourcils.

— Je sais que c'est risqué, mais je veux que Julia regarde notre base de données pour voir si elle peut identifier l'assassin.

Il acquiesça.

— Oui. Je suis désolé de te demander ça, mais je ne vois pas d'autre moyen et le temps presse. Ils ont enlevé le bébé et ils le retiennent en otage en exigeant Julia à la place.

Le cœur de Julia bondit à la mention du nom de sa fille. Toutes ses inquiétudes refirent surface, lui creusant la poitrine de manière si douloureuse qu'elle crut qu'elle allait avoir une crise cardiaque.

— Non. Si Julia se rend à la police, nous ne retrouverons peut-être pas Lily vivante. OK, appelle-moi quand la voie sera libre. Merci.

Après avoir raccroché, il fixa l'obscurité tombante.

Julia le laissa réfléchir en silence pendant quelques secondes, morte d'impatience. Finalement, elle lança :

— Qu'a dit Josh qui t'a fait jurer ?

— Ils ont identifié le corps de Jillian.

Il parlait d'un ton calme et doux, plein de respect envers son chagrin.

— Tu croyais qu'ils ne s'apercevraient de rien ?

Julia ravala les larmes prêtes à monter.

— Et sinon ?

— Ils ont émis un avis de recherche pour toi. Ils veulent t'interroger.

Il la regarda.

— Je suis désolé.

— Ce n'est pas ta faute. Il était probable qu'ils sauteraient aux conclusions de toute façon. J'ai lu quelque part que les statistiques montrent que la plupart des meurtres sont commis soit par des membres de la famille, soit par des personnes connues. Non pas que cela explique la mort de l'agent de la Commission des jeux, mais ils ont dû comprendre que j'avais vu quelque chose… ou que j'étais impliquée. En fuyant la ville, je leur ai fourni de quoi s'intéresser à moi.

Tuck tendit la main et effleura sa mâchoire du doigt.

— Tu es stupéfiante, tu le sais ? Je ne sais pas comment tu fais pour tenir le coup.

Elle inclina la tête contre sa main et la chaleur de celle-ci sur sa joue glacée lui redonna espoir.

— Il faut que je tienne bon… pour Lily.

Il laissa retomber sa main et se détourna.

— Le directeur régional du FBI est arrivé par avion quand il a appris qu'il s'agissait d'un de ses agents de Minneapolis. Il est fou de rage de ce qui est arrivé à Jillian et il veut un coupable pour avant-hier.

Julia hoqueta.

— Moi ?

Tuck secoua la tête.

— Il veut des réponses.

Avec un petit rire nasal, Julia commenta :

— Nous en voulons tous, n'est-ce pas ?

Elle s'entoura la taille de ses bras et fixa le lointain, comptant les minutes jusqu'à ce que Josh les appelle pour les avertir que la voie était libre.

— Et si je ne peux pas identifier le meurtrier parmi les millions de photos que vous devez avoir ?

Elle frissonna, fouillant sa mémoire à la recherche d'une image claire, celle où elle avait vu un homme tirer un coup de feu sur un autre. Avait-elle vu son visage assez clairement pour le reconnaître ? Tout s'était passé si vite. La vidéo lui avait été utile pour se souvenir de son apparence, sa silhouette, la couleur de ses cheveux. Elle se rappela qu'il avait une mèche blanche sur la tempe. Mais elle n'avait regardé la vidéo qu'une seule fois. Et avec tout le stress et l'inquiétude des derniers jours, elle n'était pas certaine de la véracité de ses souvenirs. Serait-ce assez pour choisir un visage parmi des centaines d'autres ?

— Dans ce cas, nous attendrons que les ravisseurs

nous contactent. Peut-être que leur appel nous donnera un indice.

Son ton était tendu et il serra le volant si fort que ses jointures blanchirent.

Julia aurait voulu l'apaiser, mais ses propres nerfs étaient tellement tendus qu'elle pouvait craquer à tout moment.

— Je déteste la manière dont nous sommes à leur merci. Je me sens totalement impuissante.

— Moi aussi. Mais nous n'avons pas besoin d'attendre que Pierce nous renvoie la vidéo ou que son contact la récupère. Nous pouvons essayer de trouver le meurtrier par nos propres moyens.

Elle sentit un vide se creuser dans son ventre.

— Je ne sais pas si je le reconnaîtrai.

— Il faut que tu essaies.

— Comment comptes-tu me faire entrer dans les bureaux ? demanda Julia. Les bâtiments du FBI n'ont donc pas de contrôle d'accès ?

— Laisse-moi m'en charger. Je vais te faire franchir la réception.

Julia lui lança un regard. Il se contrôlait parfaitement, le visage tiré par l'inquiétude, mais une détermination féroce se lisait dans ses yeux. Si quelqu'un pouvait ramener Lily, c'était bien lui.

L'obscurité filtrait partout autour d'eux et les ombres se mélangeaient dans le noir.

Le téléphone posé sur le tableau de bord se mit à sonner.

Julia sursauta, le pouls battant à cent à l'heure.

Tuck s'empara de l'appareil et pressa le bouton d'appel.

— OK, nous serons là dans quelques minutes. Rappelle si la situation change.

Il jeta le téléphone dans le vide-poches et tourna la clé dans le contact.

— Tu es prête ?

— Je veux retrouver mon bébé.

Julia boucla sa ceinture et se redressa.

— Allons-y.

Tuck recula hors du couvert des arbres et se glissa dans la circulation de l'Interstate, avant de prendre la sortie de Washington Street, en direction du nord. Il tourna à droite sur Broadway. Les rues de Bismarck lui étaient aussi familières que celle de sa ville natale, Medora. L'énorme bâtiment de béton qui abritait l'antenne FBI de Bismarck était situé entre la Quatrième et la Cinquième. Il se gara juste devant.

Prise de panique, Julia sentit son cœur palpiter et prendre soudain un rythme irrégulier.

— Nous ne sommes pas trop évidents, ici ?

Tuck ouvrit sa portière et l'aida à sortir.

— Tu es une suspecte et je t'ai amenée pour interrogatoire.

Julia ouvrit la bouche et croisa son regard. L'avait-il trahie ?

Il pinça les lèvres.

— Fais-moi confiance et nous pourrons peut-être entrer et sortir d'ici sans problème.

Avec un hochement de tête, elle lui permit de lui prendre le coude et de lui faire franchir la porte vitrée. Tuck exhiba son insigne et ils dépassèrent le gardien à l'entrée, pour monter aussitôt dans l'ascenseur et grimper à l'étage où il avait son bureau.

Un homme les attendait, attentif à ce qui se passait tout autour d'eux.

Tuck lui serra la main.

— Merci, Behling. Je te dois une fière chandelle.

— Venez avec moi. J'ai laissé un ordinateur allumé.

Sans attendre leur réponse, il tourna les talons.

Tuck lui emboîta le pas, la main toujours fermement posée sur le bras de Julia.

Une vague de frissons glacés lui parcourut le corps tandis qu'ils zigzaguaient entre les couloirs et les box jusqu'à celui de Tuck. Quand ce dernier dépassa l'angle du couloir, une autre silhouette se détacha dans l'ombre.

Julia retint un cri et pressa la main sur sa bouche.

Tuck sourit et étreignit l'autre homme, qui lui ressemblait tant que ce ne pouvait qu'être son frère Pierce.

Les deux hommes se donnèrent des claques dans le dos puis se séparèrent.

— Tu es dans la merde jusqu'au cou, mon frère, dit Pierce en déplaçant son regard de Tuck à Julia. Vous devez être Julia.

Il tendit la main et engloutit la petite main de celle-ci dans la sienne.

— Je suis désolé pour votre sœur.

Il jeta un coup d'œil à son frère.

— Si nous y pouvons quelque chose, nous arrêterons ce salopard, Tuck et moi.

— Merci.

Julia reprit sa main et posa les yeux sur l'ordinateur posé sur le bureau. L'écran affichait la photo d'identité d'un individu à l'air coriace.

— Assieds-toi.

Tuck la poussa dans le fauteuil.

— Fais défiler les photos. Si l'un d'eux ressemble ne serait-ce que vaguement à l'homme que tu as vu, écris son nom sur le bloc-notes.

Les mains tremblantes, Julia cliqua sur la souris et un autre visage apparut. Pendant le quart d'heure suivant, elle examina plus d'une centaine de photos, mais aucune d'elles ne ressemblait, même de loin, à l'homme qu'elle avait vu. L'aperçu qu'elle en avait eu ne lui avait pas donné assez de détails pour qu'elle puisse indiquer sa taille ou sa couleur de cheveux. Son cœur lui faisait mal et son estomac gargouillait.

Tuck et Behling avaient disparu, laissant Pierce avec elle.

— C'est dur de perdre un membre de sa famille.

Pierce tira une autre chaise dans le petit espace et s'assit à côté d'elle.

— Votre sœur et vous deviez être très proches.

Une boule dans la gorge, Julia ne parvint pas à articuler une réponse. Au lieu de cela, elle hocha la tête et continua à faire défiler le flot de visages.

Elle aurait dû être reconnaissante d'avoir cette tâche pour l'occuper. Effectuer une recherche dans une série interminable de photos était l'antidote idéal pour attendre l'appel des ravisseurs de Lily.

— Tuck pourrait avoir de graves ennuis pour vous avoir laissée entrer ici, alors qu'on a lancé un avis de recherche à votre encontre.

Pierce se mit à rire.

— Quelquefois, il se comporte comme un vrai rebelle. C'est probablement notre héritage lakota.

Julia ne répondit pas davantage.

— Mais vous devez représenter beaucoup pour lui. D'après ce que m'a dit Josh, mon frère était très secoué quand il a vu le corps de votre sœur…

Julia lui lança un regard aigu.

— Secoué ?

Pierce referma la bouche.

— Désolé. Quelquefois, je mets vraiment les pieds dans le plat.

— Non, ça va. Continuez.

Elle se tourna de nouveau vers l'écran, se forçant à reprendre le visionnage de cet océan de visages. Mais son esprit était en ébullition, entre sa fille, la recherche du meurtrier et ce que Pierce lui avait dit au sujet de la réaction de Tuck à ce qu'il avait cru être sa mort.

— Oui, Tuck a cru que c'était vous qui étiez morte. Josh m'a dit qu'il est devenu aussi pâle qu'un linge. Il a cru qu'il allait s'évanouir.

Tuck avait été bouleversé par sa mort supposée ?

Pierce eut un petit rire.

— Nous ne savions même pas qu'il s'était marié.

— Nous avons fait annuler le mariage les jours suivants.

— Il n'en a jamais dit un mot. Pas même à notre mère.

Julia n'avait rien à répondre à cela. Il était sans doute trop embarrassé pour raconter leur terrible erreur à sa famille, et trop en colère contre elle d'avoir fui sans un mot. Il faudrait sans doute longtemps à un homme aussi fier que Tuck pour lui pardonner sa lâcheté.

— De toute manière, Josh a été surpris quand Tuck ne s'est pas montré le matin suivant pour revenir au bureau en hélicoptère avec lui. Ils ont fouillé tout l'hôtel à sa recherche. Josh m'a appelé pour me demander si je savais ce qui se passait. J'étais en train de lui dire de se procurer un formulaire de personne disparue chez le shérif quand le directeur de la marina est arrivé pour signaler le vol d'un bateau.

Du coin de l'œil, Julia vit que Pierce souriait.

— Ça ressemblait à quelque chose que Tuck aurait pu faire. Mais il lui fallait une bonne raison, parce que, même si c'est un rebelle, comme je l'ai dit, en général, il respecte strictement la loi.

Julia abandonna ses recherches sur l'ordinateur et se tourna vers Pierce.

— Pourquoi me racontez-vous tout ça ?

Il haussa les épaules et, sous le col de sa chemise, une rougeur monta de son cou jusqu'à son visage mat.

— Je voulais juste souligner que Tuck ne se serait pas donné tant de peine s'il n'avait pas eu une bonne raison.

Julia prit une inspiration et s'apprêtait à répondre que la bonne raison de Tuck n'était que son enfant. Avant qu'elle puisse articuler un mot, Tuck réapparut.

Il se pencha sur le bureau.

— Quelque chose ?

Les joues de Julia devinrent brûlantes. Les avait-il entendus discuter Pierce et elle ? Apparemment non, ou bien il aurait sans doute été en colère.

Tuck posa deux tasses de café sur le bureau.

— Merci.

Pierce se pencha en avant pour en prendre une.

— Va t'en chercher une toi-même.

Tuck tourna la tête vers lui.

— Je prends le relais. Tu peux prendre la suite de Josh et faire le guet, si tu veux te rendre utile.

Pierce hocha la tête d'un air pénétré.

— Du Thunder Horse tout craché ! Envoyer les autres faire le sale boulot et garder la jolie fille pour soi.

— Tu es aussi un Thunder Horse, lui rappela son frère.

— Je sais. Et j'aurais dû penser à t'éloigner avant.

Il se leva et s'étira.

— C'est bon. Je vais fouiller dans les archives de la Commission des jeux. Il faut que je m'y remette de toute façon. Josh s'en est occupé tout seul. Tu lui dois une fière chandelle sur ce coup-là.

— Je sais.

Tuck tapa sur le dos de son frère.

— Dis à maman que je vais bien, d'accord ?

Pierce acquiesça et les quitta à la hâte, laissant Julia seule avec Tuck.

— Mon frère t'a raconté toutes sortes de salades sur moi, je parie ? dit-il en enlevant le couvercle de son café.

— Non.

Julia fit apparaître une autre photo d'identité sur l'écran et soupira.

— Il pense beaucoup de bien de toi.

Tuck haussa les épaules et sirota une gorgée avant de répondre :

— Je lui ai sauvé la mise une ou deux fois.

— Tu en parles comme si cela n'avait pas d'importance.

Elle pressa le doigt sur la souris.

— Il y a des agents qui meurent tous les jours.

Tuck sourit jusqu'aux oreilles.

— Mais ce n'était pas le jour de Pierce.

Julia se tourna vers lui, le frisson glacé de la mort balayé par la colère.

— La mort n'est pas un sujet de plaisanterie. C'est la fin. On n'en revient pas.

— Eh là ! Je suis désolé. Je ne voulais pas te faire du mal. Tu as raison. La mort n'est pas un sujet de plaisanterie. Quelquefois, nous faisons seulement semblant pour mieux supporter la pression.

— Tu ne comprends pas.

Elle se détourna.

— Si, je comprends. J'ai perdu mon meilleur ami au cours d'une opération, il y a deux mois. Je sais ce que c'est de perdre quelqu'un. Ça te déchire le cœur. Tu réévalues tous tes actes, ce que tu as dit, ce que tu n'as pas dit. Ça te dévore au point que tu ne peux plus dormir la nuit.

— Alors pourquoi est-ce que tu fais ça ? Pourquoi

est-ce que tu travailles pour une agence qui te met en première ligne tous les jours ?

— Quelqu'un doit le faire.

— Tu n'as pas de meilleure raison ?

— Bon sang, qu'est-ce que tu veux que je te dise ?

Il se passa la main dans ses cheveux noirs.

— Je suis fier de mon pays. Je veux en faire un meilleur endroit où vivre en me débarrassant de tous les truands.

— Et ta famille ?

— Ce que je fais contribue aussi à les protéger. (Tuck secoua la tête.) Qu'est-ce que tu veux dire ?

— Que se passe-t-il quand ton chef doit leur annoncer que tu as été tué en faisant ton boulot ?

La lèvre de Julia tremblait. Elle la mordit pour faire cesser le tremblement. Quand elle eut repris contenance, elle conclut :

— Et qu'est-ce que je dirai à Lily si quelqu'un appelle pour m'annoncer que tu es mort ?

11

Tuck s'adossa à son fauteuil et s'efforça de trouver une réponse à cela. Il avait espéré pouvoir remettre cette conversation à plus tard, beaucoup plus tard.

— Je suis désolé que tu n'approuves pas mon travail. Mais il fait partie de ce que je suis.

— Tu as une fille maintenant, lui rappela Julia. Ça ne veut rien dire pour toi ?

Bien sûr que si, Lily représentait beaucoup pour lui, pensa Tuck. C'était sa petite fille. Mais est-ce que cela devait tout changer ?

— Ce n'est pas parce que j'ai une fille que je dois laisser tomber le Bureau et prendre un emploi de comptable. Elle fera partie des gens que je protège en arrêtant les bandits.

Julia se redressa et releva le menton.

— Tu peux garantir que tu seras toujours là pour elle ?

— Julia, personne ne peut faire ce genre de promesse. La vie est trop incertaine.

Il lui prit la main.

— Mais je n'ai pas l'intention de mourir tout de suite.

— Et je n'ai pas l'intention de recoller les morceaux quand ma fille aura le cœur brisé parce que son papa ne reviendra pas à la maison.

Des larmes tremblaient au bout de ses cils.

Tuck se pencha en avant et plissa les yeux.

— Qu'est-ce que tu es en train de dire ?

Elle détourna le regard.

— Je ne suis pas sûre que ce soit une bonne idée que Lily fasse ta connaissance.

— Quoi ?

Tuck se leva si brusquement que le fauteuil à roulettes partit en arrière et heurta une étagère, faisant choir les livres qui s'y trouvaient.

— Moi, je suis sûr que je vais faire sa connaissance et qu'elle fera la mienne.

— Si tu l'aimes, tu ne lui infligeras pas l'épreuve de ne pas savoir si tu vas rentrer à la maison, d'être terrifiée chaque fois que le téléphone sonne quand tu es en mission.

Julia lui tourna le dos et fixa l'écran.

— Lequel de ces criminels va te tuer ? Hein, Tuck ? Comme ils ont tué mon père et ma sœur ?

Elle se courba au-dessus du clavier, le corps secoué de sanglots.

La fureur de Tuck s'évanouit. Julia avait perdu deux membres de sa famille de mort violente. Et d'après ce qu'elle lui avait raconté, la mort de son père avait fait mourir sa mère de chagrin. Il n'arrivait pas s'imaginer perdant sa mère ou l'un de ses frères. La mort de leur père avait été un coup terrible pour le clan Thunder Horse. En ce qui le concernait, il s'était d'abord mis en colère, tenant tout et tous pour responsables. Cela faisait partie du processus de deuil que Julia affrontait maintenant.

— Jillian n'était pas en mission… Elle n'a pas été tuée à cause de son travail.

Il s'empara des mains de Julia et la releva pour pouvoir la prendre dans ses bras.

— Tu aurais pu être tuée à sa place. Elle était

seulement au mauvais endroit au mauvais moment. Lily aurait pu devenir orpheline si c'était toi qui avais pris cette photo.

— Non.

Julia secoua la tête.

— Je n'aurais pas poursuivi le meurtrier. C'est l'agent spécial Jillian qui a fait ça. Ce quelque chose, cette prédisposition génétique au risque, je ne sais pas, que vous avez, toi et elle, c'est ça qui l'a poussée à enquêter. Elle serait là aujourd'hui, si elle était restée avec moi.

Tuck la tint contre lui et lui caressa les cheveux. Elle avait de bons arguments, mais cela ne voulait pas dire qu'elle avait raison en tout.

— On ne peut pas laisser les meurtriers s'en sortir.

— Pourquoi est-ce que cela devait être Jillian et mon père ?

— Parce qu'ils sentaient qu'il était de leur devoir de protéger ceux qu'ils aimaient.

— Et ceux qui restent ?

Elle s'écarta de lui. Ses yeux étincelaient de larmes et des taches coloraient ses pommettes.

— Ils sont censés faire un autre sacrifice pour le bien commun et passer ensuite à autre chose ?

Il ne savait que répondre à cela.

— Je me souviens de ma mère qui pleurait à l'enterrement de mon père. Elle n'a jamais surmonté son chagrin, et elle a fini par en mourir.

Julia agrippa les pans de sa chemise.

— Est-ce que c'est ça que tu souhaiterais à une épouse, quelqu'un que tu prétends aimer ? C'est ça que tu veux comme avenir pour ta fille ?

Le cœur de Tuck sauta quelques battements et ses entrailles se nouèrent encore plus étroitement. L'image d'une petite fille aux cheveux noirs tenant la main de sa mère, vêtue de noir, debout près d'une tombe, des larmes sur les joues, lui traversa l'esprit. Il soupira.

— Non. Mais si nous n'identifions pas rapidement le meurtrier, Lily n'aura peut-être pas d'avenir du tout.

Julia le dévisagea un long moment, puis se dégagea de son étreinte et recommença calmement à examiner les photos de la base de données.

— Wakantanka nous sourit, cria Pierce depuis le bureau au bout du couloir.

Julia pivota dans son fauteuil.

Tuck se leva quand son frère apparut sur le pas de la porte.

— Qu'est-ce que tu as trouvé ?

— Le mobile du meurtre de l'agent de la Commission des jeux.

Pierce lui fit signe de le suivre.

— Continue, ordonna Tuck à Julia, je reviens tout de suite.

Il se hâta vers le bureau de son frère.

— Là.

Pierce pointa le doigt sur l'écran rempli de données.

— J'ai piraté le compte bancaire de Walter Pickett. On dirait qu'une grosse somme a été déposée sur son compte il y a trois jours et ensuite transférée sur un compte aux îles Caïmans.

Tuck fixa l'écran, étudiant les chiffres.

— Il a fait ce virement la veille du jour où il a été tué.

— Celui qui l'a tué n'a peut-être pas apprécié ce transfert, dit Pierce. Ce qui nous mène à la question suivante : où a-t-il pris une somme pareille ?

Tuck se redressa et plissa les yeux.

— Un pot-de-vin.

— Je pense qu'il va falloir avoir une petite conversation avec le directeur du casino et voir dans quel genre d'embrouilles le vieux Walter s'était fourré en plus de sa mission officielle.

Pierce s'empara du téléphone.

Tuck fixait toujours l'écran.

— Il faut demander à Skeeter de travailler là-dessus. Nous devons savoir à qui appartient ce compte aux Caïmans et d'où est arrivé le virement sur le compte de Walter.

— Tu crois que c'est Walter qui a tout monté ?

— Je ne veux rien laisser au hasard.

— Je vais répercuter l'info à Skeeter et lui demander de s'occuper du compte aux Caïmans.

Tuck approuva d'un signe de tête.

— Bon.

— Et pendant que vous semez vos poursuivants, je vais voir ce que je peux faire pour nous procurer un hélicoptère qui nous emmène à Fort Yates dès que possible.

Tuck pinça les lèvres.

— Je ne suis pas sûr que ce soit une bonne idée de nous montrer à l'aérodrome, Julia et moi.

— On va trouver un lieu de rendez-vous discret. Je te le ferai savoir.

— Tu ne pourras pas. C'est moi qui t'appellerai quand j'aurai un autre téléphone. Je pense que tes communications sont sous surveillance, et que c'est comme ça qu'ils ont repéré mon précédent portable.

Il tendit l'appareil à Pierce.

— Garde celui-là en réserve jusqu'à ce que j'appelle Josh à partir de mon nouveau numéro. Quand il te le donnera, appelle-le avec celui-ci. Avec un peu de chance, ils ne pourront pas tracer l'appel.

— Je vais faire ça. Si tu ne m'appelles pas dans

l'heure qui suit, je sauterai dans l'hélico pour Fort Yates tout seul.

— Ça m'a l'air d'un bon plan de rechange. Mais je ferai en sorte d'être là si c'est possible. J'aimerais juste que les ravisseurs de Lily nous aient déjà appelés.

— Ils font sans doute profil bas jusqu'à ce que tu récupères le téléphone de Minneapolis.

— Je leur ai dit que ça prendrait au moins cinq heures pour le faire revenir à Bismarck. On peut remercier les esprits, ça nous a donné un peu de temps.

Tuck se passa une main dans les cheveux.

— Si seulement ils ne l'avaient pas enlevée ! La pauvre Lily ne comprend sûrement rien à ce qui se passe. Tout ce qu'elle voit, c'est que sa mère n'est plus avec elle.

Pierce secoua la tête.

— Je n'arrive pas à imaginer ce que tu dois ressentir. Ce petit bébé…

Tuck respira à fond et relâcha son souffle.

— J'ai manqué à ma promesse.

— Mais non. Quelqu'un t'a sauté dessus. On la retrouvera.

— Le plus vite possible, j'espère… Avant qu'il ne soit trop tard.

Pierce soupira.

— Maman va être dans tous ses états.

Tuck ouvrit de grands yeux.

— Tu ne lui as rien dit au sujet de Lily, n'est-ce pas ?

— Non. Je ne voulais pas qu'elle se fasse déjà du souci pour sa petite-fille. Elle se fait déjà assez de cheveux blancs pour toi.

Exactement comme Julia l'avait dit.

— Tu crois que maman voudrait que nous ne soyons pas au FBI ?

Pierce hocha la tête.

— Je crois que oui, parfois. Mais elle nous a toujours encouragés à réaliser nos rêves. Elle n'a jamais essayé de nous retenir.

— Et maintenant que papa est parti, tu crois que ce serait vraiment dur pour elle si… tu sais… si l'un de nous ne revenait pas ?

— Oui. Mais tu la connais.

Pierce sourit.

— Elle se consolerait en pensant que nous avons fait ce que nous avions à faire.

Tuck médita cela un instant.

Pierce fronça les sourcils.

— Pourquoi est-ce que tu me poses toutes ces questions ?

— Je m'interrogeais seulement.

Tuck pivota sur ses talons.

— Je ferais mieux de rejoindre Julia.

Pierce lui prit le bras.

— Elle est très belle, pour ce que vaut mon avis. Je comprends pourquoi tu es tombé amoureux d'elle.

— Oui.

Tuck se dégagea et se hâta vers son bureau. Julia était belle effectivement, mais ce n'était pas seulement sa beauté qui l'avait attiré. Sa gentillesse, son altruisme étaient évidents dans ses relations avec autrui. A présent qu'il l'avait observée avec Lily, il ne se voyait avec aucune autre femme.

Julia était toujours assise devant l'ordinateur, faisant défiler les photos d'identité.

— Pas de chance jusque-là ?

Elle secoua la tête.

— Aucun d'eux n'a de mèche blanche sur la tempe.

Tuck regarda par-dessus son épaule, tandis qu'elle

examinait une autre photo. Il aurait voulu lui dire que tous les agents du FBI ne mouraient pas dans l'exercice de leurs fonctions. Qu'il serait encore là pour mener sa fille à l'autel.

— Julia…

Le téléphone sur son bureau se mit à sonner.

Il sentit son estomac se nouer et l'adrénaline courir dans ses veines. Son instinct lui disait qu'il ne s'agissait pas de bonnes nouvelles. Il souleva le combiné et le pressa contre son oreille.

— On a de la compagnie, dit Josh à voix basse et d'un ton urgent.

— Merci, Josh. On s'en va.

Il reposa le combiné sur le berceau et tendit le bras devant Julia pour refermer la base de données d'un clic.

— Il est temps de filer.

Julia retint son souffle et sauta sur ses pieds.

— De quel côté ?

— Il va falloir minuter les choses pour ne pas croiser ceux qui arrivent par l'entrée principale. Il n'est pas question de nous faire voir de mes collègues ou de mon patron. Viens.

Il lui prit la main et se mit à courir dans le couloir vers le bureau de Pierce.

Celui-ci sortait de son bureau.

— Je sais, Josh m'a aussi appelé.

Il les guida vers la cage d'escalier.

— Passez par l'escalier de service. Je vais aller à leur rencontre et je les retiendrai assez longtemps pour que vous puissiez sortir.

— Merci. Désolé de t'avoir impliqué là-dedans.

— Je t'en aurais voulu de ne pas le faire. La famille, c'est fait pour ça.

Les paroles de Pierce firent l'effet d'un coup de poing dans la poitrine de Julia. L'amour qui existait entre les deux frères était évident et elle eut le sentiment soudain que sa sœur lui manquait encore plus.

— Fais aussi peu de bruit que possible, lui recommanda Tuck avant de pousser la porte de l'escalier de service.

Il la précéda dans les marches.

Julia le suivit en se tenant à la rampe, prenant une marche à la fois pour ne faire aucun bruit. Quand ils atteignirent le rez-de-chaussée, elle laissa échapper le souffle qu'elle avait retenu tout au long de sa descente.

Tuck poussa la porte et épia dans le couloir.

— Je ne vois rien. Reste là.

Il se glissa par la porte. Courbé en deux, il s'avança jusqu'à l'angle du couloir, jeta un regard de l'autre côté et revint quelques secondes après.

— Allons-y.

Lui tenant le coude de la même manière qu'il l'avait fait en entrant dans le bâtiment, il la fit passer devant le garde posté à la réception, adressa un signe de tête et un « bonne nuit » à celui-ci et sortit.

Une fois à l'extérieur, ils se précipitèrent vers l'endroit où ils avaient laissé la voiture.

Julia s'écroula contre son siège, le cœur battant si vite qu'elle pouvait à peine respirer.

— Comment tu peux supporter toute ce… cette…

— Ce stress ?

Il haussa les épaules.

— On s'habitue.

Julia ne parvenait pas à s'imaginer s'habituer à ce genre de vie. Elle voulait que la sienne soit nette et ordonnée, elle voulait savoir où elle se trouverait chaque heure de la journée. Cette menace constante était trop pour son cœur.

Tuck quitta le trottoir et accéléra avant de s'engager dans des rues tranquilles.

Une fois son rythme cardiaque revenu à la normale, Julia lui lança un regard.

— Et maintenant ?

— Nous allons éviter les rues principales et acheter un autre portable. J'ai laissé le mien à Pierce. Je crains que quelqu'un ne l'ait tracé pour nous retrouver à Hazen. Quand j'aurai l'autre, je passerai un appel rapide à Pierce et je lui demanderai de rediriger les appels de l'ancien jusqu'au nouveau. De cette manière, les ravisseurs pourront nous contacter, mais pas nous suivre à la trace.

Il regarda dans le rétroviseur.

— Mais d'abord, il va falloir nous débarrasser de ceux qui nous filent.

Julia pivota sur son siège. Une voiture les suivait et les phares l'éblouirent.

— Depuis combien de temps est-ce qu'ils sont derrière nous ?

— Depuis que nous avons quitté le bureau. Cramponne-toi.

Il agrippa le volant et vira à fond dans une rue étroite. Ecrasant l'accélérateur du pied, il fonça droit devant lui. Puis, évitant une voiture garée qui débordait sur la chaussée étroite, il obliqua brusquement à gauche.

Le véhicule qui les suivait s'engagea dans la ruelle et, manquant de peu la voiture garée, dérapa à angle droit en essayant de prendre le virage à gauche.

— Vite ! Ils ont perdu le contrôle de leur voiture. Tu peux les semer, cria Julia.

Tuck appuya à fond sur l'accélérateur et une odeur de caoutchouc brûlé monta des pneus. Au croisement suivant, il obliqua de nouveau à gauche. L'urbanisation était beaucoup plus dense dans ce quartier. Avant que l'autre voiture ne les rejoigne, il tourna à droite. A moins que le conducteur de l'autre voiture ne les ait vus prendre le virage, il ne saurait pas quelle direction ils avaient empruntée.

Après un autre virage à droite, Tuck fonça jusqu'au carrefour suivant et tourna de nouveau à droite, revenant sur ses pas vers la rue qu'ils suivaient au départ, deux pâtés de maisons plus bas.

Pendant les dix minutes suivantes, Julia surveilla leurs arrières, attendant que la voiture de leurs poursuivants émerge d'une rue perpendiculaire ou leur fonce dessus par-derrière.

Un flot d'adrénaline courait dans ses veines, lui mettant les nerfs à vif. Quand le danger fut passé, elle se rassit normalement, la main posée sur la poitrine.

— Waouh !

— Ça va ?

Elle lança un regard à Tuck.

— Je dois reconnaître que c'était dingue, effrayant… (Elle prit une profonde inspiration et souffla bruyamment)… mais vraiment excitant !

Elle se redressa avec un grand sourire, se sentant solide et vigilante, stupéfaite de ne pas avoir pensé à sa sœur tout ce temps.

Tuck se mit à rire.

— Tu commences à comprendre.

— Que ce boulot équivaut à se droguer à l'adrénaline ? Oui, je crois que j'ai compris au moins ça.

Son sourire s'évanouit.

— La grande différence, c'est que cette fois, ils ne nous ont pas tiré dessus. On aurait presque pu prétendre être en train de faire des montagnes russes ou une course de karts.

— Mais ce n'était pas le cas. Un mauvais tournant et ça aurait pu mal finir pour toi et moi.

Julia soupira.

— Je sais. La vie de Lily est en jeu et je ne perds pas de vue qu'elle a besoin de ses parents pour l'élever.

Tuck resta silencieux pendant le reste du trajet, et stoppa finalement dans le parking d'un magasin d'appareils électroniques.

— Je reviens dans quelques minutes.

— Dépêche-toi.

Julia sentit sa poitrine se serrer. Elle n'aimait pas que Tuck la laisse seule. Surtout après ce qu'il venait de se passer.

— Je vais me faire toute petite.

— Bien.

Il descendit de voiture et pénétra dans le magasin.

Après avoir verrouillé les portières, Julia s'enfonça sur son siège pour éviter la lumière des lampadaires. A travers la vitrine du magasin, elle vit Tuck se déplacer dans les rayons. Quelques instants plus tard, il paya ses achats à la caisse et revint à leur voiture de location.

— Si nous avions le temps, j'essaierais de changer de voiture. Nos poursuivants ont eu le temps de lire notre plaque d'immatriculation.

— Et nous allons laisser celle-là quelque part ? demanda Julia.

— Je ne veux pas faire ça aux Glimm… Souviens-toi que la location est à leur nom. Et puis, nous en avons besoin pour aller à l'aéroport. Mais nous avons une option de rechange.

— Laquelle ?

Il lui tendit le sac contenant le nouveau téléphone.

— Tu verras. Pour le moment, assemble ce truc pour voir s'il marche.

Julia défit l’emballage et assembla l’appareil.

Tuck s’engagea dans un petit quartier résidentiel et s’arrêta dans l’allée d’un immeuble.

— Ça devrait aller, ici. Je reviens dans quelques secondes.

— Où vas-tu ?

— Je vais chercher une nouvelle voiture.

— Quoi ?

Elle lui agrippa le bras avant qu’il sorte.

— Tu ne vas pas voler une voiture ! Tu fais partie du FBI.

— Je fais ce qu’il y a à faire pour m’en sortir. Et je m’arrange toujours pour réparer les dégâts.

Il se pencha et l’embrassa sur la bouche.

— Mais je ne vais pas voler une voiture.

Avant qu’elle puisse lui demander quel était son plan, il descendit et franchit la haie qui entourait le parking de l’immeuble.

Deux minutes plus tard, il était de retour avec deux plaques minéralogiques.

Julia secoua la tête.

— J’aurais dû y penser tout de suite.

Elle descendit du véhicule et le seconda en tenant les vis pendant qu’il enlevait les anciennes plaques et fixait les plaques « empruntées » à l’aide d’un couteau de poche qui faisait aussi tournevis.

Quand il eut terminé, il jeta leurs plaques dans le coffre et ouvrit la portière à Julia.

— C’est l’heure d’appeler Pierce.

— Pourquoi ?

— Il s’est procuré un autre moyen de transport.

— Après tout le mal que tu viens de te donner pour changer les plaques ?

— Il nous faudra davantage que cela pour nous

rendre à destination. Il est très probable que Pierce est déjà sous surveillance.

— Où allons-nous ?

— Nous allons prendre un vol pour Fort Yates.

Julia sentit ses poumons se vider de leur air et le souvenir de la mort de sa sœur se mit à peser sur son cœur.

— Fort Yates ?

— Il faut que je parle au directeur du casino. Apparemment, Walter Pickett, l'agent de la Commission des jeux, était payé plus que son salaire pour surveiller le fonctionnement du casino. Beaucoup plus. Il faut découvrir qui le payait et qui a voulu y mettre fin.

Julia se blottit sur son siège, tremblant de tout son corps. Retourner à Fort Yates lui faisait un effet déchirant. Jillian était toujours là-bas, à la morgue, et Lily n'était pas dans son petit lit à la maison. Plus rien n'était pareil dans la petite ville.

Quand elle aurait retrouvé Lily, elle ne pourrait y rester plus de quelques jours pour organiser les funérailles de Jillian et emballer leurs affaires.

Fort Yates ne serait plus jamais le petit nid qu'elle avait aménagé pour sa fille au milieu des prairies du Nord Dakota.

Cette pensée en amena une autre, encore plus stressante. Le tueur était-il toujours à Fort Yates ? Ce n'était pas parce que ces gens les pourchassaient que l'assassin de Jillian était parmi eux. Il pouvait très bien les attendre là-bas, dirigeant ses sous-fifres de loin.

Ils allaient peut-être se jeter tout droit dans la gueule du loup.

12

Tuck convint avec son frère de le retrouver aux confins de l'aéroport, dans une zone de hangars à usage commercial. Après Pierce, il appela Joseph White Eagle, l'un de ses copains pêcheurs, qui vivait près de Fort Yates, et lui demanda de les retrouver à l'aérodrome. Ils auraient besoin d'un moyen de locomotion pour aller au casino. Il n'y avait pas de sociétés de taxis à moins de soixante-dix kilomètres de Fort Yates.

Attentif aux véhicules qui les suivaient, Tuck s'arrêta devant un hangar différent de celui que Pierce lui avait indiqué, qui se trouvait également à côté de celui où ils avaient rendez-vous. Il se coiffa de la casquette grise et tendit la noire à Julia.

— Baisse la tête et essaie de marcher comme un homme.

Julia sourit.

— Je n'y peux rien si j'ai des hanches.

— Oui, je sais que tu as des hanches, répliqua Tuck, le pouls soudain plus rapide, et le bas-ventre tendu.

En dépit du danger, ou peut-être à cause de lui, il s'apercevait qu'il pensait davantage à Julia qu'il n'aurait dû. Ses hanches et tout ce qui faisait d'elle une femme lui avaient procuré des ennuis, un an auparavant. Il ne pouvait pas se permettre de se laisser distraire encore une fois.

— Mais ne les roule pas.

Elle fourra ses longs cheveux blonds sous la casquette et tira le couvre-chef sur son front.

— Ça va, comme ça ?

— Oui.

Ça lui allait si bien qu'il avait envie de l'embrasser. Mais ils n'avaient pas de temps à perdre. L'avion les attendait sans doute, réservoir plein, check-up fait et moteurs en marche. Ils coupèrent par le parking et se dirigèrent vers le hangar voisin.

Pierce lui avait dit d'entrer par la deuxième porte à droite de la longue construction. Il les attendrait là.

Tuck localisa la porte et s'avança vers elle en vérifiant que Julia le suivait. Une voiture passa sur la route à proximité et ralentit. Ses phares brillèrent d'un halo menaçant avant de disparaître à l'angle d'un bâtiment. Tuck se colla à la paroi du hangar et poussa Julia derrière lui, en restant autant que possible dans l'ombre. Quand la voiture eut disparu, il prit la main de Julia.

— Dépêche-toi.

Celle-ci se mit à courir pour rester à son niveau.

Tuck poussa enfin la porte indiquée et pénétra dans le bâtiment. Au moment où une autre voiture arrivait de la direction opposée, il attira Julia à l'intérieur en la tirant par le bras. S'il ne se trompait pas, c'était la même voiture qui venait de passer en sens inverse une minute auparavant.

Il referma la porte, laissant ses yeux s'accoutumer à la semi-obscurité.

— Il était temps, frangin.

Pierce sortit soudain de l'ombre.

— Léon nous attend. Nous pourrons décoller juste après le prochain avion, si nous faisons vite.

Tuck prit le bras de Julia.

— Tu peux courir ?

— Les courses du lycée remontent à loin, mais je crois que je pourrai me débrouiller.

— Reste juste derrière moi pour ne pas trébucher sur quelque chose. Nous ne voulons pas allumer les lumières au cas où quelqu'un déciderait de venir inspecter le hangar.

Pierce se mit à trotter en direction de l'extrémité du hangar. Il se glissa par une porte donnant sur la piste.

Un petit monomoteur Cessna 172 attendait sur le tarmac, moteur ronronnant et hélice en mouvement.

— Qu'est-il arrivé à l'hélicoptère que tu devais réquisitionner ? cria Tuck sans cesser de courir.

— Pas pu l'avoir. Leon était le seul pilote qui pouvait nous emmener et nous ramener cette nuit. C'était le Cessna ou bien y aller en voiture.

Se rendre à Fort Yates par voie terrestre aurait été trop long et trop risqué, surtout le trajet sur l'autoroute. Ils devaient prendre l'air.

— Nous allons tous rentrer dans ce coucou ? dit Julia en freinant des quatre fers devant l'appareil.

Les turbulences produites par l'hélice lui arrachèrent sa casquette et ses cheveux se déroulèrent dans le vent.

— C'est pire qu'une boîte à sardines.

— Il n'y a pas le temps de discuter, répliqua Tuck en ouvrant la porte et en lui désignant le marchepied.

Julia posa le pied sur la marche et, tandis que Tuck abaissait le siège avant, elle se faufila sur le siège arrière.

Tuck se glissa à côté d'elle, remplissant, avec ses larges épaules, l'espace confiné du minuscule habitacle. Les sièges étaient tachés et déchirés et l'avion sentait le poisson et la sueur.

Pierce baissa le dossier du siège avant et s'installa

à leur suite, à la place du copilote, avant de coiffer les écouteurs.

— Accrochez-vous ! cria-t-il.

Dans un concert de grincements et de bruit divers peu propres à inspirer confiance, l'avion se mit à rouler et prit de la vitesse sur la piste longue de deux kilomètres.

L'appareil avait au moins quarante ans, et son fuselage rapiécé perdait sa peinture par endroits. Tuck retint son souffle et pria pour qu'il arrive à décoller avec quatre passagers à son bord.

Julia était assise à côté de lui, le visage pâle, même dans la faible lumière du tableau de bord.

Epaule contre épaule, il lui prit la main et la pressa.

Leon tira la manette des gaz et l'avion bondit en l'air.

— Youpi !

Pierce se mit à rire.

Tuck grommela. Il ne trouvait rien de drôle au fait de se lancer dans le ciel du Nord Dakota à bord d'un avion décrépit, dans le seul but de retrouver un meurtrier et de sauver un bébé.

Ils décrivirent une large courbe au-dessus de Bismarck avant de prendre la direction du sud. Le trajet ne dura que trente minutes. La conversation était réservée à ceux qui portaient des écouteurs car le bruit du moteur décourageait tout autre échange, laissant à Tuck tout le loisir de réfléchir.

Durant le vol, Julia lui tint la main, les doigts serrés autour des siens. Tuck ne put s'empêcher de remarquer combien cela lui semblait naturel.

L'avoir près de lui lui rappelait toutes les raisons pour lesquelles il était tombé amoureux d'elle durant les quelques jours qu'ils avaient passés ensemble, un an auparavant. Même alors, il avait saisi d'emblée le genre de personne qu'elle était. Sa beauté tranquille et aimante rayonnait comme une aura autour d'elle. Bien que leur mariage coup de tête ait été une décision spontanée, inspirée en partie par son état d'ébriété, Tuck n'avait pas de mal à s'imaginer vivre avec elle sur le long terme.

Mais comment pourrait-il la convaincre de se rendre à ses arguments ? La peur et l'aversion qu'elle éprouvait pour sa profession allaient lui rendre la tâche difficile. En fait, au point où en étaient les choses, il pourrait se considérer comme chanceux si elle le laissait passer du temps avec sa fille.

Il resserra sa main sur celle de Julia à mesure que sa résolution se fortifiait. Lily était sa fille. Peu importaient les objections de Julia contre le FBI, il ne laisserait pas son enfant grandir en pensant que son père l'avait abandonnée. Et il n'abandonnerait pas Julia non plus. Elle faisait partie de sa vie à présent et il ne renoncerait pas jusqu'à ce qu'ils se mettent d'accord.

Repoussant l'anxiété qui le saisissait à la pensée du défi que cela représentait, il se concentra sur l'avenir, quand il aurait amené Julia et Lily au ranch des Thunder Horse. Elles étaient des membres de la famille à présent, surtout Lily. Elle méritait de connaître son héritage lakota et toute sa famille. Il sourit à la pensée de la réaction de sa mère devant sa première petite-fille. Lily serait entourée de beaucoup d'amour.

Le Cessna toucha terre avec un coup sourd et atterrit sur le tarmac du minuscule aérodrome de Standing Rock, avant de rouler sur la piste. Ce n'était rien de plus qu'une bande de bitume au milieu de la prairie. Pas de terminal ou de chichis d'aucune sorte.

Leon coupa les moteurs, le bruit s'évanouit et l'hélice brassa l'air en ralentissant doucement.

Un 4x4 cabossé attendait sur le tarmac, tous phares éteints.

Pierce se tourna vers le pilote.

— Leon, tu vas devoir nous attendre ici et te tenir prêt à décoller à tout moment.

Leon hocha la tête.

— Je serai là. Nulle part où aller.

Tuck se pencha en avant.

— Nous ne savons pas comment tourneront les choses ici. Mais tenez-vous prêt à toute éventualité. Heureusement, vous nous verrez arriver de loin. Si tout va bien, nous ferons un appel de phares. Deux appels de phares vous indiqueront de démarrer les moteurs pour un décollage immédiat.

— Je ne me suis pas autant amusé depuis que j'ai fait la course avec une ourse polaire sur la glace au Canada. Autant vous le dire que l'ourse m'a presque rattrapé.

Le pilote croisa les mains derrière la tête.

— En attendant, je vais faire une p'tite sieste. Je m'fais trop vieux pour ces vols de nuit. Ces dingues de chasseurs et de pêcheurs veulent toujours partir aux premières heures du jour.

Pierce sortit de l'avion le premier et abaissa le dossier de son siège pour permettre à Tuck de se déplier et de sauter à terre à son tour.

Julia fit halte à la porte de l'avion, cherchant à tâtons le marchepied.

Tuck l'attrapa par la taille et la souleva, avant de la reposer sur ses pieds, sans pour autant enlever tout de suite ses mains.

— Tu devrais peut-être rester avec Leon. Nous ignorons encore comment le directeur du casino va réagir à nos questions ou bien si le meurtrier n'est pas dans les parages.

Julia secoua la tête en un geste de dénégation avant même qu'il ait fini de parler.

— Je viens avec vous. C'est moi qui ai le plus à perdre. En outre, je suis la seule qui ait vu le tueur. Si je le vois, je pourrai l'identifier.

Pierce donna un coup de coude à Tuck.

— Elle a raison.

Pourtant, Tuck n'aimait l'idée de mettre Julia à découvert en l'emmenant au casino, là où sa sœur avait été tuée. Il saisit les bras de Julia.

— Mais ne crois pas que tu vas t'offrir en échange de Lily. Nous allons trouver une solution. Je ne veux pas que tu sois blessée.

Elle s'appuya contre lui et lui posa un baiser sur les lèvres.

— Je suis une grande fille. Je serai prudente.

Tuck sentit son cœur se réchauffer devant ce geste fugace. Mais il ne voulait toujours pas la voir sur le champ de bataille.

— Tu n'as pas reçu d'entraînement à l'autodéfense, nous si.

— Mais tu seras là pour me protéger.

Elle se redressa.

— Je vais avec vous, point final. Ce que nous allons découvrir va peut-être nous mener aux ravisseurs. Et maintenant, cesse de discuter. Nous perdons le peu de temps que nous avons.

Tuck hésita quelques secondes de plus, puis il lui prit la main et la conduisit vers la voiture qui attendait.

— Je n'aime pas ça. Ça pourrait vraiment devenir dangereux sans personne autour pour empêcher le meurtrier de passer à l'action.

— Je comprends, dit Julia. Entrons tranquillement,

posons nos questions à ce type, puis nous ressortirons avant que quiconque s'aperçoive de notre présence.

Pierce se mit à rire doucement.

— Elle ressemble de plus en plus à un agent du FBI.

Tuck émit un petit bruit de désapprobation.

— Fort Yates est une petite ville. Tout le monde connaît tout le monde, ici.

— C'est vrai, mais il est tard, et la plupart des gens sont déjà couchés, répondit Julia en haussant le sourcil. Je le sais… J'y ai vécu.

— C'est bon pour la ville, mais le casino, c'est différent, objecta Tuck en lui lançant un regard lourd de sens. Je m'en souviens.

— Dans ce cas, ils seront trop occupés à jouer.

Julia se tourna vers le véhicule.

— Si tu as terminé, nous devrions y aller.

Tuck lui attrapa le bras.

— Promets-moi que tu laisseras Pierce et moi poser les questions, insista-t-il.

Elle plissa les yeux.

Tuck la secoua gentiment.

— Promets-le-moi ou bien tu ne viens pas.

Elle soupira.

— D'accord, je te le promets.

— Il vaut mieux que tu restes à l'arrière-plan. L'unique raison pour laquelle je te laisse venir, c'est pour que tu puisses identifier le meurtrier si tu le vois. Tu as compris ?

Julia poussa un autre soupir.

— J'ai compris.

Elle repoussa la main de Tuck et poursuivit son chemin en direction du 4x4.

En voyant approcher le trio, Joseph White Eagle descendit de voiture pour les saluer. L'homme était de pure origine lakota avec sa peau mate, ses cheveux noir de corbeau et ses pommettes hautes.

— Tuck, content de te revoir.

Tuck saisit l'avant-bras de l'homme et l'attira dans une étreinte brève. Puis, reculant d'un pas, il fit un geste en direction de Julia.

— Je te présente Julia Anderson.

L'homme cilla.

— Je croyais que vous étiez morte. Mais j'ai entendu aux nouvelles hier soir que c'était le corps de votre sœur qu'on a trouvé sur la rive du lac Oahe et que vous étiez suspectée de son assassinat.

Tuck lui évita d'avoir à répondre.

— Julia n'a pas tué sa sœur. Nous essayons de découvrir qui l'a fait.

Julia tendit la main à l'homme, les sourcils un peu froncés.

— Est-ce que je vous connais ?

Joseph accepta sa main et hocha la tête.

— Vous devriez. Mon fils était dans votre classe, l'année dernière. TJ White Eagle ?

Le sourire de Julia transforma son visage. De sœur éplorée et mère angoissée, elle redevint soudain la femme dont Tuck se souvenait et dont il était tombé amoureux.

— TJ ? Je me souviens de lui. C'était un enfant très audacieux.

— Une manière polie de dire que c'est un petit voyou, dit Joe en souriant. Vous avez été vraiment patiente avec lui. Ma femme pense grand bien de vous.

— TJ est un gentil petit garçon, répondit-elle en serrant un peu les lèvres. Il a seulement besoin qu'on lui pose quelques limites pour rester concentré.

Tuck n'avait jamais entendu Julia parler de son travail

d'enseignante. Même dans la situation présente, alors qu'il y avait tant en jeu, elle témoignait d'un intérêt pour ses élèves qui allait bien au-delà de la conscience professionnelle.

Il sentit un vide se creuser dans son ventre et il dut se rappeler qu'ils étaient en mission.

— Merci d'être venu nous chercher, Joe.

Il prit le coude de Julia.

— Pas de problème. Toujours là pour mes frères.

Joe prit une inspiration et souffla doucement.

— Toute ma sympathie pour votre deuil, mademoiselle Anderson.

Julia hocha la tête, les yeux pleins de larmes.

Tuck la poussa en direction de la voiture et lui ouvrit la portière.

Pierce monta devant avec Joe.

— Allons-y.

Julia grimpa sur le siège arrière et prit place au fond pour laisser monter Tuck.

Durant le court trajet jusqu'au casino, Tuck se pencha par-dessus le siège avant.

— Il faut que tu nous laisses près du casino, mais pas tout près pour qu'on ne nous voie pas depuis les fenêtres.

Joe acquiesça.

— Pigé. J'éteins les phares ?

— Oui. Quand on y sera, nous entrerons par la porte arrière.

Il vérifia l'heure à sa montre.

— Il n'est pas encore minuit, le directeur devrait toujours être là. Nous irons directement à son bureau pour l'attraper au vol.

— Et s'il est dans la salle ? interrogea Pierce. Tu veux que j'y jette un coup d'œil d'abord ?

— Je pourrais venir avec vous et faire diversion, suggéra Joe.

Tuck secoua la tête.

— Je ne veux pas t'impliquer dans cette histoire. Deux personnes sont déjà mortes ici.

— Ça ne m'ennuie pas. Je lui demanderai un formulaire d'embauche. Quand il ira le chercher dans son bureau, je me grouillerai de ressortir et j'attendrai dans le 4x4.

Tuck fixa son ami, la poitrine gonflée d'émotion.

— Tu es un type bien, Joseph White Eagle.

Celui-ci haussa les épaules.

— Tu ferais la même chose pour moi.

Juste avant l'embranchement du casino, Joe fit faire demi-tour au 4x4, et se gara sur le bas-côté de la route, dans la direction d'où ils étaient venus.

Les quatre passagers descendirent. Joseph souleva le capot de la voiture pour donner l'impression qu'elle était en panne. Cela fait, ils coupèrent par les champs, parallèlement à la route, jusqu'à une cinquantaine de mètres du casino.

Tuck serra la main de son ami.

— Donne-nous quelques minutes pour entrer.

Joe prit par le parking, se fraya un passage entre les voitures garées et pénétra dans le bâtiment par l'entrée principale.

Pierce, Tuck et Julia firent un grand détour et s'approchèrent du casino par l'arrière. Ils se glissèrent à l'intérieur par la porte par laquelle Tuck et Julia s'étaient échappés la veille seulement.

Tuck fit halte au bout du couloir. Le bureau du directeur était situé juste après l'angle. Il se souvenait de sa précédente visite, quand il avait interrogé l'homme sur la mort de l'agent de la Commission et de Jillian.

Aurait-il su alors ce qu'il savait à présent, il l'aurait pressé de questions.

La porte était verrouillée. Il tapota sur le panneau et attendit. Il n'y eut aucune réponse.

Des voix à l'autre bout du couloir lui indiquèrent que quelqu'un approchait. Il entendit Joe demander un formulaire d'embauche.

Il repassa l'angle du couloir, où l'attendaient Pierce et Julia, et posa un doigt sur ses lèvres.

— Chut !

Il fit signe à Pierce de s'approcher.

— Je vais y aller le premier. Il vaut mieux ne pas faire ça dans le couloir.

Puis il se pencha sur l'oreille de Julia.

— Reste derrière nous et n'ouvre pas la bouche, murmura-t-il.

Les yeux de Julia s'arrondirent et elle hocha la tête.

Les pas s'arrêtèrent dans le couloir et un déclic métallique se fit entendre, indiquant qu'on déverrouillait la porte du bureau.

Tuck passa la tête dans le couloir.

Timothy Wilks, le directeur du casino, ouvrait sa porte, un portable pressé sur l'oreille, conversant tranquillement.

Courant silencieusement dans le corridor, Tuck se glissa derrière lui et interposa son pied dans la porte avant qu'elle ne se referme.

— Qu'est-ce que…

Le portable tomba par terre et Wilks recula, les mains levées.

Tuck entra, tenant toujours la porte.

— Le bureau est fermé pour la nuit, dit Wilks d'une voix tremblante, le visage tout pâle.

— Pas encore, rétorqua Tuck en sortant son insigne.

Vous vous souvenez de moi ? Agent spécial Tuck Thunder Horse.

Wilks secoua la tête, les yeux plissés, puis acquiesça.

— Oh ! oui, vous êtes l'un des agents du FBI qui sont venus enquêter sur les meurtres.

Tuck fit un pas de côté tandis que Pierce entrait à son tour.

— Je vous présente Pierce Thunder Horse, un autre agent spécial du FBI. Nous aimerions vous poser quelques questions.

— Est-ce que cela pourrait attendre demain matin ? demanda Wilks d'un ton plein d'espoir.

— Non, ça ne peut pas, dit Julia en se glissant par la porte derrière Pierce.

Le visage de Wilks pâlit encore.

— Ma… mademoiselle Anderson ?

Elle hocha la tête.

— Je croyais que vous étiez…

— Morte ?

Elle referma la porte et s'appuya contre le battant.

— Pas tout à fait.

— Non. (Le regard du directeur se posa sur Tuck, puis revint à Julia.) Je croyais que vous étiez recherchée pour le meurtre de votre sœur.

Julia fronça les sourcils.

— J'adorais ma sœur. Je ne lui aurais jamais fait de mal.

Le directeur tira un mouchoir de la poche arrière de son pantalon et s'essuya le front.

— Je ne sais pas grand-chose de plus que ce que je vous ai dit l'autre jour. Pourquoi voulez-vous m'interroger de nouveau ?

Tuck se rapprocha de lui, le dominant de toute sa taille.

— Nous avons appris des détails intéressants sur

l'agent de la Commission des jeux, M. Pickett. Il a déposé récemment une grosse somme d'argent sur son compte bancaire. Vous n'auriez pas pris l'habitude de lui verser un pourcentage de vos recettes en guise de pot-de-vin, n'est-ce pas ?

Des gouttes de sueur perlèrent sur le front de Wilks et il l'épongea de nouveau.

— Je ne sais pas de quoi vous parlez. Ce casino respecte les règles et les lois en vigueur.

— Alors, vous ne verrez pas d'inconvénient à ce que l'un de nos enquêteurs passe en revue vos livres de comptes.

— Faites-le, vous ne trouverez rien de répréhensible.

— Parce que vous faites ça en toute discrétion.

Tuck fit encore un pas en avant, au point d'effleurer les orteils du petit homme.

— Si vous savez quelque chose, vous avez intérêt à nous le dire. La fraude n'est pas punie aussi sévèrement que le meurtre.

— Je n'ai pas assassiné M. Pickett.

— A supposer que vous n'ayez tué ni lui ni la sœur de Mlle Anderson — et pour le moment, je ne suis pas encore convaincu de cela —, la complicité de meurtre est punie d'une sentence bien supérieure à la fraude.

Wilks recula d'un pas et heurta le grand bureau de bois couvert de papiers.

— Je n'ai tué personne.

Il regarda autour de lui d'un air égaré, le visage en sueur.

Pierce s'avança au côté de Tuck.

— Qui l'a fait ?

— Je ne sais pas.

Le directeur secoua la tête, les yeux élargis par la frayeur.

Tuck l'attrapa par le col de la chemise et le souleva jusqu'à ce qu'il soit sur la pointe des pieds.

— Je pense que vous mentez.

— Mon frère n'a aucune patience pour les menteurs, ajouta Pierce. Ça le rend fou, vraiment fou.

Les mains tremblantes, Wilks tenta de se dégager de l'emprise de Tuck.

— Non, je vous assure, je ne sais pas.

— Vous en savez plus que vous ne le dites.

Tuck approcha son visage de celui de l'homme, au point de le toucher.

— D'accord, d'accord, c'est vrai, j'ai versé un pot-de-vin à Pickett. Mais ça ne veut pas dire que je l'ai tué.

— Alors, qui l'a fait ? insista Tuck en le secouant.

Le directeur glapit.

— C'est peut-être celui auquel Pickett a payé un pourcentage.

Tuck lança un regard à Pierce avant de reporter son attention sur le petit homme.

— Eh bien, voilà, ça vient.

Il le reposa sur ses pieds et lâcha son col.

— Qui Pickett payait-il ?

— Il ne me l'a pas dit. Il l'appelait le grand patron. Tout ce que je sais, c'est que le grand patron n'est pas d'ici ou même du Nord Dakota. Je pense qu'il vient de Minneapolis.

— Comment le savez-vous ? demanda Pierce.

— Pickett l'a laissé échapper un jour où ses hommes de main sont venus nous rendre une petite visite.

— Une petite visite pour quoi ?

Les épaules de Wilks s'affaissèrent, et son regard bondit vers une photo encadrée sur son bureau.

— Il a menacé de nous tuer, moi et ma famille.

Il releva les yeux avec une expression hagarde.

— J'ai un petit garçon de trois ans et une fille de dix mois à peine. Je ne pouvais pas les laisser leur faire du mal.

— J'avais aussi un bébé.

Julia s'avança, le visage ruisselant de larmes.

— Jusqu'à ce qu'ils la prennent.

— Oh ! mon Dieu.

Wilks s'effondra contre son bureau, secoué de sanglots sans larmes.

— Je suis désolé, tellement désolé. Je ne savais pas que ça tournerait comme ça.

Tuck se mit à faire les cent pas et s'arrêta devant le directeur.

— Il y a d'autres gens de Fort Yates impliqués dans cette histoire ?

— Que voulez-vous dire ?

— D'autres agents gouvernementaux qui touchent des pots-de-vin ? Qui auraient eu aussi la visite des hommes de main du grand patron ?

Wilks secoua la tête et prit son visage entre ses mains.

— Seulement moi.

Le téléphone sur son bureau se mit à sonner, le tirant de son angoisse. Il leva brusquement la tête.

— Personne ne m'appelle à cette heure-là à moins qu'il n'y ait un problème.

Pierce fit un signe de tête en direction du bureau.

— Répondez, mais ne dites pas que nous sommes là.

— Ne vous inquiétez pas. Il s'agit probablement d'une machine à sous en panne.

Le directeur contourna son bureau, s'assit dans son fauteuil et prit le téléphone, d'une main si tremblante qu'il faillit le laisser tomber.

— Wilks.

Il écouta, le regard posé sur Tuck.

— Merci.

Il laissa retomber le combiné.

— Il faut que vous partiez.

— Pourquoi ?

— Allez-vous-en tout de suite.

Il se remit sur ses pieds et agita la main.

— Ils arrivent.

Julia fit un pas vers lui.

— Qui ?

— Ils savent, marmonna Wilks en revenant vers eux. D'une manière ou d'une autre, ils savent.

Tuck l'attrapa de nouveau par le col de sa chemise.

— Qui est-ce qui arrive ?

L'homme le regarda dans les yeux d'un air à la fois désespéré et terrifié.

— Les hommes de main.

13

Julia pivota sur elle-même si rapidement qu'elle chancela. Elle reprit son équilibre et courut vers la porte.

Tuck la rattrapa.

— Non, attends.

Il ouvrit prudemment et jeta un coup d'œil dans le couloir.

— Tout va bien. Julia, tu viens avec moi. Wilks, vous suivez et Pierce ferme la marche.

Il sortit dans le couloir.

Julia reprit sa respiration et se précipita à sa suite. En regardant derrière elle, elle vit que Wilks se tenait à la porte de son bureau, immobile.

— Venez, le pressa-t-elle.

Il secoua la tête.

— Je ne peux pas. Ils s'en prendront à ma famille.

Le directeur s'effaça sur le côté et fit signe à Pierce de sortir.

— Allez-y. Je vous couvrirai d'une manière ou d'une autre. Partez avant qu'ils ne vous voient avec moi.

Pierce se faufila devant Wilks et entraîna Julia.

— Vite !

— Et Wilks ? insista Julia en faisant halte.

Pierce la poussa en avant.

— Ne vous arrêtez pas. Il faut partir.

Elle secoua la tête.

— Nous ne pouvons pas le laisser là. Ils vont le tuer.

Tuck s'approcha d'elle et lui prit la main.

— C'est lui qui décide. Toi, tu dois penser à Lily, ne t'occuper que de la récupérer.

— Mais il va mourir.

Julia fit quelques pas avec réticence.

— Ce n'est pas sûr. Mais ce qui est sûr, c'est que nous devons récupérer la vidéo avant minuit. Sinon…

— Ne dis rien. N'y pense même pas. Lily va s'en sortir. Nous allons la récupérer, dit Julia en esquissant un geste de la tête. Ne reste pas là. Viens.

Tuck pivota sur lui-même et courut vers la porte de sortie. Une fois là, il sortit le premier.

Pierce prit le bras de Julia pour l'empêcher de sortir à son tour.

— Restez ici jusqu'à ce que nous vous fassions signe.

Le cœur battant, Julia s'accroupit sur le sol et s'efforça de se faire toute petite, à l'écoute de bruits de pas dans le couloir derrière elle.

Les deux frères prirent des directions opposées et disparurent dans l'obscurité.

Julia se berçait d'avant en arrière, pressant le poing sur sa bouche pour s'empêcher de pleurer. Ce n'était pas le moment de s'abandonner aux larmes.

Un cri résonna dans le couloir et un bruit de pas précipités vint dans sa direction.

Julia sauta sur ses pieds, poussa la porte de sortie et se mit à courir dans la direction où Tuck avait disparu.

Dans l'ombre du bâtiment, elle était cernée par l'obscurité et voyait à peine à un mètre. Elle se mit à tâtonner le long du mur du bout des doigts, tout en marchant aussi vite que possible vers l'angle du bâtiment où le clair de lune était visible.

A l'angle, elle heurta un mur de muscles et rebondit dessus.

Une main lui agrippa le bras, la fit pivoter sur elle-même et se posa sur sa bouche si vite qu'elle n'eut pas le temps de hurler.

— Chut, c'est moi, lui dit Tuck à l'oreille, en laissant retomber sa main pour la lui poser sur les épaules.

Julia s'effondra contre lui.

— Ils sont à l'entrée et ils arrivent par ici. Il faut nous éloigner du casino.

— Et Pierce ?

— Il saura comment rejoindre le 4x4.

Elle hocha la tête et aspira l'air à grandes bouffées, s'efforçant de calmer les battements de son cœur.

Tuck jeta un coup d'œil derrière le coin du mur.

— Dépêche-toi et reste courbée.

Restant dans l'ombre aussi longtemps que possible, il courut droit devant, dans la direction opposée à l'autoroute et à leur moyen de locomotion.

Julia prit son élan et s'élança à sa suite. Quand elle crut avoir couru tout du long jusqu'au Minnesota, il prit la direction du sud et continua à courir.

Ses poumons la brûlaient et elle avait mal aux mollets, mais elle se força à continuer. A chaque pas, elle pensait à Lily.

Peu importaient sa fatigue et son chagrin, elle devait continuer pour sa fille.

Enfin, ils atteignirent la route où le 4x4 s'était arrêté. Mais il n'était en vue nulle part.

Julia sentit son cœur chavirer et elle se plia en deux en un dernier effort pour respirer sans se mettre à sangloter.

— Oh ! Seigneur, où sont-ils ?

— Je ne sais pas, mais Joe ne serait pas parti sans une bonne raison.

Tuck lui prit le bras et l'entraîna sur la route en direction de l'aérodrome au sud.

Avant qu'ils aient fait une centaine de mètres, le bourdonnement d'un moteur leur parvint.

Tuck se jeta à terre, dans la poussière, entraînant Julia avec lui. Ils attendirent que le véhicule s'approche.

Julia s'efforça de distinguer la couleur et la forme de la voiture et son cœur bondit quand elle reconnut le 4x4 de Joseph.

Tuck posa une main sur son épaule, lui intimant l'ordre de ne pas bouger. Il se leva et s'avança sur la route.

La vitre se baissa et Joe sortit la tête.

— Tuck ? Bénis soient les esprits. Wakantanka veille sur toi. Monte.

Julia se releva et se jeta sur le siège arrière, reconnaissante de ce répit dans leur course à travers champs.

Tuck prit place à côté d'elle.

Pierce leur adressa un large sourire par-dessus son siège.

— Il était temps que vous arriviez.

Joe redémarra, tous phares éteints, et accéléra sur la route. Le ciel était parsemé de nuages, leur offrant une visibilité intermittente et limitée.

Se cramponnant à son accoudoir, Julia ravala sa terreur et s'efforça de se concentrer sur des pensées positives pour ne pas se mettre à hurler chaque fois qu'une ombre semblait surgir du bas-côté.

Tuck prit sa main et la retint dans la sienne.

— Tout ira bien.

— C'est une promesse ?

Elle lui lança un regard noir, la peur soudain remplacée

par la colère, sur un fond d'épuisement qui ajoutait à son irritation.

— Et tu peux me promettre que nous allons récupérer Lily ?

Il lâcha sa main et se détourna.

— Je ne peux pas faire de promesses. Je peux seulement faire de mon mieux.

Julia regretta son mouvement d'humeur dès qu'elle l'eut manifesté. La chaleur de la main de Tuck lui manquait.

Mais il ne se tourna plus vers elle, refusant de croiser son regard.

S'adossant à son siège, Julia ferma les yeux et s'efforça de se souvenir quand elle s'était sentie reposée, rassurée et normale pour la dernière fois.

— Oh, oh, dit soudain Joe depuis la place conducteur. Nous avons de la compagnie.

Le cœur au bord des lèvres, Julia se redressa et le vit qui observait quelque chose dans le rétroviseur.

Il écrasa la pédale de l'accélérateur, faisant bondir le 4x4 en avant.

Julia se retourna pour regarder derrière eux.

— Il y a deux véhicules qui arrivent à toute allure, dit Tuck en se tournant vers Joe. Combien de temps d'ici à l'aérodrome ?

— Deux minutes à cette vitesse.

— Allume les phares. Ils savent déjà que c'est nous.

Joe actionna les feux, illuminant la route devant eux, et augmenta encore sa vitesse.

Julia retint son souffle. Les bas-côtés défilaient à toute allure, dans une sorte de flou obscur. Les voitures derrière eux n'étaient encore que de petits points de lumière au loin, mais elles se rapprochaient rapidement.

Vite, supplia-t-elle en son for intérieur.

Au moment où ils approchaient du virage menant à l'aérodrome de Standing Rock, Julia se cramponna à l'accoudoir et pria en silence.

Joe prit le virage trop vite. Le 4x4 fit un tête-à-queue et se mit à déraper sur le gravier.

Agrippant le volant si fort que ses jointures blanchirent, Joe parvint à redresser le véhicule et accéléra de nouveau.

— Fais deux appels de phares ! cria Tuck.

Il s'exécuta et un appel équivalent monta de la piste au loin.

— Quand on s'arrête, tu cours et tu montes dans l'avion, dit Tuck à Julia. Ne regarde pas derrière toi, ça te ralentirait.

Julia lança un dernier regard derrière elle et se concentra sur la tâche à venir. Elle tendit la main et prit celle de Tuck en la serrant.

— Sois prudent, d'accord ? Lily a besoin de son papa.

— Même s'il fait partie du FBI ? répliqua Tuck en lui rendant son regard.

Avant que Julia puisse répondre, le 4x4 s'arrêta brusquement, à dix mètres de l'avion.

Le moteur de l'appareil ronronnait et son hélice tournait, soulevant de la poussière et de petits débris.

Julia ouvrit sa portière à la volée, sortit en toute hâte et se mit à courir vers l'avion.

Pierce la devança et repoussa le dossier du siège avant pour lui permettre d'entrer. Avant qu'elle puisse trouver le marchepied, des mains la soulevèrent par-derrière et la poussèrent dans l'appareil. Elle tomba sur le plancher et s'écarta à quatre pattes pour laisser passer Tuck.

Pierce monta à bord à son tour et le Cessna se lança à l'assaut des airs sur la piste.

Julia grimpa sur le siège et s'assit avant de jeter un regard par le petit hublot.

Joe avait fait demi-tour dans son 4x4 et filait maintenant dans la direction d'où ils étaient venus, se dirigeant droit vers les phares pointés sur lui.

A la dernière minute, les deux voitures qui roulaient de front s'écartèrent pour laisser passer le 4x4.

Pressant une main sur sa poitrine, Julia osa enfin respirer et pria pour que Joe s'en sorte.

Les deux voitures se déployèrent sur la piste et prirent en chasse l'avion qui cahotait toujours sur l'asphalte inégal en gagnant de la vitesse.

— Dépêche-toi, murmura Julia, dépêche-toi.

Les deux 4x4 étaient à moins de trente mètres quand l'avion quitta enfin le sol.

Julia en rit presque de soulagement avant d'entendre un bruit aigu heurter le métal.

Tuck se plia en deux et prit son mollet droit à pleines mains en laissant échapper une bordée de jurons.

— Que se passe-t-il ? demanda Julia en se penchant vers lui.

Elle eut un hoquet d'horreur. Du liquide rouge vif tachait la main de Tuck et gouttait sur le plancher de la cabine.

— Ils nous tirent dessus, dit Tuck en articulant entre ses dents serrées. Faites-nous passer au-dessus du lac.

— Peux pas faire ça avant d'avoir pris de l'altitude.

Un autre coup de feu explosa à l'avant de l'appareil. Des éclats de verre et de plastique volèrent dans tous les sens.

— Bon sang ! Ils ont touché le tableau de bord ! hurla Leon par-dessus le bruit du moteur.

Il se pencha en avant et tapota les jauges, le regard allant de droite à gauche.

— J'ai perdu au moins la moitié des instruments.

Même Julia, assise à l'arrière, assourdie par le bruit du moteur, entendit ses paroles. Elle sentit son estomac chavirer. Plus d'instruments ? Qu'est-ce que cela signifiait ? Cela devait être mauvais pour que Leon soit dans cet état.

Pierce posa la main sur le bras du pilote.

— On va y arriver.

— Quoi ? Voler la nuit sans instruments ? Vous êtes fou ?

Il lui lança un regard affolé puis regarda par le hublot.

— Nous sommes toujours en l'air ? demanda Pierce en regardant sous lui.

Leon fit de même.

Julia regarda par le hublot. Le sol s'éloignait de plus en plus. Les 4x4 transportant les hommes de main n'étaient plus que de petits points de lumière.

— On continue à grimper.

Leon prit une profonde inspiration et souffla lentement.

— Nous ne pouvons pas retourner à Standing Rock et atterrir là-bas.

Tuck se pencha en avant, parlant d'un ton calme et égal mais assez fort pour que le pilote nerveux puisse l'entendre.

— Il n'y a que trente minutes d'ici à Bismarck. Vous pouvez y arriver, Leon.

Leon remonta ses manches sur ses avant-bras et hocha la tête.

— Vous pouvez parier votre insigne que je vais y arriver. J'ai volé dans des conditions bien pires. Evidemment, on ne me tirait pas dessus.

Il agrippa le manche et testa les pédales.

— J'ai toujours le compteur et l'avion répond au manche. (Il hocha de nouveau la tête.) La lune se lève et les nuages s'en vont, alors nous aurons assez de lumière pour nous diriger au sol. Je peux piloter cet avion sans ces fichus instruments.

Il pencha la tête en arrière et hurla :

— Youpi !

L'avion pointa le nez vers le ciel et Leon se concentra pour le ramener sur une trajectoire parallèle au sol.

Julia sentit son estomac se retourner. Elle ne connaissait rien au pilotage des avions, mais un nombre limité d'instruments encore en état de marche lui semblait un problème sérieux. Voler sans leur aide en pleine nuit pouvait avoir une issue fatale. Mais si Leon, Pierce et Tuck pensaient que c'était possible, elle supposait qu'ils savaient de quoi ils parlaient.

— Regardez !

Tuck pointait le doigt par la fenêtre vers le petit aéroport qu'ils venaient de quitter.

Des lumières rouges et bleues comme celles de modèles réduits tournaient sur la route au-dessous. Deux voitures de police filaient vers l'aérodrome, bloquant la seule sortie. Les deux 4x4 noirs sortirent de la route et prirent à travers champs. Leurs phares se mirent à tressauter tandis qu'ils cahotaient sur le terrain inégal.

— On dirait que le shérif a eu vent de quelque chose, commenta Tuck.

— Peut-être que la conscience de Wilks l'a finalement poussé à les appeler.

Julia regarda les lumières jusqu'à ce qu'elles soient trop petites pour ressortir dans le paysage. Elle s'adossa à son siège, incapable de se détendre, sachant qu'ils devaient encore faire de nombreux kilomètres avant d'atteindre Bismarck. Si l'avion s'écrasait à terre, ils n'y seraient pas à temps pour l'échange de Lily.

Son pouls était irrégulier et elle tapait du pied par terre.

Tuck se pencha sur son siège et tira son T-shirt de son pantalon. Puis il découpa une large bande de tissu avec un couteau.

Julia pressa une main sur sa bouche, se rappelant tout à coup que Tuck avait été touché par l'une des balles.

— Laisse-moi faire.

Elle glissa de son siège et s'assit sur le plancher devant lui pour examiner la blessure à la lueur du clair de lune qui passait par le hublot.

Tuck se tourna afin qu'elle voie mieux.

— C'est juste une éraflure, mais je ne veux pas mettre du sang partout dans ce superbe avion.

Leon ricana.

— Comme si je n'avais pas déjà du sang et des entrailles de poisson partout. C'est pas vous qui allez faire des dégâts.

Julia se raidit à l'idée que de vieux déchets de poisson puissent infecter la blessure de Tuck.

— Fais-moi voir ce couteau.

Tuck fouilla dans sa poche et en sortit le petit canif dont il s'était servi.

En prenant soin de ne pas lui faire mal, Julia découpa sa jambe de pantalon du genou à la cheville.

Pierce lui tapota l'épaule et lui tendit une bouteille d'eau fraîche.

— Prenez ça pour la nettoyer.

Elle ouvrit le bouchon et versa l'eau sur l'éraflure. Une fois le sang nettoyé, Julia laissa échapper le souffle qu'elle retenait.

— Tu as raison. Ce n'est qu'une coupure superficielle. Tu es à jour de tes rappels antitétanos ?

Tuck lui fit un grand sourire.

— Oui, madame.

Julia enveloppa son mollet avec la bande de tissu, et noua les extrémités directement au-dessus de l'entaille afin de mieux stopper l'écoulement du sang. Quand elle eut terminé, elle leva la tête et croisa les yeux incroyablement noirs de Tuck. Elle sentit son cœur manquer plusieurs battements avant de se mettre à galoper comme si elle avait couru de toutes ses forces.

— Merci.

Il lui tendit la main et l'aida à se rasseoir à côté de lui, le bras posé sur ses épaules comme si c'était tout naturel.

Julia ne lui demanda pas de l'enlever. Après tout ce qu'ils avaient traversé ensemble, cela lui faisait du bien, cela la rassurait. Elle s'appuya contre lui.

— Quelle heure est-il ?

Tuck remonta la manche de sa chemise.

— Dix heures et demie.

— Tu crois que le téléphone avec la vidéo est déjà de retour de Minneapolis ?

— Espérons que oui.

— Il faut que je sois prête à le leur apporter quand ils appelleront.

Le bras de Tuck se resserra un peu autour de ses épaules.

— Non. Si c'est toi qui le leur apportes, ils te tueront, car tu es le seul autre témoin du crime.

— Mais je dois être là pour Lily.

— Ce dont elle a besoin, c'est que tu restes en vie.

— Mais ils n'ont pas précisé que c'était moi qui devais l'apporter ?

— Si, mais tu n'iras pas.

Il avait la mâchoire serrée et le regard impassible.

— Alors, qui va le faire ? demanda Julia.

— C’est moi qui procéderai à l’échange.

Julia s’écarta de lui pour pouvoir le regarder en face, la main appuyée sur sa poitrine.

— Tu veux dire que ta vie est moins importante que la mienne ?

Tuck lui caressa la joue d’un doigt.

— Lily a besoin de sa mère. Ce sont ta voix et ton visage qu’elle connaît.

Julia attrapa les doigts de Tuck et les pressa contre son visage.

— Elle connaîtra aussi les tiens.

— Tu en es sûre ? Tu ne l’étais pas tant que ça, il y a moins de vingt-quatre heures. Je travaille pour le FBI. Cela ne va pas changer.

Julia hocha la tête.

— Je sais. Mais elle mérite de savoir combien tu travailles dur et combien tu es courageux.

— Et si je meurs dans ce travail ?

La gorge soudain serrée, Julia déglutit et se força à articuler les paroles suivantes :

— Ça lui fera de la peine, mais je serai là pour lui faire comprendre que tu as donné ta vie en faisant ce que tu croyais juste. En t’efforçant de faire du monde un meilleur endroit où vivre pour elle.

Elle aiderait sa fille à comprendre pourquoi son papa ne reviendrait plus la voir, mais qui l’aiderait, elle, Julia, à vivre dans un monde d’où aurait disparu Tuck Thunder Horse ?

Sentant les larmes s’accumuler dans ses yeux, elle lutta pour les retenir. Elle avait déjà pleuré assez pour une vie entière. Il était temps qu’elle s’endurcisse, comme l’avait fait sa sœur.

Les lumières éparpillées de Bismarck se rapprochaient à mesure qu’ils descendaient.

Leon fouilla dans un sac sur le sol près de lui et récupéra une radio manuelle. Il l'alluma et annonça son arrivée.

— Arrivée sur Bismarck, panne de tableau de bord partielle.

La radio grésilla et la tour répondit :

— Vous voulez signaler une urgence ?

— Pas pour le moment, répondit Leon.

Après une courte pause, l'aiguilleur du ciel revint avec ces mots :

— Autorisation d'atterrir sur la piste un-trois.

Les phares puissants de la piste les guidèrent jusqu'au sol.

Tandis que Leon manœuvrait pour poser l'avion, Julia retint son souffle et se cramponna à la cuisse de Tuck, les ongles plantés dans sa chair. Elle avait l'impression qu'ils filaient à toute allure vers la mort, beaucoup trop vite pour atterrir sains et saufs.

La main de Tuck recouvrit la sienne.

Elle reprit son calme et les battements de son cœur étaient presque redevenus normaux quand les pneus du petit appareil se posèrent sur le tarmac avec une petite secousse.

Elle aurait voulu crier de joie, célébrer cette nouvelle victoire sur la mort, mais elle ne le pouvait pas tant que son bébé n'était pas de nouveau dans ses bras.

Leon roula jusqu'au hangar et stoppa enfin l'avion.

— Allez-y, les gars. Je dois faire mon rapport. Vous pourrez ajouter vos témoignages quand vous aurez tout arrangé. Allez-y.

Pierce serra la main de Leon et sortit avant d'abaisser le dossier de son siège pour permettre à Tuck et Julia de sortir aussi.

Tuck tapa sur l'épaule de Leon et sauta sur le sol.

Julia se pencha par-dessus le dossier et posa un baiser sur la joue du pilote stupéfait.

— Merci.

Puis elle se redressa et s'encadra dans la porte.

— Hé, c'était quoi ce baiser ? protesta Tuck.

Il lui tendit les bras et l'attrapa par la taille pour la déposer sur le tarmac sans la lâcher.

Julia se dressa sur la pointe des pieds et lui posa aussi un baiser sur ses lèvres.

Elle avait eu l'intention de ne faire qu'effleurer sa bouche, mais Tuck resserra les bras autour d'elle, l'écrasant presque contre lui, et lui administra un baiser passionné.

Quand il la reposa sur ses pieds, elle avait le tournis. Elle s'appuya contre lui pour reprendre son équilibre.

— Si vous avez fini de vous rouler des pelles, tous les deux, on pourrait aller au bureau et voir si le téléphone est arrivé de Minneapolis, claironna Pierce.

Il s'éloigna comme s'il s'attendait à les voir lui emboîter le pas.

Tuck la fixa pendant un moment, puis posa un petit baiser sur son front.

— Viens, nous avons un bébé à ramener à la maison.

Il lui prit la main et se mit à courir pour rattraper Pierce.

Julia sentit son cœur se serrer. Comment pouvait-elle penser à Tuck quand son bébé était toujours détenu par les ravisseurs ? Ses pensées étaient si confuses qu'elle ne savait plus ce qu'elle voulait.

Sa détermination à récupérer Lily était la seule chose claire dans son esprit. Mais que passerait-il entre Tuck et elle quand Lily serait de retour ? Elle devrait s'en préoccuper une fois qu'ils y seraient.

Tuck les conduisit à la voiture de location qu'ils avaient laissée, en boitant légèrement à cause de sa blessure.

Pierce ouvrit la portière arrière et Julia fit halte près de lui.

— Tuck, tu devrais t'asseoir à l'avant, mais laisse Pierce conduire.

— Vous ne voulez pas que Tuck s'assoie près de vous ? demanda Pierce.

Elle secoua la tête.

— Vous êtes tous deux agents du FBI. Discutez entre vous, il nous faut un plan.

Elle se glissa sur le siège arrière et sourit au frère de Tuck.

— Je veux que vous vous concentriez pour que Lily puisse revenir.

Pierce fit un signe d'acquiescement et s'installa à la place du conducteur.

— Aussi intelligente que belle.

— Je sais, approuva Tuck en prenant place à côté de lui.

Pierce sortit en marche arrière de leur place de parking. Pendant ce temps, Tuck appela le bureau et attendit que Behling réponde.

— Josh ?

Julia se pencha en avant, essayant de saisir la réponse, mais elle n'entendit rien.

— Ça y est ?

Tuck lança un regard à Julia derrière lui et leva les deux pouces.

Julia pressa une main sur sa poitrine. Ils avaient le téléphone. Maintenant, ils pourraient faire l'échange avec Lily.

Tuck fronça les sourcils.

— Quoi ? Tu ne l'as pas fait, n'est-ce pas ?

A peine né, l'espoir mourut. Julia attendit, le souffle court, que Tuck lui communique les nouvelles qui ne pouvaient manquer d'être mauvaises.

— Nous serons là dans quelques minutes.

Il raccrocha et se tourna vers Pierce.

— Le superviseur de Minneapolis est là depuis que nous sommes partis, et il veut des explications pour la mort de l'un de ses agents.

— Ne te fais pas de souci, dit Pierce en pinçant les lèvres. Nous lui en donnerons quand nous les aurons nous-mêmes.

— Il est toujours là. Il va falloir le contourner pour reprendre le téléphone.

— Alors, nous allons le doubler.

Pierce lança un regard à son frère.

— Impossible de récupérer Lily sans lui.

— Il sait que Julia s'est enfuie avec moi. Il veut la voir, de même que le téléphone.

Pierce cogna du poing sur le volant. La voiture fit une embardée avant qu'il n'en reprenne le contrôle.

— Qui lui a parlé de ce fichu téléphone ?

Tuck secoua la tête.

— Je ne sais pas.

Julia se pencha par-dessus le siège avant, l'estomac chaviré et la bile à la bouche.

— Est-ce que Behling le lui a donné ?

Tuck lui adressa un faible sourire.

— Non. Il l'a intercepté avant que le boss ne s'aperçoive de son arrivée.

Elle se renfonça sur son siège, prise de faiblesse et de nausée.

— Il ne faut pas qu'il le prenne. La vie de Lily en dépend.

— Behling va le garder en sécurité.

Tuck la regarda.

Elle soutint son regard pendant quelques secondes et son malaise diminua. Tuck était le roc auquel elle s'accrochait dans ce cauchemar. Il allait les sauver, Lily et elle. Elle devait le croire, car elle n'avait personne d'autre.

14

Afin d'éviter d'être suivi, Pierce choisit un itinéraire compliqué pour se rendre au bureau du FBI en centre-ville. Tuck ne pouvait s'empêcher de râler contre cette perte de temps. L'affichage digital du tableau de bord brillait d'un vert vif, renforçant le sentiment de devoir faire vite. A moins d'une heure de l'heure prévue pour l'échange, ils ne pouvaient pas se permettre de perdre une minute.

Pierce se gara un pâté de maisons avant les bureaux et jeta un regard à Julia.

— Tuck et moi allons entrer. Restez dans la voiture et ne vous faites pas voir.

Tuck savait qu'elle ne serait pas contente et il allait se faire du souci pour elle tout le temps qu'ils seraient partis, mais la laisser derrière eux était tout de même la meilleure solution.

Julia défit sa ceinture et se tourna vers la portière.

— Je veux venir avec vous.

Tuck secoua la tête et la regarda dans le rétroviseur.

— On a eu du mal à te faire entrer et sortir la dernière fois. C'est trop risqué de le refaire encore une fois. Surtout avec le directeur régional sur le dos.

Julia se mordit la lèvre inférieure et accepta finalement.

— D'accord. Mais laissez la clé au cas où il faudrait partir en quatrième vitesse.

Pierce haussa les sourcils et un large sourire s'étala sur son visage.

— Je te dis qu'elle ferait un super-agent.

Julia fronça les sourcils.

— Dépêchez-vous. Je ne veux pas donner de raison aux ravisseurs de faire du mal à Lily.

— On y va.

Tuck sauta de voiture et ouvrit la portière de Julia.

— Monte devant et cache-toi. La clé est sur le contact.

Quand elle émergea de la voiture, il la prit dans ses bras et l'embrassa profondément, puis il l'écarta de lui, le cœur battant.

— Tu sais que nous devrons parler quand tout ça sera terminé.

Elle hocha la tête et se glissa sous son bras pour se faufiler sur le siège conducteur.

— Contente-toi de ramener ce téléphone pour le moment.

Tuck se mit à courir en direction des bureaux du FBI, en tressaillant chaque fois qu'il posait le pied droit sur le sol. Sa blessure le lançait dans toute la jambe.

Pierce le suivit au même rythme.

— Comment tu vas expliquer ton pantalon découpé ?

— Passe devant moi dans l'entrée et essayons d'éviter qui que ce soit.

— Pigé.

Pierce prit la tête et ils franchirent l'entrée principale de l'antenne du FBI. Il fit un signe de tête au gardien, montra son insigne et s'éloigna.

Juste derrière lui, Tuck fit de même, s'efforçant de marcher sans boiter afin de ne pas attirer l'attention.

Ils prirent l'escalier pour éviter ceux qui sortiraient de l'ascenseur et grimpèrent jusqu'à l'étage où Josh avait son bureau.

Tuck poussa la porte qui donnait sur le couloir et écouta. Des voix en colère se faisaient entendre dans le bureau du directeur. Il se précipita vers le bureau de Josh sur la pointe des pieds, ignorant la douleur aiguë qui remontait le long de sa jambe blessée.

Josh était assis à son bureau, tapotant sur les bras de son fauteuil, le regard rivé sur le téléphone.

Tuck se glissa derrière lui et lui posa une main sur l'épaule.

Son ami sursauta et ouvrit de grands yeux avant de reconnaître Tuck. Il laissa échapper un long soupir et se renversa contre le dossier de son siège.

— Dieu merci, vous êtes là !

— Qu'est-ce qu'il se passe ?

— L'agent spécial Ray Mullins, M. le Directeur Régional, est en train de passer le boss au gril pour l'affaire de Fort Yates.

Josh tendit le doigt vers lui.

— Ne reste pas ici. J'ai entendu mentionner ton nom plusieurs fois.

— Qu'est-ce que tu as entendu d'autre ?

— Mullins veut la fille et le téléphone.

Tuck fronça les sourcils.

— Comment sait-il pour le téléphone ? Les seuls qui sont au courant, ce sont les ravisseurs et nous, dit-il en les désignant tous trois de la main.

Josh haussa les épaules.

— Je n'en ai pas soufflé mot. Je ne sais pas comment il a obtenu cette information.

— Tu crois que Skeeter lui en a parlé ? demanda Tuck à Pierce.

Pierce fit un geste de dénégation.

— Skeeter travaille au bureau de Minneapolis, mais je lui ai dit que c'était super-sensible et qu'il ne devait dire à personne de quoi il s'agissait, ni même qu'il avait travaillé dessus.

— Même à son chef ?

Pierce acquiesça.

— Même à son chef. Tu peux lui faire confiance.

Josh pencha la tête.

— Ça s'est calmé. Ce n'est pas de bon augure.

Il ouvrit un tiroir sous son bureau et en sortit un paquet encore scellé.

— Prends-le et va-t'en.

Tuck le lui arracha des mains.

— Merci, vieux, je te revaudrai ça.

Il se retourna, prêt à se glisser par la porte.

Pierce l'arrêta d'une main contre la poitrine.

— Attends.

Des pas résonnaient sur le sol, venant dans leur direction.

— Je vais m'en occuper. Attends que la voie soit libre.

— Laissez-moi faire, murmura Josh.

— Non, tu en as assez fait. En plus, j'aimerais bien savoir ce que sait ce type et comment. Quand je me serais débarrassé de lui, il faut que j'appelle Skeeter.

Pierce fixa son frère.

— Sois prudent et appelle-moi quand les ravisseurs auront pris contact.

Tuck acquiesça et recula, tout en retirant silencieusement le téléphone de son emballage. Il avait exactement le même aspect que quand il l'avait remis à son frère, ce qui lui semblait s'être déroulé une éternité auparavant.

Pierce descendit en hâte le couloir.

— Vous devez être l'agent spécial Mullins. Pierce Thunder Horse. Behling m'a dit que vous avez perdu un agent ?

Après une minute ou deux, Pierce s'éloigna avec l'homme et leurs voix diminuèrent d'intensité.

Josh sortit la tête dans le couloir et s'étira.

— Tout va bien. Tu peux prendre l'escalier.

Tuck glissa le téléphone endommagé dans sa poche arrière et courut vers l'escalier en prenant garde à ne pas laisser ses pas résonner dans le couloir. Il descendit les marches deux par deux, arriva en bas hors d'haleine et sonné par la douleur féroce qui lui brûlait la jambe, mais déterminé à sortir de là et à répondre à l'appel des ravisseurs. Sans Pierce pour lui faire écran devant le garde à la réception, il se contenta de passer vivement, avec un salut amical, et poussa la porte de la rue en toute hâte.

Une voiture aux vitres teintées, trop sombres pour qu'on puisse voir à l'intérieur, était garée en stationnement interdit de l'autre côté de la rue.

Tuck baissa la tête et tourna à gauche, se dépêchant de s'éloigner de l'immeuble tout en observant le véhicule suspect du coin de l'œil.

Quand une portière s'ouvrit pour livrer passage à un homme, Tuck n'attendit pas de savoir s'il s'agissait d'un ami ou d'un ennemi et prit ses jambes à son cou.

Parvenu presque à l'angle de la rue, il entendit une détonation sourde, comme celle produite par un revolver muni d'un silencieux, et quelque chose heurta son bras, le faisant chanceler.

Il se remit à courir, courbé en deux.

Un autre pop se ficha dans le mur juste à côté de lui, projetant des fragments de béton et de la poussière en l'air.

Tuck contourna l'angle du bâtiment et courut aussi vite qu'il le pouvait le long des immeubles en direction du pâté de maisons suivant. Il ne voulait pas mettre Julia en danger, mais il devait la rejoindre avec ce téléphone.

Avec ce bruit de pas précipités derrière lui, il ne pouvait aller directement à la voiture. Il zigzagua entre les immeubles, éloignant ses poursuivants de Julia. Puis il prit un raccourci pour revenir sur ses pas, se déplaçant en silence et dans l'ombre jusqu'à ce qu'il soit en vue de la grande benne à ordures.

La voiture était là où ils l'avaient laissée, le siège du conducteur apparemment vide, jusqu'à ce qu'une tête surgisse au-dessus du volant.

Les yeux de Julia s'agrandirent et sa bouche dessina un rond parfait.

Tuck sortit de l'ombre.

Son sourire de soulagement immédiat le rendit heureux d'être toujours en vie. Elle déverrouilla les portières et escalada le siège pour passer à l'arrière.

Tuck ouvrit la portière côté conducteur à toute volée et sauta en voiture, tournant immédiatement la clé dans le contact pour démarrer. Il fit demi-tour dans la rue et écrasa la pédale de l'accélérateur.

Une silhouette émergea d'une rue latérale et courut dans leur direction au milieu de la rue, leur bloquant le passage.

— Baisse-toi ! hurla Tuck en fonçant sur l'homme.

Au dernier moment, il se fit tout petit derrière le volant.

Julia se courba en deux et entendit le pare-brise voler en éclats, arrosant l'habitacle de fragments de verre.

Tuck releva la tête presque tout de suite après. Il n'avait pas renversé le type, donc celui-ci avait dû s'effacer juste après avoir tiré. Un coup d'œil dans le rétroviseur lui confirma ses déductions.

L'homme se relevait et se remettait en position de tir.

Julia choisit ce moment pour relever la tête.

Tuck plaqua une main sur son cou et la força à se baisser.

— Reste à l'abri !

La vitre arrière explosa dans une pluie de verre.

Tuck se pencha vers la gauche, cherchant le bon angle pour voir par le pare-brise en mille morceaux sans pour autant constituer une cible trop évidente.

Au carrefour suivant, il prit à droite si brusquement que la voiture monta sur le trottoir. Il lutta pour reprendre le contrôle de la voiture et roula sur le trottoir sur plusieurs mètres avant que les roues ne reprennent contact avec la chaussée.

— Oh ! mon Dieu, tu as été touché !

Julia se redressa brusquement et tendit la main vers son bras.

— Ce n'est rien.

— Tu saignes encore !

Elle voulut toucher sa blessure.

— Laisse ça, aboya-t-il en regardant dans son rétroviseur extérieur.

Le rétroviseur intérieur était devenu inutile car il ne reflétait que les éclats du pare-brise arrière.

— J'ai besoin de ce bras pour conduire. Nous avons des problèmes bien plus importants.

Ils ne pourraient plus se servir de cette petite voiture de location avec tous ces dégâts. Même s'il arrivait à voir assez pour conduire, ils seraient bien trop reconnaissables.

La voiture qu'il avait vue devant l'immeuble du FBI avait pris le virage et se rapprochait rapidement.

— Reste baissée et cramponne-toi, lui intima-t-il.

Elle prit la ceinture de sécurité et l'attacha avant de se courber.

— Qui est-ce qui nous tire dessus ? Cela n'a aucun sens de retenir Lily en otage tout en essayant de nous tuer.

Tuck sentit son estomac chavirer en réalisant combien c'était vrai.

— Ils n'ont pas l'intention de laisser des témoins en vie.

Il grinça des dents et tourna à gauche dans la rue suivante.

La voiture derrière eux continuait à les suivre infatigablement et en gagnant du terrain.

Avec sa visibilité limitée, il ne pouvait semer les hommes qui les poursuivaient. Il fallait qu'il prenne rapidement une décision.

Il écrasa la pédale de gaz et fila droit vers le quartier le plus animé de la ville, là où il y avait des feux et beaucoup de voitures, même à cette heure de la nuit.

Au moment où ils atteignaient un carrefour, le feu passa au rouge. Les voitures venant de la rue perpendiculaire s'avancèrent dans les deux sens.

Julia leva les yeux et se mit à hurler.

— Tu es fou ? Arrête !

Tuck accéléra à fond et se glissa entre un 4x4 et une camionnette, manquant de peu emboutir le 4x4 et d'érafler le pare-chocs du pick-up.

Des klaxons hurlèrent et des véhicules pilèrent dans le carrefour derrière lui. La voiture qui les suivait dérapa sur le côté et heurta le flanc du pick-up, ajoutant à la confusion. Ils tentèrent de reculer, mais une autre voiture leur bloquait déjà le passage.

Tuck poussa un long soupir entrecoupé et tourna dans la rue suivante.

— Je ne vois rien avec ce pare-brise. Il va falloir nous procurer une autre voiture.

— Mais comment, sans nous servir d'une carte de crédit ?

— J'en ai une garée devant chez moi, ici, en ville.

— Tu ne penses pas qu'ils surveillent ton appartement ?

— Pas s'ils sont coincés dans cet embouteillage.

Du moins l'espérait-il.

— Nous devrions bientôt avoir l'appel des ravisseurs.

Tuck prit le chemin le plus court pour arriver chez lui et dissimula la voiture de location à un pâté de maisons comme il l'avait fait au bureau du FBI. Si des ennuis les attendaient, il voulait les repérer avant qu'ils ne les rattrapent.

Il s'arrêta devant une maison vide, dissimulée par un arbre dont les branches traînaient presque jusqu'au sol. Après avoir passé la marche arrière, il ouvrit sa portière et guida la voiture sous les branches.

Quand la voiture fut complètement invisible, il coupa le moteur.

— Tu connais la chanson. Reste cachée dans la voiture pendant que je vais chercher la voiture. Je te ferai un appel de phares pour que tu saches que c'est moi.

Julia toucha la blessure qu'il avait au bras et soupira.

— Occupe-toi de ça pendant que tu es chez toi.

Il lui prit le visage entre les mains et se pencha vers elle.

— Merci de te montrer aussi brave.

Elle renifla et une larme roula sur sa joue.

— Je ne suis pas brave. C'est toi qui prends tous les coups.

— C'est pour la bonne cause, chérie.

Il l'embrassa d'une manière indiscutablement possessive, et introduisit la langue entre ses dents pour balayer la sienne dans une caresse douce et humide. Il avait envie de continuer à l'embrasser, mais il devait aller chercher sa voiture et vite. L'appel des ravisseurs ne manquerait pas d'arriver dans les prochaines minutes.

Il tendit le téléphone qu'il avait acheté à Julia, sachant que c'était à elle que les ravisseurs voudraient parler.

— Si les kidnappeurs appellent pendant que je suis chez moi, ne fais rien d'irréfléchi. Ne leur dis pas où tu te trouves et ne pars pas avant que je sois là. Ça ne se terminera pas bien pour toi ou Lily si c'est toi qui vas au rendez-vous.

Il prit le téléphone abîmé dans sa poche arrière et le lui mit aussi dans la main.

— Si, pour une raison quelconque, je ne suis pas de retour dans dix minutes, appelle Pierce et laisse-le se charger des négociations.

Il ouvrit sa portière et posait déjà un pied sur la chaussée quand Julia lui prit le bras.

— Tout va bien se passer. Je sais que tout ira bien. Et prends une minute pour nettoyer tes plaies.

Il secoua la tête.

— Il n'y a pas le temps pour ça.

— Bien sûr que si. Ne t'inquiète pas pour moi. Je ferai en sorte que tout aille bien. Et quand tout sera terminé, nous aurons cette fameuse conversation.

Elle l'attira plus près et l'embrassa rapidement sur la bouche.

Tuck sortit de voiture.

Julia se glissa sur le siège conducteur et lui fit un signe de tête.

— Vas-y.

Il n'avait pas envie de la quitter.

— Verrouille les portières.

Elle baissa les yeux et avisa le bouton de fermeture, sur lequel elle appuya. Aussitôt, les loquets se verrouillèrent.

Pressé par le temps, Tuck s'éloigna et se mit à trotter vers la haie de buissons qui bordait le parking de son immeuble. Après un dernier regard en direction de l'arbre dont les branches tombantes cachaient efficacement la voiture, il repêcha ses clés dans sa poche, se glissa entre les buissons et survola du regard le parking afin de repérer éventuellement une voiture inconnue. Rien ne lui parut suspect, mais il savait d'expérience que les apparences pouvaient être trompeuses.

Restant dans l'ombre, il contourna l'immeuble pour pénétrer dans la cage d'escalier et grimpa jusqu'au deuxième étage, avant de se faufiler jusqu'à son appartement.

La porte était grande ouverte, pendant sur ses gonds. Quelqu'un l'avait forcée. L'intrus était-il toujours à l'intérieur, attendant son retour ?

Julia tentait de percer l'obscurité du regard, de plus en plus effrayée. Elle fixa le téléphone dans sa main, le pressant de sonner et, en même temps, terrifiée à l'idée de ce qu'elle devrait faire s'il le faisait. Si Tuck avait été là, elle aurait pu se débrouiller. Seule, elle allait bafouiller, dire peut-être quelque chose qui aboutirait à sa mort — ou à celle de Lily…

Elle essaya de se détendre, l'estomac tellement noué qu'elle en avait mal. Depuis combien de temps n'avait-elle pas mangé ? Des heures ? des jours ? Comment pouvait-on manger quand son enfant avait disparu, qu'elle était sans doute blessée, et pleurait de toute façon ?

Les poumons comprimés par l'angoisse, Julia laissa échapper un gémissement bas.

S'il vous plaît, s'il vous plaît, faites que tout se passe bien.

Elle ferma les yeux et adressa une prière silencieuse au ciel pour que son bébé soit sain et sauf.

Les quelques heures écoulées depuis qu'on avait enlevé Lily lui avaient paru être des semaines car beaucoup de choses s'étaient passées dans ce court laps de temps.

Mais ce qui ressortait par-dessus tout, c'était Tuck.

Il avait été là chaque minute, la sauvant encore et encore de situations potentiellement dangereuses, la soutenant et l'encourageant quand elle pensait ne plus pouvoir avancer. Il trouvait toujours des solutions à des problèmes apparemment insolubles.

Sans lui, elle serait morte, exactement comme Jillian. Un sanglot monta dans sa gorge et elle fit un gros effort pour le ravaler. Jillian n'aurait jamais cédé à l'hystérie et ne se serait jamais autorisée à pleurer comme une Madeleine. Elle avait défendu ce qu'elle croyait être juste, sauvé ceux qui ne pouvaient se sauver eux-mêmes et risqué sa vie pour que les innocents ne souffrent pas.

Sa sœur adorait son travail, et son père de même. En plus d'une occasion, Jillian avait exprimé son contentement de faire partie de quelque chose de plus grand qu'elle, d'une organisation qui était si utile aux gens en faisant du monde un lieu plus sûr.

C'était aussi plus ou moins ce que Tuck lui avait dit. Comment Julia pouvait-elle s'attendre à ce qu'il renonce à quelque chose qu'il aimait tellement et qui faisait partie de lui ? C'était une part importante de l'homme qu'il était, un homme fort, intelligent et affectueux, prêt à sacrifier sa vie pour sauver la sienne et celle de Lily.

Avant même qu'il ne la laisse dans la voiture, Julia avait compris au fond d'elle-même qu'elle ne pouvait le laisser se mettre en danger. Les ravisseurs savaient sans doute à présent que Lily était la fille de Tuck. S'ils possédaient cette information, ils allaient sans nul doute s'en servir. Tuck n'était pas la personne idéale pour cet échange.

Elle se souvint que le superviseur de Jillian avait son bureau dans l'immeuble où ils étaient entrés. Bien sûr, Jillian lui avait dit de ne faire confiance à personne, même au FBI, mais si elle soupçonnait que quelqu'un de son antenne était corrompu, cela n'incluait certainement pas son patron, qui venait d'un autre Etat.

Le téléphone dans sa main se mit à sonner.

Julia sursauta comme s'il s'agissait d'un serpent à sonnette et le laissa tomber entre les deux sièges.

C'étaient sans doute les ravisseurs.

Horrifiée à la pensée de manquer l'appel, elle enfonça la main entre les sièges sans sentir le téléphone. Elle se mit à genoux sur le plancher de la voiture et sentit des échardes de verre déchirer son jean. Elle tâtonna derrière son siège, s'efforçant de localiser la coque de plastique et de métal. Enfin, elle mit la main dessus, le cœur battant.

Se redressant, elle déchiffra l'écran.

Appel anonyme.

Julia pressa le bouton.

— Où est mon bébé ? sanglota-t-elle dans le téléphone.

Une voix cracha une adresse, si vite qu'elle ne comprit pas tout.

— Soyez là dans un quart d'heure ou bien le bébé mourra.

— Comment puis-je savoir qu'elle est toujours en vie ? demanda Julia.

Après une pause, le son distinct des pleurs d'un bébé se fit entendre dans le combiné.

Julia serra la main sur le téléphone et le pressa plus fort sur son oreille.

— Lily ?

— Soyez à l'heure. Seule.

Un déclic coupa la ligne, le seul lien entre elle et Lily, en lui déchirant le cœur.

Pendant un moment, elle fixa le siège devant elle, incapable de voir à travers les larmes qui coulaient sur ses joues. Un coup d'œil jeté à l'heure affichée sur l'écran du portable la tira de son état somnambule et la remit en mouvement. Tuck allait revenir d'une minute à l'autre.

Elle chercha dans les appels récents et en sélectionna un. Pressant le bouton rappel, elle attendit. Quand la conversation prit fin, elle savait ce qu'elle avait à faire.

Elle ouvrit la portière et sortit de voiture.

Tuck en avait assez fait pour elle. Il était temps qu'elle fasse quelque chose pour lui. Elle allait reprendre Lily sans le mettre de nouveau en danger.

15

Tuck regarda dans le parking depuis la fenêtre du couloir de l'immeuble, surveillant tout mouvement suspect. Puis il poussa lentement la porte de la pointe du pied. Elle tourna silencieusement sur ses gonds.

Le faisceau triangulaire du lampadaire dans la rue projetait une lueur bleutée dans le salon. Tuck observa l'espace et fut saisi d'un choc vite remplacé par la colère à la vue des dégâts. Le canapé avait été renversé, les coussins éventrés, sa petite table de verre brisée et les livres de la bibliothèque déchirés. Tout ce qui pouvait se détruire gisait en morceaux sur le plancher.

Il passa de pièce en pièce, en prenant garde à ne pas faire de bruit. Il ne lui fallut pas longtemps pour déterminer que l'appartement était vide. Ne pouvant y passer que quelques minutes, il se dépouilla de son jean et de sa chemise et les laissa par terre. Quelle différence cela faisait-il ? Il pourrait nettoyer quand ils auraient récupéré Lily.

Un passage rapide sous la douche — froide — pour laver le sang, un bandage hasardeux et il revêtit un jean propre, le corps toujours mouillé. Après avoir enfilé des tennis, il prit au passage un T-shirt dans le tiroir de sa commode et une veste dans son placard, de même que le SIG Sauer chargé qu'il rangeait dans une boîte à chaussures. Sans perdre de temps, il se précipita de nouveau sur le parking.

Heureusement, sa voiture était toujours là où il l'avait laissée quelques jours auparavant, intacte.

Il sauta dedans, tourna la clé dans le contact et… rien. Il n'avait pas le temps de changer la batterie. Quelles étaient les chances de trouver quelqu'un qui pourrait le faire redémarrer avec des pinces à cette heure-là ?

Sa montre tictaquait, de plus en plus proche de l'heure du rendez-vous. Il sortit du véhicule et courut en direction de la voiture où il avait laissé Julia.

Quand l'arbre fut en vue, il sentit au fond de lui-même que quelque chose n'allait pas. Plus il s'approchait des branches tombantes, plus il accélérait le rythme.

Mais cela ne changeait rien. La voiture était bien là, mais elle était vide.

Il passa la tête à l'intérieur et survola du regard le plancher, le siège arrière. Julia était partie.

Se redressant, il pivota sur ses talons et survola la rue du regard, espérant qu'elle était seulement allée marcher un moment, lasse de rester immobile. Il savait que c'était une idée idiote. Elle ne serait pas partie sans rien lui dire sans une bonne raison. Sachant à quel point ces individus étaient dangereux, cela aurait été du suicide de flâner comme ça, et de s'attendre à ce qu'ils la laissent partir.

Les portières étaient verrouillées quand il l'avait quittée. Bien que déverrouillées maintenant, il n'y avait aucun signe qu'on les ait forcées. Si les méchants avaient réussi à trouver la voiture, ils auraient dû forcer les portières ou bien Julia aurait démarré le moteur et serait partie. A moins qu'ils ne l'aient mise en joue avec une arme, auquel cas elle aurait préféré ouvrir les portières.

Il regarda de nouveau dans la voiture et trouva le téléphone sur le siège. L'autre téléphone, celui qui contenait la vidéo, n'était nulle part. Elle l'avait pris avec elle.

Tuck sentit son cœur chavirer. Avait-elle reçu l'appel des ravisseurs ? D'une main tremblante, il vérifia l'historique des appels. Dans les dix dernières minutes, deux appels avaient été enregistrés. Un appel anonyme et un appel sortant juste après. Il reconnut le numéro sortant comme étant celui de FBI. Il pressa le bouton rappel et attendit, toujours tremblant.

L'opératrice arriva en ligne et lui demanda à qui elle devait transmettre son appel.

— Josh Behling.

Il attendit, en battant de la semelle sur le sol. Plus le temps passait, plus Julia était en danger. Pourquoi avait-elle appelé le FBI ?

— Behling.

— C'est Tuck. Est-ce que Julia t'a appelé, toi ou Pierce ?

— Moi non. Je vais demander à Pierce.

Un instant plus tard, Josh revint en ligne.

— Négatif pour Pierce. Pourquoi ?

— Elle a appelé l'antenne pendant que j'étais dans mon appartement. J'ai besoin que tu découvres qui a pris le dernier appel dans les bureaux.

— Hein ?

— Trouve-moi ça !

— D'accord, je vais le faire. Prends Pierce pendant que je fais passer l'information.

Tuck serra le téléphone dans sa main.

— Dépêche-toi.

— Tuck ?

Quand la voix inquiète de Pierce se fit entendre

dans son oreille, il se sentit submergé par une vague de désespoir.

— Elle est partie.

— Qu'est-ce que tu veux dire, elle est partie ?

— Elle est partie pendant que je m'arrangeais pour trouver une autre voiture.

Pierce jura.

— Tu crois qu'elle a eu l'appel des ravisseurs et qu'elle a décidé d'y aller toute seule ?

— Je n'en suis pas certain. Elle a téléphoné au bureau après avoir reçu l'appel.

— C'est elle qui a la vidéo ?

— Oui.

Tuck s'appuya contre la voiture par peur que ses jambes ne le trahissent.

— Pourquoi est-ce qu'elle ne pouvait pas rester tranquille, bon sang ?

— Tu ne poses pas la question à la bonne personne. Je n'ai jamais compris comment réfléchissaient les femmes. Elle semble t'aimer. Peut-être ne voulait-elle pas que tu t'exposes davantage ? Attends, voilà Josh.

— Tuck ?

La voix de Josh se fit entendre.

— L'opératrice dit qu'elle a transmis l'appel d'une femme qui demandait le superviseur de Minneapolis. Elle l'a fait passer au bureau du directeur.

Tuck se redressa.

— Ils sont toujours là ?

— Le patron est là. Je lui ai demandé s'il savait quel était l'objet de l'appel, mais il l'ignorait. En tout cas, Mullins est parti à toute vitesse après ça.

— Il est parti ?

Tuck coinça le téléphone sous son menton, ouvrit la porte de la voiture et ouvrit le capot avant.

— Oui, dit Josh. Il a pris l'appel et il est parti. C'est tout ce que nous savons.

— Personne n'est allé avec lui ? questionna Tuck.

— Personne du bureau et il était venu seul de toute façon.

Aussi certain que son nom était Tuck, il savait que Julia avait appelé le superviseur de Jillian pour gérer l'échange. Mais pourquoi ce type n'avait pris aucun renfort avec lui, voilà ce qui lui échappait.

Une sensation nauséeuse l'envahit.

— Appelle le technicien régional et demande-lui de tracer le portable de Mullins. Dis-lui que c'est une urgence et que Mullins est peut-être en danger. Raconte-lui n'importe quoi, mais qu'il fasse en sorte qu'on ait des coordonnées GPS dans les deux minutes qui viennent. Repasse-moi Pierce.

Tuck ouvrit le capot de la voiture de location, détacha les câbles et sortit la batterie de sa ceinture métallique pour la poser au bord de la carrosserie.

— Que se passe-t-il, Tuck ? demanda Pierce.

— Apparemment, Julia appelé Mullins pour faire l'échange. Et à ce que l'on sait, il est tout seul.

— Il est fou ? Ces types sont armés et dangereux.

— Je ne connais pas ce type et, avec la vie de ma femme et ma fille en jeu, je ne fais confiance à personne.

— Ta femme ?

Tuck imagina les sourcils de Pierce qui se relevaient, mais il n'avait pas le temps de discuter.

— Quand Josh aura trouvé Mullins, rejoins-moi là-bas. Je vais avoir besoin de renforts. Appelle-moi dès que vous l'aurez trouvé.

Tuck raccrocha, prit la batterie et courut à sa voiture. Il priait que le temps qu'il installe la batterie, Josh ou

Pierce l'appellent avec la localisation de Mullins et, avec un peu de chance, de Julia.

Deux minutes après, il avait sorti la vieille batterie, posé la nouvelle et sa voiture marchait comme un charme. Il grimpa sur le siège conducteur, boucla sa ceinture et pria pour que le téléphone se mette à sonner.

Comme par magie, celui-ci se mit en route.

— Vous l'avez ? demanda Tuck.

— Oui.

Josh lui donna rapidement l'adresse.

— Je l'ai localisé sur mon ordinateur, je t'appellerai s'il bouge. Pierce est déjà en route pour te rejoindre. J'aimerais bien venir avec toi, mais…

— J'ai besoin que tu restes devant l'ordinateur au cas où Mullins irait autre part.

— C'est ce que je pensais. Sois prudent.

Josh raccrocha.

L'adresse ne lui étant pas familière, Tuck la rentra dans son GPS et sortit en trombe du parking. En dix secondes, il accéléra à cent à l'heure, puis brûla plusieurs feux rouges comme s'ils n'existaient pas, tout en priant le Grand Esprit de protéger ses femmes.

Après être sortie de voiture, Julia se dirigea vers le premier supermarché venu en restant dans l'ombre comme le lui avait appris Tuck. Personne ne la suivait et les rues étaient presque désertes. Une fois arrivée à la supérette, elle demanda à utiliser le téléphone.

Cinq précieuses minutes plus tard, un taxi arriva. La raison pour laquelle Mullins n'avait pas voulu venir la chercher lui-même était un mystère. Il avait prétendu que ce serait plus rapide pour elle de prendre un taxi et de le rejoindre à deux pâtés de maisons du lieu de l'échange. Elle lui donnerait le téléphone et le laisserait procéder à l'échange, tout en restant à proximité pour prendre Lily une fois l'affaire conclue.

Au moment où ils s'étaient mis d'accord, cela semblait logique. Mais maintenant, pendant que le taxi s'arrêtait à un stop dans les rues obscures de la zone industrielle, Julia avait des doutes. Il n'y avait personne autour. Ni voitures, ni gens, ni renforts bien entendu.

— Hé, madame, vous êtes sûre que c'est ici que vous voulez descendre ?

Le conducteur du taxi la regardait dans le rétroviseur.

— Euh, oui… j'en suis sûre.

Elle regarda autour d'elle, la main déjà sur la poignée de la portière. Dix minutes étaient déjà passées sur les quinze que les ravisseurs lui avaient accordées. A deux pas de son bébé maintenant, elle ne pouvait pas renoncer.

Julia sortit de voiture et paya le taxi avec le reste de l'argent qu'elle avait emporté quand elle avait fui son appartement à Fort Yates. Elle regarda les feux arrière du taxi disparaître dans une rue transversale. Serrant le portable abîmé dans la main, elle souhaita avoir aussi emporté l'autre. Avec seulement cinq minutes pour arriver au lieu du rendez-vous, elle pria pour avoir fait le bon choix.

Quelques secondes après que le taxi eut disparu, il y eut un appel de phares dans une rue étroite, entre deux bâtiments aux parois métalliques.

Le cœur battant, Julia pénétra dans l'ombre du hangar le plus proche et se glissa derrière une jardinière en brique remplie de plantes et de fleurs de saison. Elle s'accroupit derrière et attendit, priant pour que le superviseur, l'agent spécial Mullins, soit déjà là.

En attendant, elle roulait le téléphone entre ses mains,

soupesant son poids et se demandant si les images qui y étaient enregistrées pouvaient vraiment être retrouvées. Le téléphone représentait en quelque sorte toutes ses épreuves : les menaces contre leur vie, le sacrifice de Jillian — tout cela à cause de celui qui avait tué l'agent de la Commission des jeux, quelqu'un qui ne voulait pas voir son identité révélée.

Un gros 4x4 noir, très similaire à ceux qui les avaient poursuivis à Fort Yates, ralentit dans la rue et s'approcha d'elle.

Julia sentit ses jambes céder et son souffle s'accéléra. Elle se blottit dans le coin formé par la jardinière, le pouls battant si fort dans ses tympans qu'elle pouvait à peine entendre.

Et si ce n'était pas le FBI, mais les ravisseurs ? Et en suivant le fil de cette pensée, Lily était-elle dans la voiture ? Avant de réfléchir, elle fourra le téléphone dans la jardinière, le dissimula sous le rebord de brique et se remit sur pied. Puis elle sortit de l'ombre dans la lueur jaune des lampadaires.

Le 4x4 s'arrêta. Le passager sortit, laissant le conducteur dans le véhicule. C'était un homme de grande taille, aux cheveux gris, portant un costume sombre.

— Julia Anderson ?

Julia fit signe que c'était elle.

— Je suis l'agent spécial Mullins. J'étais le superviseur de votre sœur avant sa mort. Laissez-moi vous présenter mes condoléances. Avec elle, nous avons résolu un grand nombre d'affaires, c'était un de mes meilleurs agents.

Il lui tendit la main.

Julia sentit son cœur se serrer à la pensée de cette sœur qu'elle ne reverrait plus jamais. Elle prit la main de l'homme et la serra brièvement.

— Merci d'être venu.

Mullins glissa une main dans sa veste.

Frappée par la pensée soudaine et instinctive qu'il cherchait peut-être une arme, Julia recula vivement.

Les mains de Mullins s'immobilisèrent et il les leva en signe de paix.

— J'allais juste prendre mon portefeuille.

Julia laissa échapper le souffle qu'elle retenait dans ses poumons. Après tout ce qui lui était arrivé, elle était aussi nerveuse qu'une pile électrique. Mais mieux valait être nerveuse que morte.

— Allez-y.

L'agent tira son portefeuille de sa poche intérieure et l'ouvrit pour lui montrer son insigne et sa carte du FBI.

Toute la tension quitta le corps de Julia et elle se mit presque à pleurer. Il faisait partie des gentils. C'était quelqu'un avec qui Jillian avait travaillé.

— Dieu merci.

Mullins regarda autour de lui et derrière elle.

— Vous êtes venue seule ?

— Oui. Les ravisseurs ont insisté pour que je livre le téléphone moi-même.

Mullins hocha la tête.

— Où se trouve l'agent Thunder Horse ?

— Je l'ai laissé à son appartement. Il n'avait pas besoin d'être impliqué là-dedans.

— Pourquoi ça ? D'après ce que l'on m'a dit, vous êtes inséparables depuis le début de cette histoire.

Julia s'efforça de réfléchir, mais elle avait les nerfs si tendus par le souci de récupérer Lily qu'elle ne parvenait pas à inventer autre chose.

— C'est le père de mon bébé. Je ne voulais pas risquer à la fois sa vie et la mienne et laisser ma fille orpheline.

Les yeux du superviseur s'étrécirent.

— Vous êtes sûre qu'il n'y a pas d'autre témoin du meurtre ? L'agent Thunder Horse ou quelqu'un d'autre a-t-il vu cette vidéo ?

Julia secoua la tête.

— Personne. Tout est allé si vite. Nous nous sommes enfuis…

Elle haussa les épaules.

— J'aimerais pouvoir vous aider davantage. Je veux que ce salopard paie pour la mort de ma sœur.

— Oh ! je suis sûr que ce sera le cas.

Mullins croisa les bras.

— Mademoiselle Anderson, avez-vous apporté le téléphone ?

Julia fit signe que oui.

— Il ne marche pas. Quand nous nous sommes enfuis, je l'ai laissé tomber dans l'eau. Je ne suis même pas sûre que les données soient récupérables.

— Vous avez essayé ?

— Le frère de Tuck, Pierce, l'a envoyé à quelqu'un qui est expert en récupération de données.

— Ont-ils été capables de récupérer la vidéo à l'antenne de Minneapolis ? questionna Mullins.

Julia fronça les sourcils. Avait-elle mentionné Minneapolis ? Pour autant qu'elle sache, Tuck, Josh et Pierce étaient les seuls, en dehors du technicien de Minneapolis, à savoir que le téléphone avait été envoyé au bureau régional. Tuck lui avait assuré qu'ils étaient restés discrets étant donné que Jillian lui avait dit de n'en parler à personne. Alors, qui en avait parlé à Mullins ?

— Ils n'ont pas eu le temps de télécharger les données avant que le tueur ne kidnappe mon bébé et n'exige la remise du téléphone en échange. Nous avons dû le faire revenir ici dans le délai imparti.

Julia pencha la tête.

— Mais vous avez un meilleur technicien traceur à Minneapolis. Pourquoi n'avez-vous pas demandé vous-même au technicien de le faire ?

Mullins lui adressa un mince sourire.

— Je suis parti dès que j'ai appris que l'agent Anderson avait été tuée. Autre chose ?

— Comme quoi ?

— Y a-t-il d'autres témoins du meurtre de l'agent de la Commission des jeux et de l'agent Anderson ? demanda Mullins.

— Non.

Julia jeta un coup d'œil à la voiture. Les vitres étaient teintées et elle ne pouvait voir à l'intérieur.

— Nous ne devrions pas nous rendre sur les lieux de l'échange ?

— Je vais le faire dans une seconde.

— Ils doivent être là maintenant avec Lily.

— Alors, je vais avoir besoin du téléphone.

Il tendit la main.

Le regard de Julia passa de sa main au 4x4. Personne n'était sorti. Le véhicule restait immobile comme une sorte de monstre menaçant dans un film d'horreur. N'importe quoi ou n'importe qui pouvait se trouver à l'intérieur et cela commençait à l'inquiéter.

— Je ne l'ai pas avec moi.

L'expression avenante de Mullins fit place à un visage de pierre et il serra les lèvres en une ligne très mince.

— Vous venez juste de dire que vous l'aviez.

Le ton mordant et glaçant de sa voix fit chuter la température au-dessous de zéro.

Julia en eut la chair de poule.

— Oui, je l'ai, mais pas exactement avec moi.

Mullins s'approcha d'un pas.

— Et où *exactement* se trouve-t-il ?

— Dans un endroit sûr pour le moment.

Il lui prit le bras et le serra assez fort pour lui laisser une marque.

— Je vous suggère d'aller le chercher.

Julia le fixa dans les yeux, consciente que la peur commençait à l'envahir.

— Vous me faites mal.

Il relâcha sa prise et laissa retomber sa main, pour remettre sa veste en place.

— Vous ne voulez pas faire attendre les ravisseurs, n'est-ce pas ?

Julia recula.

— Non, en effet. Je vais aller le chercher.

Elle se retourna et fit quelques pas en direction du bâtiment, se détournant de la jardinière pour obliquer vers la ruelle car son instinct lui disait de fuir.

Le bruit d'une portière qui s'ouvrait la fit regarder derrière elle.

Deux hommes venaient de sortir du 4x4, tous deux bruns, grands, musclés et le visage fermé sur une expression dure. Le cœur de Julia fit un bond quand l'un d'eux tourna la tête suffisamment pour qu'elle voie son profil. Une mèche blanche striait sa tempe.

Elle eut un hoquet et chancela. C'était lui, l'homme qu'elle avait vu tirer sur l'agent de la Commission des jeux. Avant de pouvoir se rapprocher du hangar ou de la jardinière, elle réalisa qu'elle était tombée dans un piège. Et elle ne pouvait fuir cet imbroglio sans risquer de perdre Lily pour toujours. Si l'agent Mullins était de fait l'homme qui se faisait payer par Pickett, c'était sans doute lui aussi qui était l'auteur du kidnapping de sa fille. Lily était peut-être dans ce 4x4.

La vidéo sur le téléphone était son seul atout. Si elle

y renonçait maintenant, Lily et elle mourraient sans aucun doute.

Elle prit une profonde inspiration et se retourna, les épaules droites.

— C'est vous qui l'avez fait, n'est-ce pas ?

— Vous ressemblez à votre sœur, on dirait.

Il hocha la tête et un rictus retroussa ses lèvres.

— Prenez garde à ne pas finir comme elle.

— C'était une bonne personne. Elle s'efforçait de faire du monde un meilleur endroit où vivre.

La voix de Julia se brisa.

— Sa seule erreur a été de vous faire confiance.

— Cessez de me jouer la sérénade, Julia, l'avertit Mullins. Si vous voulez reprendre votre bébé, il nous faut ce téléphone pour faire l'échange.

— Vous n'avez pas du tout l'intention de faire l'échange, vous voulez dire.

Elle s'avança vers lui.

— C'est vous que le manager du casino appelait le grand patron, n'est-ce pas ?

— C'est ridicule. Je n'ai jamais rencontré cet homme.

Il plissa les yeux.

— Vous perdez votre temps. Donnez-moi le téléphone.

Il tendit la main.

— Donc, vous ne receviez pas de pots-de-vin de la part de Pickett, et l'homme à la mèche blanche qui se tient près de votre voiture n'est pas l'homme qui était à Fort Yates le jour où ma sœur a été tuée et il n'a pas tué Pickett… selon vos ordres ?

Le visage de Mullins s'assombrit et ses yeux se réduisirent à de simples fentes. Il attrapa Julia par le bras et pressa le froid canon d'un pistolet sur sa tempe.

— On ne joue plus. *Où* est le téléphone ?

16

Alors qu'il était encore à mi-chemin de la zone industrielle, le téléphone de Tuck se mit à sonner.

C'était son frère.

— Eteins tes phares. Tu es à moins de deux kilomètres de l'endroit.

— C'est fait.

Tuck ralentit. Le brusque changement de luminosité l'avait aveuglé momentanément. S'il n'y avait pas eu quelques lampadaires par-ci par-là, il serait sorti de la chaussée. Dès que sa vision nocturne se rétablit, il accéléra de nouveau.

— Tuck ?

— Oui, Pierce ?

— J'ai de mauvaises nouvelles.

Tuck sentit ses entrailles se nouer.

— Je préférerais de bonnes nouvelles en ce moment.

— Désolé, frangin.

— Dis-moi ce que c'est.

— Skeeter a pu télécharger la vidéo avant de renvoyer le téléphone. Il y a une assez bonne photo du type qui a tiré sur Pickett.

— Et ?

— C'est un informateur du nom de Nat Tendell. Le bureau de Minneapolis a utilisé ses services à maintes reprises.

— Un informateur ?

— Oui. Et on sait qu'un certain agent a beaucoup utilisé ses services.

Rien qu'au ton de son frère, Tuck comprit de qui il s'agissait, mais il attendit en silence que son frère confirme ses soupçons en priant pour que ce ne soit pas lui.

— L'agent spécial Ray Mullins. Mullins a fait aussi décharger Tendell d'une accusation d'attaque à main armée, il y a un mois.

Tuck enfonça la pédale de l'accélérateur.

— Mullins et Tendell étaient en cheville sur ce coup-là, pas vrai ?

— On dirait bien.

— Mullins est le grand patron et Tendell est son homme de main ?

— Skeeter a creusé un peu plus et il a découvert d'autres choses.

— Sur Mullins ?

— Oui. Apparemment, il a procédé à des virements depuis une banque dans les Caïmans sur un compte domicilié dans l'Etat.

— Laisse-moi deviner : du compte de Pickett sur le compte de Tendell.

Tuck adressa une prière au Grand Esprit.

— Julia est tombée tout droit dans un piège.

— Dans les grandes largeurs, approuva Pierce. Je suis presque arrivé.

— J'espère qu'il n'est pas trop tard.

Ils s'étaient mis d'accord pour que Tuck arrive du nord tandis que Pierce arriverait du sud. Ils se gareraient à quelques croisements de l'adresse que Josh leur avait donnée et ils s'approcheraient avec des ruses de Sioux.

A deux rues de là, Tuck se gara le long du trottoir

et sortit de voiture en refermant doucement la portière. Puis il se mit à courir aussi vite qu'il le pouvait en tenant compte de sa jambe blessée et en restant dans l'ombre des bâtiments. Il se dirigea droit vers le lieu dont Josh lui avait donné les coordonnées, son SIG Sauer à la main, prêt à tirer.

Enfin, il atteignit l'arrière du bâtiment qui faisait face à l'adresse où Mullins était censé se trouver. Une silhouette noire apparut au coin de l'immeuble qui jouxtait celui dans l'ombre duquel il s'abritait. Elle fit un bref signe de la main.

Pierce. Les renforts étaient là. Savoir que son frère était venu lui prêter main-forte lui redonna confiance.

Se déplaçant lentement le long du mur de l'immeuble, il tourna le coin et se trouva du côté de la façade. Des voix portées par le silence de la nuit augmentèrent de volume quand il pénétra dans la rue. Il saisit quelques mots.

— … l'homme à la mèche blanche qui se tient près de votre voiture n'est pas l'homme qui était à Fort Yates le jour où ma sœur a été tuée et il n'a pas tué Pickett… selon *vos* ordres ?

Tuck reconnut immédiatement la voix de Julia. Elle était en colère et accusait quelqu'un de meurtre. Son courage et son audace le remplirent de fierté, même si, simultanément, ses entrailles se nouèrent face au danger qu'elle courait.

Il se força à ne pas se jeter à découvert pour prendre le contrôle de la situation. Passant la tête au coin, il observa les alentours.

Mullins tenait Julia par le cou, et son arme appartenant au gouvernement était pressée sur la tempe de celle-ci.

Le cœur de Tuck tomba comme une pierre dans son estomac et rebondit aussitôt. Elle était dans une situation grave, très grave, et il devait la sortir de là d'une manière ou d'une autre. Il comprit soudain qu'il aimait cette femme depuis le jour où il l'avait épousée. Il ferait n'importe quoi pour empêcher Mullins de lui faire du mal.

— *Où* est le téléphone ? demanda Mullins.

— Je l'ai donné au directeur de l'antenne locale, mentit Julia.

— Non, vous n'avez pas fait ça.

— Vous en êtes sûr ? demanda-t-elle, les mains agrippées au bras qui lui enserrait la gorge.

Mullins ricana.

— Vous n'auriez pas fait ça, sachant que la vie de votre fille est dans la balance.

Les mains de Julia s'immobilisèrent.

— En parlant d'elle… Où est-elle ? Où est Lily ?

— Vous croyiez que j'étais stupide ? Que je vous faisais confiance pour obéir à mes instructions ?

Il resserra sa prise.

— Elle est quelque part où vous ne la trouverez pas avant qu'il soit trop tard. Donnez-moi le téléphone et je vous dirai où c'est.

Tuck perçut un mouvement derrière le 4x4.

C'était Pierce qui s'approchait doucement de Tendell. Il sauta sur l'homme de main par-derrière et lui fit une clé autour du cou. Les mains de Tendell battirent l'air sauvagement et un coup de feu partit.

Mullins pivota sur ses talons sans lâcher Julia.

Au même moment, Tuck tira et atteignit le second homme de main à l'épaule. L'homme chancela en arrière, heurta la voiture et glissa au sol.

Tuck s'avança à découvert et cria :

— Lâche-la, Mullins !

— Tuck ! hurla Julia.

Pierce pressait son arme sur la tête de Tendell.

— Laisse tomber ton arme ou je te descends. Crois-moi, cette fois-ci, tu vas tomber pour longtemps. Ce n'est pas Mullins qui va te tirer d'une accusation de meurtre.

— Ne l'écoute pas. Nous avons toujours la main, cria Mullins. Nous avons la fille et le bébé.

— Tu es un fieffé imbécile si tu fais confiance à un flic pourri. Il va se décharger sur toi et te laisser payer pour lui.

Tendell se débattit et tira un autre coup de feu.

— Oublie ça.

Pierce gronda et resserra sa prise autour du cou de Tendell, tout en se penchant en arrière pour décoller le tueur du sol.

Le visage de l'homme s'assombrit et son corps s'immobilisa soudain.

Pierce desserra son étreinte juste assez pour qu'il puisse respirer.

Tuck souffla quand l'arme de l'homme tomba par terre. Son frère le laissa choir, vérifia son pouls, puis lui mit les bras dans le dos et lui passa des menottes en plastique qu'il serra étroitement autour de ses poignets.

Il leva les yeux sur Mullins.

— T'inquiète pas. Il sera encore vivant pour témoigner contre toi.

— C'est fini, Mullins.

Tuck s'approcha plus près.

— Mon patron est en train de visionner la vidéo du meurtre de Pickett à Fort Yates en ce moment même.

— Et alors ? Qu'est-ce que ça prouve ? C'est Tendell qui l'a fait.

Tendell remua sous le pied de Pierce.

— Espèce de fils de pute, marmonna-t-il. Tu m'as payé pour faire ton sale boulot.

— Tu ne peux pas le prouver.

— Tu as tort.

Tuck fit encore un pas en avant.

— Skeeter a fait des heures supplémentaires là-dessus et il a fait des merveilles. Tu devrais le savoir, c'est toi qui l'as engagé.

Mullins se raidit.

— Je n'ai rien à cacher.

— Sauf un compte bancaire aux Caïmans sur lequel tu as fait des versements et des retraits. Des retraits pour payer le talentueux M. Tendell, ici présent.

Tuck fit un signe de tête en direction de Julia.

— Lâche-la et je leur dirai que tu t'es montré coopératif.

— Pas question.

Mullins resserra sa prise autour du cou de Julia.

— Elle représente mon sauf-conduit.

Il pressa le canon de son revolver sur la joue de Julia.

— Encore un pas et je lui tire dessus.

— Alors, tu n'auras plus d'otage et je te tuerai.

La voix de Tuck était basse et menaçante. Il continuait de tenir Mullins en joue.

Mullins retourna Julia et la plaça entre lui et Tuck, comme un bouclier humain.

— Je veux un avion et l'autorisation de quitter le pays. Quand je serai en sécurité, je la relâcherai.

Tuck secoua la tête.

— L'une des premières choses qu'on apprend au FBI, c'est qu'on ne négocie pas avec les terroristes.

— Tu oublies le bébé ?

Mullins posa la joue contre les cheveux de Julia.

— Je parie que la fille ne l'a pas oublié, elle, n'est-ce pas, chérie ?

— Salaud ! souffla Julia.

Tuck jeta un regard à Pierce.

— Fouille le 4x4.

Mullins se mit à ricaner.

— Tu ne crois que j'allais amener le plus gros atout que j'ai dans cette partie, n'est-ce pas ?

Un pied toujours posé sur le dos de son prisonnier, Pierce ouvrit les portes du 4x4 et regarda dedans. Il se tourna vers Tuck en secouant la tête.

Tuck sentit ses poumons se comprimer et sa rage se mettre à bouillir.

— Où est-elle ?

— S'il m'arrive quoi que ce soit, je ne vous le dirai pas. Le temps que vous la trouviez, elle sera morte.

Julia hoqueta.

— Vous feriez du mal à un bébé innocent ?

— Ce n'est pas moi qui lui fais du mal. Cela ne tient qu'à vous. C'est votre choix.

Il sourit.

— Et maintenant, je peux avoir mon avion ? Je crois que le bébé ne survivra pas très longtemps sans soins. Donnez-moi un petit jet et amenez-le ici dans l'heure qui suit ou bien je commence à tirer sur Mlle Anderson, un membre après l'autre.

La colère de Tuck était si puissante que ses mains tremblaient. Il pressa le doigt plus fort sur la détente. S'il ne se maîtrisait pas, le coup allait partir tout seul.

— Tue-le, le supplia Julia. Tue-le. Il mérite de mourir pour ce qu'il a fait à ma sœur.

— Je ne peux pas, chérie.

Tuck secoua la tête.

— Je pourrais te toucher en même temps.

— Tu trouveras Lily. Je suis sûre que tu arriveras.

La lumière fit briller les larmes qui s'accumulaient dans ses yeux.

Tuck avait le cœur déchiré à la fois pour elle et pour sa fille. Il devait y avoir une façon de sortir de cette situation sans tuer Julia ou laisser mourir Lily.

— Tire, insista Julia.

— Ta gueule.

Mullins la frappa sur le crâne avec le canon de son revolver.

Julia tressaillit et un filet de sang coula sur son front.

Tuck se précipita vers Mullins.

— Arrête, Tuck, dit Pierce. Il joue avec toi, il essaie de te forcer la main.

— Et ça marche, gronda Tuck. Si j'ai la moitié d'une chance, je vais le tuer.

Il respirait fort, et ses veines charriaient son sang si vite qu'elles étaient sur le point d'exploser. Puis il croisa le regard de Julia.

Toute sa terreur fut remplacée par quelque chose d'autre. Une détermination froide et mortelle. Elle soutint son regard.

— Je t'aime, Tuck Thunder Horse. Si tu m'aimes aussi, tu dois tirer.

Tuck visa soigneusement. Elle l'aimait. Julia l'aimait.

Son esprit devint d'une clarté de cristal et il baissa le canon, l'alignant sur sa cible.

La poitrine de Julia se souleva et elle envoya son coude dans le ventre de Mullins. Surpris par son attaque, il perdit son emprise sur elle. Elle échappa à son bras et se laissa tomber à terre.

Comme au ralenti, Mullins se redressa, relevant son revolver en même temps.

Tuck relâcha sa respiration et pressa la détente.

La balle atteignit Mullins en pleine poitrine. Il tomba à la renverse, son arme lui échappa et tomba avec fracas sur la chaussée.

Julia roula sur elle-même et se mit à quatre pattes pour s'approcher de lui. Agrippant les pans de sa veste qui étaient pleins de sang, elle le secoua en sanglotant.

— Où est-elle, salopard ? Où est mon bébé ?

Tuck courut la rejoindre et l'éloigna de Mullins. Il se pencha sur l'homme.

— Tu vas mourir de toute façon. Fais quelque chose de bien avant de passer de l'autre côté et dis-nous où se trouve Lily.

Mullins le fixa et un sourire releva le coin de ses lèvres.

— Vous ne la trouverez jamais… murmura-t-il.

Puis son visage se figea et il cessa de respirer.

Tuck lui saisit le col de la chemise et le secoua.

— Où est-elle, bon Dieu ?

— Il est mort, dit Pierce. Mais on a encore son homme de main.

Il remit Tendell debout.

Tuck se releva d'un bond et vint se planter à quelques centimètres du tueur.

— Dis-nous où elle est ou je te tue comme je viens de tuer Mullins.

Tendell haussa les épaules.

— C'est pas mon truc de tuer les bébés, mais je ne sais pas où est la gosse. Mullins s'est occupé d'elle après qu'on l'a prise à Hazen.

Tuck se tourna vers son frère. Son espoir faiblissait de minute en minute.

— Je suis sûr qu'il se servirait de cette information s'il savait où elle est, confirma Pierce, ce que Tuck avait déjà déduit par lui-même.

Julia se releva aussi, hébétée, les yeux remplis de larmes.

— Il faut la retrouver !

Tuck tira son téléphone de sa poche et composa un numéro à Minneapolis.

— Skeeter, j'ai de nouveau besoin d'une grande faveur.

Julia s'appuya contre Tuck quand ils entrèrent dans l'unique hôtel d'une petite ville du Dakota du Nord située à une heure de route de Bismarck.

S'ils s'étaient trompés, ils devraient tout recommencer. Il leur avait fallu trois heures pour dénicher l'information qui les avait conduits dans cet endroit perdu à quatre-vingts kilomètres de Bismarck, dans une commune constituée d'une poignée de maisons et de deux églises.

— Elle est là, la rassura Tuck pour la centième fois depuis qu'ils avaient sauté en voiture et filé vers le nord.

Julia commençait à penser qu'il le répétait pour se rassurer lui-même. Ils avaient prévenu le shérif du comté, mais avaient pris la route avant d'avoir reçu une réponse. Une fois hors de Bismarck, le réseau téléphonique cellulaire n'était plus disponible.

Dès leur arrivée, ils se dirigèrent tout droit vers l'hôtel et demandèrent le numéro de chambre de Ray Mullins. Le réceptionniste somnolent jeta un coup d'œil à l'insigne de Tuck et sortit précipitamment son registre.

Julia se haussa sur la pointe des pieds pour regarder par-dessus le comptoir et lire les noms. Lily était peut-être à quelques mètres d'elle, à présent. Son pouls accélérait, ralentissait et accélérait encore. Ces montagnes russes émotionnelles l'épuisaient.

— Ray Mullins, répéta l'employé pour lui-même.

Je viens juste de prendre mon service il y a une demi-heure. Il est peut-être arrivé dans la journée, non pas que nous voyons passer beaucoup de monde, à moins qu'il n'y ait un rodéo en ville…

Julia agrippa le comptoir et se mordit la langue pour s'empêcher de hurler au jeune homme de se hâter de trouver la chambre.

— Je ne me souviens pas de ce nom. Ray, vous dites ?

La main de l'employé s'arrêta au milieu de la page et il tira un feuillet.

— R. Mullins par exemple ?

— Oui !

Julia reposa les talons par terre en croisant et en décroisant les mains.

— C'est sûrement lui.

— Chambre 207.

L'employé se tourna vers une boîte de bois numérotée derrière lui et chercha la clé.

— C'est drôle. Le double de la clé n'est pas là.

— C'est parce que je l'ai donné au shérif.

Une femme plus âgée venait d'apparaître derrière le comptoir, en se frottant les yeux. Elle sourit à Julia et à Tuck.

— Désolée, il est venu ici il y a une heure environ et il ne nous a pas rendu la clé. Il est peut-être toujours dans la chambre, bien que je n'aie pas vu sa voiture dans l'allée.

Le jeune homme haussa les épaules.

— Il est peut-être venu à pied. Le poste est seulement à une rue d'ici.

— Je vais aller voir dans la chambre, dit la femme.

Julia secoua la tête, déjà près de la porte.

— Ne vous donnez pas cette peine. Nous y allons et, s'il n'y a personne, nous irons voir le shérif.

Ils sortirent et ce qui avait commencé comme une marche posée devint vite une course à perdre haleine. Julia courut tout le long du bâtiment, cherchant la chambre 207.

— Où est-ce ?

— Prends l'escalier. C'est au deuxième étage.

Tuck atteignit les marches avant elle et les escalada deux par deux.

Julia le suivit, essoufflée, jusqu'au deuxième étage.

Tuck s'arrêta devant la première porte à droite, la main sur la poignée.

— Tout va bien se passer.

Il tourna la poignée et poussa, mais la porte résista.

Julia le contourna et frappa au panneau.

Pas de réponse.

— Si vous cherchez le shérif, il est parti il y a quelques minutes, leur cria une femme depuis le parking en dessous.

Julia se pencha par-dessus la rambarde.

— Vous l'avez vu ?

La femme acquiesça.

— Je lui ai parlé aussi.

— Il était seul ? demanda Julia d'une voix angoissée.

— Quand il est arrivé, oui, mais pas quand il est reparti.

La femme soupira.

— Laissez-moi deviner. Vous êtes la maman du bébé.

Les yeux de Julia se remplirent de larmes.

— Du bébé ? Oh ! mon Dieu, il a trouvé mon bébé.

Elle courut vers l'escalier et dut battre plusieurs fois des paupières afin d'y voir assez clair pour descendre.

La main de Tuck vint se poser sur son bras et ils descendirent ensemble.

Une fois en bas, Julia se précipita vers la femme et lui prit les mains.

— Vous avez vu Lily ?

— C'est son nom ?

La femme sourit.

— Je l'ai vue, je l'ai prise dans les bras, j'ai joué avec elle et j'ai pris soin d'elle une partie de la journée et de la nuit.

Elle pressa les mains de Julia.

— Je suis désolée. Le shérif nous a parlé du kidnapping. Je ne savais pas. Le monsieur semblait gentil et il m'a dit qu'il était son grand-père. Il m'a donné deux cents dollars pour la garder jusqu'à ce qu'il revienne de voyage d'affaires. Je n'avais aucun soupçon jusqu'à ce que le shérif se montre.

Julia plongea son regard dans ses yeux.

— Est-ce qu'elle allait bien ? Est-ce qu'elle a beaucoup pleuré ?

— C'est le plus gentil bébé que j'aie jamais eu à garder.

La femme lui pressa de nouveau la main puis la relâcha.

— Vous feriez mieux d'aller la chercher. Je ne sais pas comment le shérif s'en sortira pour la changer.

Julia fit volte-face, mais fut arrêtée par une grande main qui se posa sur son coude.

Tuck lui adressa un grand sourire.

— C'est de l'autre côté.

Il la tourna dans la direction opposée et lui tint la main tout le temps qu'ils prirent pour arriver au bureau du shérif.

Quand ils poussèrent la porte, une vague d'amour et de soulagement submergea Julia et lui fit presque plier les genoux.

Le shérif était assis à son bureau, berçant Lily.

A leur entrée, il leva les yeux et sourit.

— Mademoiselle Anderson ?

Julia ravala ses larmes et hocha la tête.

— Oui, monsieur.

— Lily et moi, nous vous attendions, vous arrivez à pic. Je pense qu'elle a besoin d'être changée.

Il se leva et contourna le bureau.

— Je dois vous dire que je suis vraiment ravi d'avoir retrouvé cette petite.

— Moi aussi, shérif, moi aussi.

Julia prit Lily dans ses bras et la serra contre elle, les joues ruisselantes de larmes.

Tuck s'avança et serra la main du shérif.

— Merci pour votre aide.

— Elle est vraiment mignonne, dit le shérif en faisant un geste de la tête en direction du bébé.

Puis il regarda Tuck.

— Elle ressemble beaucoup à son père. Vous allez lui passer tous ses caprices avant de vous en apercevoir.

Tuck sourit et passa un bras autour de Julia et Lily.

— Elle le fait déjà.

Julia s'appuya contre lui tandis qu'il les faisait sortir du bureau du shérif et les ramenait à l'hôtel où se trouvait leur voiture.

Après avoir attaché Lily sur le siège bébé, Julia s'installa sur la banquette arrière.

Elle ne voulait plus jamais quitter sa fille des yeux.

— Où allons-nous ? demanda Tuck.

— Peu importe.

La voix de Julia fut noyée par une nouvelle vague de larmes de soulagement et de reconnaissance.

— Maintenant, j'ai Lily.

— Nous retournons à Fort Yates ? demanda-t-il encore.

Julia caressa du doigt la joue de son bébé.

— Je ne peux pas. Je sais que je dois m'occuper de l'enterrement de Jillian, mais je ne peux pas retourner là-bas.

— On pourra prendre des dispositions pour la faire enterrer autre part.

Tuck lui jeta un regard dans le rétroviseur.

— Je sais quel est l'endroit parfait pour toi, maintenant. Tu me fais confiance ?

Julia soutint son regard sans ciller.

— Sur ma vie, et celle de Lily.

— Alors, installe-toi confortablement. Il y en a pour environ deux heures.

17

Tuck s'immobilisa sous le porche de la maison, fixant les longues herbes de la prairie agitées par le vent. C'était bon d'être de retour au ranch des Thunder Horse. Il pouvait enfin se détendre et prendre la vie comme elle venait. Enfin, presque. D'abord, il devait mettre des choses au point avec Julia.

Un bras se glissa autour de lui, lui encerclant la taille. Il baissa le regard pour regarder sa mère.

Elle sourit, plus heureuse qu'il ne l'avait vue depuis la mort de son père.

— Elle est magnifique.

— Julia ?

Son rire chaleureux réchauffa la fraîcheur matinale de l'air.

— Lily.

Elle resserra son bras autour de lui.

— Pourquoi ne nous as-tu rien dit ?

— Je ne sais pas. Tout est arrivé si vite et deux jours après c'était fini. Cela semblait irréel.

— Je suis grand-mère.

Sa mère soupira.

— Et elle ressemble aux Thunder Horse. Tu as pensé à l'endroit où vous allez vivre ? Ton appartement est trop petit pour vous trois.

— Doucement, maman. Il faut d'abord que je persuade Julia que nous devons vivre ensemble.

Sa mère haussa les sourcils.

— C'est évident. Tu l'aimes, n'est-ce pas ?

Tuck fixa la prairie.

— Plus que tout au monde.

— Alors, dis-le-lui.

— Ce n'est pas si simple.

Tuck se dégagea de l'étreinte de sa mère et s'adossa à l'un des piliers du porche.

— Elle ne veut pas épouser quelqu'un qui travaille pour le FBI.

Sa mère hocha la tête.

— C'est terrifiant pour une femme de regarder son amour partir au travail sans jamais savoir s'il reviendra.

— Exactement. Son père et sa sœur sont morts tous les deux au cours de leur travail. Comment puis-je la convaincre que cela ne m'arrivera pas ?

Amelia fit face à la prairie.

— Tu ne peux pas. On n'a aucune garantie dans la vie. Qui aurait pensé que ton père se tuerait en tombant de cheval ?

Tuck plissa les yeux. Il n'était toujours pas convaincu que son père était tombé de cheval, mais c'était une autre histoire et il y avait prescription.

— Si je veux garder Julia et Lily dans ma vie, il va falloir trouver de bons arguments.

— Pas de bons arguments, seulement des arguments sincères.

Amelia posa la main sur la poitrine de son fils.

— Parle-lui avec ton cœur.

— Et si ça ne suffit pas ?

Il savait qu'il reverrait Lily. Julia le lui avait promis.

Pourtant, il souffrait à l'idée de perdre la femme qui lui avait volé son cœur dès la première minute.

Julia se tenait derrière la porte-moustiquaire, écoutant sans scrupules la conversation qui se déroulait sous le porche. Plus d'une fois elle s'était préparée à s'éclaircir la gorge pour annoncer sa présence, mais, chaque fois, Tuck avait dit quelque chose qui l'avait fait hésiter, jusqu'à ce qu'elle se mette à boire ses paroles.

Ils étaient arrivés dans les premières heures de la matinée. Le ciel était encore plein d'étoiles et Julia aurait pu passer le reste de sa vie à les compter sans jamais arriver au bout.

La maison était accueillante et chaleureuse. La mère de Tuck et son frère Maddox l'avaient accueillie comme un membre de la famille. Elle ne s'était jamais sentie autant chez elle, entourée par cette famille qui s'entendait visiblement si bien.

Amelia Thunder Horse avait été si excitée à l'idée qu'elle était grand-mère que Julia n'avait pas eu le cœur de lui dire qu'elle ne verrait Lily que quand ce serait le tour de Tuck d'en avoir la garde.

A travers le brouillard de la moustiquaire, elle fixa l'homme qui avait remué ciel et terre pour les protéger, elle et Lily. Il avait été prêt à sacrifier sa vie pour elles deux… et l'avait presque fait.

Son cœur bondit dans sa poitrine au souvenir de leurs épreuves. Tout cela était du passé à présent, même si elle le revivait dans ses cauchemars durant les mois à venir.

Mais une vérité avait émergé de tout cela. Elle aimait Tuck Thunder Horse. Si elle avait été attirée par lui, c'était à cause de toutes ces qualités que possédaient aussi son père et sa sœur. La force de caractère, le courage et un sens du devoir qui s'étendait à tous ceux qui ne pouvaient se protéger eux-mêmes.

Pourquoi n'avait-elle pas compris cela plus tôt ? Elle aimait Tuck parce qu'il était comme son père et sa sœur et pourtant elle l'avait repoussé pour la même raison. Quelle idiote elle avait été !

Sans avoir arrêté un plan, sans intention soigneusement pesée, Julia poussa la porte, déterminée à corriger l'énorme erreur qu'elle avait commise. Le plus tôt serait le mieux.

— Je vous interromps ? demanda-t-elle.

Amelia se tourna vers elle avec un grand sourire.

— Pas du tout, ma chérie. J'allais justement me mettre à préparer le déjeuner.

Elle étreignit Julia et lui tapota la joue.

— Vous ai-je déjà remerciée de m'avoir amené ma petite-fille ?

Julia se mit à rire.

— Au moins trois fois déjà.

Elle embrassa la mère de Tuck, et son sourire s'effaça.

— Je suis désolée de ne pas vous l'avoir amenée plus tôt.

— Ce n'est pas grave, du moment que je peux la tenir et la cajoler maintenant. Et c'est ce que je vais faire avant d'aller dans la cuisine.

Amelia contourna Julia et entra dans la main, les laissant en tête à tête sous le porche.

Le silence s'étira tandis que Julia s'efforçait de trouver la bonne entrée en matière. Tuck ne prononçait pas un mot, ce qui ne lui facilitait pas les choses.

— Où est Maddox ? balbutia-t-elle finalement.

— Sa fiancée Katya et lui sont sortis à cheval ce matin. Il voulait lui montrer les chevaux sauvages dans le canyon.

— J'adorerais ça, moi aussi, dit Julia en lui faisant face. Tu m'emmèneras ?

— Si tu restes assez longtemps.

Il continuait à fixer le paysage, refusant de la regarder.

— Oui, j'aimerais rester.

Elle lui posa la main sur le bras.

— Tuck ?

Il fixa sa main.

— Je ne suis pas doué pour ça.

— Pour quoi ? demanda-t-elle.

Il recouvrit sa main de la sienne.

— Trouver les bons mots.

— Alors, laisse-moi parler.

— Non, il faut que je le fasse.

Il la saisit par les bras et la regarda droit dans les yeux.

— Mais il faut que je le fasse comme il faut.

— OK.

Elle lui caressa la joue.

— Je t'écoute.

— Ma mère m'a dit de te parler avec mon cœur. Eh bien, voilà, c'est tout simple.

Il prit une profonde inspiration.

— Je t'aime, Julia Anderson. Si tu veux que je quitte le FBI pour être avec toi, alors, qu'il en soit ainsi. Je démissionnerai aujourd'hui.

— Tuck…

Il posa un doigt sur ses lèvres.

— Laisse-moi finir.

Elle hocha la tête, en souriant contre son doigt.

— Il a fallu que je te perde presque pour comprendre que tu étais plus importante pour moi que l'idée de sauver le monde. Et je veux que toi et Lily, vous viviez avec moi. Nous formons une famille. Je serai un bon père pour Lily et un bon mari pour toi.

Ses lèvres s'incurvèrent.

— Cette partie-là, ce sera facile, parce que tu es tellement facile à aimer.

Il la dévisagea d'un regard intense, qui perça un tunnel brûlant dans son cœur.

— Julia, veux-tu m'épouser ? S'il te plaît ?

Elle rit, abandonnant l'inquiétude qui encombrait son cœur pour embrasser la joie de vivre.

— Tuck Thunder Horse…

Elle prit son visage dans ses mains et l'attira à elle.

— Je t'aime plus que toutes les étoiles du ciel du Dakota du Nord. Je veux passer le reste de ma vie avec toi et je veux que Lily sache quel super agent spécial du FBI est son père.

Il secoua la tête.

— Mais je ne serai plus agent. Je vais démissionner.

— Pas si tu veux être avec moi. J'ai compris que c'était cette part de toi qui m'avait fait tomber amoureuse de toi. Cela fait partie de toi, exactement comme mon père et ma sœur. Tu veux faire du monde un meilleur endroit où vivre. Tu ne peux pas changer ça en toi et je ne veux pas que tu essaies.

Tuck l'attira dans ses bras et l'embrassa profondément, puis il l'éloigna soudain avec un froncement de sourcils.

— Il y a une chose…

— Qu'est-ce que c'est ?

— Tu n'as pas répondu à ma question.

Julia se mit à rire.

— Non ?

— Non.

Il posa un genou à terre devant elle et lui prit la main.

— Je n'ai peut-être pas fait ma demande dans les règles. Julia Anderson, je t'aime de tout mon cœur. Veux-tu m'épouser ?

— Nous pourrons inviter Marshall et Lois Glimm pour le mariage ?

— Tu pourras inviter qui tu veux.

Julia pressa les doigts dans les siens, le cœur si plein d'amour qu'il lui semblait qu'elle allait éclater en sanglots.

— Dans ce cas, oui… Tuck Thunder Horse… Je t'épouserai… De nouveau.

— Pour utiliser le mot d'un brave pilote de brousse…

Tuck se releva et hurla :

— Youpi !

Puis il fit virevolter Julia dans ses bras et la remit sur ses pieds.

— Cette fois-ci, on va faire ça dans les règles. Qu'est-ce que tu dis de célébrer le mariage dans quinze jours ?

Hors d'haleine, Julia sourit jusqu'aux oreilles.

— Cela ne nous a pris qu'une journée la dernière fois. Quinze jours, c'est bien trop.

— Alors, ce sera une semaine.

Il l'embrassa et Julia sut qu'ils recommenceraient de nombreuses fois avant et après le mariage.

Amelia Thunder Horse sortit sous le porche, portant Lily.

— Il y a quelqu'un ici qui veut sa maman.

Elle la tendit à Julia, mais le bébé se pencha en direction de Tuck.

Julia se mit à rire et se rapprocha de lui tandis qu'il prenait sa fille dans ses bras.

— Maman, nous avons un mariage à organiser.

— Bénis soient les esprits.

Amelia tapa dans ses mains.

— Quand ?

Tuck sourit largement.

— Dans une semaine.

Julia rit encore en voyant les yeux qu'ouvrait Amelia.

— Eh bien, je suppose que je ferais mieux de m'y mettre.

Amelia rentra dans la maison, laissant Tuck, Julia et Lily ensemble.

Tuck équilibra Lily sur un bras et glissa l'autre autour de Julia.

— Tu crois que tu pourras supporter de faire partie de cette famille de dingues ? Ma mère va essayer de te mettre au pas et mes frères peuvent se montrer envahissants de temps en temps…

Julia s'appuya contre lui.

— Ils font partie de toi, alors, comment pourrais-je ne pas les aimer ? Je t'aime, Tuck Thunder Horse.

Elle se haussa sur la pointe des pieds et l'embrassa sur les lèvres.

Le bras de Tuck se resserra autour d'elle et il l'embrassa aussi tandis que Lily faisait entendre des gazouillis de joie, blottie entre eux deux.

LINDA TURNER

Une femme prise au piège

Traduction française de
HERVÉ PERNETTE

BLACK ROSE

HARLEQUIN

Titre original :
UNDER HIS PROTECTION

Ce roman a déjà été publié en 2010.

Prologue

— Tu te maries ?
— Quand ?
— Tu ne peux pas faire ça ! Nous ne connaissons même pas encore Rainey !
— Eh bien, notre mariage sera justement l'occasion pour vous de la rencontrer, dit Buck avec un petit rire. La cérémonie est prévue samedi en huit.
C'est avec délectation qu'il délivra cette information, qui, il le savait, ferait bondir ses sœurs. Celles-ci étaient en Angleterre, et il les appelait en audioconférence depuis les Etats-Unis. Il leva les yeux vers la pendule pour vérifier combien de temps il leur faudrait pour réagir. Comme il s'en doutait, l'attente ne fut pas longue.
— Tu n'es pas sérieux ! s'écria Elizabeth.
— C'est évident qu'il ne peut pas parler sérieusement, intervint Priscilla avec véhémence. Ça fait quoi ? Dix jours ?
— Aucune personne sensée n'aurait l'idée d'organiser son mariage en dix jours. Il plaisante, ajouta Katherine.
Rainey, qui avait décroché le second téléphone et suivait tous les échanges, rit doucement.
— Non, il ne plaisante pas. Samedi en huit, nous serons mariés. Je sais que nous vous prévenons très peu de temps à l'avance, mais Buck tenait absolument à m'épouser le jour de l'anniversaire de mariage de

vos ancêtres, Buck et Lily. Ce qui signifie que si nous ne nous marions pas dans dix jours, il nous faudra attendre un an.

— Ce qui est hors de question, intervint Buck avec fermeté.

— Ne t'énerve pas, répondit Elizabeth. Nous ne te demandons pas d'attendre un an.

— Et que les choses soient bien claires, reprit Buck, nous tenons à ce que vous veniez toutes trois ici pour assister à la cérémonie.

— Dans ce cas, nous ferions mieux de raccrocher et de nous préoccuper de nos billets d'avion, intervint Priscilla. Je ne suis même pas sûre que mon passeport soit à jour.

— Encore un instant, ajouta Buck. Il faut que nous parlions de notre lune de miel. Rainey et moi partons en Alaska. Qui est disponible pour rester au ranch durant notre absence ?

Un silence complet s'abattit sur la ligne.

— Allez ! reprit-il avec mauvaise humeur. Vous ne pouvez pas me faire ça ! Il est inconcevable que je renonce à partir en lune de miel. Il faut que l'une d'entre vous vienne s'installer au ranch pendant que je suis parti.

— Quel ranch ?

— Je n'ai jamais entendu parler d'un ranch.

— Est-ce que quelqu'un a parlé d'un ranch ?

— Vous êtes charmantes, reprit Buck. Attendez le jour où c'est vous qui souhaiterez vous marier. Rira bien qui rira le dernier.

— Oh, allez Bucky, ne te vexe pas.

Il fit une grimace à l'évocation de ce surnom qu'il détestait.

— Ne m'appelle pas Bucky !

Elizabeth émit un claquement de langue.

— Ouh là, là ! Qu'est-ce qu'il est susceptible !

— Tu sais bien que nous te faisons marcher, dit Priscilla. Nous serons toujours là pour toi.

Même si elles aimaient le charrier, Buck savait qu'il pourrait effectivement toujours compter sur ses trois sœurs. Surtout lorsqu'il était question du ranch de Broken Arrow, dans le Colorado, qu'ils avaient tous quatre reçu d'Hilda Wyatt, leur grand-tante américaine. Ils avaient appris, sans y être préparés, qu'ils étaient les légataires de cet héritage. Ses sœurs et lui constituaient l'ultime branche de la lignée anglaise des Wyatt, et ils n'avaient jamais rencontré Hilda, dernier membre de la lignée américaine. Elle avait souhaité que le ranch reste dans la famille, mais elle avait posé des conditions. Au cours des douze premiers mois suivant l'héritage, il fallait obligatoirement que Buck ou l'une de ses sœurs soit présent au ranch. Ils avaient le droit d'être absents une nuit, mais jamais deux d'affilée, sans quoi l'héritage deviendrait caduc, et reviendrait à une personne dont le nom n'avait pas été révélé.

Jusqu'à présent, ils n'avaient pas eu de soucis pour se conformer à cette clause. Buck avait passé quatre mois au ranch sans avoir à demander à ses sœurs de le suppléer. En revanche, cette période avait été mouvementée. Il avait reçu des menaces, le ranch avait été vandalisé, et il avait fait la connaissance de Rainey, qui avait failli se faire tuer. Il n'avait aucune idée de l'identité du responsable de ces attaques. Ç'aurait pu être n'importe lequel de ses voisins ou des habitants de Willow Bend, la petite ville toute proche. Car le mobile était évident : si l'agresseur parvenait à effrayer les Wyatt et à les inciter à quitter le ranch avant qu'une année soit passée, alors le ranch serait à lui… à condition qu'il soit bien cet héritier inconnu.

— Alors, qui est disponible ? demanda Buck. Nous ne serons partis qu'un mois.

— Un mois ! s'exclama Elizabeth. Tu es sérieux ?

— Je compte me marier une seule fois dans ma vie, petite sœur. Je veux que ma lune de miel soit inoubliable.

Elizabeth fut émue par les propos de son frère. Rainey avait-elle bien conscience de la chance qu'elle avait d'avoir rencontré Buck ? Il ferait un époux merveilleux, un père formidable, et elle n'était pas surprise qu'il souhaite faire en sorte que sa future épouse n'oublie jamais leur lune de miel.

Un court instant, elle se sentit envieuse. Elle espérait que l'homme qu'elle épouserait serait aussi délicat que son frère. Elle pensa à Spencer, aux roses qu'il lui avait envoyées ces quatre derniers jours. Lui aussi ferait un époux formidable, pensa-t-elle avec un sourire. D'ailleurs, il parlait déjà de mariage. Peut-être qu'à cette saison, l'année prochaine…

— Bon alors, j'ai une volontaire, oui ou non ? reprit Buck. Il doit bien y en avoir une parmi vous qui peut trouver un peu de temps.

Elizabeth sortit de sa rêverie et n'hésita pas un instant :

— C'est d'accord pour moi. Priscilla a un défilé à préparer et Katherine participe à un autre mariage deux semaines après le tien. Il n'y a donc que moi de disponible.

— Et Spencer ? demanda Katherine. N'étais-tu pas censée l'accompagner en Allemagne à l'occasion d'un tournoi international de football ?

— Si, mais il connaît l'existence du ranch et les clauses de l'héritage. Il comprendra que je doive apporter ma contribution. Et puisque vous êtes toutes deux très occupées, contrairement à moi, c'est normal que ce soit moi qui prenne la relève.

— J'ai engagé un nouveau contremaître, dit Buck pour la rassurer, tu ne seras donc pas toute seule. C'est un costaud. Il t'épaulera efficacement.

— Je n'en doute pas, mais je ne veux pas que tu te fasses de souci pour moi pendant ta lune de miel. Je suis une grande fille. Et s'il y avait le moindre problème, je ferais de mon mieux pour que le ranch s'en sorte sans dommages. Tu peux compter sur moi, Buck.

Son frère resta songeur un instant, puis elle le vit sourire sur son écran.

— Bon, alors je vous vois toutes trois la semaine prochaine. N'oubliez pas les bottes de cow-boy que vous avez achetées lors de votre précédente visite. Vous allez en avoir besoin.

1

Dix jours plus tard, Elizabeth n'était pas d'humeur à assister à un mariage. Elle ne croyait plus aux contes de fées, or, l'amour, ce n'était rien d'autre que cela. Un bon gros conte de fées inventé par les écrivains et les poètes. Mais, à moins d'être une romantique naïve et un peu désespérée, comment croire qu'il soit possible qu'un homme et une femme s'aiment leur vie entière ? Elle savait que c'était une illusion. En l'occurrence, il avait suffi que l'homme qu'elle aimait se rende en Allemagne pour participer à un tournoi de football : il était parti là-bas avec une bimbo blonde sans intérêt, et c'en avait été fini de son histoire d'amour avec lui.

— Tu es encore en train de penser à Spencer, n'est-ce pas ? dit Katherine, qui s'avançait pour l'aider à remonter la fermeture Eclair de sa robe. La moue que tu affiches…

Elizabeth tourna la tête et répondit avec agacement :

— Quelle moue ? Je vais bien.

— Mais oui, c'est ça, déclara Priscilla sur un ton ironique, tandis qu'elle vérifiait son maquillage devant la glace. La dernière fois que je t'ai vue faire une tête pareille, c'est quand tu avais cassé ma poupée.

Elizabeth n'avait pas envie de rire, mais à cette remarque, elle ne put se retenir.

— Je ne l'avais pas cassée ! C'est toi qui voulais

voir si sa tête pouvait s'enlever. Je n'ai fait que te porter assistance.

— C'est toi qui m'en avais donné l'idée !

— Non, c'est faux. C'est Katherine.

— Jamais de la vie ! s'insurgea cette dernière. D'ailleurs, je n'ai su ce qui s'était passé que lorsque vous avez décidé d'enterrer la poupée.

Tout en ouvrant doucement la porte de la chambre mise à la disposition des demoiselles d'honneur, Rainey sourit à ses futures belles-sœurs.

— Buck n'a pas dû s'ennuyer en grandissant au milieu de vous trois, dit-elle en riant. Je suis surprise qu'il n'ait pas participé à l'arrachage de la tête de la poupée.

— Mais bien sûr que si, il y a participé ! répliqua Katherine en éclatant de rire. C'est même lui qui a organisé la cérémonie funéraire.

— J'en étais sûre, reprit Rainey avec bonne humeur. C'est bien l'homme que je m'apprête à épouser.

— Et avec lequel tu vas avoir des enfants, remarqua Elizabeth dans un sourire. Es-tu sûre de ne pas vouloir changer d'avis ?

L'expression qui se marqua sur le visage de Rainey était pleine d'amour.

— Oh, oui, ça j'en suis sûre. Je n'en peux plus d'attendre.

Tout en la contemplant, Elizabeth retint ses larmes. Elle souhaitait de tout cœur que Buck et Rainey soient heureux. Mais elle avait le sentiment qu'elle-même n'oserait jamais franchir le pas du mariage. Surtout après la trahison de Spencer. Et après la façon dont elle avait découvert la vérité ! Elle était à Heathrow, en compagnie de ses sœurs, attendant de monter dans l'avion qui devait les emmener aux Etats-Unis pour le mariage de Buck. Par hasard, elle avait ramassé un exemplaire d'un des plus célèbres tabloïds londoniens : là, en première page, s'étalait une photo de son petit ami en compagnie d'une blonde pulpeuse qu'il serrait tout contre lui.

Même confrontée à cette photo, elle avait d'abord refusé de croire qu'il l'avait trompée avec une cruche à peine capable de compter jusqu'à dix. Mais lorsqu'elle l'avait appelé pour lui demander des explications, il n'avait pas nié avoir emmené cette fille en Allemagne. Il n'avait même pas compris ce qui la dérangeait, arguant que ce n'était qu'une admiratrice qui ne représentait rien pour lui. Alors où était le problème ?

Elizabeth s'était demandé comment il osait lui poser une telle question. Certes, elle savait que les groupies existaient, que partout des filles n'hésitaient pas à se jeter sans retenue dans ses bras, ou dans ceux de ses coéquipiers. Après tout, Spencer était une star internationale de football, et elle avait pu constater de ses propres yeux que des femmes cherchaient à l'approcher et à le séduire. Cela ne lui avait jamais plu, mais elle avait appris à vivre avec.

Mais la fille sur la photo n'était pas la première venue qui s'était trouvée là pour obtenir une bise ou un autographe. Il avait couché avec elle. Bien sûr, il ne le lui avait pas avoué, mais c'était inutile. Elle l'avait compris en observant le sourire de complicité qu'ils échangeaient sur la photo.

Elle aurait dû s'en douter. En son for intérieur, elle avait toujours su que Spencer n'était pas un homme fidèle par nature. Mais elle avait tenté de se convaincre qu'il l'aimait suffisamment pour changer. Désormais, elle cesserait de se raconter des histoires.

— Ça va aller, Elizabeth, déclara doucement Rainey,

interrompant le cours de ses pensées. Ce qu'il te faut, c'est du temps pour digérer cette histoire.

— Et un autre homme, ajouta Priscilla en grimaçant pour évoquer ce qu'elle pensait de Spencer. La meilleure façon d'oublier un homme, c'est d'en trouver un autre. Un cow-boy, par exemple.

— Ah non ! s'exclama Elizabeth. Je ne veux ni d'un cow-boy ni de personne d'autre, merci. Les hommes, j'en ai ma claque.

— C'est ce que je me suis dit, moi aussi, dans le passé, reprit Rainey. Et aujourd'hui, voilà que j'épouse ton frère. Allez. En avant pour la cérémonie.

Elle s'accrocha au bras d'Elizabeth et la tira dans le couloir en riant, tandis que Priscilla et Katherine les suivaient en direction de l'escalier. Lorsque la grande et antique pendule de l'entrée sonna 8 heures, Rainey partit dans un nouvel éclat de rire.

— Je n'arrive pas à croire que je vais me marier à 8 heures du matin.

— Pourquoi, d'ailleurs ? demanda Priscilla. Pourquoi si tôt le matin ?

— Nous souhaitions que notre mariage soit célébré le plus tôt possible, expliqua Rainey, tandis qu'elles montaient toutes quatre à bord de la limousine qui les attendait dans l'allée. Nous avions le choix entre 8 heures et 20 heures, et évidemment nous avons choisi 8 heures.

— Mon Dieu !

Dix minutes plus tard, elles arrivèrent à l'église et Elizabeth dut retenir ses larmes. Elle aimait son frère et Rainey, mais elle n'avait vraiment aucune envie d'assister à un mariage. Hélas, elle ne pouvait plus reculer, sous peine de passer pour une parfaite idiote. Elle fit donc de son mieux pour afficher son plus beau sourire. Lorsqu'elles sortirent de la limousine, personne n'eut conscience des sentiments qui l'étreignaient.

Puis elle entra dans la vieille église de bois. Elle s'arrêta en poussant un petit cri de surprise. Elle avait l'impression de faire un bond dans le passé.

L'église était reliée au réseau électrique, mais Rainey avait souhaité qu'elle soit exclusivement éclairée aux chandelles. Il y en avait partout, et elles projetaient des reflets dorés sur l'ensemble de l'assistance, qui emplissait les bancs. Une légère mélodie de violon flottait dans l'air parfumé, et la cérémonie débuta dans cette atmosphère surannée.

Priscilla s'avança dans l'allée centrale, suivie de Katherine. Tandis qu'elle attendait son tour, Elizabeth fut bouleversée lorsqu'elle vit, près de l'autel, son frère qui guettait l'arrivée de sa promise. Elle aimait bien Rainey, elle l'adorait même, mais lorsque Buck leur avait annoncé, à elle et ses sœurs, qu'il allait se marier, elle avait craint qu'il commette une erreur. Après tout, moins d'un an plus tôt, il était fiancé à une autre femme. Cependant, lorsqu'elle le vit sourire à Rainey et remarqua le regard amoureux qu'ils échangèrent, elle comprit que jamais elle ne l'avait vu aussi heureux.

Alors, subitement, plus rien d'autre n'eut d'importance. Elle oublia sa propre peine de cœur, s'avança dans l'allée et, pour la première fois depuis le moment où elle avait posé les yeux sur la photo de Spencer dans ce tabloïd, le sourire qu'elle arbora n'eut rien de forcé.

Cette matinée fut en tout point magique. Quand Rainey et Buck échangèrent leurs consentements, tous les convives furent émus aux larmes. Puis ils sortirent de l'église, radieux, et conduisirent avec bonne humeur leurs invités jusqu'au ranch afin d'y prendre le petit déjeuner, suivi d'un barbecue et d'un bal traditionnel.

Buck et Rainey avaient non seulement convié leurs amis venus du monde entier, mais aussi la plupart des propriétaires des ranchs environnants et des habitants de Willow Bend. Ce choix était risqué, mais ils avaient tous deux pensé que mieux valait pour eux que leurs ennemis potentiels soient là, sous leurs yeux, plutôt qu'à comploter dans leur coin. Elizabeth considérait qu'ils avaient entièrement raison. Toutefois, si certains des convives avaient répondu à l'invitation avec une arrière-pensée, ils se gardaient bien de le montrer. Où qu'elle regarde, elle ne voyait que des sourires et de la bonne humeur.

— Il y a du monde, n'est-ce pas ? A votre avis, combien d'invités sont armés ?

Surprise, Elizabeth se tourna, pour se retrouver face à John Williams, le nouveau contremaître de Broken Arrow. Buck le lui avait présenté le jour de son arrivée. Mais jusque-là, elle n'avait guère eu le temps de lui parler et de faire plus ample connaissance. C'est lui qui avait pris en charge le travail au ranch afin que Buck puisse s'occuper des préparatifs de dernière minute.

Même si Elizabeth n'avait jamais rencontré de cow-boy ou de contremaître de ranch avant de venir aux Etats-Unis, elle devait admettre que John Williams avait l'allure d'un homme d'envergure, capable de surmonter tous les aléas de l'existence. Grand et mince, il avait un visage ciselé et pur, comme taillé dans le granit des montagnes environnantes. Un visage qui ne trahissait aucune émotion.

Ce qui avait le don de lui taper sur les nerfs. Elle songea que c'était à cause de ses yeux. Il avait ce genre de regard qui semblait détaché en toutes circonstances, et que tant de femmes trouvaient irrésistible. Ce n'était pas son cas.

— Eh bien, je ne suis pas très au fait des coutumes locales, répliqua-t-elle, mais venir armé à un mariage fait-il partie des habitudes dans le Colorado ?

— Tout dépend de qui se marie et pourquoi, répondit-il sèchement. Parfois, on se rend armé à un enterrement.

Elle n'en crut pas un mot et renifla de dédain.

— Je ne suis pas née de la dernière pluie, monsieur Williams. Ce n'est pas parce que j'ai grandi en Angleterre que vous pouvez me faire avaler n'importe quoi.

— Vraiment ?

Un sourire moqueur se forma au coin de ses lèvres sensuelles et il l'observa avec aplomb en haussant les sourcils.

— Dans ce cas, peut-être pourriez-vous me dire à quoi est due cette protubérance sous la veste de votre frère ?

— Quelle protubérance ? rétorqua-t-elle. De quoi parlez-vous ? Jamais Buck ne porterait une arme à son propre mariage !

— Eh bien alors son habit est déformé, et il en va de même pour tous les hommes présents, dit-il. Ne l'aviez-vous pas remarqué ? A moins que vous ne pensiez que nous sommes tous des péquenauds mal vêtus ?

— Non, bien sûr que non ! Je ne suis pas snob, monsieur Williams. D'ailleurs, j'ai été trop occupée pour m'attarder sur la façon dont chacun était habillé.

— Pour votre propre sécurité, je vous conseille de garder les yeux et les oreilles bien ouverts lorsque vous vous trouvez près de vos voisins, mademoiselle Wyatt. Ce ne sont pas vos amis.

— J'en ai bien conscience, répondit-elle avec humeur. Je sais que le ranch est très convoité et qu'il a été attaqué. Et je sais aussi que mes sœurs, mon frère et moi ne pouvons faire confiance à personne.

— Pas même à moi ?

— Pas même à vous, répondit-elle avec honnêteté. En tout cas pour le moment. Je sais que Buck a enquêté sur vous, et que ce qu'il a découvert l'a rassuré. Et je souhaite sincèrement que vous soyez aussi fiable que vous le prétendez. Cela nous ferait du bien de savoir qu'il y a au moins une personne sur laquelle nous pouvons nous appuyer, même si elle ne fait pas partie de la famille.

John dut reconnaître qu'à part sa mère, aucune femme ne lui avait jamais répondu avec autant de sincérité en le regardant droit dans les yeux.

— Pour faire confiance, il faut du temps, commenta-t-il sur un ton laconique. Par chance, moi, j'ai tout mon temps.

En fait, il n'avait aucun autre endroit où aller, et il était persuadé qu'Elizabeth Wyatt le savait. Si Buck lui avait tout raconté, elle savait qu'il n'avait pas un passé des plus limpides. Certes, il avait fait partie du corps des marines, et il avait été un bon élément. Mais il avait commis une erreur — une seule erreur — et un homme y avait laissé la vie.

Combien d'années avait-il passées à se punir de ce qui était arrivé ? Trois ? Cinq ? Son supérieur, le psychologue de la base, et même l'aumônier avaient eu beau lui affirmer que tout le monde commettait des erreurs, que cela aurait pu arriver à n'importe qui, rien n'y avait fait. A cause de lui, son meilleur ami était mort, et ce souvenir le hanterait jusqu'à la fin de ses jours.

Il avait essayé d'oublier. Mais passer des années à tenter de noyer cette ombre dans l'alcool n'avait fait que le détruire davantage. Sa femme l'avait quitté, il avait perdu son ranch et son amour-propre. Tout ce qui à ses yeux avait de l'importance. Et jamais il ne le récupérerait. En affirmant à Elizabeth que le temps était tout ce qu'il possédait, il ne lui avait pas menti. Il n'avait nulle part où aller, et rien d'autre à faire que de s'abrutir dans le travail.

— Je tiens à préciser, reprit-il, que je ne cherche pas à mettre la main sur votre propriété. Tout ce que je veux, c'est pouvoir continuer à faire le boulot pour lequel j'ai été engagé. C'est-à-dire m'occuper du ranch… et de vous et de vos sœurs lorsque Buck sera parti.

Un instant, il crut qu'elle n'avait pas compris ses paroles. Mais soudain, ses yeux bleu saphir lui jetèrent un regard indigné.

— Vous occuper de moi et de mes sœurs ? Vous croyez réellement que vous avez été engagé pour cela ?

— Je sais que ça fait partie de mes attributions, répliqua-t-il. Si vous ne me croyez pas, vous n'avez qu'à demander à Buck.

— Je le ferai, n'ayez crainte.

Joignant le geste à la parole, elle redressa la tête et partit à la recherche de son frère.

Elle le localisa rapidement, mais comprit vite qu'il lui serait impossible de lui parler en privé. Les danses venaient de commencer et, presque immédiatement, un cow-boy l'invita à danser. Il lui saisit la main et la mena sur la piste avant même qu'elle ait pu protester. Elle passa à danser un temps qui lui parut interminable.

A bout de souffle, elle finit par réussir à s'éloigner, prétextant qu'il fallait qu'elle aille boire un verre. Mais à ce moment, le photographe l'intercepta et l'obligea à rejoindre les autres demoiselles d'honneur ainsi que les femmes encore célibataires afin que Rainey puisse lancer son bouquet. Lorsque ce bouquet atterrit droit dans ses bras, elle en resta incrédule.

— Oh mon Dieu, dit-elle, le souffle court. Rainey, tu as fait exprès de me le jeter !

Rainey sourit et ne tenta pas de nier.

— C'est toi l'aînée, c'est donc toi la prochaine.

— Ah non, certainement pas !

— Tu seras mariée avant la fin de l'année, déclara Priscilla avec un regard malicieux.

— Aucune chance. D'ailleurs, en ce moment, je n'ai personne.

— Peu importe, dit Katherine en riant. Tout le monde sait qu'il ne faut jamais attraper le bouquet d'une mariée. Désormais, ton destin est scellé.

Rainey éclata de rire à son tour.

— Et tu n'as encore rien vu. Buck n'a pas encore lancé la jarretière. Aujourd'hui, c'est peut-être ton jour de chance.

Elle avait à peine terminé sa phrase que Buck envoya la jarretière dans l'assistance. Elle alla frapper en pleine poitrine un veuf de quatre-vingts ans. Ce dernier ne put faire autrement que de l'attraper.

— Qu'est-ce que tu dis de ça, Marlin ! s'exclama une voix dans la foule. Ça fait des années que tu cours après Ludie Morgan. Maintenant, la prochaine fois que tu lui demanderas de t'épouser, elle ne pourra pas te dire non !

— Oublie Ludie, reprit un cow-boy, Elizabeth est plus jolie !

Confuse, le rouge aux joues, Elizabeth ne put faire autrement que de rire. Elle n'eut pas à répondre, car Thimothy Reynolds, le témoin de Buck, annonça que les jeunes mariés allaient bientôt partir en voyage de noces. Famille et amis, tous se dirigèrent vers la grange, et tandis qu'Elizabeth attendait elle aussi, elle songea que même si elle parvenait à glisser un mot à Buck, ce ne serait pas pour lui dire que John Williams lui déplaisait. Le moment n'était pas approprié. Par ailleurs, elle était déterminée à régler ce problème toute seule. Après tout, elle était une des propriétaires du ranch, et lui un employé. Point final.

— Es-tu sûre que tu pourras tout assumer seule ?

— Peut-être ferions-nous mieux de rester. Je peux très bien travailler ici sur mes modèles, et Katherine peut prendre des congés. Son directeur n'y verra pas d'inconvénient.

Luttant pour retenir ses larmes tandis que ses sœurs se proposaient de rester, Elizabeth les prit toutes deux dans ses bras et les serra fort.

— Allons, ne dites pas de bêtises. Toi, tu as ton défilé à préparer, et Katherine doit rentrer pour assister au mariage de Tracy Lawrence. De toute façon, vous n'avez pas à vous sentir obligées de rester. Tout ira bien, cessez de vous faire du mouron.

— Facile à dire, répliqua Katherine. Et si on cherche à te tuer, comme David Saenz a tenté de le faire avec Rainey ?

— David est mort.

— Et alors ? reprit Priscilla. Quelqu'un l'avait engagé pour faire sauter la mine. Quelqu'un qui est prêt à tout pour nous chasser d'ici et mettre la main sur le ranch. C'est cette personne-là qui m'inquiète. Nous n'avons aucune idée de qui ça peut être.

— Vous savez toutes deux que je ne prendrai aucun risque, dit-elle en les embrassant l'une après l'autre tandis que le chauffeur de taxi mettait leurs bagages dans le coffre. De plus, il y a John Williams. Cet homme n'est pas le premier venu et il ne laissera personne me toucher, sans quoi Buck le lui ferait payer. Alors cessez de vous inquiéter, tout se passera bien.

Priscilla et Katherine ne semblaient guère convaincues, mais le compteur du taxi tournait et elles avaient un avion à prendre.

— Je n'aime pas ça, dit Katherine, mais je ne vois pas ce que nous pouvons faire de plus.

— Fais attention à toi, ajouta Priscilla. Ne fais confiance à personne !

— C'est promis, répondit Elizabeth en les embrassant une dernière fois. A dans un mois. Mon Dieu, vous allez me manquer !

— Nous restons en contact ! Envoie-nous un e-mail tous les deux jours !

— Vous aussi, répliqua-t-elle en s'efforçant de sourire tandis que ses sœurs montaient dans le taxi. Je veux que vous me racontiez tous les détails de votre vie : où vous allez, ce que vous faites, qui vous voyez.

— Ah non ! déclara Priscilla en levant les yeux au ciel. Je ne raconte jamais les détails de ma vie privée.

Katherine sourit et la poussa dans le taxi.

— Nous t'appellerons tous les dimanches, dit-elle à sa sœur.

— Parfait. Faites attention à vous ! Je vous aime.

Elles lui firent un dernier signe de la main, puis le taxi disparut au bout de l'allée.

Elizabeth n'aurait su dire combien de temps elle resta là, à fixer le chemin désert. Il régnait un silence complet, à peine troublé par le bruissement du vent dans les arbres. Elle serra les bras autour d'elle et ne put retenir ses larmes. Elle pensait qu'elle était préparée à demeurer seule au ranch. Mais un terrible sentiment de solitude venait de s'emparer d'elle.

Elle se dit que sa situation n'avait rien de triste.

Après tout, le ranch était sa maison. Certes, elle était encore loin de s'y sentir chez elle, mais elle était persuadée qu'un jour ce serait le cas. Il lui fallait juste un peu de temps. Par ailleurs, ce n'était pas comme si elle était prisonnière. Elle pouvait aller où bon lui semblait, elle pouvait même passer une nuit loin du ranch. Mais pas plus d'une nuit, se rappela-t-elle. Elle s'y ferait. Elle irait se promener dans la journée afin de mieux connaître le Colorado. Elle communiquerait par e-mails avec ses sœurs et ses amis, et se tiendrait au courant de ce qui se passait à Londres. En outre, maintenant qu'elle avait rompu avec Spencer, elle pouvait reconsidérer son projet d'ouvrir un magasin de vêtements avec Priscilla à Londres, lorsque sa sœur aurait terminé son stage. Après tout, peut-être que le Colorado serait plus adapté. Elle profiterait de son séjour pour repérer des endroits où ouvrir une boutique. Elle avait donc un tas de choses à faire. Tout allait bien se passer.

Alors pourquoi pleurait-elle ?

— Est-ce que ça va ?

Surprise, elle se retourna et se retrouva face à John Williams. Irritée, elle déclara :

— Ne refaites jamais ça !

Un bref instant, elle crut déceler une lueur d'amusement dans son regard.

— Pardon ? dit-il sèchement. Ne pas refaire quoi ?

— Vous approcher de moi sans que je vous entende ! Vous m'avez fait peur.

— Ce n'était pas mon intention, rétorqua-t-il, mais ça ne vous fait pas de mal d'apprendre à avoir peur. Rester en permanence sur vos gardes vous permettra de survivre.

— Comment ?

Les coins de ses lèvres se relevèrent et, cette fois, il ne chercha pas à dissimuler son amusement.

— Inutile de vous offusquer. Tout ce que je veux, c'est vous protéger. S'il vous arrive quelque chose, il faudra que j'appelle Buck, et cela aura des conséquences.

Elle haussa légèrement les sourcils.

— Oh, vraiment ? Et, à votre avis, à qui s'en prendra-t-il ?

— Je préfère ne pas le savoir, répondit-il doucement. Alors tenez-vous correctement, surveillez vos arrières, et nous nous entendrons bien.

— Que je me tienne correctement ? répéta-t-elle, outrée. Savez-vous à qui vous parlez ?

Pas le moins du monde intimidé, il sourit.

— A Elizabeth Wyatt, l'aînée et la plus sérieuse des trois sœurs. Je pourrais ajouter d'autres détails, mais je préfère m'arrêter là.

Elizabeth était tellement en colère qu'elle avait envie de le gifler. Mais elle se retint. Les mâchoires serrées, elle se contenta de déclarer :

— Avant d'aller plus loin, il faut que nous éclaircissions un point, monsieur Williams. Je suis votre patronne. Vous n'avez pas à me dire de bien me tenir ni comment je dois me comporter avec vous. C'est plutôt vous qui devriez vous soucier de savoir comment ne pas me taper sur les nerfs. Est-ce clair ?

Il aurait été plus sage pour lui de s'excuser de l'avoir provoquée de la sorte, songea John. Après tout, Elizabeth Wyatt avait effectivement le pouvoir de le renvoyer. Mais il avait découvert que la faire sortir de ses gonds était chose aisée, et il ne pouvait s'en empêcher.

— Vous êtes ma patronne ? répéta-t-il avec un sourire moqueur. Mais oui, bien sûr.

— Vous ne me croyez pas ? Très bien, dans ce cas, vous êtes renvoyé monsieur Williams.

Il se contenta d'éclater de rire.

— Désolé, ma belle, mais je travaille pour Buck, pas pour vous. Vous ne pouvez donc pas me congédier.

2

Elizabeth n'en revenait pas que cet homme fasse preuve d'autant d'outrecuidance. Alors comme ça, elle n'avait pas le pouvoir de le renvoyer ? Eh bien, ça allait changer ! Il travaillait pour tous les Wyatt sans exception, et si cela lui posait un problème, elle allait appeler Buck : lui se chargerait de faire comprendre à John Williams qui avait la responsabilité de Broken Arrow au cours du mois à venir. Si après cela il refusait toujours de la considérer comme sa patronne, alors il n'aurait qu'à aller proposer ses services ailleurs. Ce n'était pas plus compliqué que cela.

Mais au moment où elle allait se diriger vers la maison pour appeler Buck, elle songea à ce qu'elle était sur le point de faire et hésita. Non, se dit-elle. Elle n'avait pas besoin de recourir à son frère pour la seconder. Après tout, le ranch était aussi à elle ! Si ça ne plaisait pas à John, alors tant pis pour lui.

— Ne me provoquez pas, monsieur Williams, l'avertit-elle. Si vous n'êtes pas capable de comprendre que c'est vous qui avez le plus à perdre, alors c'est que vous n'êtes pas aussi intelligent que je l'avais cru.

Un instant, elle pensa qu'il allait dédaigner son avertissement. Mais le ton de sa voix devait lui avoir fait comprendre qu'elle ne plaisantait pas. Il lui adressa un sourire moqueur, acquiesça mollement et porta la main à son chapeau en un petit signe de respect.

— Bien, madame, tout ce que vous voudrez madame. Maintenant, si vous voulez bien m'excuser, j'ai du travail.

Il passa près d'elle à grandes enjambées et se dirigea vers la grange. Il ne jeta pas un seul coup d'œil en arrière, ce qui valait sans doute mieux. Car elle était incapable de détacher son regard de sa grande silhouette robuste. Elle devait admettre qu'avec un simple jean râpé et une chemise de travail, il avait fière allure. Son corps était-il aussi vigoureux qu'il le semblait ? Elle pouvait l'imaginer sans mal travaillant en plein soleil, sa chemise posée sur un piquet à côté de lui, ses muscles perlant de sueur tandis qu'il…

« Elizabeth Marie Wyatt ! Qu'est-ce qui te prend ? »

Elle censura ses pensées et se redressa. Elle n'avait pas à fantasmer sur un homme qu'elle ne connaissait même pas. Certes, John Williams était bel homme, mais il était également bien trop sûr de lui et beaucoup trop insolent pour un simple employé. Toute femme qui s'aventurait à le fréquenter était vouée à le regretter.

Elle n'était pas idiote à ce point, s'assura-t-elle. Elle aimait les hommes à l'allure plus soignée, moins rustres, plus doux. Or elle doutait que John Williams ait jamais connu la signification du mot douceur.

Cependant, elle ne cessait de repenser à la force et à la vigueur qui se dégageaient de son corps. Quelles sensations éprouverait-elle si elle était tout contre lui ? Si elle le sentait sur elle et…

Elle coupa court à ses rêveries, scandalisée par le tour qu'elles prenaient. John avait-il compris ce qui lui traversait l'esprit par moments ? Si par malheur c'était le cas, elle serait confuse.

Tout cela, c'était de la faute de Spencer, se dit-elle.

Elle était toujours affectée par sa trahison, et elle cherchait à se distraire pour l'oublier. Mais ce n'était certainement pas John Williams qui la divertirait !

Il fallait qu'elle se mette au travail, pensa-t-elle avec détermination tout en se dirigeant vers la maison. Elle devait se concentrer sur le plus important : décider ce qu'elle ferait dans l'avenir, où elle allait vivre et travailler. Là était sa priorité.

Elle s'accrocha à cette idée, entra dans le bureau de Buck et s'installa devant l'ordinateur. Après quelques minutes, elle était sur internet, à dresser l'inventaire des principales villes du Colorado, afin de déterminer laquelle serait la plus appropriée pour y ouvrir un magasin de vêtements. Chaque fois qu'elle sentait son attention se relâcher et qu'elle songeait au ranch et à l'homme avec qui elle cohabitait, elle s'efforçait de revenir à ce qu'elle faisait.

L'après-midi passa très vite, et elle fut surprise d'entendre la pendule sonner 17 heures. Satisfaite, elle imprima les informations qu'elle avait glanées afin de les compulser plus tard, puis se rendit dans la cuisine. Elle n'avait rien mangé depuis le petit déjeuner, et elle mourait de faim.

Le réfrigérateur était plein à craquer des restes du barbecue de la réception, et elle se sentait prête à dévorer. Soudain, elle entendit John qui entrait dans l'allée au volant de son pick-up. Ce bruit lui fit prendre conscience que, tout l'après-midi, sans même s'en rendre compte, elle n'avait cessé de guetter les sons qui indiquaient sa présence. Sans réfléchir, elle se dirigea vers la fenêtre et regarda au-dehors.

Elle ne bougea pas, ne fit pas un geste qui aurait pu révéler sa présence tandis qu'il se garait près de la grange. Cependant, il avait dû se sentir observé. Il tourna brusquement la tête en direction de la maison, et, dans la pénombre naissante, leurs regards se croisèrent.

Le temps se figea. Elizabeth n'aurait su dire combien de temps ils restèrent ainsi. Enfin, il fit un petit signe de tête ironique et partit en direction de l'annexe, de l'autre côté de la cour, où il résidait. Ce n'est qu'une fois qu'il fut à l'intérieur et qu'il eut disparu de sa vue qu'Elizabeth prit conscience qu'elle avait le souffle court.

Comment était-elle censée ignorer un homme capable de provoquer chez elle de telles émotions ?

Cette question la tarauda toute la soirée. Même si elle essayait de le faire sortir de ses pensées, savoir qu'il était là-bas, de l'autre côté de la cour, changeait son comportement. Elle se fit une salade pour le dîner et se demanda ce que John mangeait. Regardait-il la télévision dans la soirée ? Travaillait-il ? Quand prenait-il une douche… ?

En colère contre elle-même, elle toucha à peine à son assiette et passa les deux heures suivantes à parcourir les documents qu'elle avait imprimés. Lorsqu'à 22 heures elle finit par aller se coucher, elle était épuisée. Elle ne s'était pas encore habituée au décalage horaire.

Pourtant, elle ne dormit pas bien. Elle rêva de Buck et Rainey, de l'amour qu'il y avait entre eux deux et que chacun avait perçu au cours de la cérémonie… Mais aussi de John et du défi qu'il lui avait lancé lorsqu'il lui avait dit qu'elle n'était pas sa patronne… D'un ennemi sans visage qui se cachait quelque part dans l'ombre, attendant la première occasion pour s'emparer d'elle et lui faire du mal…

Elle se réveilla en sursaut, le cœur battant. Elle regarda le réveil posé sur la table de nuit et gémit de dépit. Il était 4 heures. Il fallait qu'elle se vide l'esprit ! Mais à peine eut-elle reposé la tête sur l'oreiller que les mêmes images revinrent, perturbant son sommeil. Lorsqu'elle vit l'aube pointer, elle sortit de son lit, malgré la fatigue, comprenant que son combat était vain.

Deux heures plus tard, après avoir pris une douche et bu du thé, elle était enfin bien éveillée. Après avoir effectué des recherches à distance, elle avait l'intention d'aller voir sur place les endroits qu'elle avait retenus comme possibles pour l'implantation de son magasin. Cependant, le fait d'avoir à prendre le volant la faisait hésiter. Elle pouvait très bien se servir du pick-up du ranch, mais elle n'avait encore jamais conduit à droite, et elle n'était pas sûre que ce soit le moment opportun pour commencer. Elle était fatiguée, et la simple pensée d'avoir à rouler du mauvais côté de la route lui faisait peur. Elle irait une autre fois, se dit-elle. Aujourd'hui, elle resterait à la maison et tenterait de se détendre.

Mais passer la journée à ne rien faire n'était pas dans ses habitudes. Lorsque 10 heures approchèrent, le silence dans la maison commençait à lui peser. Elle finit par sortir et regretta de ne pas être chez elle, dans son jardin.

« Eh bien alors, fais-en un ici, lui dit une petite voix dans sa tête. Il y a un endroit idéal pour planter un parterre de roses tout près de la salle du petit déjeuner. Chaque fois que tu iras y prendre un repas, tu pourras en profiter. »

Revigorée par cette idée, elle alla voir l'emplacement auquel elle pensait et fut convaincue que ça marcherait. Elle demanderait à John de désherber et de la conduire en ville pour acheter les plants dont elle aurait besoin. Avec des outils appropriés, elle pourrait les planter elle-même.

Heureuse à la pensée qu'elle avait trouvé un moyen d'imprimer sa marque dans le ranch, elle se mit à chercher John et le trouva dans la grange en train de nettoyer le fenil. Dans la lumière rasante de cette fin de matinée, il semblait tout droit sorti d'une revue de charme. Elle lui jeta un seul regard et eut immédiatement envie de le toucher.

Elle eut la sensation qu'elle rougissait et se sentit vulnérable lorsqu'elle s'adressa à lui.

— Pouvez-vous vous arrêter un moment ? J'aimerais vous parler.

Il se pencha par-dessus le bord du fenil et la regarda en fronçant les sourcils.

— Eh bien, parlez.

Irritée, elle le contempla en plissant les yeux.

— Si vous souhaitez continuer à travailler ici, monsieur Williams, j'aimerais que vous me montriez un peu plus de respect.

Hermétique à sa menace, il se contenta de sourire.

— Oui, madame. Très bien, madame. Autre chose, madame ?

— Oui, rétorqua-t-elle en lui jetant un regard furieux. Je souhaiterais planter un parterre de roses près de la salle du petit déjeuner. J'ai donc besoin de vous pour que vous m'emmeniez acheter les plants.

— Aucun problème. Que diriez-vous de vendredi matin ?

— Vendredi !

— Je suis occupé, répondit-il. Je ne peux pas me libérer avant.

Elle le fusilla du regard.

— Je crains que vous m'ayez mal comprise. Il est hors de question que j'attende jusqu'à vendredi. Je souhaite y aller aujourd'hui même.

Elle avait à peine terminé sa phrase qu'elle prit conscience que sa requête sonnait comme un caprice de petite fille gâtée. Mortifiée, elle se maudit. Mais John avait un comportement, une façon de la mettre au défi qui la faisait agir d'une manière qui n'était pas naturelle pour elle. Et il le savait. Il lui suffisait de voir l'éclat dans son regard pour en être convaincue. Il parvenait à la faire sortir de ses gonds d'un simple haussement de sourcils, et en plus il aimait ça !

Impassible, John se contenta de la regarder.

— Désolé, ma belle, mais si vous souhaitez commencer à planter votre parterre de roses aujourd'hui, il va falloir que vous vous débrouilliez toute seule. Moi, je ne suis pas jardinier. Je suis contremaître et j'ai suffisamment à faire comme ça pendant que votre frère est parti.

— En effet, reprit-elle, incapable de lâcher prise, vous avez de quoi vous occuper. A commencer par désherber la zone où je souhaite planter mes roses.

— Aucune chance, déclara-t-il en reprenant son sérieux. Et avant que vous répétiez que vous êtes ma patronne, laissez-moi vous dire deux ou trois choses, mademoiselle la toute-puissante. Lorsque vous saurez ce que c'est de faire tourner un ranch, peut-être que je serai prêt à admettre que vous êtes le chef. Mais pour le moment, vous ne savez pas monter à cheval, ni vous servir d'un lasso, ni même réparer une clôture. Bon sang, je suis persuadé que vous n'êtes même pas capable d'aller relever les œufs pondus dans le poulailler, et encore moins de faire des gâteaux avec ! Si vous souhaitez rester ici, il va falloir que vous appreniez au moins à subvenir à vos besoins en nourriture.

Choquée, elle contra :

— Pour votre gouverne, sachez que je sais cuisiner ! Et pour ce qui est d'aller chercher les œufs, un enfant de six ans en serait capable.

— Vraiment ? Alors pourquoi ne le faites-vous pas ?

Le poulailler se trouve par là-bas, un peu au sud de la grange… Mais peut-être l'ignoriez-vous ?

Une fois encore, elle perçut de la provocation dans son regard, et se dit qu'elle aurait dû l'envoyer paître. Elle n'avait rien à lui prouver. Mais elle craignait qu'il l'accuse d'avoir peur, ce en quoi il aurait eu raison. Depuis l'enfance, elle avait toujours eu, sans fondement, une peur incontrôlée des poules et des chevaux.

Mais son orgueil, lui, n'était pas prêt à l'admettre. Tout en s'en voulant de se laisser manipuler, elle tourna les talons et partit en direction du poulailler. A chaque pas, la peur qui s'était emparée d'elle ne faisait que grandir.

Elle ne vit pas que John était descendu du fenil par l'échelle et la contemplait… un sourire d'admiration aux lèvres tandis qu'il la suivait de quelques mètres. Il ne la quittait pas du regard et se disait qu'elle avait une jolie silhouette.

Jamais il n'avait vu une femme aussi apeurée à l'idée d'entrer dans un poulailler. Lorsqu'elle atteignit la porte, elle s'immobilisa. S'efforçant de ne pas sourire, il dit avec détachement :

— Un problème ?

— Non !

Il passa devant elle et ouvrit la petite porte. Il lui fit signe de le précéder.

— Les dames d'abord.

Une autre femme l'aurait envoyé au diable. Elle se contenta de lui dire de se taire avant de passer la porte.

Elle n'alla pas plus loin. Le regard posé sur la dizaine de poules couvant leurs nids qui l'observaient avec des yeux méfiants, elle semblait tétanisée. John, cette fois, compatit à sa peur. La première fois qu'il avait dû aller chercher les œufs, il avait été terrifié. Certes, à l'époque, il n'était qu'un enfant, ce qui n'était pas le cas d'Elizabeth.

— Ne vous laissez pas impressionner, dit-il doucement. Donnez-moi la main.

Elle le regarda comme s'il avait perdu la raison.

— Ai-je l'air d'une idiote ?

— Pas du tout, dit-il dans un petit rire. Donnez-moi la main, Elizabeth.

Comme elle hésitait, il leva les yeux au ciel.

— Je ne souhaite pas vous faire de mal. Allons, donnez-moi la main.

Il prit conscience qu'après tout, elle n'avait aucune raison de lui faire confiance. Elle le connaissait à peine, et même s'il était le contremaître de Broken Arrow, cela ne signifiait rien. D'ailleurs, non seulement l'ancien contremaître avait fait sauter la mine espagnole disparue depuis deux cents ans que Rainey et Buck avaient retrouvée, mais il avait en outre tenté d'éliminer Rainey. John ne pouvait en vouloir à Elizabeth de ne faire confiance à personne ici, en dehors des membres de sa propre famille. S'il avait été à sa place, il se serait comporté de la même façon.

— Je veux simplement vous montrer comment vous y prendre avec les poules, dit-il doucement. Nous sommes peut-être deux têtes de mules, et peut-être que je m'amuse à vous irriter, mais jamais je n'oserais faire de mal à une femme. Si c'est ce que vous craignez…

— Non ! s'empressa-t-elle de répondre, trop vite, ce qui la fit rougir. Je sais que… Je n'avais nullement l'intention de vous faire croire que…

— Alors donnez-moi la main. Si vous voulez vraiment être la patronne…

Son argument avait touché juste, et ils le savaient

tous deux. Elle le contempla avec froideur, puis posa sa main dans la sienne.

Il ne s'était pas attendu à sentir sa main irradier une chaleur aussi envoûtante. Surpris, il baissa les yeux sur leurs deux mains jointes. Ne s'était-il pas aperçu à quel point elle avait des doigts délicats ? Et sa peau… Comment aurait-il pu deviner qu'elle était si douce ?

— Je viens de comprendre que vous n'avez sans doute jamais tenu une main de femme, dit-elle sèchement. Mais hélas pour vous, vous ne pouvez pas garder la mienne. J'y suis, comment dire, attachée.

Soudain ramené à la réalité, il releva les yeux et la vit l'observer avec un éclat malicieux dans ses yeux bleus. Il se sentit tellement mis à nu qu'il rougit.

— Je comprends que vous y soyez attachée, dit-il sur le ton de la plaisanterie tout en la lâchant. C'est une jolie main douce. Une main peu habituée aux travaux manuels.

— Voilà que vous revenez à la charge, répondit-elle en soupirant. Alors que je commençais à croire que je pourrais vous apprécier…

— Je n'ai pas pu tenir ma langue et j'ai tout fichu en l'air, s'exclama-t-il en riant. Ne vous inquiétez pas, vous allez vous endurcir un peu. D'abord, on commence avec les poules, ensuite je vous apprendrai à monter à cheval, à vous servir d'un lasso et à poser une clôture. Allez, maintenant, allez-y, prenez un œuf.

Elizabeth ne pouvait croire qu'il parlait sérieusement.

— Et comment voulez-vous que je fasse ?

— En glissant une main sous la poule, dit-il avec patience. Allez-y doucement et saisissez-vous d'un œuf lorsque vous en sentez un.

Dit comme cela, ça semblait facile. Si elle n'avait pas redouté de passer pour une trouillarde, Elizabeth aurait retiré sa main et l'aurait cachée derrière son dos comme une petite fille. Au lieu de quoi elle redressa la tête et avança en affichant la confiance d'une femme qui avait passé sa vie entière à venir relever les œufs. La poule la regarda et sembla penser qu'elle savait s'y prendre. Elle ne remua même pas une plume lorsqu'Elizabeth sortit un œuf de son nid.

Ce n'est qu'en le voyant entre ses doigts qu'elle prit conscience de ce qu'elle venait de faire. Stupéfaite, elle éclata de rire.

— Oh, mon Dieu ! Je l'ai fait !

Fière d'elle-même, elle était rayonnante, et John était incapable de la quitter des yeux. Il aurait voulu se convaincre qu'elle n'était qu'une Anglaise snob, capricieuse, avec une trop haute opinion d'elle-même pour son goût, mais il devait admettre qu'elle avait un sacré tempérament. Il était évident qu'elle avait peur des poules, mais elle n'avait pas craint de l'avouer, et en plus elle avait relevé son défi. Comment aurait-il pu ressentir de l'antipathie à l'égard d'une telle femme ? Sans compter qu'elle était splendide. Lorsqu'elle riait, tout son visage s'illuminait. Et il n'avait jamais su résister à une femme qui aimait rire.

« Tu ferais bien de te demander comment y résister dès maintenant, entendit-il la voix de la raison lui intimer. C'est la sœur de ton patron. Comment crois-tu que Buck réagirait s'il savait que tu te sens attiré par sa sœur ? »

Il préférait ne pas y penser. Il avait besoin de son travail, et il était hors de question qu'Elizabeth Wyatt ou toute autre femme risque de le lui faire perdre. Tout ce qu'il souhaitait, c'était pouvoir subvenir à ses besoins. Ce n'était pas beaucoup demander.

Alors pourquoi se posait-il tant de questions ? Certes, Elizabeth Wyatt était belle. Elle avait la peau douce et, lorsqu'elle souriait, il était troublé. Mais il n'était pas à la recherche d'une liaison avec une femme comme elle. D'abord, elle avait le pouvoir de signer sa feuille de paye, et, de toute façon, elle n'avait pas l'intention de venir vivre dans le Colorado, ni même aux Etats-Unis. Dès que Buck serait rentré de sa lune de miel, elle repartirait en Angleterre. C'est là-bas qu'était sa vie… et sans doute aussi l'homme qu'elle aimait.

Il ne pouvait concevoir qu'une femme avec autant de classe et de grâce soit seule. A moins que les Anglais soient des idiots, ce qu'il ne pensait pas.

« Alors ne reste pas là à la regarder comme si elle sortait tout droit de tes fantasmes les plus fous. Sors d'ici et retourne travailler ! »

Il s'empressa de reculer.

— Je n'ai rien de plus à vous apprendre, dit-il sèchement. Prenez un des paniers qui se trouvent près de la porte et ramassez l'ensemble des œufs.

— Et ensuite ?

— Portez-les à la maison pour les rincer, puis séchez-les et mettez-les au réfrigérateur. Si vous avez le moindre souci, vous me trouverez à l'atelier en train de travailler sur le tracteur. Il faut que je commence à semer avant la fin de la semaine…

— A semer ? Vous faites des cultures ?

Il acquiesça.

— Nous faisons pousser de la luzerne dans les pâturages de plaine. Et si je ne commence pas rapidement, la récolte sera trop tardive. Nous aurons déjà de la chance si nous pouvons la faire avant les premières neiges. Il faut donc que je répare le tracteur sans tarder. Appelez-moi si vous avez besoin d'aide.

Il partit à la hâte en faisant un bref signe de la main, laissant Elizabeth seule avec les poules. Si ça n'avait tenu qu'à elle, elle lui aurait emboîté le pas, mais elle savait qu'il avait raison de la laisser seule. Le ranch était tout autant à elle qu'à ses frère et sœurs, et il fallait qu'elle apprenne à effectuer différents travaux. Le cœur battant, la mâchoire serrée, elle s'approcha de la poule suivante.

Elizabeth ne revit pas John de la journée, et songea que c'était sans doute mieux ainsi. Il était un employé, rien de plus, et elle était déterminée à ne pas l'oublier. Elle avait encore en tête la trahison de Spencer, et savait qu'il lui faudrait du temps pour passer outre.

« La meilleure façon d'oublier un homme, c'est d'en trouver un autre. »

Ce vieil adage lui revint. Non, non et non, pas question qu'elle le fasse sien. Même si elle ne savait pas grand-chose de John Williams, elle se doutait que ce n'était pas le genre d'homme qu'on quittait facilement. Dans un mois, Buck et Rainey seraient de retour de lune de miel, et, elle, elle ne savait pas encore ce qu'elle ferait. Resterait-elle dans le Colorado ? Retournerait-elle à Londres ? Irait-elle s'installer en Californie, ou à New York ? Tout dépendrait de l'endroit où elle déciderait d'ouvrir son magasin. Mais, où que ce soit, il était hors de question qu'elle laisse son cœur derrière elle.

Après cette résolution, elle passa le reste de la journée dans le bureau de Buck à se renseigner sur les dépenses occasionnées par un ranch. Pas une fois elle ne s'approcha de la fenêtre pour voir si elle l'apercevait. A plusieurs occasions, elle crut entendre le moteur du tracteur, mais, chaque fois, elle se concentra sur les livres de comptes de l'exploitation.

Lorsqu'elle éteignit l'ordinateur, il était près de 21 heures. Après avoir passé de longues heures assise devant le bureau, elle avait mal au dos et ressentait un besoin urgent de se détendre dans un bon bain. Mais lorsqu'elle entra dans sa chambre pour y prendre une nuisette et sa robe de chambre, elle découvrit un mot plié sur son oreiller qui lui fit oublier son envie de prendre un bain.

Elle fronça les sourcils. A quoi jouait John ? Car ce mot ne pouvait venir que de lui, puisqu'ils étaient seuls au ranch. Mais pourquoi aurait-il laissé un mot sur son oreiller ? Dans sa chambre ? S'il souhaitait lui parler, il n'avait qu'à frapper à la porte du bureau, où elle avait passé la majeure partie de l'après-midi.

Le cœur serré, elle marcha jusqu'à son lit et, sans le toucher, inspecta le papier à moitié replié. A l'extérieur, son nom était inscrit dans une écriture qu'elle ne connaissait pas. Elle ne savait pas à quoi ressemblait l'écriture de John, mais celle qui figurait sur le mot ne correspondait pas à l'idée qu'elle s'en faisait.

« Ne le touche pas, se dit-elle. Va le voir et demande-lui directement si c'est lui qui a écrit ce billet. »

Elle hésita. Mais qu'adviendrait-il si c'était bel et bien lui qui l'avait rédigé ? Elle se sentirait stupide. Elle se décida, prit le mot d'un geste brusque et le déplia.

« PARTEZ TANT QU'IL EST ENCORE TEMPS. »

Son sang ne fit qu'un tour, et elle laissa retomber le papier. C'est John qui l'avait écrit, elle s'accrochait de toutes ses forces à cette hypothèse. Il pouvait entrer dans la maison et il avait un mobile : il n'appréciait pas d'avoir à traiter avec elle. Il pensait sans doute que s'il parvenait à la convaincre de partir, Buck écourterait sa lune de miel, et qu'ainsi il n'aurait plus affaire à elle.

Cependant, Elizabeth savait que sa théorie n'était pas très solide. Mais elle était seule dans la maison, et elle avait tellement peur qu'elle était incapable d'envisager d'autres possibilités. Elle reprit le mot avec des doigts tremblants, descendit l'escalier et se dirigea vers l'annexe où vivait John.

— Je souhaite savoir immédiatement ce que cela signifie ! déclara-t-elle avec colère dès qu'il lui eut ouvert la porte. Si vous croyez pouvoir m'effrayer au point de me faire fuir, vous perdez votre temps.

Visiblement ébahi, il répondit avec la même mauvaise humeur :

— Mais de quoi diable parlez-vous ?

— De ça !

Elle brandit le morceau de papier devant son nez.

Sans un mot, il lui prit le mot des mains et le lut, avant de la dévisager.

— Où l'avez-vous trouvé ?

— Sur mon oreiller, répliqua-t-elle. Et ne tentez pas de me faire croire que vous n'y êtes pour rien. Il ne peut en être autrement. Ici, en dehors de moi, il n'y a que vous.

John ne chercha pas à protester ou à nier. Il se dirigea vers le téléphone posé sur la tablette à côté du canapé et composa le 911.

— J'ai besoin du shérif, dit-il à la standardiste sans autre explication. Quelqu'un est entré par effraction au ranch de Broken Arrow.

— L'intrus est-il toujours sur place ?

— Pas à ma connaissance, dit-il, mais je n'en ai pas la certitude. Je ne sais même pas comment il a pu s'introduire dans la maison.

— Y a-t-il des blessés ? Avez-vous besoin d'une ambulance ?

— Non, juste du shérif et de deux de ses hommes, afin qu'ils puissent fouiller les lieux. Je pourrais le faire moi-même, mais…

— Non ! coupa la standardiste. Ne prenez pas ce risque, je vous prie. Il y a un agent qui est déjà en route, il sera là dans quelques minutes. En revanche, avez-vous des armes ?

— Je possède une carabine et je ne crains pas de l'utiliser, rétorqua-t-il. Mlle Wyatt et moi, nous nous trouvons dans l'annexe derrière la grange. Si quelqu'un frappe à la porte, je tire d'abord, je demande qui c'est ensuite. Alors assurez-vous que votre agent fasse marcher sa sirène.

— Je transmets immédiatement la consigne. Il devrait arriver sous peu.

Effectivement, peu de temps après, le bruit d'une sirène se fit entendre dans la nuit. John se posta à la fenêtre et vit une voiture de patrouille s'arrêter devant l'annexe dans un nuage de poussière. Toutefois, il attendit de voir le conducteur sortir de son véhicule avant de déverrouiller la porte.

— Il semblerait que nous ayons tiré le gros lot, dit John à Elizabeth. Le shérif en personne s'est déplacé. Ce qui en soi n'est pas un gage de sérieux, ajouta-t-il. D'après Buck, les forces de l'ordre du secteur ne sont pas d'une grande compétence. Nous allons pouvoir le vérifier par nous-mêmes.

Il ouvrit la porte lorsque le shérif frappa d'un coup sec et lui tendit la main pour l'accueillir.

— Heureux que vous soyez arrivé si vite, shérif. Je suis John Williams. Et voici Elizabeth Wyatt.

— Ravi de faire votre connaissance, répondit le shérif sur un ton aimable tout en serrant la main à John, avant de se diriger vers Elizabeth pour en faire de même avec elle. Je suis Sherm Clark, mademoiselle Wyatt. Alors, qu'est-ce que c'est que cette histoire d'effraction ?

— J'ai retrouvé dans ma chambre un mot m'avertissant de partir tant qu'il était encore temps pour moi, dit-elle d'un ton morne en désignant du regard le papier que John avait déposé sur la table basse. Etant donné que M. Williams et moi sommes les deux seules personnes à vivre au ranch en ce moment, il semblerait qu'un inconnu se soit introduit dans la maison.

— Avez-vous vu quelqu'un ? demanda le shérif, qui fit un pas en direction de la table basse avant de ramasser le mot avec une pince à épiler. Ou entendu du bruit ?

— Rien du tout, répliqua Elizabeth. J'ai passé la journée à travailler dans le bureau. J'ai découvert le mot lorsque je suis montée dans ma chambre pour y prendre des affaires avant de me faire couler un bain. Le billet était sur mon oreiller.

— Et vous, où étiez-vous ? demanda-t-il à John.

— Ici, dans l'annexe. J'ai travaillé toute la journée sur le tracteur et je sortais de la douche lorsque Elizabeth est venue frapper à ma porte avec le mot en main.

— Donc, vous n'avez vu personne.

Avec un regard perplexe, il glissa le mot dans un sachet plastique destiné aux indices, avant de se tourner vers John.

— Avez-vous touché le mot ?

Il acquiesça.

— Juste le coin en haut à gauche. Nos empreintes à tous deux sont sur le papier.

— Dans ce cas, il faudra que vous veniez au bureau demain afin que nous relevions vos empreintes digitales. Ensuite, nous enverrons le billet au laboratoire pour qu'on cherche qui d'autre l'a manipulé.

Tout en le regardant intensément, John lui demanda :

— Vous ne vous attendez pas sérieusement à découvrir d'autres empreintes, n'est-ce pas ?

Sherm Clark haussa les épaules.

— Je n'attends rien de particulier, ni dans un sens ni dans l'autre. Je ne fais que mon travail et je suis la procédure en matière de traitement des indices. D'ailleurs, je dois également effectuer un relevé d'empreintes sur les portes et dans la chambre de Mlle Wyatt. La porte d'entrée de la maison était verrouillée, n'est-ce pas ?

Lorsque les regards des deux hommes convergèrent vers elle, Elizabeth souhaita disparaître dans le sol.

— Pas encore, admit-elle à voix basse. D'habitude, je les ferme avant de monter le soir, mais j'étais distraite, et j'ai complètement oublié de le faire.

— Elizabeth ! Vous savez pourtant ce qui s'est passé ici…

— Oui. Je ne sais pas où j'avais la tête. C'était idiot de ma part, mais…

— Pour cette fois, vous avez eu de la chance, lui dit le shérif. Si quelqu'un avait voulu vous faire du mal, il n'aurait eu qu'à pénétrer dans la maison, se cacher quelque part jusqu'à la tombée de la nuit et vous agresser dans votre sommeil. Gardez vos issues fermées à clé en toutes circonstances.

A ses mots, Elizabeth se sentit pâlir.

— Je n'y manquerai pas, répondit-elle d'une voix faible.

— Ce n'est pas la peine de chercher à lui faire peur, commenta John, agacé.

— Il faut qu'elle sache ce qui peut lui arriver en cas de négligence, déclara le shérif d'un ton détaché. Il ne faut pas sous-estimer les gens, surtout quand ils sont décidés à s'emparer de ce que vous possédez.

— Faites-moi confiance, je ne le ferai plus, dit-elle. Je laisserai les portes fermées en permanence. Je garderai toujours les clés sur moi, que je sois dans la maison ou dehors sur la propriété. Et même si je suis seulement sortie pour aller chercher les œufs dans le poulailler. Je ne veux pas revivre cette mésaventure une seconde fois.

— Parfait, déclara Sherm Clark. Et maintenant, montrez-moi votre chambre.

3

Il n'y avait aucun signe d'effraction nulle part. Les empreintes furent relevées sur les portes à l'avant et à l'arrière de la maison, ainsi que sur celle de la chambre d'Elizabeth, mais le shérif ne cacha pas que, selon lui, il y avait peu de chances que d'autres soient découvertes.

— Ce n'est pas que je pense que l'un de vous deux mente au sujet de ce mot ou de la façon dont il a atterri sur l'oreiller, remarqua-t-il. Tout ce que je sais, c'est qu'il n'est pas arrivé là tout seul. Alors donnez-moi une explication logique à sa présence soudaine ici et je serai heureux de suivre cette piste.

Elizabeth n'était pas dupe. Quoi qu'il en dise, il était évident que le shérif sous-entendait que c'était soit elle, soit John qui avait rédigé ce mot. Il refusait même de penser qu'il puisse en être autrement. Quel homme détestable ! Si John avait effectivement écrit ce mot avec l'intention de faire une mauvaise blague, il ne serait pas allé jusqu'à appeler les autorités. Donc il ne restait plus qu'elle. Mais pourquoi se serait-elle adressé un mot de menace, pour ensuite laisser John prévenir la police ? Quelle raison aurait-elle eu d'agir ainsi ?

— Je vais dormir sur le canapé, dit John une fois que le shérif fut parti.

A cette perspective, Elizabeth sentit son cœur s'emballer.

— C'est inutile. Tant que les portes sont fermées…

— Il est hors de question que je prenne le moindre risque avec votre sécurité, reprit-il sur un ton laconique. Si cela ne vous plaît pas, vous n'avez qu'à appeler Buck.

Elle ne le ferait pas, et ils le savaient tous deux.

— Très bien, répondit-elle, faites comme bon vous semble. Moi, je vais me coucher. Mais vous n'êtes pas obligé de dormir sur le canapé. Il y a une chambre d'ami au rez-de-chaussée.

— Je préfère le canapé du salon. Il est situé plus près de l'escalier. Si jamais vous avez besoin d'aide, je vous entendrai.

Elle n'aurait pas à l'appeler au secours. Elle devait s'accrocher à cette certitude, sans quoi elle ne fermerait pas l'œil de la nuit, songea Elizabeth. Mais elle se contenta de déclarer :

— Très bien, si c'est ce que vous souhaitez.

Puis, tout en sortant à son intention une couverture et un oreiller du placard à linge du rez-de-chaussée, elle ajouta :

— Je suppose que je vous verrai demain matin au réveil. Bonne nuit.

Lorsqu'elle monta les marches, elle sentit le regard de John posé sur elle. Ce fut la seule raison qui la retint de ne pas se retourner. Qu'avait donc cet homme de particulier pour qu'elle soit incapable d'ignorer sa présence ? se demanda-t-elle tandis qu'elle pénétrait dans sa chambre pour se coucher. Elle était au premier étage, lui était en bas, et elle savait qu'il était impossible qu'elle entende ce qu'il faisait. Et pourtant, elle avait la sensation de percevoir le bruit de sa respiration.

Agacée d'avoir des pensées aussi absurdes, elle se coucha et ferma les yeux en bâillant de fatigue. Mais elle était trop agitée pour s'endormir. Exaspérée, elle changea de position. Même si, avec John qui dormait en bas, elle se sentait en sécurité, elle ne parvenait pas à oublier l'incident du billet anonyme. Certes, elle ne savait pas qui avait bien pu le laisser sur son oreiller, mais c'était apparemment quelqu'un qui pensait avoir une chance d'hériter du ranch s'il parvenait à les faire fuir.

Cela n'arriverait pas, se dit-elle avec détermination. Ce n'est certainement pas elle qui causerait l'échec de sa famille. Et elle n'avait pas non plus l'intention de vivre recluse de peur dans sa chambre alors qu'elle était dans un ranch qui lui appartenait !

Après cette série de résolutions, elle parvint enfin à trouver le sommeil et se réveilla le lendemain à l'aube. A sa grande surprise, John s'était levé avant elle. Et non seulement il n'était plus dans son lit, mais en plus il avait rangé dans le placard l'oreiller et la couverture qu'elle lui avait donnés, préparé du café et fermé la porte derrière lui en partant.

Elle dut admettre que c'était un homme consciencieux. Mais elle attendait bien plus de lui. Elle prit sa tasse de café et partit à sa recherche. Elle le trouva dans la grange, occupé à charger du fil de fer barbelé à l'arrière du pick-up.

Lorsqu'elle entra, il leva les yeux, surpris, mais n'eut pas le temps de prononcer une parole.

Elizabeth déclara :

— Je croyais que vous aviez déjà réparé la clôture.

— Le domaine du ranch couvre plus de quarante kilomètres carrés, répondit-il. Il y a toujours une clôture à réparer quelque part.

Tandis qu'il chargeait un dernier rouleau de barbelés, il se tourna soudain vers elle avec un regard inquiet.

— Que faites-vous debout si tôt ? Vous n'avez pas trouvé de nouveau mot, n'est-ce pas ?

— Quoi ? Oh non, Dieu merci ! Je n'arrivais plus à dormir. Je suis trop en colère !

— Je vous comprends, dit-il. Celui qui a laissé ce billet est un lâche.

— Il perd son temps, répondit Elizabeth. Je ne fuirai pas, ni moi ni personne de ma famille. Ce ranch est à nous et personne ne nous le prendra. Et si pour cela il faut se battre, eh bien, nous nous battrons.

John l'avait déjà vue irritée, mais pas encore remontée à ce point. Elle était furieuse, et cela pouvait se comprendre. Buck, ses sœurs et elle ne faisaient rien de plus que de vivre en se conformant aux exigences du testament d'Hilda Wyatt. Et pour cette seule raison, ils étaient persécutés par des brigands qui considéraient qu'ils n'avaient rien à faire ici. Quelle honte ! Les Wyatt étaient les héritiers de droit d'Hilda, et le testament était valide. Ils resteraient ici, et il n'y avait rien à y redire.

— Lorsque Buck m'a engagé, je lui ai affirmé que je ferais tout mon possible pour l'aider, déclara-t-il calmement. Cette promesse est aussi valable pour vous et vos sœurs. Quiconque cherche à vous causer des problèmes aura affaire à moi. Vous le savez, n'est-ce pas ?

L'étonnement se marqua dans son regard.

— J'apprécie vos paroles, dit-elle d'une voix émue. Merci beaucoup.

— Vous n'êtes pas seule pour traverser cette épreuve. Si je peux vous aider à…

— Vous pouvez contribuer à faire en sorte que ce ranch devienne aussi le mien, dit-elle simplement. J'ai beaucoup réfléchi cette nuit, et je n'ai pas l'intention de rester enfermée dans ma chambre comme une enfant effrayée. Je refuse de vivre dans la peur. Ce ranch est la propriété des Wyatt. Je veux y travailler en me comportant comme s'il était à moi.

Un léger sourire se marqua sur le visage de John.

— Il est à vous, n'en doutez pas. J'en conclus que vous souhaitez apprendre à faire autre chose que ramasser des œufs ?

— Oui, vous avez bien compris. Je ne veux rien ignorer de la gestion quotidienne d'un ranch. Et j'ai besoin de vous pour m'apprendre.

— Alors allons poser des clôtures, s'empressa-t-il de dire, la prenant par surprise lorsqu'il lui lança les clés du pick-up. C'est vous qui conduisez.

— Quoi ? Moi ? Vous plaisantez ? Je ne suis pas habituée à conduire à droite.

Le regard amusé, il se contenta de sourire.

— Pour atteindre notre destination, nous n'emprunterons pas les routes, alors peu importe. Evitez simplement de heurter un arbre ou d'enfoncer une clôture et tout ira bien.

Tendue, Elizabeth ne goûtait guère son sens de l'humour. Avait-il conscience de ce qu'il lui demandait ? Le problème n'était pas seulement d'avoir à conduire du mauvais côté de la route. Le volant, les pédales, tout était à l'envers. Elle n'était pas prête !

Cependant, John ne lui laissa pas l'occasion de formuler une nouvelle objection. Il fit le tour du véhicule et s'installa sur lc siège passager.

Elle le regarda sans savoir quoi faire. Puis elle soupira, et alla se mettre derrière le volant. Au moment où elle s'installait, elle frôla involontairement la main de John.

Elle sursauta, agitée par un étrange sentiment. Pourtant, elle connaissait à peine cet homme. Comment pouvait-elle se sentir troublée alors qu'il n'avait fait que toucher sa main ?

— Allons-y.

Perdue dans ses pensées, elle mit un instant avant de comprendre ce qu'il venait de dire. Perplexe, elle le fixa.

— Quoi ?

— C'était juste pour voir si vous écoutiez, dit-il sèchement. Un instant, j'ai cru que vous étiez ailleurs.

Confuse, elle reporta son regard devant elle.

— Je ne faisais que…

« … me demander ce que ce serait de sentir vos mains sur mon corps. »

La pensée qui la traversa la perturba… et l'excita. Mortifiée, elle n'osa même pas lever les yeux, de peur de croiser son regard. Avait-il le moindre soupçon des émotions qu'il provoquait en elle et de la teneur de ses pensées ? Il fallait qu'elle se reprenne, avant…

— J'ai l'impression que je vous ai de nouveau perdue, dit-il, amusé. Ai-je dit quelque chose qu'il ne fallait pas ? Si vous ne voulez vraiment pas conduire…

— Non ! le coupa-t-elle, s'efforçant de redevenir attentive.

— Vous allez vous faire à la conduite à droite, dit-il en riant. Il faut un peu de temps.

— Certainement. Allez, c'est parti !

Cette femme le troublait plus que de raison, pensa John. Son parfum était enivrant et aurait rendu fou n'importe quel homme. Et puis, il y avait ses yeux qui scintillaient comme des étoiles quand elle riait. Qu'elle était séduisante ! Il avait une envie ardente de la caresser… de la sentir contre lui.

Soudain, il se redressa et s'exhorta à la raison. Il fallait qu'il reprenne ses esprits.

— Bien, dit Elizabeth sur un ton jovial, où allons-nous ?

— Roulez en direction de la clôture, dit-il d'une

voix sombre, désignant de la tête les barbelés qui se trouvaient devant eux. Ensuite, longez-la. Si vous repérez une brèche, dites-le moi, que je descende la réparer.

— Pas de problème, dit-elle en souriant, avant d'accélérer pour traverser le champ.

« Petite espiègle », pensa-t-il. Qui aurait cru qu'Elizabeth prendrait plaisir à traverser un champ au volant d'un pick-up, comme une femme qui avait grandi dans un ranch ?

Tandis qu'elle accélérait peu à peu, Elizabeth se demanda depuis quand elle ne s'était pas autant amusée. Plus d'une fois, John dut s'accrocher à sa portière pour rester en place lorsqu'elle faisait rebondir le pick-up sur ce terrain accidenté, et chaque fois elle le voyait sourire.

Soudain, alors qu'elle descendait une petite colline, elle poussa un cri en voyant des vaches qui s'étaient échappées d'un pré et marchaient sur la route.

— Oh, mon Dieu.

John poussa un juron et repéra immédiatement une ouverture dans la clôture.

— Bon sang ! Roulez en direction de ce tronc d'arbre couché. J'ai bien l'impression que les barbelés ont été cisaillés.

C'était plus que quelques coups de cisaille. Non seulement les trois hauteurs de barbelés avaient été sectionnées, mais deux piquets avaient été couchés et les fils de fer rabattus. Les vaches sortaient du pré sans hésiter pour partir à la recherche d'herbe plus fraîche sur le bas-côté de la route.

— Que voulez-vous que je fasse ? demanda Elizabeth, qui s'était arrêtée près de l'endroit où avait été commis le forfait, avant de bondir hors du véhicule en même temps que John.

— Empêchez les vaches de s'éloigner davantage, lui répondit-il en sortant du coffre ses outils et un rouleau de barbelés. Je vais avoir besoin de vous pour faire revenir les bêtes dans le pré, mais, pour l'instant, il faut que je redresse les piquets et que je répare la clôture.

Elizabeth le dévisagea, incrédule.

— Vous voulez que je fasse quoi ?

Cette fois, il n'était plus d'humeur à plaisanter.

— Ce n'est pas le moment de faire la gamine, lui dit-il brusquement. Vous êtes la propriétaire du ranch, vous vous rappelez ? Si jamais vous n'empêchez pas les vaches d'aller sur la route, et que quelqu'un prend le virage et les percute, non seulement vous allez vous retrouver avec un procès sur le dos, mais en plus vous risquez d'avoir un mort sur la conscience. Alors au travail !

Il n'eut pas besoin de le dire deux fois. Mais lorsqu'elle passa de l'autre côté de la clôture et s'approcha d'une vingtaine de bêtes qui l'observaient d'un air méfiant, elle n'en mena pas large. Ç'avait l'air tellement simple lorsqu'il lui disait ce qu'elle devait faire ! A l'entendre, elle n'avait qu'à se poster devant les vaches et les faire revenir dans le pré. Mais comment ? Elles pesaient quatre cents kilos de plus qu'elle ! Et, qui plus est, elles avaient des cornes… des cornes pointues. Si elles chargeaient…

— Elles ont plus peur de vous que l'inverse, déclara John, qui était occupé à replanter un piquet dans le sol. Vous n'avez qu'à vous poster derrière elles et à écarter les bras en marchant en direction de la brèche dans la clôture. Et ne cherchez pas à les faire revenir toutes en même temps. Faites-en rentrer quelques-unes, puis retournez vous occuper des autres.

Transie de peur, Elizabeth lutta contre l'envie de

prendre ses jambes à son cou et contourna lentement les vaches jusqu'à se placer derrière elles. La plupart des bêtes l'ignorèrent, mais quelques-unes à l'arrière du troupeau tournèrent la tête et la contemplèrent avec un regard suspicieux.

— Montrez-leur qui est le chef, Elizabeth. Ça, vous savez le faire.

Du coin de l'œil, elle aperçut le sourire malicieux de John, mais n'osa pas quitter les vaches du regard.

— Taisez-vous, répliqua-t-elle. Vous feriez mieux de vous demander ce que vous allez raconter à mon frère lorsque je serai morte piétinée.

— Piétinée, répéta-t-il en éclatant de rire. J'ai travaillé toute ma vie avec des vaches, ma belle, et je n'ai jamais vu qui que ce soit se faire piétiner. Faites-moi confiance, ça n'arrivera pas.

— Alors pourquoi me regardent-elles comme si elles avaient envie de me tuer ?

— C'est de la paranoïa. Reprenez-vous.

Facile à dire. C'était la première fois de sa vie qu'elle se retrouvait aussi près d'une vache. Elle prit un regard sévère, écarta les bras et avança d'un pas hésitant. Comme les bêtes se contentaient de la regarder sans bouger, elle déclara d'une voix menaçante :

— Ne restez pas là, grosses idiotes, sinon vous allez vous retrouver nez à nez avec une voiture, et ce soir vous allez servir de viande à hamburger !

Elle crut d'abord qu'elle ne parviendrait pas à les faire bouger. Puis elle fit un nouveau petit pas en avant et, avec mauvaise grâce, les vaches se tournèrent lentement et avancèrent en direction du pré.

— Oui ! s'exclama Elizabeth, folle de joie.

— Vous voyez, quand vous m'écoutez…

— Certes, mais calmez-vous, tout de même. Vous n'êtes pas mon père, je n'ai pas à vous obéir.

— C'est vrai, je ne suis pas votre père, Dieu merci ! Vous n'avez peut-être pas à m'obéir, mais si je vous donne un ordre, vous avez tout intérêt à obtempérer, car je ne le ferai qu'en cas d'extrême nécessité.

— Un patron n'a pas à écouter les ordres d'un…

— Tout le monde doit obéir à quelqu'un d'autre un jour dans sa vie, l'interrompit-il, que vous soyez… Attention !

Tandis qu'elle le regardait, Elizabeth n'avait pas vu la vache qui venait de se rendre compte qu'elle avait été séparée de son petit. Soudain, cette bête qui revenait docilement dans le pré s'était mise à regarder partout autour d'elle, paniquée. Et Elizabeth était juste devant elle.

Terrifiée, elle était incapable de bouger. Son esprit avait beau lui dire de s'écarter, elle était tétanisée.

— Ne restez pas là !

L'injonction de John, enfin, parvint à la faire sortir de sa torpeur. Elle vit la vache qui courait vers elle, guidée par son instinct protecteur de mère. Elizabeth poussa un cri et roula de côté, juste assez pour sentir la bête la frôler.

Elle n'aurait su dire combien de temps elle resta immobile, le cœur battant, à essayer de récupérer. Elle n'avait même pas entendu John jurer tandis qu'il s'était précipité vers elle.

— Ça va ? Elle ne vous a pas touchée avec ses cornes ?

— Non, répondit-elle d'une voix tremblante, mais un instant, j'ai eu très peur.

— Ma jolie, la première chose à savoir avec les vaches, c'est qu'il ne faut jamais se mettre entre une mère et son petit. C'est la meilleure façon de se faire renverser… ou transpercer d'un coup de corne.

Pâle comme un linge, elle acquiesça.

— C'est bon à savoir. Je m'en souviendrai.

— Laissez-moi vous aider, lui dit-il en lui tendant la main. Maintenant, vous n'avez plus rien à craindre.

— Facile à dire, répondit-elle, le regard posé sur la bête qui était désormais occupée à lécher affectueusement son petit veau. Moi, je ne lui fais pas confiance.

— Ne vous inquiétez pas, dit-il en riant. Je vous protégerai contre cette vilaine vache. Allez, venez, nous avons une clôture à réparer.

— Je veux bien réparer la clôture, dit-elle en lui donnant la main. Vous, vous vous occupez des vaches.

Il sourit en refermant ses doigts autour des siens tandis qu'elle se relevait.

— Vous voulez vous comporter comme la patronne, lui rappela-t-il. Ce qui signifie…

Elle le regarda et ne fit pas attention au sol irrégulier. Elle buta, tomba en avant et se retrouva dans ses bras.

— Oh, je suis désolée…

— Ça va, ça va, je vous tiens…

Leurs visages se retrouvèrent à quelques centimètres l'un de l'autre, et John n'aurait su dire lequel des deux fut le plus troublé de se retrouver dans cette posture. Il posa les yeux sur la ligne sensuelle et attirante des lèvres d'Elizabeth et il eut envie de la serrer plus fort encore contre lui. Qu'il était bon de la tenir dans ses bras ! Il y avait bien longtemps qu'il n'avait pas tenu une femme ainsi. Quel mal y aurait-il à l'embrasser ? pensa-t-il. Elle n'allait pas le renvoyer pour cela… et même si elle le faisait, ça valait la peine de prendre le risque.

Il ignora la petite voix dans sa tête qui lui criait de se retenir et l'embrassa, incapable de résister.

Persuadée qu'il n'oserait jamais l'embrasser, Elizabeth voulut d'abord le repousser. Mais son baiser était si doux et si envoûtant qu'elle ne trouva pas la force nécessaire. Avait-il conscience qu'aucun homme avant lui n'était parvenu à avoir raison d'elle aussi facilement ? Qu'elle avait envie de s'allonger, là, avec lui, et de céder sur-le-champ au désir que ce baiser faisait naître, et de sentir son corps contre le sien ?

Mais, soudain, tous deux furent ramenés à la réalité par le bruit d'un Klaxon. Ils sursautèrent et se redressèrent : un vieil homme au volant d'un pick-up faisait une embardée pour éviter une vache qui avait profité de leur inattention pour sortir de nouveau du pré et marcher sur la route.

Dépité, John se précipita pour ramener les bêtes dans le champ et les mettre à l'abri du danger. Les joues en feu, Elizabeth se rua derrière lui.

— Attendez… Je vais vous aider.

Pour toute réponse, il ne produisit qu'un son inintelligible. Quelques minutes plus tard, l'ensemble des bêtes avait été ramené du bon côté de la clôture. Le cœur encore palpitant, elle attendit qu'il s'exprime et revienne sur le baiser trop court qu'ils avaient échangé. Mais lorsqu'il ouvrit la bouche, ce fut seulement pour lui donner des instructions sur la façon de réparer la clôture. Ce baiser ne signifiait-il rien pour lui ? se demanda-t-elle. Ou bien regrettait-il son geste, au point de ne pas vouloir en parler ?

Cette pensée lui serra le cœur, et elle en fut déconcertée. Pourquoi était-elle aussi bouleversée, alors que ce moment d'intimité n'avait duré que quelques secondes ?

— Elizabeth ? Ça va ? Où avez-vous la tête ? Je pensais que vous souhaitiez apprendre à poser une clôture.

Arrachée à ses pensées, elle leva les yeux et le vit la contempler intensément de ses yeux bruns. Elle se sentit confuse et faillit lui demander pourquoi il agissait comme si de rien n'était. Mais si jamais il exprimait son regret de l'avoir embrassée, elle n'avait pas envie de l'entendre.

— Oui, en effet, s'empressa-t-elle de répondre. Je me demandais simplement qui vous avait appris à faire tout ce que vous savez. Votre père possédait-il un ranch ?

Il détourna le regard et se concentra sur les barbelés qu'il était en train d'installer.

— Mes parents avaient un ranch près de Cheyenne, dans le Wyoming, répondit-il d'un ton bourru. Il était loin d'être aussi grand que Broken Arrow, mais il était néanmoins de taille respectable.

— Vous avez donc appris à monter à cheval et à vous servir d'un lasso dès que vous avez été en âge de marcher.

Il eut un léger sourire.

— Oui, presque. J'ai eu mon premier poney à trois ans.

— Et comment vous êtes-vous retrouvé dans le Colorado ? Buck m'a dit que vous étiez un ancien marine. J'aurais cru que vous seriez retourné dans le Wyoming après avoir quitté l'armée.

John hésita. Il n'aimait pas parler de son passé. Il avait avoué à Buck qu'il avait fait partie des marines parce qu'il savait qu'il y aurait une enquête à son sujet. Cependant, à sa grande surprise, il eut envie de se livrer et déclara :

— Je suis bien retourné dans le Wyoming. A la mort de mes parents, j'ai hérité du ranch.

Elizabeth semblait perplexe et reprit :

— Je ne comprends pas. Si vous possédez un ranch, pourquoi travaillez-vous pour nous ?

Il se tança intérieurement, car il aurait mieux fait de se taire. Mais il était trop tard. Répondre à une question en engendrait une autre, et ainsi de suite. Mais il n'avait pas envie de donner de réponses. S'il ne faisait pas attention, il devrait tout lui avouer, et cette idée lui déplaisait plus que tout. Il n'avait aucune envie de voir la consternation se marquer sur son visage lorsqu'il lui dirait qu'il avait tué un homme.

— Aujourd'hui, ce ranch n'est plus à moi, se contenta-t-il de déclarer. Nous en avons terminé ici, allons ailleurs.

Il ramassa outils et barbelés et partit en direction du pick-up. Elizabeth n'eut d'autre choix que de lui emboîter le pas. Elle contempla l'allure crispée qu'il affectait et comprit qu'il s'était refermé sur lui-même.

Un tas de questions lui brûlait les lèvres, mais elle n'insista pas. Il souhaitait rester secret, et elle considéra que c'était son droit.

Mais elle ne put se dissimuler qu'elle était intriguée. Quelle était son histoire ? Pourquoi n'était-il plus propriétaire du ranch dans lequel il avait grandi, et que ses parents avaient voulu lui laisser ? Que lui cachait-il ?

4

Ces questions lui trottèrent dans la tête toute la nuit. Mais le lendemain, lorsqu'elle alla rejoindre John à la grange afin qu'il continue à lui enseigner les bases de la vie dans un ranch, elle les oublia sur-le-champ. Car, le cœur battant, elle observa avec inquiétude le cheval qu'il avait sellé à son intention. Sa seule pratique de l'équitation remontait à une balade avec des amis quelques années auparavant. Le souvenir le plus cuisant de cette expérience, en dehors de la nervosité dont avait fait preuve l'animal, était les courbatures qu'elle avait eues le lendemain.

— Je ne suis pas sûre d'être prête, dit-elle à John, tout en contemplant d'un regard soucieux la jument alezane. Elle m'a l'air extrêmement agitée. Peut-être devrions-nous attendre qu'elle soit un peu plus calme.

— Mais elle est calme, lui dit-il sèchement. C'est vous qui êtes tendue. Vous n'êtes jamais montée à cheval, n'est-ce pas ?

Elle redressa la tête.

— Si.

— Vraiment ? Combien de fois ?

— Assez pour savoir que ce n'est pas mon truc.

Il ne répondit pas et attendit qu'elle précise. Elle finit par avouer dans un soupir :

— Bon, d'accord, une seule fois. Vous êtes satisfait ?

— Mon seul souci, c'est votre sécurité, remarqua-t-il, pas la mienne. Et j'imagine que c'était il y a longtemps.

Elle leva la tête et soupira de dépit.

— J'étais enfant.

— Ah, donc c'était l'année dernière, dit-il avec un petit sourire. Bon, allez, passons aux choses sérieuses. Voici Rusty. Elle a trois ans et c'est la meilleure jument à bétail que nous possédions.

Elizabeth scruta la jument et déclara, perplexe :

— Qu'est-ce que vous entendez par « jument à bétail » ?

— Nous nous servons d'elle pour séparer les jeunes veaux du reste du troupeau, de façon à pouvoir ensuite les castrer et les vacciner.

Le regard d'Elizabeth s'agrandit, et il reprit :

— C'est cela, la vie dans un ranch, mademoiselle. Si vous voulez devenir la patronne…

— Je dois apprendre à faire un peu tout, je sais, le coupa-t-elle sur un ton de mauvaise humeur. Bon, alors, par où commençons-nous ?

— Vous allez monter à cheval, s'empressa-t-il de dire, en tapotant sur la selle. C'est une selle de type américain, pas anglais. Alors si vous avez un souci, vous pouvez vous accrocher au pommeau. Assurez-vous d'avoir les pieds bien passés dans les étriers et tirez sur les rênes lorsque vous souhaitez faire s'arrêter votre monture. Elle a la bouche sensible, donc il est inutile de tirer trop fort pour qu'elle comprenne. Vous devez également vous servir des rênes pour lui faire prendre la direction désirée. Mais, ajouta-t-il, une fois que vous êtes parvenue à isoler un veau, vous n'avez plus grand-chose à faire. Il vous suffit de rester tranquille, d'être jolie comme vous savez l'être, et elle fera le travail toute seule.

Son compliment déguisé fit réagir Elizabeth. John pensait-il réellement qu'elle était jolie, ou bien était-ce pure ironie de sa part ?

— Des questions ?

Des milliers de questions lui brûlaient les lèvres. Quels secrets dissimulait-il ? Avait-il déjà été amoureux ? C'était sans doute le cas. Qu'était-il arrivé à la femme qu'il avait aimée ? Où était-elle ? Qu'est-ce qui…

— Ai-je dit quelque chose de particulier ? demanda-t-il d'un ton ironique. Je pensais que c'était une question toute simple mais… peut-être que non.

Elle rougit. « Quel provocateur », pensa-t-elle, réprimant un sourire.

— Je me demandais juste où était l'échelle.

Il sourit et posa un seau retourné à la gauche du cheval afin qu'elle puisse s'en servir. Elle leva un sourcil inquiet dans sa direction.

— Vous n'êtes quand même pas sérieux ?

— Allez, venez, je vais vous aider, dit-il en riant. Une fois que vous êtes parvenue à glisser votre pied dans l'étrier, c'est du gâteau.

Elle aurait pu lui faire remarquer que le cheval était grand et que ce n'était pas son cas, mais elle ne voulait pas passer pour une petite fille qui ne cesse de se plaindre. Elle tendit le bras pour s'accrocher au pommeau de selle, leva un pied et le glissa dans l'étrier.

Parvenir à se hisser sur le dos de la jument était une autre affaire. Même si elle se considérait assez souple, lever la jambe assez haut pour la passer par-dessus le dos de Rusty lui demanda un gros effort. Elle était sur le point de perdre l'équilibre et luttait pour se hisser sur sa monture lorsqu'elle sentit les mains de John sur son dos. Elle poussa un petit cri de surprise, et, l'instant d'après, se retrouva installée sur sa selle.

John leva les yeux et lui adressa un regard innocent qui ne la trompa pas.

— Je savais bien que vous y arriveriez. Ça va ?

— J'y serais parvenue toute seule, dit-elle avec sarcasme en le regardant d'un air sombre.

— Peut-être, concéda-t-il avec un sourire, mais ça n'aurait pas été aussi drôle. Alors… vous êtes prête ?

Le regard d'Elizabeth se posa sur les vaches rassemblées dans le corral.

— Je ne sais même pas ce que je suis censée faire, admit-elle avec une moue inquiète.

— Ce n'est pas grave, la rassura-t-il en lui tapotant le genou. Rusty, elle, le sait. Ce qu'il faut, c'est que vous soyez détendue et que vous la laissiez faire son travail.

Il lui tendit les rênes et fit un signe de tête en direction d'une vache avec de longues cornes, son veau à côté d'elle. Tous deux s'étaient un peu éloignés du troupeau pour aller inspecter le foin laissé dans un coin.

— Celle qui se trouve là-bas est un peu à l'écart. C'est le bon moment, occupez-vous d'elle.

Elizabeth découvrit qu'observer une vache en étant juchée sur le dos d'un cheval était bien moins intimidant que depuis le sol. Cette idée l'encouragea. Elle serra les rênes et donna un petit coup d'éperon afin de lancer la jument en direction de la bête repérée. Ce fut la dernière chose qu'elle fit de son plein gré. Rusty partit comme une fusée.

Complètement prise de cours, Elizabeth faillit lâcher les guides. Si elle ne s'était pas raccrochée à temps au pommeau, elle aurait immanquablement chuté.

— John !

— Détendez-vous, lui cria-t-il, un sourire aux lèvres. Vous vous en sortez à merveille.

Qu'elle se détende ? Se moquait-il d'elle ? Comment

pouvait-elle se détendre alors que Rusty ne cessait de changer de direction ? Elle était incapable d'anticiper les mouvements de la jument…

— Son travail, c'est de séparer une vache de son veau, lui dit John. Vous devez accompagner ses mouvements, et non les contrarier. Décontractez vos épaules, cessez de retenir votre respiration, laissez-vous aller. Voilà, c'est ça.

Tout en s'efforçant de suivre ses instructions, Elizabeth se dit qu'une fois qu'elle serait descendue du dos de Rusty, elle ne remonterait jamais sur un cheval. Mais petit à petit, elle commença à prendre le rythme de la jument, et finit par être en harmonie avec elle. Elle en fut tellement étonnée qu'elle en éclata de rire.

— Oh, mon Dieu !

— C'est parfait ! Je savais que vous réussiriez.

Elle se laissait complètement aller et ne pouvait s'empêcher de sourire. Elle se rendait compte à quel point les mouvements de sa monture étaient gracieux et habiles, malgré son envergure. La jument se déplaçait comme une danseuse, et parvenait à éloigner le veau de sa mère sans effort, dans un ballet silencieux dont Elizabeth se délectait.

— C'était fantastique ! dit-elle à John tandis qu'il isolait le veau dans un enclos séparé. Comment l'avez-vous dressée pour lui apprendre à faire cela ?

— C'est dans les gènes, répliqua-t-il. Un bon cheval à bétail vaut son pesant d'or.

Il referma la barrière de l'enclos et se tourna de nouveau vers elle en souriant.

— Etes-vous prête à repartir ?

— Oui !

— Alors allez-y, dit-il en riant.

Elle repartit isoler un autre petit, et pendant ce

temps, John s'occupa du veau dans l'enclos. Lorsqu'il en eut terminé, Elizabeth avait séparé un autre veau de sa mère. Il le fit entrer dans l'enclos et s'adonna au même rituel.

Lorsque l'ensemble des bêtes fut traité, c'était le milieu de l'après-midi, et Elizabeth était aussi épuisée que si elle avait effectué une journée complète de travail. Cependant, elle était ravie. Elle avait enfin le sentiment de faire réellement partie de Broken Arrow. Certes, il lui restait encore beaucoup à apprendre, mais elle avait déjà fait des progrès considérables.

— Beau travail, dit John en souriant, alors qu'il venait vers elle. Vos ancêtres seraient fiers de vous.

Elle fut surprise qu'il devine ses pensées et en fut touchée.

— Merci, dit-elle d'une voix douce. Ça me plaît de penser qu'ils le seraient effectivement.

— Attendez… laissez-moi vous aider, dit-il.

Il posa les mains sur ses hanches tandis que, pour descendre, elle avait sorti un pied de l'étrier.

Elle se sentit réagir physiquement au contact de ses mains. Il était là, juste derrière elle, si près qu'elle sentait sa respiration. L'espace d'une seconde, sa seule envie, tandis qu'elle posait les pieds au sol, fut de s'abandonner et de s'appuyer contre lui.

Mais elle savait qu'elle ne pouvait se permettre de se laisser aller ainsi. Elle s'écarta un peu de lui et voulut se retourner lorsqu'elle sentit une raideur dans ses jambes qu'elle n'avait pas soupçonnée tant qu'elle était sur son cheval.

— Aïe !

— Quoi ? Que se passe-t-il ? Ça va ?

— Mes jambes ! dit-elle d'un ton plaintif.

Inquiet, il la prit dans ses bras avant qu'elle ait le

temps de comprendre ses intentions et la porta jusqu'au pick-up. Il la déposa doucement sur le hayon arrière du véhicule.

— Ce ne sont sans doute que des crampes, lui assura-t-il. Cela fait des années que vous n'étiez pas montée à cheval.

Lorsqu'il releva la jambe gauche de son pantalon et commença à lui masser le mollet, elle poussa un petit cri de surprise.

— Que faites-vous ?

— J'essaye de résorber la contracture, expliqua-t-il. Ce soir, il faudra que vous trempiez votre jambe dans un bain chaud. Sinon, demain, vous serez incapable de marcher.

Elle fut tellement remuée qu'elle parvint à peine à retenir un gémissement. Si demain elle n'était pas capable de marcher, ce serait avant tout parce qu'il l'aurait complètement fait fondre au simple contact de ses mains.

— Je… je vais bien, dit-elle d'une voix troublée, en lui saisissant les mains pour qu'il cesse d'éveiller en elle un désir insurmontable. Je ne pensais pas que mes jambes seraient aussi faibles. Mais maintenant ça va mieux, merci.

— De rien, dit-il d'un ton détaché. Vous avez vraiment fait du bon travail aujourd'hui. Merci de votre aide.

— Merci à vous de m'avoir appris, répliqua-t-elle.

— Tout le plaisir était pour moi.

Le silence s'installa entre eux. Avant qu'il ne devienne gênant, Elizabeth, qui avait rougi, s'efforça de sourire.

— Je ferais mieux d'aller me laver et de tremper ma jambe dans une bassine d'eau chaude. A plus tard.

Elle eut beau se dire qu'elle ne courait pas se réfugier dans la maison afin de s'éloigner de lui, c'est exactement ce qu'elle faisait. Si elle ne partait pas maintenant, elle allait lui demander de venir la rejoindre dans son bain, ce qui serait une erreur.

Il fallait qu'elle s'éloigne du ranch, pensa-t-elle, troublée par cette pensée. Il fallait qu'elle voie d'autres gens pour oublier un peu John et reprendre conscience qu'elle était censée retourner à Londres dans trois semaines. Pourquoi l'oubliait-elle chaque fois qu'elle le contemplait ?

Elle monta à la hâte et décida de prendre une douche plutôt qu'un bain. Lorsqu'elle sortit de la cabine, sa jambe lui faisait encore mal, mais elle n'en avait cure. Elle allait dîner en ville.

Quarante minutes plus tard, elle entrait dans le Rusty Bucket, et sentit que tous les hommes présents regardaient dans sa direction. Son frère lui avait dit que les steaks maison étaient extraordinaires, et elle s'était attendue à pénétrer dans un restaurant à viande comme elle en connaissait. Au lieu de quoi elle découvrit que le Rusty Bucket était un bar pas franchement raffiné dans la décoration. De simples tables de pique-nique accueillaient les clients, et des seaux retournés faisaient office d'abat-jour. Qui plus est, la clientèle ne lui faisait pas bonne impression.

L'espace d'un instant, elle songea à aller manger des pancakes au self-service ouvert en permanence au bout de la rue. Mais elle avait très envie de manger un steak. Elle ne voulut même pas envisager de s'asseoir au bar et avisa une petite table pour deux dans un coin. Avant même qu'elle ait eu le temps de consulter le menu, un cow-boy assis au bar vint dans sa direction.

— Hé, ma jolie, vous m'avez l'air bien seule. Que diriez-vous si je venais vous tenir compagnie ?

— Oh, désolée, mais j'attends quelqu'un. Une prochaine fois, peut-être ?

Apparemment, ce n'était pas un homme habitué à se voir éconduire, et il répliqua sur un ton vexé :

— Oui, c'est ça.

Elle baissa les yeux sur la carte tandis que l'homme s'en retournait, penaud. Mais alors qu'elle recherchait la liste des entrées, elle vit un autre type se diriger vers elle. Elle décida de l'ignorer, espérant qu'il comprendrait et n'insisterait pas. Mais au contraire, il s'assit en face d'elle sans même y être invité.

Elle leva les yeux et le dévisagea froidement.

— J'attends quelqu'un.

— Dans ce cas, votre ami est en retard, répondit le cow-boy avec un sourire entendu. Je veux bien vous faire la conversation jusqu'à ce qu'il arrive.

Elle haussa les épaules, comme si ce petit jeu l'amusait.

— Comme vous voulez. Mais sachez tout de même que mon mari est un joueur professionnel de football américain et qu'il déteste voir des hommes me tourner autour, mentit-elle. En outre, il doit peser environ cinquante kilos de plus que vous et n'a pas bon caractère. Mais si vous ne craignez pas pour votre intégrité physique…

Si l'homme avait su qu'elle était une Wyatt, il aurait compris qu'elle lui racontait des blagues. Mais il se leva et la dévisagea d'un air renfrogné.

— Désolé de vous avoir dérangée, déclara-t-il, avant de s'éloigner à grands pas.

Elle le regarda partir et soupira de soulagement. Enfin seule ! Si par chance plus personne ne venait l'importuner, elle parviendrait peut-être à manger tranquillement.

Mais alors qu'elle faisait son choix sur le menu, un autre cow-boy entra dans l'établissement et se dirigea vers le bar. Lorsque leurs regards se croisèrent, Elizabeth en eut le souffle coupé.

John.

Il savait qu'Elizabeth était ici. Il avait repéré le pick-up du ranch sur le parking en arrivant. Il n'avait pas été étonné qu'elle vienne dîner en ville. Après tout, lui non plus n'avait pas eu envie de manger seul chez lui. Et voilà qu'ils se retrouvaient au même endroit, sans y être venus ensemble. Il songea que cela ressemblait fort à un signe du destin. Il ne croyait pas vraiment aux présages, mais il n'était, en revanche, pas du genre à passer à côté de l'opportunité de dîner en compagnie d'une jolie femme. Et cela, même si c'était sa patronne. Après tout, ce n'était qu'un dîner !

Il se dirigea vers elle… avant de se rendre compte qu'il n'était pas le seul. Un type de grande taille aux cheveux bruns, qu'il identifia comme un des employés d'un ranch du secteur, fut à sa table en trois enjambées. John les observa et vit Elizabeth contempler l'homme avec un regard étonné et un demi-sourire, comme si elle l'attendait.

Pris de cours, il s'arrêta net et jura silencieusement. Elle avait un rendez-vous ? Pourquoi en était-il surpris ? D'accord, elle n'était pas arrivée dans la région depuis très longtemps, mais cela ne signifiait pas qu'elle n'avait pas eu le temps de lier connaissance. C'était une femme superbe. Beaucoup d'hommes devaient tenter de la séduire.

Cette pensée le contraria, et il fut choqué de comprendre qu'il ressentait de la jalousie. Jamais il n'avait éprouvé ce sentiment. Qui plus est, il n'avait aucune envie de voir Elizabeth Wyatt entrer dans sa vie. Si elle connaissait son passé, elle ne daignerait même pas lui adresser la parole. Quelle femme en aurait envie, d'ailleurs ?

Irrité contre lui-même, il tourna les talons et repartit en direction du bar. A une époque, il aurait demandé au barman de lui servir une bière, et il en aurait commandé jusqu'à l'ivresse totale. Mais ce temps-là était révolu.

— Un thé glacé, dit-il au serveur d'un ton laconique.

Il était résolu à ne plus regarder la table d'Elizabeth. Mais à ce moment-là, l'homme qui, avait-il cru, avait rendez-vous avec elle, vint s'accouder au bar et commanda un bourbon. Perplexe, John se retourna et vit qu'elle était assise seule à la table, plongée dans le menu tandis qu'un serveur attendait qu'elle passe commande.

— Ne perds pas ton temps, lui conseilla le cow-boy qui venait de se voir éconduit, elle prétend qu'elle attend quelqu'un.

John songea qu'il aurait été raisonnable de suivre cet avertissement. Etablir des relations plus étroites avec sa patronne ne mènerait à rien. Il commanda donc un steak et un second verre de thé glacé et se concentra sur la télévision juchée dans un coin au-dessus du bar.

Il se promit de rester là sans bouger.

Mais dix minutes plus tard, lorsque son plat fut servi, il ne put se retenir de jeter un coup d'œil dans la direction d'Elizabeth. Il s'aperçut qu'elle aussi avait été servie. Et tout comme lui, elle mangeait seule au milieu de la foule.

— Ne t'approche pas d'elle, se dit-il à voix basse.

Mais il était trop tard. Sans réfléchir, il prit son assiette et ses couverts et se dirigea vers sa table.

— Ça vous dérange si je me joins à vous ?

Tirée de ses pensées, Elizabeth sursauta, leva les yeux et ébaucha un sourire. Mais elle prit conscience que son cœur battait la chamade et elle se figea. Elle aurait dû demander à John de retourner manger au bar. Depuis qu'elle l'avait vu entrer et que leurs regards s'étaient croisés, elle avait guetté le moindre de ses mouvements. Elle avait été vexée qu'il ne vienne pas spontanément la rejoindre. Mais pourquoi avait-elle ressenti cela ? Confuse et inquiète, elle se rappela qu'elle était venue dîner en ville parce qu'elle avait éprouvé le besoin de mettre un peu de distance entre elle et lui. Elle ne pouvait donc pas agir de manière contradictoire en mangeant en sa compagnie.

Elle le savait, l'admettait, et pourtant, lorsqu'elle ouvrit la bouche, elle déclara :

— Bien sûr que non, installez-vous.

Pourquoi agissait-elle ainsi ?

— Je ne suis pas venu vous voir tout de suite après être arrivé, car je pensais que vous aviez un rendez-vous, dit-il d'un ton neutre en s'asseyant. Que s'est-il passé ? Votre ami a dû avoir un empêchement sérieux. Je n'imagine pas qu'un homme puisse vous faire faux bond sans que ce soit un cas de force majeure.

Elizabeth fut d'abord persuadée qu'elle l'avait mal compris. Car John n'était pas un homme du genre à lancer des compliments pour la forme. Mais lorsqu'elle le vit lever les yeux avec un regard interrogateur, attendant sa réponse, elle comprit que son éloge était tout à fait sincère.

A la fois confuse et touchée, elle dut admettre la vérité.

— Je n'avais pas de rendez-vous, dit-elle à voix basse. J'ai simplement décidé de venir dîner en ville, et comme Buck m'avait recommandé cet endroit, je suis venue ici.

— Il a eu raison de vous le conseiller, dit-il, tout en prenant une nouvelle bouchée de steak. En revanche, je suis surpris de vous voir manger du bœuf. J'aurais plutôt cru que vous étiez végétarienne.

Alors qu'elle coupait un morceau de sa viande, elle éclata de rire.

— Moi ? Vous plaisantez ! J'adore la viande. Il n'y a rien de meilleur.

John sourit.

— Je suis d'accord, mais je ne vous aurais pas prise pour une carnivore. Qu'y a-t-il d'autre à votre sujet que j'ignore ? Allez, dites-moi tout, ajouta-t-il, comme elle hésitait à se livrer. Sinon je vais me faire de fausses idées. Que faites-vous dans la vie ? Vous êtes ballerine, c'est ça ? Ou alors, vous fabriquez des poupées. Non, vous faites partie d'un groupe de rock qui…

— Oui, vous avez trouvé ! le coupa-t-elle en riant. Sauf que je suis incapable de produire la moindre note sur un instrument. En fait, je suis acheteuse pour un magasin de vêtements à Londres.

— Acheteuse ? Vous êtes sérieuse ? Waouh ! Comment avez-vous fait pour intégrer le milieu de la mode ?

Elle haussa les épaules.

— Eh bien, disons que je suis en quelque sorte tombée dedans. Le père d'une de mes amies d'école était acheteur chez Harrod's, et, de temps en temps, il nous emmenait avec lui assister à un défilé. Et c'est ainsi que j'ai attrapé le virus.

— Et ça n'a pas été trop compliqué pour vous de prendre un mois afin de venir au ranch pendant que Buck est parti en lune de miel ? J'imagine que ça n'a pas dû trop plaire à votre patron.

— Non, mais j'ai néanmoins obtenu son autorisation.

Cependant, je lui ai promis de profiter de mon séjour pour dénicher des marchés potentiels.

— C'était habile de votre part.

— En fait, j'ai l'intention d'ouvrir un magasin dans la région avec ma sœur lorsqu'elle aura terminé son école de design. J'ai donc tout intérêt à en savoir le plus possible.

— Et l'homme que vous avez laissé en Angleterre ? Que pense-t-il du fait que vous soyez partie pour un mois ?

Il formula cette question avec tellement de naturel qu'Elizabeth mit plusieurs secondes avant de prendre conscience de ce qu'il cherchait à savoir sans en avoir l'air. Il aurait été normal qu'elle lui dise que sa vie privée ne le regardait pas, mais les mots ne vinrent pas, et elle répondit :

— Oh, ça ne le dérange pas. Il est joueur de football professionnel et il devait participer à une compétition en Allemagne. Et il m'avait promis de m'attendre lorsqu'il serait rentré.

Face à son ton peu amène, John fronça les sourcils.

— Pourquoi ai-je le sentiment qu'il n'a pas tenu sa promesse ?

— Parce que c'est le cas, dit-elle d'un ton laconique. Il est parti à Berlin avec une de ses groupies. A Heathrow, pendant que j'attendais l'avion qui devait me conduire ici, j'ai même vu sa photo avec sa nouvelle conquête à la une d'un tabloïd. Je n'étais même pas encore partie que, déjà, il me trompait.

— Ce type est un imbécile.

Elle eut un rire amer.

— Je le sais… maintenant. Hélas, j'ai eu la faiblesse de croire que c'était l'homme avec qui je pourrais passer ma vie entière. Un piètre jugement.

A ces mots, John repensa à son ex-femme, au temps où il buvait, à la confiance qu'elle avait placée en lui et qu'il avait détruite. Son ex-femme avait sans doute éprouvé des sentiments semblables à ceux d'Elizabeth, et il ne pouvait lui en vouloir. Il n'avait pensé qu'à lui.

— Vous n'êtes pas la première à miser sur le mauvais cheval, lui dit-il d'un ton morne. Estimez-vous heureuse d'avoir découvert sa véritable nature avant de l'avoir épousé. Ç'aurait été pire si cela était arrivé après avoir fondé un foyer et eu des enfants.

— C'est vrai, admit-elle en faisant une grimace de dépit. Ç'aurait été affreux. Je devrais sans doute remercier ma bonne étoile, n'est-ce pas ?

— Disons que vous avez évité le pire. Nous devrions fêter cela. Allons danser après avoir terminé le dîner.

Même s'il avait formulé l'invitation, il en était aussi surpris qu'Elizabeth, et il se maudit. Elizabeth était sa patronne, et il n'avait pas à lui faire de telles propositions. Mais avant qu'il ait le temps de parler, elle déclara :

— Danser sur de la musique country ? Comme au mariage de Buck ?

Il sourit.

— Imaginez-vous qu'on puisse danser sur autre chose ici ?

— Oh, ce serait génial ! Où allons-nous ?

— Il y a un club au nord de la ville. Le groupe qui jouait pour le mariage de Buck y est tous les mercredis soir.

— Vous êtes sérieux ? Mais dans ce cas, que faisons-nous encore là ?

Au volant du pick-up, Elizabeth suivit John jusqu'au club dont il lui avait parlé, et ils passèrent près de dix minutes à la recherche d'une place de stationnement.

Le parking était rempli de pick-ups de tous âges et de toutes couleurs, et personne ne semblait être sur le point de partir. Enfin, alors qu'elle commençait à désespérer, deux couples sortirent du club et libérèrent deux places qu'ils s'empressèrent d'occuper.

John apparut à côté d'elle au moment où elle sortait de voiture et lui tendit la main.

— Prête ?

« Prête pour quoi ? Danser, ou quelque chose d'autre ? » se demanda-t-elle, mais elle n'eut pas le courage de prononcer ces mots à voix haute. Pourtant, la soirée s'était transformée en rendez-vous galant, et elle savait que si elle lui donnait la main, elle ne ferait que l'admettre.

Son instinct lui commandait de ne pas le faire, mais, au fond d'elle, elle savait qu'il était déjà trop tard. Lorsqu'un peu plus tôt dans la soirée, elle l'avait vu entrer dans le Rusty Bucket, elle avait su que les événements prenaient un tour qu'elle n'avait pas prévu. Incapable d'agir autrement, elle plaça sa main dans la sienne.

Et, sans un mot, elle le laissa la guider à l'intérieur du club.

5

Une fois entrée, Elizabeth eut une sensation de dépaysement total.

Stupéfaite, elle regarda des cow-boys évoluer sur la piste en compagnie de leurs cavalières : les hommes portaient des jeans impeccables et les femmes arboraient des tenues allant du jean serré avec ceinture scintillante à la virevoltante robe à volants. Elle avait l'impression d'être dans un autre monde. Et cela lui plut : elle avait déjà eu un avant-goût du folklore local au mariage de Buck, mais elle avait pensé que ces danses ne se pratiquaient que pour les grandes occasions. Elle avait maintenant la preuve qu'elle s'était trompée.

— Eh bien ?

Elle tourna la tête et sourit à John.

— Eh bien quoi ?

— Comptez-vous danser ou bien rester là à contempler les autres ?

— Oh, je vais aller danser. J'attends juste que l'on vienne me solliciter.

— Vraiment ? Alors comme ça, vous faites partie des femmes qui attendent qu'un homme fasse le premier pas ? Que c'est décevant.

Elle aurait pu se laisser prendre par le ton sérieux qu'il affectait, mais elle n'était pas dupe. Elle vit l'éclat malicieux dans son regard, les commissures de ses lèvres qui se retroussaient légèrement malgré ses efforts pour avoir l'air sombre. Il ne faisait que la provoquer, la mettre au défi, et il aimait se comporter ainsi. Alors comme ça, il croyait qu'elle n'oserait pas se lancer seule ? Eh bien, c'était mal la connaître.

Elle ne chercha pas à réprimer son sourire et se tourna pour observer les hommes qui se trouvaient au bord de la piste, attendant une opportunité pour inviter la première cavalière disponible.

— Alors, voyons, dit-elle d'un ton songeur. J'aime bien danser avec un homme grand… et plutôt mince. Et, bien sûr, il faut qu'il soit séduisant. Mais pas dans un style trop classique. Je préfère les hommes avec un air plus farouche. Et des cheveux bruns. Voyez-vous quelqu'un qui ressemble à cette description ?

Il avait parfaitement compris son petit jeu. Il éclata de rire et lui prit la main.

— Petite peste. Allez venez, allons danser.

— J'en serais ravie, répondit-elle en souriant. Merci de m'inviter.

Il l'entraîna sur la piste de danse et quelques instants plus tard, il la faisait tournoyer puis la ramenait contre lui. Elizabeth riait, et bougeait les pieds en parfaite harmonie avec lui. Elle apprit à danser le pas de quatre, le quadrille et d'autres danses traditionnelles. Jamais de sa vie elle ne s'était autant amusée.

Elle aurait pu danser toute la nuit, mais soudain la musique se fit plus calme, les couples autour d'eux s'enlacèrent et se balancèrent lentement sur les notes d'une chanson d'amour. Elle croisa le regard de John, et eut envie de se blottir tout contre lui pour s'abandonner au désir qu'il avait fait naître en elle au cours de la soirée.

Mais il était temps de rentrer.

— Il se fait tard, dit-elle d'une voix peu assurée.

— La journée a été longue, acquiesça-t-il. Nous avons besoin de dormir.

John n'avait pas envie de la laisser partir et de retourner au quotidien. Pour la première fois depuis bien longtemps, il n'avait pas laissé le passé lui gâcher son plaisir. Il avait oublié pourquoi il considérait qu'une femme ne souhaiterait pas le côtoyer. Grâce à Elizabeth, il avait passé une soirée formidable. Elle lui avait montré une facette de sa personnalité qu'elle ne dévoilait pas facilement. Elle s'était comportée comme une jeune femme drôle, séduisante, piquante et malicieuse. Et lui, il avait été incapable de détacher son regard d'elle. Pendant plusieurs heures, il avait oublié qu'elle était sa patronne, qu'elle avait subi une déception sentimentale et ne voulait pas revivre de mauvaise expérience. Il s'était laissé aller, et elle l'avait entraîné dans son sillage.

Il était déçu que cette soirée tire à sa fin, mais il savait qu'elle avait raison. Il fallait qu'ils rentrent et aillent dormir, chacun de leur côté... avant de faire une bêtise. Il ne devait pas oublier qui elle était, sans quoi il ne saurait se retenir de la prendre dans ses bras et de l'embrasser de nouveau.

— Venez, dit-il sur un ton voilé. Je vous raccompagne à votre voiture, et ensuite je vous suivrai jusqu'au ranch.

Le parking était plongé dans l'obscurité, la seule lumière à proximité était celle de l'entrée du club. Etonné, John regarda d'un air perplexe les autres lumières censées baliser le périmètre du parking. Elles étaient toutes éteintes.

— Qu'est-il arrivé aux lampadaires ? N'étaient-ils pas allumés lorsque nous sommes arrivés ?

— Il me semble que si. Peut-être qu'un fusible a sauté.

— C'est possible, déclara-t-il tandis qu'ils se dirigeaient vers l'endroit où elle s'était garée. Ou bien c'est un transformateur qui est tombé en panne. Mais, si c'était le cas, tout le quartier serait plongé dans le noir.

— Quelqu'un aurait pu s'amuser à tirer sur les lampadaires avec une carabine à plomb, mais les ampoules ne semblent pas brisées.

Elle détacha son regard des lampadaires et fixa l'endroit où était sa voiture. Il y avait quelque chose d'anormal. Soucieuse, elle se concentra pour regarder mieux.

— Mais… Oh, mon Dieu. Mes pneus !

John suivit son regard et poussa un juron. Même de loin, il parvenait à voir que les quatre pneus du pick-up étaient à plat.

— Qu'est-ce que ça signifie ?

— C'est lui, n'est-ce pas ? dit-elle d'une voix paniquée tandis qu'ils se précipitaient vers le véhicule et comprirent que les pneus avaient été volontairement crevés. C'est le même malade qui a laissé un mot sur mon oreiller ! Pourquoi fait-il cela ? Est-ce qu'il me suit ? Sinon, comment aurait-il su où j'étais ?

— Vous n'avez aucune preuve que c'est le même homme qui a fait cela, remarqua-t-il. Ou même que c'est bien un homme.

— D'accord, nous ne pouvons pas savoir si c'est un homme ou une femme. Mais oseriez-vous me dire que cela n'a aucun rapport avec le mot laissé dans ma chambre ? Que c'est quelqu'un d'autre qui passait par là, a vu le pick-up et décidé à son tour de commettre un forfait pour me faire peur et m'inciter à quitter la ville ?

— Tout est possible, Elizabeth, dit-il calmement. La seule chose dont nous puissions être sûrs, c'est que ce ne sont pas des actes commis au hasard. Vous êtes leur cible et vous risquez de subir des agressions plus violentes.

A ces mots, elle pâlit.

— Et si ce n'était pas quelqu'un qui a repéré le pick-up par hasard ? Et si celui ou celle qui a fait cela était dans le club ce soir ? Avons-nous dansé tout près de cette personne ? Quel moyen ai-je de le savoir ?

— Il est impossible d'affirmer que le responsable était dans le club, lui assura-t-il. Et ne vous tourmentez pas parce que vous ne savez pas qui sont vos ennemis. J'ai comme l'impression que la moitié des habitants du Colorado pensent qu'ils pourraient être l'héritier d'Hilda.

John disait vrai, et cela ne faisait qu'ajouter à la peur d'Elizabeth. Comment pouvait-elle se prémunir du danger alors qu'elle ne savait pas d'où il pouvait surgir ?

John sortit son téléphone de sa poche en marmonnant.

— Ça ne servira sans doute à rien, lui dit-il, mais je vais appeler la police. Il faut que nous les prévenions. On ne sait jamais, avec un peu de chance, quelqu'un aura vu ce qui s'est passé.

Dix minutes plus tard, Elizabeth et John avaient compris que les autorités seraient une fois de plus impuissantes. Après avoir interrogé plusieurs personnes, au club et au Rusty Bucket, sans obtenir le moindre indice, le tout jeune agent Petty, qui était arrivé sur les lieux sirène et gyrophare allumés, se sentait bien démuni.

— Je suis désolé, leur dit-il avec sincérité, mais sans témoins ni preuves…

— Et quatre pneus crevés, vous appelez ça comment ?

lui demanda John avec véhémence. Si ça ce n'est pas une preuve, je ne sais pas ce que c'est.

— Bien sûr que c'est une preuve, lui répondit le policier avec patience. Mais nous n'avons pas de témoins, nous ne savons même pas quel type de couteau a utilisé le responsable, qui c'était, ni même s'il est arrivé là à pied ou en voiture. Nous n'avons rien, insista-t-il. Rien !

— Donc, pour faire court, vous ne pouvez rien faire, intervint Elizabeth. C'est bien ce que vous voulez nous dire ?

— Oui, madame, répliqua-t-il. J'aurais aimé qu'il en soit autrement, mais sans témoins, autant chercher à attraper un fantôme. Tout ce que je peux faire, c'est rester à l'affût. Ce n'est peut-être qu'une plaisanterie de gamins. L'été approche, et l'école va bientôt…

— Ce n'était pas un travail de gamins, et vous le savez très bien, coupa John sur un ton laconique.

— Il est probable que non, en effet, reconnut le policier. Mais devant la loi, vous ne pouvez pas l'affirmer.

— Vous peut-être pas, mais moi si, reprit John. Elle a retrouvé un mot de menaces sur son oreiller, bon sang ! Pneus crevés, clôtures cisaillées, bétail volé. Et je ne parle même pas des attaques contre le ranch et Buck avant son mariage. Si cela ne vous suffit pas pour déterminer que quelqu'un en veut aux Wyatt, c'est soit que vous êtes aveugle, soit que vous le faites exprès.

Directement mis en cause, le jeune policier ne put que répondre :

— Les Wyatt ont effectivement été victimes d'une série d'événements malheureux ces derniers temps. Mais encore une fois, sans témoins ni preuves, je ne peux rien faire.

John savait qu'il avait raison, mais il était tellement furieux que cela ne faisait que l'irriter davantage. Il y avait forcément quelqu'un qui savait qui était derrière ces attaques, et c'était le rôle de la police de le rechercher.

— Prévenez-nous si vous avez une piste, dit-il avec mauvaise humeur. Venez, Elizabeth, je vous reconduis à la maison.

— Et le pick-up ?

— J'appellerai une dépanneuse demain pour qu'ils le ramènent au garage et remettent quatre pneus neufs. Avec un peu de chance, nous serons au ranch avant un nouveau sabotage.

Silencieuse, assise à côté de John tandis qu'il sortait du parking, Elizabeth ne cessait de repenser aux longues heures qu'ils avaient passées ensemble à danser. Elle aurait été bien incapable de dire à quand remontait la dernière fois où elle avait pris autant de bon temps. Et cela l'ennuyait. Dans les bras de John, elle avait tout oublié, fait abstraction de tous les gens autour d'eux, des événements des dernières semaines. Même si un tueur en série avait dansé tout près d'elle, avec l'intention d'en faire sa prochaine victime, elle n'en avait pas eu conscience… car seul John avait retenu son attention. Cette pensée la tourmentait. Jusqu'où serait prêt à aller celui qui voulait mettre la main sur le ranch ? Se contenterait-il de lui faire peur dans l'espoir qu'elle parte avant le retour de Buck ? Ou bien tenterait-il de la blesser ? De la tuer, même ? De lui faire payer d'avoir son nom inscrit noir sur blanc sur le testament d'Hilda ?

— Vous êtes bien taciturne, dit John, rompant le silence pesant qui régnait dans la voiture tandis qu'ils quittaient Willow Bend et roulaient vers le ranch. Ça va ?

— Non, dit-elle calmement. Ça ne va pas.

— Il ne vous arrivera rien tant que je serai près de vous, je vous le promets.

— Je ne doute pas de vos intentions, mais vous ne

pouvez pas faire une telle promesse, répliqua-t-elle. Songez à ce qui s'est passé ce soir. Nous avons passé plus de deux heures à danser et à nous amuser, sans avoir conscience que quelqu'un dans la foule autour de nous avait un couteau sur lui.

— Vous ne pouvez pas affirmer que celui qui a crevé les pneus était…

— Et si, la prochaine fois, celui qui a crevé mes pneus décide de me trancher la gorge ? Alors que je ne sais même pas qui ça peut être.

John marmonna quelques mots incompréhensibles et se gara sur le bas-côté. Sans réfléchir, il prit Elizabeth dans ses bras et la serra contre lui.

— Ça n'arrivera pas, déclara-t-il d'une voix étranglée. Je refuse qu'il vous arrive malheur parce que j'aurais mal fait mon travail ou pas été assez attentif, vous m'entendez ? Il est hors de question que cela arrive de nouveau.

Elle le repoussa doucement, perplexe.

— Que voulez-vous dire par « de nouveau » ? Quand quelqu'un a-t-il été blessé par votre faute ? Il n'y a pas plus consciencieux que vous. Je ne peux pas croire qu'il vous arrive de manquer de rigueur.

A ce moment-là, il aurait dû tout lui avouer. Mais il n'était pas prêt à lire l'expression qui se marquerait dans son regard lorsqu'il l'aurait fait. Il décida donc de travestir la vérité, tout en se maudissant d'agir ainsi.

— Un jour, lorsque j'étais encore marine, il y a eu un accident. Et c'était de ma faute, je n'ai pas été assez attentif, dit-il laconiquement.

Elle était toujours incrédule, elle cherchait à croiser son regard.

— Les accidents, ça arrive tout le temps, mais…

— J'étais marine, Elizabeth. Dans ce corps d'armée, les accidents n'existent pas.

Elle avait envie d'avancer d'autres arguments, de lui démontrer qu'il s'accusait à tort, mais il affichait une expression tellement fermée, le regard plein de remords, qu'elle ressentait surtout de l'empathie pour lui. Depuis combien de temps s'accusait-il d'un événement qui aurait pu arriver à n'importe qui ? se demanda-t-elle. Mais visiblement, il n'était pas enclin à parler davantage de ce qui s'était passé.

— Je ne veux pas que vous viviez dans la peur, dit-il d'une voix pleine d'émotion. Je refuse qu'il vous arrive malheur.

— Je n'ai jamais pensé que vous ne veilleriez pas sur moi, lui dit-elle doucement. Mais ma sécurité ne dépend pas seulement de vous. C'est aussi ma responsabilité. Je veux que vous m'appreniez à me servir d'un fusil.

Alors qu'il était en train de redémarrer, il tourna vivement la tête pour la dévisager malgré l'obscurité.

— Non, c'est inutile.

— Si. Rainey est plus aguerrie que moi, et pourtant, elle a failli se faire tuer par ce type qui a fait sauter la mine espagnole.

— David Saenz est mort, lui rappela-t-il. Il ne peut plus vous faire de mal.

— Il avait été payé pour faire ce sale boulot, rétorqua-t-elle. Le shérif n'est jamais parvenu à découvrir qui l'avait engagé. Ce qui signifie que le commanditaire est toujours libre de ses mouvements. Tout comme les autres qui se sont mis en tête qu'ils pourraient être l'héritier secret désigné par Hilda. Je ne connais pas l'identité de mes ennemis, John. Je dois être capable d'assurer ma protection moi-même.

— Et que comptez-vous faire ? demanda-t-il. Vous promener en permanence avec une arme ?

— Non, bien sûr que non. Mais ce que je veux, c'est surveiller mes arrières. Par exemple, lorsque vous devez aller réparer une clôture ou vous occuper du bétail, et que moi je reste à la maison, j'ai l'intention de garder une arme à portée de main. Au cas où. Alors, allez-vous m'apprendre à tirer, oui ou non ?

— Nous commencerons dès demain matin, lui dit-il. Je vais installer une cible derrière la grange. 9 heures, ça vous convient ?

— Tout à fait. J'y serai.

A ce moment, ils arrivaient au ranch, et avaient un autre problème à régler. La lumière du porche d'entrée était allumée, comme ils l'avaient laissée en partant, et tout semblait calme. Cependant, ils savaient tous deux qu'il ne fallait pas toujours se fier aux apparences.

— Restez ici, je vais aller m'assurer qu'il n'y a pas de danger, déclara-t-il, alors qu'il se garait et coupait le moteur. Je reviens tout de suite.

— Attendez ! Vous ne devriez pas…

Il était déjà loin. Il ouvrait la porte de la maison avec son double de clés et pénétrait à l'intérieur.

Elizabeth avait le cœur battant et frissonnait. Elle avait le sentiment qu'on l'observait. Mais lorsqu'elle regarda autour d'elle, elle ne vit que la nuit noire.

Elle sentit la peur la gagner. Elle ne pouvait rester assise là une seconde de plus. Elle ouvrit sa portière, courut jusqu'à la porte d'entrée de la maison et entra précipitamment, au moment où John revenait dans le vestibule.

— Bon sang, Elizabeth, je vous avais demandé de rester dans la voiture !

— J'avais peur, et…

Avec mauvaise humeur, il passa à la hâte à côté d'elle et ouvrit brusquement la porte.

— Que s'est-il passé ?

— Rien, le rassura-t-elle. Mais j'ai eu la sensation… que quelqu'un me regardait. Mais je n'ai vu personne, s'empressa-t-elle d'ajouter, tandis qu'elle lui emboîtait le pas. Je pense que ce n'était qu'un accès de paranoïa.

— Chut, intervint-il à voix basse. Ecoutez.

Elle ferma la bouche et l'observa en train de scruter l'obscurité, l'oreille à l'affût. Le vent dans les pins et, au loin, la complainte d'un loup étaient les seuls bruits perceptibles. Rien ne bougeait.

— Pourquoi avez-vous cru qu'on vous regardait ? demanda-t-il d'une voix feutrée. Avez-vous entendu du bruit ?

Tout en regardant dans la même direction que lui, elle serra les bras autour d'elle.

— Non. Je sais que ça paraît absurde, mais j'avais la sensation de sentir des yeux posés sur moi. Comme si quelqu'un avait été là, caché dans le noir, à me fixer.

— Depuis quel endroit ? L'allée ? Le porche ? De très loin, avec des jumelles ?

— Je ne saurais dire précisément. De loin, peut-être. Mais comme je vous l'ai dit, c'est sans doute de la paranoïa de ma part. Après ce qui s'est passé ce soir, j'imagine que je suis un peu à cran, et que j'ai le sentiment d'être épiée. Cela me semble assez naturel, non ?

— Rentrons, dit-il. Il faut que nous parlions de cette nuit.

— Cette nuit ? lui demanda-t-elle en le suivant à l'intérieur, sans comprendre ce qu'il voulait dire.

— Je ne veux pas que vous restiez éveillée toute la nuit avec la crainte qu'un sinistre individu vienne vous agresser. Je vais donc passer la nuit ici, et dormir de nouveau sur le canapé du salon.

A ses mots, Elizabeth prit conscience qu'elle avait redouté le moment où il retournerait à l'annexe, et où elle se retrouverait seule pour la nuit.

— Je devrais sans doute vous inciter à y renoncer, et vous dire que ce n'est pas la peine, mais je n'y arrive pas. Alors merci.

— De rien, dit-il d'un ton détaché. Si vous vous sentez inquiète, n'hésitez pas à m'appeler, pour quoi que ce soit. J'ai le sommeil léger, je vous entendrai.

— Etes-vous sûr que vous ne préférez pas dormir dans la chambre d'amis du rez-de-chaussée ? Vous dormirez bien mieux que sur le canapé.

— La chambre d'amis est trop loin. Si vous avez besoin de moi, je mettrai trop de temps pour arriver. Je préfère me trouver dans la pièce centrale par laquelle on est obligé de passer. Si jamais quelqu'un cherchait à pénétrer par effraction et à monter les escaliers, je le surprendrais.

Terrifiée à cette idée, Elizabeth demanda :

— Croyez-vous réellement que c'est ce qui va se passer ?

— Que je pense que ça va arriver ou pas, ce n'est pas le problème. L'important, c'est d'être prêt à parer toute éventualité.

— Mais comment faire ? Nous ne savons pas qui a crevé mes pneus ni qui a mis ce mot sur mon oreiller. Nous ne savons même pas à combien de personnes nous avons affaire. Alors comment être prêt face à autant d'inconnues ?

— Il est impossible d'être prêt concrètement, répondit-il d'un ton laconique. La seule chose que vous pouvez faire, c'est tenter de vous prémunir du danger le mieux possible, d'où qu'il vienne. Ce qui ne signifie pas seulement avoir une arme et des munitions à portée de main en cas d'attaque. Mais également faire attention à ce qui se passe autour de vous en permanence, et avoir conscience de votre vulnérabilité. Vous devez savoir par où vous pouvez vous échapper en cas de besoin, où sont cachées les clés dans le pick-up, où est votre téléphone, où je suis moi. Et si nous restons tous deux sur nos gardes et que nous avons de la chance, alors vous serez en sécurité.

— Car nous ne pouvons pas compter sur la police.

— Non, en effet, acquiesça-t-il. Ce n'est même pas qu'ils ne veulent rien faire, ajouta-t-il, mais dans une telle situation, ils sont impuissants.

Il venait de peindre un tableau plutôt sombre, qui avait remué Elizabeth… et l'avait mise en colère.

— Ils ne réussiront pas, John, promit-elle. Ceux qui en ont après nous ne gagneront pas. Ils ne nous feront pas quitter le ranch, ni à moi ni au reste de ma famille. Broken Arrow est à nous, non seulement de par le testament d'Hilda, mais aussi par notre naissance. Alors peu m'importe de savoir qui pense être le véritable héritier de droit, car il se trompe.

Elle avait parlé sur un ton tellement féroce que John en sourit.

— Vous n'êtes définitivement pas la frêle fleur britannique que je croyais avoir vue en vous.

— Vous êtes un peu rude, répliqua-t-elle d'un ton renfrogné, avant de réprimer un sourire. Ne me faites pas rire, ça me vexe encore plus !

— J'espère bien, rétorqua-t-il. Si j'étais à votre place, je serais furieux. Vous vous battez contre des fantômes, et vous êtes toujours dans le brouillard. Mais ne vous inquiétez pas, un jour ou l'autre, quelqu'un va commettre une erreur. Et à ce moment-là, tout le monde saura de qui il s'agit. Alors cette personne devra répondre de ses actes devant la justice.

Elle voulait croire que sa prédiction allait devenir réalité.

— Je serai soulagée lorsque cette année probatoire sera révolue et que le ranch sera à nous, sans que personne ne puisse le contester. Mais encore faut-il tenir jusque-là.

— Vous y parviendrez, lui assura-t-il. Mais n'allons pas trop vite, il faut vivre au jour le jour, et celui-ci touche à sa fin. Vous devriez aller vous coucher. Je m'occuperai de verrouiller les portes.

— Je ne peux pas, dit-elle avec une grimace. Je suis trop agitée pour dormir.

— Dans ce cas, que diriez-vous de regarder un film ? J'ai le dernier « Harry Potter ». Ça vous rappellera un peu l'Angleterre.

Elle éclata de rire.

— Merci, mais non. Poudlard, ce n'est pas exactement comme chez moi. Je préférerais aller dans le grenier.

Il leva un sourcil étonné.

— Que feriez-vous dans le grenier ?

— Je fouillerais à droite et à gauche. L'autre jour, je n'ai fait qu'y passer la tête. C'est incroyable tout ce qui y est entassé. Ça ressemble à une boutique d'antiquaire ou à un musée. Il y a des meubles qui doivent y être stockés depuis que les Wyatt se sont installés ici. Je m'étais mis en tête que j'irais y jeter un coup d'œil, et peut-être redescendre des objets afin de leur trouver une nouvelle fonction.

— Et vous voulez faire cela cette nuit ?

— Pourquoi pas ? dit-elle en lui retournant un sourire. Avons-nous mieux à faire ?

Il y avait bien des choses qu'il aurait voulu faire, à commencer par l'embrasser, songea John. Mais jamais il ne se serait permis de passer de la pensée aux actes. Peut-être Elizabeth avait-elle compris de quel type d'accident il avait été responsable lorsqu'il faisait partie des marines, mais elle était loin de tout savoir. Et si jamais elle découvrait toute la vérité, elle ne se montrerait plus aussi compréhensive. Aucune femme à sa place ne le serait.

— Eh bien, alors, montons au grenier, déclara-t-il avec bonne humeur. Je vous en prie, passez devant.

— Eh, regardez un peu cette armoire ! s'exclama Elizabeth, dix minutes plus tard, tandis qu'ils se frayaient un chemin parmi les toiles d'araignées pour accéder à un ensemble de meubles couverts de poussière. Elle n'a même pas une égratignure !

John la contempla comme si elle avait perdu la raison.

— Mais vous avez vu le gabarit de ce meuble ? Elle doit peser au moins une tonne. Comment diable espérez-vous qu'à nous deux, nous parviendrons à la descendre de là ?

— Il y a un chariot là-bas dans le coin, dit-elle en le désignant de la tête. Nous pouvons la tirer jusqu'au bord de l'escalier…

Il se contenta de la dévisager.

— Et ensuite ?

— Ensuite, nous la descendons en bas des marches.

— Ce n'est pas plus compliqué que cela ? Et qui va passer le premier, et devra descendre l'escalier en marche arrière en supportant tout le poids ? Laissez-moi deviner. C'est à moi que vous pensiez ?

Elle lui retourna un sourire embarrassé.

— Eh bien, vous êtes plus costaud que moi, il est

donc normal que ce soit vous qui supportiez le plus de poids.

— Comment ai-je pu deviner que vous me feriez ce genre de réponse ? répliqua-t-il en riant. Bon, allez, si nous devons faire bouger cet engin, nous ferions mieux de ne pas tarder.

— Etes-vous sérieux ? Vous allez m'aider ?

— Eh bien, tout dépend du temps que vous allez rester plantée là. Si vous me permettez d'y réfléchir à deux fois, je risque de changer d'avis.

Sans tarder, elle passa près de lui et se saisit du chariot.

— D'accord, allons-y. Que voulez-vous que je fasse ?

— Contentez-vous de me guider dans la bonne direction lorsque je descendrai les escaliers en marche arrière.

— Mais, vous ne voulez pas que je soulève d'un côté ?

— Non, je l'ai.

— Mais…

— Je l'ai, Elizabeth, dit-il en riant.

Il glissa le chariot sous l'armoire et la fit basculer dessus. Il la cala de manière à ce qu'elle ne tombe pas, et, quelques instants plus tard, il l'avait fait rouler jusqu'au palier.

— Bon, nous allons y aller tout doucement, la prévint-il. Prête ? Allez, c'est parti.

Elle se plaça à l'opposé de lui tandis qu'il commençait à descendre, et lui donna des instructions afin qu'il n'accroche pas le mur. Tout le long, elle retint son souffle.

— Encore deux marches, lui dit-elle. Voilà, c'est parfait. Vous y êtes presque. Dieu merci !

— Je ne vous le fais pas dire, geignit-il, le souffle court. Où voulez vous que je la mette ?

— Dans ma chambre.

Il lui jeta un regard plein de reproche, et elle reprit :

— Ne me regardez pas comme cela. Je trouve simplement qu'elle va bien avec mon lit.

— Mais bien sûr, répliqua-t-il avec ironie. En fait j'ai très bien compris votre petit jeu. Vous essayez de m'attirer dans votre chambre.

— C'est ce que vous croyez ? dit-elle sur le même ton, tout en se demandant comment il avait fait pour le deviner, alors qu'elle-même n'avait pas osé se l'avouer… du moins jusque-là. En fait, j'ai l'intention de vous attirer dans à peu près toutes les pièces de la maison. Après avoir bien regardé, il y a au moins six autres meubles que j'aimerais redescendre.

— Cette nuit ?

Elle lui adressa un sourire malicieux.

— Cette nuit.

— Mais ne devriez-vous pas d'abord en parler à Rainey ? Buck et elle vont vivre ici quand…

— La maison nous appartient à tous, et nous avons chacun notre chambre attitrée. Et puis, de toute façon, Rainey adore tout ce qui est ancien. Elle sera ravie. Alors une fois que nous aurons installé l'armoire, nous allons échanger le buffet et la table du salon avec ceux qui se trouvent dans le grenier. D'accord ?

Ne voyant pas d'issue, il poussa un grognement de dépit.

6

— Vous allez faire quoi ?

— Préparer des pancakes, dit-elle en riant. J'ai faim.

— Mais il est 3 heures du matin !

— Oui, mais après le travail que nous venons d'abattre, il y a de quoi avoir un petit creux.

Elizabeth embrassa du regard la salle à manger, désormais meublée avec une table et des chaises anciennes qui semblaient avoir toujours été là, et sourit de satisfaction. Elle passa la main sur le plateau de la table, patiné par le temps.

— Il faut absolument que nous inaugurions cette merveilleuse table, et je ne vois pas de meilleure façon de le faire qu'en mangeant des pancakes dessus.

A cette perspective, John en eut l'eau à la bouche et fut d'accord avec elle.

— Il doit bien y avoir une préparation pour pancakes quelque part dans…

— Une préparation pour pancakes ? répéta-t-elle d'un air dégoûté. Taisez-vous donc ! Je vais faire la pâte moi-même, idiot !

Sans autre forme de procès, elle se dirigea vers la cuisine.

John la suivit et pensait qu'elle allait chercher une recette dans un des livres de cuisine d'Hilda. Mais elle n'eut même pas un regard pour les ouvrages posés sur l'étagère. Sans hésitation, elle se mit à rassembler des ingrédients, et, en un tournemain, la pâte à pancakes était prête.

— Bon, dit-il simplement, j'ai comme l'impression que vous n'avez pas besoin de moi. Je vais donc m'occuper de mettre le couvert et de préparer du café. A moins que vous ne préfériez du thé ?

— Non, du café, dit-elle sans hésiter. J'ai apporté mon propre thé, mais je n'en prends qu'avec parcimonie.

— Vous plaisantez.

Elle rit timidement.

— Je sais que ça paraît absurde, mais c'est la vérité. Maintenant, vous le savez : je garde mon thé comme un trésor précieux.

— Je m'en souviendrai. Où en sont les pancakes ?

— Ils seront bientôt prêts, dit-elle, en versant le reste de la pâte dans la poêle de préparation.

Elle se retourna vers lui en souriant. Elle tenait à la main une pleine assiette de pancakes généreux en beurre.

— J'espère que vous avez faim. Ça m'ennuierait de devoir manger tout ça toute seule.

Elle n'était pas grande et elle avait une taille de guêpe, mais il savait qu'il ne fallait pas se fier à sa silhouette, se dit John. Il l'avait déjà vue dévorer un énorme steak avec appétit.

— Ces quatre-là sont à moi, alors ne songez même pas à les garder pour vous, l'avertit-il sur un ton badin. Moi, je serais ennuyé d'avoir à me battre avec vous pour les obtenir.

— Vous n'oseriez pas.

Il esquissa un sourire malicieux.

— Vous en êtes sûre ?

Un instant, il vit dans son regard bleu saphir qu'elle cherchait à évaluer s'il était sérieux. Il essaya de se rappeler pourquoi il ne pouvait pas se permettre de séduire une femme comme elle. Mais lorsqu'elle lui lançait ce genre de regard, sa seule pensée était qu'il avait envie de l'embrasser.

Ses pommettes rougirent, mais elle ne détourna pas les yeux.

— Les pancakes vont refroidir, lui dit-elle d'une voix rauque.

— Dans ce cas, nous ferions mieux d'aller manger, ajouta-t-il, le souffle court.

Cependant, ils restèrent tous deux immobiles.

Confuse, Elizabeth se dit qu'il fallait qu'elle bouge avant que John comprenne qu'elle était tétanisée. Mais il était trop tard. Elle se tenait là, à le contempler comme une gourde qui n'avait jamais vu un homme avant. Que pensait-il d'elle ?

Les possibilités qui lui passèrent par la tête la ramenèrent brusquement à la réalité.

— Le café est-il prêt ? Si vous portez les pancakes dans la salle à manger, je ferai chauffer le sirop d'érable au four à micro-ondes et je prendrai le beurre dans le réfrigérateur.

Sans lui laisser le temps de répondre, elle lui tendit le plateau et tourna les talons.

Elle n'aurait su dire s'il avait remarqué qu'elle s'affairait dans la cuisine comme une tornade en évitant de le regarder. Mais si c'était le cas, il n'en dit rien, Dieu merci. Ensuite, il était temps de manger, et tous deux tournèrent leur attention sur la nourriture.

Au bout d'une seule bouchée, John comprit pourquoi, selon le dicton, un homme pouvait tomber amoureux d'une femme après avoir goûté sa cuisine. Etonné, il leva les yeux et la regarda intensément.

— C'est dangereux d'avoir une femme telle que vous près de soi.

Incrédule, elle éclata de rire.

— Je vous demande pardon ?

— Je croyais que vous me faisiez marcher.

— Que je vous faisais…

Elle comprit soudain ce qu'il voulait dire et sourit.

— Vous pensiez que je me moquais de vous lorsque je vous ai dit que je savais cuisiner ? Vous devez être stupéfait, alors ?

— C'est un euphémisme, dit-il en riant. A vrai dire, lorsque je vous ai vue pour la première fois, j'étais persuadé que vous ne saviez même pas mettre un four en marche.

Loin de prendre ombrage de sa remarque, elle le considéra avec des yeux scintillants.

— Les femmes que vous fréquentez habituellement ont-elles pour habitude de se vanter de savoir faire des choses qu'elles ne maîtrisent pas ?

— Eh bien, beaucoup de gens font des effets d'annonce en pensant qu'ils n'auront pas à prouver leurs dires, dit-il en haussant les épaules. J'avais un ami qui m'avait raconté qu'il avait été joueur de football professionnel au sein des Vikings du Minnesota. Et puis, un jour, nous étions ensemble dans un bar de Denver, et nous avons rencontré un de ses anciens coéquipiers avec lequel il était soi-disant resté en contact. Mais au moment où il l'a aperçu, il est parti dans la direction opposée. Lorsque je lui ai demandé pourquoi il avait agi ainsi, il m'a avoué qu'il n'avait jamais été footballeur professionnel. Il n'avait même jamais fait partie de l'équipe à l'université.

— J'imagine qu'il n'a pas dû se sentir bien.

— C'est en dessous de la vérité, répondit-il en

grimaçant. Je me suis senti mal, mais ce n'était rien en comparaison de ce que lui a éprouvé. Après cela, il ne m'a plus jamais reparlé.

— C'est absurde ! Enfin, ce n'était pas de votre faute s'il vous avait menti.

— Non, mais je crois que chaque fois qu'il me regardait, il repensait au fait que je savais qu'il avait raconté des bobards. Et ça devait lui être insupportable.

Un instant, il se concentra de nouveau sur les pancakes et le sirop qui restaient, avant de relever la tête et de lui sourire.

— La prochaine fois que vous prétendez savoir cuisiner un plat, la première chose que je fais, c'est de m'emparer d'une assiette et de couverts. Qu'avez-vous prévu pour le petit déjeuner ?

— En fait, c'était le petit déjeuner, répliqua-t-elle avec bonne humeur.

— Ah non, vous n'allez pas vous en tirer aussi facilement, reprit-il. Ça, c'était une collation. On ne prend pas le petit déjeuner avant le lever du soleil.

— Vraiment ? C'est une loi sacrée ?

— C'est une des lois de la cuisine, s'empressa-t-il de répondre. D'ailleurs, un de vos ancêtres a dû la graver dans le mur près de l'ancienne cheminée. Vous n'avez pas remarqué ?

Amusée, elle le mit en garde :

— Attention, vous commencez à vous comporter comme votre ami qui se prétendait joueur de football.

— Oh ! Voilà que vous devenez désagréable. Et moi qui pensais que vous étiez gentille.

— Mais oui, c'est cela. Depuis quand ? Depuis le mariage de Buck et Rainey, nous n'avons cessé de nous chamailler.

— C'est vrai, admit-il en riant. Mais c'était simplement parce que vous vouliez vous comporter comme la patronne.

— Ne commencez pas à…

— Et, bien sûr, ajouta-t-il d'un ton mielleux, nous savons tous deux que vous ne l'êtes pas.

Elle se réinstalla au fond de sa chaise et le contempla en souriant.

— Cette fois, je ne mordrai pas à l'hameçon.

Il fronça les sourcils, feignant de ne pas comprendre ce qu'elle sous-entendait.

— Quel hameçon ? Je ne vois pas de quoi vous parlez.

— Attention, reprit-elle. J'ai vu dans le grenier qu'il y avait un tapis persan, et je l'ai trouvé très beau. Si vous le descendez dans le salon, ensuite, vous devrez m'aider à déplacer les meubles afin de décider dans quelle pièce il fait le plus d'effet…

— Non ! s'empressa-t-il de dire, horrifié. Assez. J'abandonne. C'est vous le chef. Donnez-moi des ordres tant que vous voudrez, du moment que je ne suis pas obligé de soulever des meubles. Il est 4 heures du matin !

— Pauvre petit, dit-elle, ironique. C'est d'accord, nous en resterons là, vous pouvez aller vous coucher. Je vais faire la vaisselle…

— Je vais vous aider.

Elle eut envie de lui dire que ce n'était pas la peine. Trop souvent, au cours de la nuit, elle avait oublié que, s'il était resté près d'elle, ce n'était pas seulement parce qu'il appréciait sa compagnie, mais aussi parce qu'il faisait son devoir. Il la protégeait.

Elle avait envie de lui demander s'il cherchait à la distraire seulement pour lui faire oublier qu'elle était dans une situation délicate, ou si c'était pour un autre motif. Mais elle ne souhaitait pas réellement connaître la réponse. Songer qu'il se montrait sympathique avec elle uniquement parce qu'il devait assurer sa sécurité lui faisait mal.

— Hé, vous allez bien ?

Elle sortit de ses pensées et le vit la contempler avec un regard inquiet. Elle s'efforça d'afficher un sourire.

— Oui, ça va. Mais vous n'êtes pas obligé de m'aider pour la vaisselle. Je sais que vous êtes fatigué. Pourquoi n'allez-vous pas vous coucher ? Je peux finir toute seule.

— Non, dit-il simplement. C'est vous qui avez fait la cuisine, donc c'est moi qui vais faire la vaisselle pendant que vous allez vous détendre un peu dans le salon.

Sans attendre de réponse, il la poussa hors de la cuisine et commença à placer les couverts et les assiettes dans le lave-vaisselle.

Dix minutes plus tard, John éteignit la cuisine et se rendit dans le salon. Il s'attendait à trouver Elizabeth occupée à réfléchir à quel nouveau meuble elle allait installer, mais s'arrêta net lorsqu'il la vit endormie sur le canapé. Il comprit immédiatement qu'elle s'était assise là et s'était assoupie avant de s'en rendre compte. Elle avait les pieds posés au sol, la tête calée sur sa main et un magazine ouvert sur les genoux. Elle n'était pas dans une position confortable, mais la fatigue avait eu raison d'elle. Elle s'était sans doute effondrée quelques minutes seulement après s'être installée.

Il se dit qu'il ne devait pas s'approcher d'elle, mais elle était tellement belle ! Jamais il ne l'avait vue aussi abandonnée, aussi confiante, aussi sexy. Le simple fait de la regarder faisait naître chez lui un désir insoutenable.

« Tu cherches les ennuis, idiot. Sors de là avant de faire une bêtise. »

Il tourna les talons pour s'éloigner avant de se rappeler qu'à cette heure-là elle ne devrait pas être ici. Il avait bien compris pourquoi elle avait eu envie de se mettre à déplacer les meubles au beau milieu de la nuit. Elle s'était évertuée à conjurer sa peur. Cette idée le rendait furieux. Il pensa que celui qui s'amusait à la terroriser ferait aussi bien de profiter du bon temps qu'il prenait, car ses jours étaient comptés. Lorsqu'il découvrirait qui c'était, ce dernier allait regretter d'être né.

Il s'avança silencieusement vers le canapé, referma délicatement le magazine posé sur les genoux d'Elizabeth, saisit un oreiller et le glissa sous sa tête. Elle poussa un petit gémissement, changea de position et ramena les pieds sur le canapé pour s'allonger, mais sans se réveiller. John sentit sa poitrine se serrer, mais il refusait de croire que c'était son cœur qui réagissait. Toutefois, lorsqu'il prit une couverture et l'en recouvrit, il dut admettre qu'elle provoquait chez lui des émotions qu'il n'avait plus ressenties depuis bien longtemps.

Une fois encore, il se dit qu'il aurait été plus sage pour lui de s'installer dans le vestibule, afin de veiller sur elle sans pour autant l'avoir sous les yeux en permanence. Au lieu de quoi il s'assit dans le fauteuil face au canapé et la contempla d'un regard rêveur. Qu'allait-il faire avec elle ? C'était la sœur de Buck, et, pour cette seule raison, il aurait dû censurer son envie de l'embrasser, et plus encore celle de lui faire l'amour. Mais cette envie était bien là, que cela lui plaise ou non. Dans chacune de ses pensées, il se voyait l'étreindre, puis l'emmener dans la chambre à l'étage pour lui faire passionnément l'amour à en perdre la tête. Et il était incapable de se débarrasser de ce désir.

Mais ce dont il était sûr, c'est qu'il était hors de question qu'il la laisse sans protection. S'il devait rester la nuit entière à côté d'elle pour s'assurer qu'il ne lui arriverait rien, il le ferait. Il allongea les jambes devant lui et s'enfonça dans le fauteuil, sans la quitter du regard.

Le rêve qui l'agita était tellement réel qu'il ne se demanda même pas s'il était éveillé ou pas. Elizabeth était là, avec lui, dans le fenil, et lui souriait avec une telle chaleur qu'il en était troublé. Elle avait le regard plein de promesses tandis qu'elle s'approchait de lui. Mon Dieu, qu'elle était belle ! Et elle avait la peau si douce. N'importe quel homme aurait été prêt à se damner pour une femme comme elle, pensa-t-il. Il était sur le point de céder au désir qui s'était emparé de lui : il voulait la toucher, l'embrasser. Lui faire l'amour jusqu'à ce qu'elle crie son nom, perdue dans l'extase…

— John ?

Soudain, il lui vint en tête qu'il était peut-être en train de rêver. Mais lorsqu Elizabeth prononça une nouvelle fois son nom, il fut incapable de dire où finissait le rêve et où commençait la réalité. Il ouvrit les yeux et la trouva penchée au-dessus de lui, avec aux lèvres un sourire qui le bouleversa. Sans réfléchir, il la prit dans ses bras et la serra contre lui.

— John ! Ce n'est qu'un rêve !

— Si c'est vrai, dit-il d'une voix sourde, je refuse de me réveiller.

Et, sans rien ajouter, il l'embrassa et replongea dans le fantasme qui venait le visiter depuis plusieurs jours.

Il l'embrassa avec une avidité et une langueur qui firent réagir Elizabeth. Elle gémit doucement et se laissa aller contre lui. Elle aimait sentir ses lèvres sur les siennes. Il était en train de rêver — elle l'avait compris lorsqu'il l'avait prise dans ses bras — et elle aurait dû le réveiller et lui dire d'arrêter. Mais qu'est-ce qu'il embrassait bien ! Lorsqu'il la serra plus fort, comme s'il ne voulait plus jamais la lâcher, elle eut le sentiment que c'était elle qui basculait dans le rêve. Elle soupira et ne résista pas à son étreinte, se disant qu'elle ne laisserait pas les choses aller trop loin. Elle voulait se convaincre qu'elle pourrait mettre fin à ce baiser quand elle le souhaiterait.

Mais il commença à laisser glisser ses mains sur ses hanches, sa taille, ses seins, et elle en eut le souffle coupé. Elle perdit toute notion de raison ou de bon sens. Seul John, ses caresses et ses baisers emplissaient son esprit.

Cependant, elle sentit immédiatement le moment où John se réveilla complètement et prit conscience de ce qu'il faisait. L'antique horloge de l'entrée sonna 6 heures, et même s'il continuait de l'embrasser, ses caresses se firent plus hésitantes.

Lentement, il finit par interrompre son baiser et se recula un peu pour contempler son visage.

— Si vous souhaitez me gifler, je ne vous en empêcherai pas, déclara-t-il. Tout ce que je peux dire pour ma défense, c'est que je rêvais.

Elle esquissa un léger sourire.

— Je sais. Moi aussi.

— Comment…

— Je me suis réveillée et j'ai vu que vous vous étiez endormi dans le fauteuil. J'avais l'intention de vous réveiller pour vous prévenir que je montais prendre une douche, dit-elle. Je ne voulais pas que vous vous réveilliez tout seul et croyiez que j'avais été enlevée ou autre chose dans le genre…

— Et du coup, c'est moi qui vous ai attrapée, dit-il d'un ton ironique, voyant qu'elle hésitait à continuer. Je suis étonné que vous ne m'ayez pas assommé.

— Vous n'aviez pas conscience de ce que vous faisiez, remarqua-t-elle tout en se relevant. Cela aurait pu arriver à n'importe qui.

— C'est possible, dit-il en haussant les épaules. Mais je vous promets que ça n'arrivera plus.

En tout cas, si jamais il l'embrassait de nouveau, il se faisait le serment d'être bien éveillé, songea John. Et tant pis s'il se faisait renvoyer. Il était prêt à courir le risque.

Il se leva et ajouta :

— Prendre une douche, c'est une bonne idée. Je pensais retourner à l'annexe, mais je ne veux pas vous laisser toute seule dans la maison.

— Vous n'avez qu'à vous servir de la douche de la chambre de Buck, lui conseilla-t-elle. C'est tout à côté de la mienne, alors si par hasard j'avais besoin de vous, je n'aurais qu'à vous appeler. Même si je doute d'avoir à le faire, s'empressa-t-elle d'ajouter. Toutes les portes extérieures sont verrouillées, et, bien sûr, il y a une serrure sur la porte de ma chambre. Tout devrait donc bien se passer.

Il savait qu'il était probable qu'aucun incident ne survienne, mais il n'arrivait pas à se résoudre à la laisser seule, même s'il était tout près.

— Malgré tout, je me sentirais plus à l'aise si je restais dans le couloir à côté de votre porte pendant que vous vous douchez. Ensuite, vous n'aurez qu'à m'accompagner à l'annexe et à m'attendre tandis que je me laverai à mon tour. Après quoi je vous apprendrai à tirer.

— Mais…

— Il n'y a pas de mais, Elizabeth. Je refuse de vous laisser seule. Alors autant vous habituer dès maintenant à l'idée que tant que celui qui vous menace ne sera pas derrière les barreaux, que Buck sera absent et que vous ne serez pas rentrée en Angleterre, je vous suivrai partout. Si ça vous dérange…

— Je n'ai qu'à vous renvoyer ?

Le regard de la jeune femme brillait de malice. Mais il ne put réprimer un demi-sourire.

— A votre avis ?

Son avis, c'était qu'un homme n'avait pas à être aussi sexy que lui, pensa Elizabeth. Lorsqu'il lui souriait et qu'il la regardait de ses yeux sombres, elle avait envie…

« … qu'il fasse exactement ce qui ne doit pas arriver, songea-t-elle. Tu en as ta claque des hommes, et de toutes ces croyances ridicules en l'amour qui dure la vie entière, tu te rappelles ? Tout ce que tu es venue chercher ici, c'est un endroit propice pour installer la boutique que tu comptes ouvrir avec Priscilla. Et pour cela, tu n'as pas besoin d'un homme. »

— Mon avis, c'est que maintenant je vais prendre ma douche. Si vous tenez vraiment à monter la garde dans le couloir pendant ce temps-là, je ne peux pas vous en empêcher.

Elle leva la tête et partit en direction de l'escalier. John la suivit, un sourire aux lèvres. Un sourire qui s'estompa lorsqu'il arriva devant la porte de sa chambre et se surprit à l'imaginer… nue sous la douche.

Une demi-heure plus tard, John prenait une douche glacée dans l'annexe, tandis qu'Elizabeth l'attendait dans le petit salon, mais l'eau froide ne contribua guère à dissiper l'excitation qui s'était emparée de lui. Rien n'y faisait. Lorsqu'elle était sortie de sa chambre, fraîchement douchée, et vêtue d'un jean qui moulait ses hanches à la perfection ainsi que d'un T-shirt rouge, il avait eu du mal à retenir un grognement de dépit. Ensuite, c'était le parfum qu'elle exhalait qui l'avait enivré jusqu'à lui faire tourner la tête. Il avait alors compris qu'il avait de sérieux problèmes.

La chose la plus sensée aurait été d'annuler la leçon

de tir qu'il s'était proposé de lui donner. Mais dans sa situation, il était clair qu'il fallait qu'Elizabeth apprenne à manier une arme. Et pas seulement parce qu'une menace pesait sur elle. Si elle voulait vraiment apprendre les rudiments de la vie dans un ranch, il fallait qu'elle soit capable de tirer, de se protéger, si nécessaire. C'est pour cela qu'il allait lui enseigner le maniement d'une arme. Tout en gardant ses distances ! Ce qui risquait de s'avérer compliqué.

Résigné, il ferma le robinet de la douche, se sécha, enfila son jean et sa chemise, et alla la rejoindre.

— Bon, allez, au travail, dit-il d'une voix un peu trop sèche. A moins que vous ne souhaitiez attendre d'être plus reposée ? Pour manier une arme, il faut avoir les idées claires.

— Oh, mais je suis bien réveillée, lui assura-t-elle. La douche m'a redonné vie. Et qui plus est, j'ai quand même réussi à dormir deux heures.

Il devait bien reconnaître que le manque de sommeil ne semblait pas avoir freiné ses ardeurs. Elle avait le regard pétillant, un sourire radieux, et l'air déterminé.

— Eh bien alors, allons-y, dit-il en ouvrant la porte afin qu'elle puisse le précéder.

Ce qui, pensa-t-il, était une erreur. Lorsqu'elle passa près de lui, il ne put détacher son regard du balancement de ses hanches. Il se força à détourner les yeux et se mit en quête des boîtes de conserve vides qu'il gardait pour ses séances d'entraînement au tir. Une fois qu'il les eut rassemblées, il se dirigea vers une barrière éloignée d'une vingtaine de mètres et y déposa les boîtes.

— Ceci, c'est une Winchester 94, dit-il en saisissant la carabine qu'il avait emportée. Elle appartenait à mon grand-père, et c'est la première arme avec laquelle j'ai appris à tirer. Il y en a une autre dans la galerie d'armes du bureau de Buck, qui a appartenu à votre arrière-grand-père.

Etonnée, elle le fixa.

— Et elle fonctionne toujours ?

Il sourit.

— Vous ne trouverez pas un ranch de la région dans lequel il n'y a pas au moins une Winchester. Ce sont des armes d'une qualité exceptionnelle. Ce sont même elles qu'on a utilisées pour le tournage de *L'Homme à la carabine*.

Elle le regarda sans savoir de quoi il parlait, et il eut un grognement d'exaspération.

— Ne me dites pas que vous n'avez jamais entendu parler de *L'Homme à la carabine*. C'était une série télévisée des années 1960. Un western. Je pense que ça passe toujours sur le câble…

— Je suis désolée, dit-elle en affichant une grimace contrite. Je ne regarde pas beaucoup la télévision et, si par hasard cette série a aussi été diffusée en Angleterre, je n'en ai jamais rien su.

— Bon. Et quelle est votre expérience avec les armes à feu ?

— Je n'en ai aucune.

— Pourquoi ? En avez-vous peur ?

Elle prit un air songeur pour réfléchir à la question.

— Non, je ne dirais pas cela. Mais j'aurais du mal à définir mon sentiment envers les armes à feu puisque je n'en ai jamais tenu une de ma vie. Je suppose que je serai plus à même de vous répondre dans quelque temps.

— Mieux vaudrait pour vous le savoir très vite. Car si vous le découvrez le jour où vous serez dans l'obligation de vous en servir pour vous protéger, vous risquez d'avoir des problèmes, rétorqua-t-il. Bon… règle numéro un : toujours vérifier la sécurité.

Il lui montra où se trouvait la molette de sécurité, puis comment s'assurer qu'une arme n'était pas chargée, comment installer les munitions, comment envoyer une balle dans le canon avant de ramener le chien en arrière et presser la détente.

— Le plus important, c'est de bien connaître votre arme, lui dit-il. Il faut que vous soyez à l'aise avec la détente, que vous sachiez quelle pression vous devez exercer dessus pour faire feu…

Il avait à peine terminé sa phrase qu'elle posa le doigt sur la détente et que le chien se rabattit. S'il y avait eu une balle dans le canon, le coup serait parti.

— Oh, mon Dieu !

— Vous voyez que c'est important de faire très attention, dit-il doucement. Je connais des gens qui se sont blessés, ou qui sont même morts en nettoyant leur arme.

Ecœurée, Elizabeth aurait aimé lui rendre l'arme et ne plus jamais la toucher. Mais elle savait qu'il était important qu'elle sache se protéger.

— Je vous promets d'être très prudente, dit-elle d'un ton solennel. Ensuite, que dois-je faire ?

— Chargez-la et visez une des boîtes de conserve posées sur la barrière.

Il lui tendit une balle et la regarda l'installer dans le barillet.

— Cette carabine peut contenir jusqu'à six balles, lui dit-il, mais je veux que vous vous entraîniez à la charger, donc vous allez les mettre une par une. Qui plus est, c'est plus sûr. Allez, faites de votre mieux pour faire un beau tir.

Elizabeth plissa les yeux pour viser les boîtes alignées sur la barrière. Elle eut soudain la sensation qu'elles se trouvaient à plusieurs kilomètres. Elle regarda John et dit :

— C'est impossible, comment voulez-vous que je fasse ?

— Ce n'est pas aussi difficile que ça en a l'air, répondit-il avec un petit rire. Attendez… Laissez-moi vous aider.

Elle crut qu'il allait lui prendre l'arme des mains et lui montrer comment il fallait faire. Mais en fait, il se posta juste derrière elle et passa les bras autour d'elle pour lui montrer comment elle devait tenir son arme.

— Il n'y a pas de lunette de visée, lui dit-il doucement à l'oreille tandis qu'il lui plaçait correctement les mains sur la carabine. Alors vous devez fixer le bout du canon et l'aligner sur la boîte de conserve. D'accord ?

Le cœur battant, elle faillit éclater de rire. Il ne pouvait pas être sérieux. Comment espérait-il qu'elle puisse se concentrer sur une boîte de conserve postée à vingt mètres alors qu'il était là, tout contre elle, au point qu'elle sentait sa respiration sur sa joue ?

— Non, non, dit-elle d'une voix tremblante, avant de pousser un petit cri. Attendez ! J'y suis !

— Bravo, dit-il d'une voix terriblement séduisante. Maintenant, posez calmement votre doigt sur la détente. Voilà. Assurez-vous que vous avez bien la boîte dans votre ligne de mire et pressez la détente.

Le cœur battant à se rompre, elle glissa le doigt sur la détente, retint sa respiration et appuya. Vingt mètres plus loin, aucune boîte ne bougea.

Toujours collé contre son dos, John rit doucement.

— Vous avez fermé les yeux, n'est-ce pas ?

Elle poussa un soupir de surprise.

— Comment le savez-vous ?

— Une intuition.

Il recula.

— Maintenant que vous connaissez la méthode, recommencez. Mais cette fois-ci, gardez les yeux ouverts.

Elizabeth se sentit rougir. John avait-il la moindre idée de ce qu'elle avait ressenti lorsqu'il l'avait ceinte de ses bras ? Elle tenta de se concentrer, mais ce n'était pas facile. Il surveillait ses moindres gestes tandis qu'elle insérait une nouvelle balle, et lorsqu'elle fixa son attention sur la cible, elle sentit encore son regard rivé sur elle. Elle fixa les boîtes en se forçant à ne pas bouger.

« Ne bats pas des paupières, ne bats pas des paupières. » Elle se répéta cette consigne, pressa la détente… et envoya une boîte tournoyer en l'air.

Elle resta d'abord incrédule. Puis elle éclata de rire.

— Eh ! Je l'ai fait ! Je l'ai fait !

Elle fit volte-face et se jeta dans les bras de John.

Avant même qu'elle ait le temps de se reprendre et de reculer, leurs regards se croisèrent, et l'air entre eux fut chargé de désir. Savait-il combien elle avait envie de le toucher ? De l'embrasser ? Ressentait-il la même chose qu'elle ? Tous ses sens en éveil, ressentant une excitation qu'elle refusait de nommer, elle hésita, et chercha à croiser de nouveau son regard. S'il lui avait montré qu'il avait envie d'elle autant qu'elle avait envie de lui, elle n'aurait pas hésité une seconde à se donner à lui.

Mais il n'en fit rien.

7

Sans s'être concertés, John et Elizabeth décidèrent de s'éviter le reste de la journée. Mais ils n'en avaient pas pour autant oublié la menace qui pesait sur Elizabeth et sur le ranch. Par conséquent, John faisait en sorte de toujours rester à proximité. En revanche, lorsque Elizabeth prépara le dîner et lui demanda s'il souhaitait se joindre à elle, il repoussa son invitation, prétextant qu'il avait des papiers à classer dans le bureau de Buck et qu'il mangerait tout en travaillant. Elle se dit que c'était mieux ainsi et s'installa devant la télévision avec un plateau-repas. Elle zappa sur les chaînes du satellite, à la recherche d'un épisode de *L'Homme à la carabine*. Mais elle n'en trouva pas.

Lorsqu'elle se décida à aller se coucher, elle se sentait fatiguée et seule. Qui plus est, John monopolisait toutes ses pensées. C'était comme si elle avait un radar pour suivre l'ensemble de ses faits et gestes. Elle était sans cesse à l'affût des bruits qu'il faisait en se déplaçant, et elle savait en permanence où il se trouvait. Ce soir, elle était parvenue à le convaincre de dormir dans la chambre de Buck et, à un moment, elle l'entendit monter l'escalier puis passer devant sa chambre. Quelques minutes plus tard, le silence retomba sur la maison.

Cette nuit-là, elle n'eut pas conscience d'avoir dormi une seule minute. Elle consacra un temps infini à guetter le moindre son provenant de la pièce du fond. Elle n'en perçut aucun, mais cependant elle ne parvint pas à trouver le sommeil. Lorsque enfin elle entendit John traverser de nouveau le couloir, il était 6 heures et elle était épuisée.

Elle grommela et se força à s'extirper de son lit. Elle se rendit d'un pas traînant à la salle de bains afin de prendre une douche et de retrouver ses esprits. Elle avait la tête tellement embuée qu'elle n'aurait su dire combien de temps elle resta sous le jet d'eau chaude. Lorsqu'elle finit par sortir de sa torpeur, elle était déterminée à ne pas passer la journée à tourner en rond dans la maison en pensant à John. Il fallait qu'elle sorte, qu'elle s'éloigne de lui et trouve une autre occupation.

Sa boutique.

Cette idée la traversa tandis qu'elle se lavait les cheveux, et elle comprit immédiatement que c'était le bon choix. Elle irait jusqu'à Aspen ou Vail, afin de repérer des locaux disponibles et juger de l'opportunité de s'installer dans une de ces deux villes. Toutes deux étaient à plusieurs dizaines de kilomètres de Willow Bend, et personne là-bas ne la reconnaîtrait. Elle serait en sécurité, et, avec un peu de chance, la journée entière s'écoulerait sans qu'elle pense à John.

Satisfaite de ses résolutions, elle se sécha rapidement les cheveux et sortit de la douche. Dès qu'elle fut habillée, elle se saisit des clés de la jeep et sortit en hâte. Le pick-up était censé être ramené au ranch plus tard dans la matinée, paré de quatre pneus neufs, mais elle n'avait pas l'intention d'attendre jusque-là pour partir.

La jeep était à sa place habituelle et John ne se trouvait pas dans les environs. Soulagée, elle se glissa derrière le volant et démarra, la tête déjà pleine d'images du jour où Priscilla et elle ouvriraient leur magasin. Elle appellerait d'ailleurs sa sœur en fin de journée pour lui faire part de ses repérages. Il fallait qu'elle trouve un emplacement avec une grande vitrine. Elle parvenait à visualiser ce qu'elle désirait. Priscilla se ferait un plaisir d'aménager cette vitrine avec classe. Pour cela, elle avait l'œil, et…

— Où diable pensez-vous aller ?

Elizabeth bondit de surprise lorsque John apparut à côté d'elle et ouvrit brusquement sa portière.

— Vous m'avez fait peur !

— Ça vous apprendra, rétorqua-t-il avec humeur. Où allez-vous ?

Elle lui jeta un regard indigné.

— Je vous demande pardon ?

— Ne me regardez pas ainsi, répliqua-t-il. Avez-vous déjà oublié ce qui est arrivé, la dernière fois que vous êtes sortie seule ? Quelqu'un vous en veut et…

— C'est pour cela que je vais à Aspen, lui dit-elle. Il faut que je repère un emplacement pour mon futur magasin, et là-bas personne ne me connaît.

— Qu'est-ce qui vous fait croire que vous ne serez pas suivie ? remarqua-t-il. Vous pourriez vous faire agresser avant d'arriver là-bas, alors qu'il n'y aura personne pour se porter à votre secours. Y avez-vous songé ? Vous rendez-vous compte du risque que vous prenez ?

— Si quelqu'un me suivait, je m'en apercevrais.

— Vraiment ? Alors comment se fait-il que vous n'ayez même pas remarqué que j'étais juste derrière la voiture ? Et si ça n'avait pas été moi, mais celui qui vous menace ? J'aurais pu vous trancher la gorge avant même que vous compreniez ce qui vous arrivait.

Elle fut parcourue d'un frisson d'horreur à cette pensée. Même si cela lui coûtait de le reconnaître,

John avait raison. Elle avait baissé sa garde. Ce qui ne signifiait pas pour autant qu'elle devait vivre cloîtrée, comme si elle était prisonnière.

— Bon, d'accord, j'avoue avoir été inconséquente. A l'avenir, je serai plus prudente. Satisfait ?

— Non.

— Dommage. Je m'en vais, et vous ne pouvez rien y faire.

— Le pensez-vous vraiment ?

— Je suis sérieuse, John. Ecartez-vous de mon chemin.

— Aucune chance. La nuit dernière, je vous ai pourtant dit que j'allais surveiller vos moindres faits et gestes jusqu'à ce que Buck soit revenu, et moi aussi j'étais sérieux. Alors oubliez votre projet d'aller vous promener toute seule. Cela ne se produira pas.

— Eh bien, dans ce cas, vous feriez mieux de monter, car je pars.

Elle se pencha en avant pour tourner la clé de contact, mais John fut plus preste. En un clin d'œil, il se saisit du trousseau de clés et le fourra dans sa poche.

— Enfin, John !

— Ne bougez pas, dit-il d'un ton sévère. Je vais me changer. Je reviens dans dix minutes.

— Vous ne pouvez pas m'accompagner. Vous devez rester ici afin de vous assurer que personne ne va tenter de s'en prendre au ranch.

— Ma plus grande inquiétude, c'est vous. Et aussi que quelqu'un cherche à vous tenir éloignée du ranch.

— Je serai revenue…

Il ne l'écouta pas et ignora ses efforts pour le dissuader de l'accompagner. Il reprit :

— Et je vais m'assurer que ça n'arrive pas. A tout de suite, ma belle.

Furieuse, elle le contempla avec un regard fielleux, avant de surprendre son propre reflet dans le rétroviseur. Elle avait l'air d'une gamine de deux ans sur le point de faire une crise de nerfs. Voilà ce à quoi il l'avait réduite, pensa-t-elle sans pouvoir s'empêcher de sourire. Qu'allait-elle faire de lui ?

Des images lui traversèrent soudain l'esprit. Des images sensuelles qui lui échauffaient les sens. Elle poussa un soupir d'impuissance et chercha à se reprendre. Passer encore plus de temps avec John était tout ce qu'elle devait éviter, mais, cependant, il agissait avec sagesse. Elle ne devait pas se déplacer seule. C'était trop dangereux. Donc, d'une façon ou d'une autre, il faudrait qu'elle trouve un moyen de juguler les sentiments qui s'emparaient d'elle lorsqu'il était dans les parages.

Mais il ne lui facilitait vraiment pas la tâche. Lorsqu'il réapparut, elle se déplaça côté passager pour lui laisser le volant et, au passage, perçut les enivrants effluves de son eau de toilette. Mieux valait ne pas conduire, se dit-elle. Car avec John à côté, elle aurait été incapable de se concentrer sur la route.

S'il en allait de même pour lui, il parvenait à le dissimuler. Ce n'est qu'une fois qu'ils eurent quitté le ranch qu'elle comprit pourquoi. Il ne cessait de jeter des coups d'œil dans les rétroviseurs afin de s'assurer qu'ils n'étaient pas suivis. D'instinct, elle se mit à faire de même.

— Il n'y a personne derrière nous, dit-elle calmement.

— Espérons qu'il en soit ainsi tout le long du trajet, répliqua-t-il, avant de se concentrer de nouveau sur sa conduite.

Après plusieurs kilomètres, il n'y avait toujours aucun signe inquiétant. Des véhicules les suivaient parfois un moment avant de bifurquer ou de les doubler. S'ils étaient suivis, alors celui qui les filait était extrêmement habile.

Elle jeta un regard à John et lui demanda :

— A votre avis, sommes-nous tranquilles maintenant ?

Il leva de nouveau les yeux vers le rétroviseur.

— C'est probable, mais il serait fatal de sous-estimer ceux qui convoitent le ranch. Il y a trop de choses en jeu.

Elle était d'accord avec lui.

— Merci d'être venu avec moi, dit-elle. Vous aviez raison, j'ai eu tort de tenter de partir seule.

— Pardon ? demanda-t-il en la regardant brièvement. Je dois avoir mal compris. Venez-vous de déclarer que j'avais raison ? Mes oreilles doivent me jouer des tours.

Elle éclata de rire. Elle ne pouvait faire autrement.

— Je ne suis pas bornée à ce point, quand même !

— Ah bon ? Mais alors, qui pensait qu'il était inutile que je monte la garde dans le couloir, hier ? Qui considérait qu'il était absurde que je dorme sur le canapé du salon le soir où vous avez retrouvé ce mot sur votre oreiller ? Qui…

— Très bien, très bien, le coupa-t-elle en riant. Vous avez gagné. J'avais faux sur toute la ligne. Voilà. Vous êtes content ?

— En fait, j'aimerais plutôt que vous me disiez : « Oui, John, tout ce que vous voulez, John. Vous êtes tellement intelligent, John. Je ne sais pas ce que je ferais sans vous, John. »

— Mais oui, bien sûr. Si c'est vraiment ce que vous souhaitez m'entendre dire, vous feriez mieux de prendre votre mal en patience.

— Mince. Je craignais cette réaction.

Il fixa de nouveau la route qui, à cet endroit, devenait sinueuse, et Elizabeth fut incapable de détacher son regard de lui. La veille, après la leçon de tir, elle ne l'avait plus revu de la journée, et il lui avait manqué. Elle aurait voulu lui parler, revivre un bon moment en sa compagnie, comme quand ils avaient déplacé les meubles.

— Pourquoi m'avez-vous évitée hier ? Ai-je dit quelque chose qui vous a blessé ?

Elle n'avait pas préparé sa question. Les mots lui étaient venus tout seuls. Elle rougit et s'empressa d'ajouter :

— Je suis désolée, oubliez ce que je viens de dire et…

— J'avais envie de vous embrasser.

Elle fut abasourdie par son aveu.

— Alors pourquoi ne l'avez-vous pas fait ?

Elle avait posé cette question sur le ton le plus désinvolte possible, ce qui aurait dû le conduire à répondre avec la même sobriété. Au lieu de quoi il la regarda comme si elle avait perdu la tête.

— Pourquoi ? Avez-vous réellement besoin de me le demander ? Vous êtes ma patronne, bon sang ! Si vous me croyez prêt à avoir une relation avec vous, alors que vous avez le pouvoir de signer ma fiche de paye, c'est que vous me connaissez très mal.

Alors comme ça, l'idée d'avoir une relation avec elle lui avait traversé l'esprit ? se dit Elizabeth. Quand ? Et qu'est-ce que le fait d'être sa patronne venait faire là-dedans ?

Une multitude de questions l'assaillirent, et elle le contempla, confuse.

— Vous n'êtes pas sérieux. Premièrement, ce n'est pas moi qui établis votre fiche de paye, c'est Buck. Et vous ne pouvez pas me considérer comme votre patronne.

— Bien sûr que si !

Il était en colère… et apparemment frustré. Ebahie, elle chercha à le raisonner.

— Nous sommes tous deux des adultes responsables,

John. Je suis prête à admettre que je me suis comportée comme si j'avais le droit de vous donner des ordres. Mais c'est parce que vous en avez fait de même avec moi. Mais s'agissant de… je me moque que…

Il lui jeta un regard interrogateur.

— Que cherchez-vous à me dire, au juste ?

Gênée, elle se demanda s'il le faisait exprès.

— Ce que je veux dire, lâcha-t-elle en prenant son courage à deux mains, c'est que je me moque de la position sociale des hommes que je fréquente. Même si, de toute façon, se dépêcha-t-elle d'ajouter avant qu'il ne tire de fausses conclusions, ce n'est pas très important en ce moment, car je n'ai pas l'intention de m'engager dans une nouvelle relation. Ce serait idiot. Je suis sur le point de démarrer une affaire, et je ne sais même pas encore où cela se fera. Or actuellement, c'est tout ce qui compte pour moi.

— Très bien, commenta-t-il d'un ton laconique. Là, nous nous comprenons.

Elle songea qu'ils auraient dû avoir cette conversation depuis plusieurs jours. Tout avait été dit, ils avaient tiré la situation au clair. Elle aurait dû se sentir soulagée. Sauf qu'elle avait envie de pleurer.

Aspen était telle qu'Elizabeth l'avait espéré. Certes, il n'y avait pas de neige, car on était à la mi-mai, mais la ville était néanmoins pleine de touristes. Toutefois, ce furent les boutiques qui retinrent le plus son attention. Il y avait des magasins spécialisés en vins, des bars à cigares, des bijouteries et des pâtisseries qui n'avaient pas à rougir de la comparaison avec ce que l'on trouvait en Europe. Elle étudia avec un soin plus particulier les boutiques de vêtements qui égayaient le quartier commerçant. Dans les vitrines, à qualité supposée égale, rien de ce qu'elle voyait ne rivalisait avec les robes qu'elle achetait à Londres. Et rien ne ressemblait aux robes que créait Priscilla.

— Vous êtes consciente que vous êtes comme une gamine qu'on a laissée dans un magasin de sucreries, n'est-ce pas ?

Elle n'avait pas noté que John l'observait, et elle détourna la tête des vitrines pour lui sourire.

— Ça se voit ?

— Comme le nez au milieu de la figure.

— John !

— Certes, vous ne vous êtes pas encore jetée de toutes vos forces sur une vitrine, donc je suppose que vous n'avez pas entièrement perdu le contrôle de vous-même.

Elle voulut afficher une mine renfrognée mais en fut incapable. Elle haussa légèrement les sourcils avec un air faussement irrité.

— C'est vrai que je suis tout excitée. Cela fait des années que ma sœur et moi avons dans l'idée d'ouvrir un magasin. Et maintenant que nous avons le ranch, le Colorado me semble être l'endroit tout indiqué pour donner corps à ce projet… si toutefois nous trouvons un emplacement qui soit dans nos moyens.

— Dans ce cas, vous devriez y réfléchir à deux fois avant de jeter votre dévolu sur Aspen. Tout y est extrêmement onéreux. En outre, il y a d'autres stations de ski qui sont plus abordables. Nous pouvons aller y faire un tour si vous le désirez.

— J'adorerais cela ! Oh, attendez ! dit-elle en repérant soudain une vitrine de robes fantaisie. Il faut que je rentre ici.

Quelques instants plus tard, Elizabeth était déjà en train de parcourir la boutique, à détailler le style et la qualité des vêtements, et évidemment leur prix. Elle ne s'était pas attendue à ce que John la suive à l'intérieur, mais lorsqu'elle leva la tête, il était là, près de la porte.

Un autre homme aurait pu avoir l'air gauche ou mal à l'aise dans un tel milieu, mais pas lui. Il s'intégrait parfaitement dans le décor. Il était occupé à inspecter les bijoux exposés dans une petite vitrine près du comptoir, et discutait avec une des vendeuses à propos d'une paire de boucles d'oreilles et d'un bracelet assortis.

— Ne sont-elles pas magnifiques ?

Tout en lui offrant son plus beau sourire, la vendeuse lui tendit les boucles d'oreilles afin qu'il puisse mieux les voir.

— Ce serait un beau cadeau d'anniversaire, lui dit-elle. Ou pour un anniversaire de mariage. Votre épouse…

— Je ne suis pas marié.

— D'accord, dit-elle sans sourciller. Pour votre petite amie, alors. Je suis sûre qu'elle les adorerait.

Lorsqu'il leva les yeux dans sa direction, la vendeuse suivit son regard et lui sourit.

— Ah, c'est elle. Bonjour, lui lança-t-elle. C'est tellement mignon que vous fassiez des courses ensemble. Moi, dès que je le suggère à mon compagnon, il prend ses jambes à son cou.

Gênée, Elizabeth déclara :

— En fait, nous ne sommes pas ensemble, nous…

— C'est ce qu'elle prétend toujours, la coupa John. Pour la simple raison que nous vivons ensemble, elle…

— John !

— A cet égard, elle n'est pas très moderne, dit-il à l'employée avec un sourire. Elle déteste lorsque je dis aux gens que…

Elizabeth se dit qu'elle allait le tuer… Il lui restait juste à décider comment.

— Veuillez nous excuser, dit-elle à la vendeuse en

traversant le magasin d'un pas pressé pour saisir John par le coude et le tirer dehors.

— A quoi jouez-vous ?

— J'ignore de quoi vous parlez, répliqua-t-il d'un ton innocent. Je disais simplement à la vendeuse que…

— Je sais ce que vous lui avez dit. Mais ce que je veux savoir, c'est pourquoi vous avez voulu lui faire croire que nous étions ensemble ?

— Je n'ai fait que lui dire la vérité.

— C'est faux.

— Vous vivez au ranch de Broken Arrow, et moi aussi. Vous dormez à l'étage, et moi aussi.

— Mais pas ensemble, intervint-elle. Et elle, elle croit que…

— Ce qu'elle croit, c'est que nous sommes un couple qui fait du shopping. Elle ne soupçonne pas que vous êtes entrée dans la boutique afin de glaner des informations pour votre propre compte.

— Oui, mais…

Elle se sentit démunie lorsqu'elle comprit qu'il disait vrai.

— Est-ce la raison pour laquelle vous avez dit cela ? Pourquoi ne pas me l'avoir expliqué ?

— Je ne pouvais tout de même pas le faire devant elle, se justifia-t-il en riant. Je l'ai fait d'instinct parce que ça me paraissait être une bonne idée. Mais je n'avais nullement l'intention de vous mettre mal à l'aise.

— Je ne m'y attendais pas du tout, admit-elle, confuse. Mais c'était en effet une bonne idée. Merci.

— De rien, tout le plaisir était pour moi. Où allons-nous maintenant ?

— Dans le magasin de l'autre côté de la rue, dit-elle. Venez, traversons pendant qu'il n'y a personne.

Joignant le geste à la parole, elle lui prit la main et le tira derrière elle.

Emu par le contact de ses doigts dans les siens, John s'attendait à ce qu'elle relâche sa main lorsqu'ils entrèrent dans la boutique. Au lieu de quoi elle entrelaça ses doigts aux siens.

— Regarde, chéri, dit-elle en prenant un accent du Sud parfait, ils vendent des soutiens-gorge à balconnet comme tu les aimes. Tu m'en achètes un ?

Elle venait de lui rendre la monnaie de sa pièce, pensa-t-il avec un sourire.

Ensuite, ils ne purent plus s'empêcher de jouer au couple amoureux. Tandis que la journée avançait, ils continuèrent à entrer dans les boutiques main dans la main, tout naturellement, sans même y penser. Ils en oublièrent même qu'ils étaient censés inspecter seulement les boutiques de vêtements. Ils s'arrêtaient devant les bijouteries, les boutiques d'antiquaire et de décorations de Noël. Et lorsque enfin ils revinrent au pick-up, ils marchaient toujours main dans la main.

— Avez-vous faim ? demanda John tandis qu'il lui ouvrait sa portière. Il y a un restaurant italien, sur la route, qui fait les meilleures pizzas de ce côté-ci des Rocheuses.

— C'est tentant, répondit-elle. Pensez-vous qu'ils font celle au poulet façon western ?

Alors qu'il allait refermer sa portière, John interrompit son geste.

— La pizza au poulet façon western ? Etes-vous sérieuse ?

— Eh bien, oui, dit-elle, surprise. Qu'avez-vous contre elle ?

— Rien. Au contraire, c'est ma pizza favorite.

Cette fois, ce fut elle qui se montra incrédule.

— Vous plaisantez ?

— Non, pas du tout.

Les heures suivantes lui prouvèrent que ce n'était pas la seule chose qu'ils avaient en commun. Lorsqu'ils s'arrêtèrent dîner, ils discutèrent de tout, et même si John n'était pas d'accord avec chacun des arguments d'Elizabeth, il devait bien admettre que ses points de vue étaient toujours passionnants.

Elle était passionnante.

Il ne cessait de se dire qu'ils n'étaient pas là parce qu'ils avaient décidé de sortir ensemble, mais jamais il n'avait autant apprécié de passer la soirée en compagnie d'une femme. Cependant, il craignait que ce sentiment lui amène des ennuis.

Il commençait à croire qu'il n'avait plus toute sa raison. Sinon, il aurait mis fin à cette mascarade et aurait rappelé à Elizabeth leur conversation du matin. Elle lui avait clairement fait comprendre qu'elle ne désirait pas s'engager dans une relation, que sa seule préoccupation était de déterminer où elle ouvrirait son magasin. Mais il n'avait pas envie de lui rappeler ses paroles, il espérait même qu'elle les avait déjà oubliées. Lui, ce qu'il voulait, c'était l'embrasser.

Inquiet de ne pouvoir résister, il était prêt à partir dès qu'ils auraient fini leur plat.

— Il faut vraiment que nous rentrions, lui dit-il. Il nous reste encore pas mal de route à faire. Et je ne sais pas ce qu'il en est pour vous, mais, moi, je n'ai pas beaucoup dormi la nuit dernière. Je ne veux pas risquer de m'assoupir au volant.

— Non, bien sûr, dit-elle en s'empressant de chercher dans son sac. Si vous êtes fatigué…

— Non !

— Je peux conduire, je ne suis tout de même pas si mauvaise conductrice.

— Ce n'est pas ce que j'ai dit, répliqua-t-il avec un petit sourire. Je tiens simplement à m'assurer que nous rentrions en un seul morceau.

— Voilà que vous devenez désagréable.

S'il n'avait aperçu l'éclat de malice qui passa dans son regard, il aurait cru qu'elle était réellement vexée.

— Vous rendez-vous compte de la façon dont vous conduisez ? la provoqua-t-il. Si vous étiez à ma place, auriez-vous envie de monter en voiture avec un tel pilote ?

Elle chercha à réprimer un sourire et renifla de dédain.

— Eh bien, tant pis, conduisez. Pour ce que j'en ai à faire.

— Ça me va, dit-il en riant, avant de se lever.

L'ambiance du retour fut l'inverse exact de celle de l'aller. Ils ne furent pas inquiets à l'idée d'être suivis, il n'y eut pas de longs silences pénibles. Ils parlèrent des projets d'Elizabeth, du moment où elle pensait pouvoir ouvrir son magasin, des autres villes où elle pourrait s'installer. Le temps fila très vite. Et John avait toujours envie de l'embrasser.

Frustré, il se mit en tête que, dès leur arrivée, il allait se tenir à l'écart. Mais il pensa aussitôt après que, tant qu'un danger pesait sur Elizabeth, il ne pouvait se permettre d'être trop loin, même si elle le rendait fou.

Alors qu'il était toujours agité par ses pensées, il aperçut soudain un veau dans le pré qui longeait la route. Il faisait presque nuit, et il crut d'abord qu'il était étendu dans l'herbe. Mais il comprit soudain qu'il était affaissé de manière anormale et ne bougeait pas.

— Bon sang !

Il freina brusquement, jeta un regard dans son rétroviseur puis fit rapidement demi-tour avant de s'arrêter, les phares braqués sur le pré devant eux. Là, tout près de la clôture, gisait un veau mort.

Elizabeth pâlit à cette vision.

— Quelle horreur !

— C'est la troisième bête tuée cette semaine, dit John, d'un ton sombre.

— Qu'est-ce qui peut tuer un veau de cette taille ?

— Un couguar. J'espérais qu'il s'était déplacé plus loin, mais j'aurais dû me douter qu'il reviendrait. A cette distance de la maison, les veaux représentent des proies trop tentantes et trop faciles.

Elizabeth ne supportait pas cette vue. Elle ne voulait même pas imaginer dans quelles circonstances le veau était mort. Elle contempla John dans le reflet des phares.

— Qu'allez-vous faire ?

— Suivre la piste du couguar et le tuer. Nous partirons demain matin avec les chiens.

A ses mots, elle en cessa de respirer.

— Que voulez-vous dire par… « nous partirons » ?

— Vous souhaitiez tout savoir sur ce que diriger un ranch implique, lui rappela-t-il. Hélas, cela fait également partie du quotidien.

Elle comprenait sa logique, mais l'idée de partir chasser un couguar la rendait malade. Et s'il était capable de trancher la gorge à un veau, ne pouvait-il pas en faire de même avec les humains ?

Elle observa les alentours, et eut presque la sensation que le fauve la regardait, prêt à bondir. Elle fut parcourue de frissons.

— A votre avis, est-il encore par ici ?

Occupé à redémarrer la jeep, John ne leva même pas les yeux.

— Non, les couguars ne restent pas à découvert.

Ils rôdent simplement pour trouver à manger, avant de regagner les montagnes.

— Et le veau ? demanda-t-elle tandis qu'ils repartaient. Ne devrions-nous pas faire quelque chose ?

— Nous ne pouvons rien faire, répliqua-t-il, à part laisser sa carcasse aux charognards.

— Mais le couguar ne va pas revenir le chercher ?

— Normalement, non. Pourquoi se tracasserait-il, alors qu'il a tout plein de viande fraîche à disposition ?

Son raisonnement était implacable. Elle eut soudain très froid et passa les bras autour de son buste, alors qu'ils arrivaient en vue de l'entrée principale du ranch.

— Alors, comment procéderons-nous, demain ?

— Nous reviendrons dans le pré avec les chevaux et les chiens, afin qu'ils puissent détecter l'odeur du prédateur et partir sur sa piste, lui dit-il comme ils entraient dans la cour. Ensuite, le principal souci, c'est que les chevaux soient capables de soutenir la cadence des chiens. Car ils vont suivre sa piste partout, dans les montagnes, dans les canyons, dans tous les recoins possibles, y compris dans les arbres. Ce ne sera pas beau à voir, la prévint-il. Un couguar est aussi rusé et dangereux qu'un serpent à sonnette. Peut-être vaudrait-il mieux que vous ne veniez pas, finalement. Si c'est ce que vous souhaitez, je ne vous en ferai pas le reproche.

— Non, je veux venir, insista-t-elle.

— Le terrain n'est pas facile à parcourir à cheval.

— J'y parviendrai.

— Et au moment où il faudra abattre le fauve ? Les couguars sont de beaux animaux, vous savez. En tuer un, ou en voir tuer un, ce n'est pas une partie de plaisir, c'est une épreuve.

— Je surmonterai mes émotions, l'assura-t-elle. C'est mon ranch, John. Lorsque je vous ai dit que je voulais tout savoir sur son fonctionnement, ce n'était pas des paroles en l'air. Qu'adviendrait-il si un jour j'étais seule sur la propriété et que je me retrouvais nez à nez avec un couguar ? Je ne saurais pas quoi faire.

— Les risques que cela arrive sont infimes, rétorqua-t-il. J'ai vécu dans l'Ouest toute ma vie, et la seule fois où j'en ai vu un, c'est lorsque nous avons dû le chasser.

Il lui donnait l'occasion d'échapper à cette épreuve, songea Elizabeth, et une partie d'elle-même avait envie d'en profiter. Mais en son for intérieur, une petite voix lui intimait l'ordre de ne pas reculer devant l'opportunité de vivre une nouvelle expérience, même désagréable.

— Je veux vraiment y aller, réitéra-t-elle. A quelle heure partons-nous ?

— A 6 heures. Et je ne viendrai pas vous réveiller, la prévint-il. Si vous n'êtes pas en bas alors que je suis prêt à partir, j'y vais sans vous. Compris ?

Elle acquiesça.

— Je serai prête.

L'aube était claire et fraîche, et Elizabeth était déjà debout longtemps avant d'entendre John bouger dans sa chambre. Vêtue d'un jean, de bottes et d'une chemise à manches longues en coton, elle l'attendait dans l'entrée lorsqu'il descendit les marches. Le visage fermé, il déclara :

— Vous n'avez donc pas changé d'avis.

C'était un constat, pas une question.

— J'ai préparé des sandwichs et de l'eau, dit-elle. J'ai également pris une veste, au cas où il ferait froid dans la montagne. Avons-nous besoin d'autre chose ?

— Seulement des chiens et des chevaux. Ainsi que de munitions et d'armes, ajouta-t-il. Vous devrez porter une carabine chargée…

— A dos de cheval ? intervint-elle, inquiète. Etes-vous sérieux ?

— Si vous refusez, vous ne m'accompagnez pas, dit-il sèchement. Je ne vous laisse pas le choix, Elizabeth. Avec une arme, vous avez au moins un moyen de vous protéger. Sans cela, vous seriez trop exposée si les choses tournaient mal. Et je refuse de prendre ce risque.

Certes, il n'avait pas le pouvoir de la faire obéir, mais à son regard déterminé, elle savait que son souci n'était pas d'affirmer son autorité, mais qu'elle soit en sécurité. Emue, elle refusa de contester.

— D'accord, dit-elle calmement. Je le ferai. Mais n'espérez pas que cela me fasse plaisir.

Il eut un petit sourire.

— J'ai bien pris note de votre réserve. Cette question étant réglée, je vais faire monter les chevaux dans la remorque et aller chercher les chiens.

Une demi-heure plus tard, ils étaient en chemin. La remorque à chevaux accrochée à la jeep, Buster et Lucy, les chiens de John, à l'arrière du véhicule, ils retournèrent à l'endroit où ils avaient découvert le veau mort. Il était toujours là, même si des traces indiquaient qu'une bête s'en était approchée durant la nuit. Dans le ciel, des buses commençaient déjà à tournoyer.

John ne laissa pas le temps à Elizabeth de jeter un regard vers la carcasse.

— Très bien, dit-il en faisant sortir les chevaux de la remorque, vous prenez Dusty. Moi, je chevaucherai Midnight. Quand je vais donner le signal à Buster et Lucy, ils partiront comme des flèches sur la piste du fauve. Lorsque nous l'aurons retrouvé, il va sans doute essayer de se réfugier en haut d'un arbre. Je vous préviens dès maintenant que je ferai feu dès que j'en aurai l'occasion, alors ne prenez pas peur.

— C'est compris, lui promit-elle tandis qu'il l'aidait à seller sa monture, avant de glisser une carabine dans le holster sanglé à la selle. Je sais que nous devons le faire.

Elle observa la carabine d'un air inquiet, et demanda :

— Elle est chargée, je présume ?

Il acquiesça.

— Et la sécurité est poussée. N'oubliez pas qu'avant de faire feu, vous devez ramener la culasse en arrière. D'accord ?

— J'ai bien tout enregistré. Allons-y.

John jeta un regard aux chiens, alors qu'il attachait sa propre selle.

— Vous avez entendu la demoiselle ? En avant.

Il n'eut pas à le dire deux fois. Les chiens poussèrent un léger jappement d'excitation et bondirent du véhicule, fouettant frénétiquement l'air de leur queue. En quelques secondes, ils avaient senti l'odeur du couguar. Ils poussèrent une série de jappements stridents qui firent frissonner Elizabeth, et détalèrent à travers le pré sans regarder derrière eux.

— C'est parti, lui dit John, qui talonna son cheval pour lui donner l'ordre de partir au galop.

Le cœur battant, Elizabeth intima à sa monture l'ordre de le suivre.

8

Une heure plus tard, ils suivaient les chiens à travers un canyon escarpé au pied des montagnes. Rapidement, les parois rocheuses firent écran aux rayons du soleil, et ils se retrouvèrent enveloppés d'ombre froide. Parcourue de frissons, Elizabeth enfila sa veste, mais cela ne contribua pas à atténuer la nervosité qui lui nouait l'estomac tandis qu'elle observait avec méfiance les sombres falaises qui semblaient se refermer sur eux.

John, qui chevauchait dix mètres devant elle, se retourna et lui demanda :

— Est-ce que ça va ?

— Je me sentirai mieux lorsque ce sera terminé, répliqua-t-elle. Je n'aime pas cet endroit.

— Ce ne devrait plus être long, maintenant. Lorsque la trace laissée par un fauve est ancienne, il peut arriver que les chiens mettent du temps à la repérer, mais là, heureusement, ce n'est pas le cas. Ecoutez-les, dit-il tandis que les chiens grognaient d'agitation devant eux. Le couguar se déplace vite, et ils sont juste derrière lui.

Les chiens étaient tellement excités qu'ils avaient du mal à contenir leur ardeur. A travers les arbres, Elizabeth les aperçut, la truffe au ras du sol, leur queue battant l'air avec frénésie. Ils avançaient très vite malgré le sol rocheux et inégal, et semblaient faire attention où ils posaient les pattes seulement lorsqu'ils devaient contourner des arbres et des rochers qui leur bloquaient le passage.

Mais tandis qu'ils s'enfonçaient plus profondément dans le canyon, Elizabeth sentait monter son anxiété. Le couguar avait sans doute senti qu'il avait été pris en chasse. Que ferait-il lorsqu'il comprendrait qu'il était pris au piège ? Essaierait-il de fuir ? Ou bien ferait-il face pour tenter de défendre son territoire ?

La respiration saccadée, elle donna l'ordre à son cheval de presser l'allure afin de remonter à hauteur de John. Elle n'avait pas pris conscience de s'être laissé distancer.

— John ? Attendez…

Soudain, devant eux, sans le voir, ils entendirent Buster gémir de douleur… puis le silence retomba. Lorsque Lucy se mit à aboyer furieusement, Elizabeth eut l'impression de sentir son sang refluer de son visage.

— Mon Dieu !

— Allez ! cria John en lançant sa monture au galop.

Elle fit de même et chevaucha parmi les arbres comme si elle avait monté toute sa vie. Elle entendait toujours les aboiements furieux de Lucy, mais Buster, lui, ne produisait plus le moindre son. « Je vous en prie, mon Dieu, faites qu'il ne soit pas mort ; je vous en supplie… »

Tout à coup, sans s'y attendre, alors qu'elle suivait toujours John, elle se retrouva dans une clairière. Là, devant eux, gisait Buster, dans une mare de sang, tandis que Lucy se tenait à côté de lui, le poil hérissé, à aboyer férocement et à fixer le bosquet qui marquait le bout du canyon.

— Oh, non !

John fit s'arrêter son cheval dans un nuage de poussière près du chien blessé et bondit à terre pour l'examiner.

— Il est toujours vivant, mais il faut que je stoppe l'hémorragie…

Il ouvrait la fermeture Eclair de sa veste et commençait à l'enlever lorsqu'il s'immobilisa. Le couguar était sorti des arbres et se tenait juste devant lui.

— Bon sang ! Ma carabine !

Il se retourna brusquement et tendit le bras pour attraper son arme. Mais il n'avait ôté sa veste qu'à moitié, et le tissu lui entravait les bras. Terrifiée, Elizabeth vit le fauve se pencher en avant. Il ne prêtait aucune attention à Lucy. Son regard était dirigé sur John et il était sur le point de bondir.

Elizabeth fut tellement paniquée qu'elle n'eut même pas conscience de bouger. Pourtant, d'instinct, elle avait dégainé sa carabine de son holster.

Elle n'avait pas le temps de cogiter. Elle brandit son arme, défit la sécurité et fit feu… au moment même où le couguar bondissait en avant.

Le temps sembla se figer. Elle entendit un cri avant même de prendre conscience que c'était elle-même qui l'avait poussé.

— Non !

Elle était sous le choc, incapable du moindre mouvement, incapable de se porter au secours de John. Des larmes emplirent ses yeux et brouillèrent sa vision. Elle les essuya d'un geste brusque, et, lorsqu'elle regarda de nouveau, elle vit le couguar étendu sans vie à quelques pas de John, lequel avait basculé en arrière dans un réflexe de protection lorsque l'animal avait bondi.

Reprenant ses esprits, elle rangea son arme, sauta à bas de son cheval et se précipita vers John.

— John ! Est-ce que ça va ? John !

Il se tortilla pour se redresser et grommela de colère.

— Je vais bien, dit-il, parvenant à se libérer de sa veste, grâce à vous. C'était un bien beau tir.

— Ce n'est qu'un coup de chance, vous le savez bien.

Encore apeurée, elle jeta un regard méfiant à la dépouille du couguar tandis que Lucy s'approchait lentement de lui.

— Est-il mort pour de bon ?

— Oh, ça oui. C'est Buster qui m'inquiète.

Il se saisit de sa veste et se rua vers le chien blessé.

— Il faut arrêter l'hémorragie, dit-il en s'agenouillant, et ensuite l'emmener chez le vétérinaire.

Il plia sa veste et la pressa contre la plaie au ventre de Buster.

Toujours au bord des larmes, Elizabeth fit ce qu'il lui disait, mais faillit s'effondrer lorsque le chien lui lécha la main.

— Ça va aller, mon beau, dit-elle dans un sanglot, tout en le caressant derrière les oreilles de sa main libre. Ça va aller. N'est-ce pas qu'il va s'en sortir ? demanda-t-elle à John, levant les yeux vers lui tandis qu'il ôtait sa ceinture pour faire un garrot autour de la blessure. Dites-moi qu'il va s'en sortir.

— Oui, il va s'en sortir, si nous arrivons à temps chez le vétérinaire.

Des larmes s'échappèrent des yeux d'Elizabeth.

— Il faut que nous le sauvions.

— Pensez-vous que vous pourrez le prendre dans vos bras et me le passer une fois que je serai monté à cheval ? lui demanda-t-il. Il est lourd.

— J'y arriverai, lui assura-t-elle.

Elle prit le chien avec soin lorsque John le lui tendit. Elle chancela légèrement sous son poids. John se remit en selle et elle rassembla toutes ses forces pour le soulever afin que John puisse le reprendre. Ce n'était pas facile.

Ses bras tremblaient sous l'effort, mais elle parvint à le tenir à bout de bras, et John le récupéra sans heurt.

— Et le couguar ? demanda-t-elle en remontant sur son cheval. Ne devrions-nous pas l'emmener aussi ?

— Nous reviendrons le chercher, dit-il simplement. Allez Lucy, en avant, lança-t-il à l'autre chien.

Aussitôt après, il partit au galop, et Elizabeth le suivit.

Ils n'avaient que quelques kilomètres à parcourir pour revenir à l'endroit où ils avaient laissé la jeep, mais l'urgence de la situation leur donna le sentiment que leur chevauchée durait des heures. Jamais de sa vie Elizabeth n'avait galopé aussi vite, et pourtant elle restait toujours trente mètres derrière. John et son cheval, Midnight, donnaient l'impression de flotter au-dessus du sol, et seule Lucy parvenait à suivre la cadence. Elizabeth était ébahie par la faculté de John à tenir Buster contre lui tout en menant sa monture à la vitesse du vent sur ce terrain accidenté. Elle faisait de son mieux pour ne pas se faire semer.

Soudain, ils sortirent d'un bosquet, et la jeep et la remorque à chevaux étaient là, devant eux. A peine s'étaient-ils arrêtés que John lui décrivait déjà la marche à suivre.

— Appelez le Dr Morrisson avec votre portable afin qu'il soit prêt à nous recevoir. Je ne me rappelle plus son numéro, il faudra que vous passiez par les renseignements. Les clés sont dans ma poche. Démarrez la jeep pendant que j'attache les chevaux à un arbre.

« Les clés sont dans ma poche. » Dans d'autres circonstances, elle aurait été troublée par la perspective de chercher dans la poche de son jean alors qu'il le portait, mais là, elle n'hésita pas une seconde. Elle descendit de cheval à la hâte, se précipita vers lui et trouva les clés dans sa poche de droite. Elle les rangea et prit Buster dans ses bras afin qu'il puisse descendre de cheval à son tour. Dès qu'il eut mis pied à terre, il reprit le chien. Elle se rua en direction de la jeep, John à sa suite. Il avançait plus lentement pour ne pas brutaliser l'animal. Elle avait déjà mis le moteur en marche et était au téléphone lorsque John lui déposa le chien sur les genoux, avant d'enlever rapidement la selle des chevaux, puis de décrocher la remorque et d'intimer l'ordre à Lucy de monter à l'arrière du véhicule. Quelques secondes plus tard, ils roulaient en direction de la ville.

Elizabeth ne fit guère attention à la route. Elle était obnubilée par Buster, dont le sang maculait la veste utilisée comme pansement de fortune. Respirait-il plus difficilement ? Sans le quitter des yeux, elle demanda :

— Sommes-nous encore loin ?

— Moins d'un kilomètre, répondit John d'un ton neutre alors qu'il accélérait.

Le Dr Morrisson les attendait, et avant même que John se soit complètement arrêté devant le cabinet, il était sorti pour prendre Buster en charge et l'emmener en chirurgie. Une fois le vétérinaire parti avec leur compagnon à quatre pattes, John et Elizabeth ne pouvaient rien faire d'autre qu'attendre… Une heure passa, puis une autre. Cette situation les rendait fous.

Enfin, alors qu'Elizabeth se disait qu'elle ne pourrait plus continuer à se morfondre ainsi encore longtemps, la porte battante de la salle d'opération s'ouvrit, et le Dr Morrisson en émergea.

Encore vêtu de sa blouse de chirurgien, il avait l'air fatigué, mais il leur sourit.

— Ce chien a beaucoup de chance, leur dit-il, tandis

qu'ils se levaient. Un moment, il était entre la vie et la mort, mais, finalement, il va en réchapper.

— Dieu merci, soupira Elizabeth, soulagée mais au bord des larmes. Il a perdu tellement de sang.

— Si vous étiez arrivés dix minutes plus tard, son sort aurait peut-être été différent, reprit le vétérinaire d'un ton grave. Inutile de vous dire que nous allons le garder en observation quelques jours. Il lui faudra un peu de temps pour se remettre. Je crains même que pour lui, la chasse, ce soit de l'histoire ancienne.

John ne fut pas surpris de ce diagnostic.

— Ce n'est pas grave. Il a mérité de pouvoir couler des jours tranquilles à faire la sieste sur le pas de la porte.

— Qu'est-il arrivé au couguar ? demanda le vétérinaire. S'est-il enfui après avoir attaqué Buster ?

Pour la première fois depuis longtemps, John éclata de rire.

— Oh, ça non. Elizabeth a tiré et l'a tué. Heureusement, d'ailleurs, car il était sur le point de s'en prendre à moi. Et dire qu'elle n'a suivi qu'une seule leçon de tir !

Le Dr Morrisson sourit.

— Eh bien, il est heureux que cela ait suffi. Et où est le couguar ? L'avez-vous laissé dans la montagne ?

John acquiesça.

— Il fallait que nous fassions vite à cause de Buster, mais nous allons retourner le chercher.

— Bien. Amenez-le-moi, afin que je vérifie qu'il n'avait pas la rage. Mais je ne pense pas que ce soit le cas. Suivant vos explications, vous vous êtes simplement interposé entre lui et Buster, qu'il avait pris comme proie, ce qui explique son comportement. Cependant, je préfère ne pas courir de risques.

— Pas de problème, déclara John. Nous y retournons immédiatement.

Revenir au canyon où ils avaient laissé le couguar leur fut plus aisé qu'ils ne l'avaient cru. Comme, cette fois, ils savaient où aller, ils n'eurent pas à remonter à cheval et purent faire presque tout le chemin avec la jeep, équipée de quatre roues motrices.

Très vite, ils atteignirent la clairière. Le couguar n'avait pas bougé, aucun autre animal n'avait touché à sa dépouille.

— Pensez-vous qu'il avait la rage ? demanda Elizabeth, inquiète. Cela pourrait expliquer sa façon de se conduire…

— C'est pour cela que j'avais bien l'intention de le ramener au Dr Morrisson, répondit John. Si jamais il était malade, il risque d'avoir infecté d'autres animaux.

Assise entre eux, Lucy aboya et poussa John du museau pour qu'il la laisse sortir, mais il l'arrêta d'un mot.

— Reste là ! Bonne fille, ajouta-t-il lorsqu'elle se rassit docilement. Tu ne t'approches pas de ce fauve.

— Est-ce que nous, nous pouvons le toucher sans risques ? demanda-t-elle à John, soucieuse. Ne risquons-nous pas nous aussi de contracter la maladie ? Peut-être devrions-nous appeler quelqu'un…

— Qui ?

— Je ne sais pas. N'existe-t-il pas d'agence fédérale qui s'occupe de cas comme celui-ci ? Et le shérif ?

Il renifla de dédain.

— Il est aussi incapable qu'un… Peu importe. Nous n'avons pas besoin d'aide. Nous avons des gants, et il y a une vieille couverture derrière les sièges. Allons-y.

Il enfila ses gants, sortit du véhicule et se dirigea vers l'animal.

— Il a une sacrée taille, dit-il d'un ton admiratif,

alors qu'il se baissait pour l'examiner. Il doit faire dans les cent cinquante kilos. Et il est âgé.

Lorsque Elizabeth s'approcha lentement, il retroussa les babines du fauve pour lui montrer ses dents et reprit :

— Vous voyez comme elles sont usées ? C'est pour cela qu'il s'en prenait aux veaux. C'étaient des proies plus faciles et plus tendres.

La voyant hésiter à s'avancer plus avant, il sourit.

— Il ne vous fera aucun mal. Approchez afin de l'observer de plus près. Qu'allez-vous en faire une fois que le Dr Morrisson l'aura examiné ?

— En faire ? demanda-t-elle, sans comprendre. Que voulez-vous dire ?

— Vous pourriez le faire empailler.

— Oh non !

— Pensez-y, insista-t-il pour la provoquer. Vous pourriez l'installer dans l'entrée. Vous pourriez faire installer un système pour que, chaque fois que quelqu'un ouvre la porte, un cri de couguar retentisse. Avec une telle installation, vous n'aurez plus jamais à vous soucier des effractions.

— Et plus personne n'osera venir nous rendre visite, ajouta-t-elle sèchement.

— Bien sûr, vous pouvez aussi le manger, si du moins il n'a pas la rage.

— Le manger ? Enfin, vous plaisantez ? Quel goût la viande de couguar peut-elle bien avoir, d'abord ?

— Ça ressemble au poulet.

Un instant, elle crut qu'il parlait sérieusement, avant de surprendre un éclat de malice dans son regard.

— Ce n'est pas vrai !

— Vous n'étiez pas loin de me croire, n'est-ce pas ? dit-il en riant. Alors, qu'allez-vous en faire ?

Que pouvait-elle répondre ?

— Je rentre en Angleterre dans deux semaines, je vous rappelle. Et je ne me vois pas prendre l'avion avec un couguar empaillé.

— Oui, cela me paraît difficile, acquiesça-t-il avec un sourire. Cependant, il faut que vous en fassiez un trophée. Vous n'avez tiré à la carabine qu'une seule fois dans votre vie, quand même ! Et voilà que vous parvenez à tuer un couguar en un seul tir, sans même viser. Qui plus est, au cas où vous l'auriez oublié, il allait se jeter sur moi.

Un sourire s'ébaucha au coin des lèvres d'Elizabeth.

— Suggérez-vous que je devrais le faire empailler pour me souvenir de vous ?

— Eh bien… oui. Je veux dire, quel mal y aurait-il à cela ?

Elle ne fit que hausser les sourcils d'un air dubitatif, et il éclata de rire.

— Elizabeth Wyatt, vous êtes une méchante fille. Bon, si vous ne voulez pas conserver ce couguar en souvenir de moi, pensez aux histoires que vous pourrez raconter à vos petits-enfants.

Elle sourit. Des petits-enfants, ce n'était pas à proprement parler un sujet auquel elle songeait souvent. Mais elle devait admettre que John avait touché juste. Son aventure avec ce couguar était digne des exploits de son arrière-grand-père Buck.

— D'accord, je le ferai empailler. Mais il devra rester ici jusqu'à ce que Priscilla obtienne son diplôme et qu'elle et moi, nous ouvrions notre magasin. Et vous, en tant que contremaître du ranch, non seulement vous devrez vous en occuper, mais également convaincre Buck et Rainey qu'un couguar empaillé, c'est exactement ce dont la famille a besoin.

— Aucun souci, répondit-il avec bonne humeur. Comme

je connais Rainey, elle ne verra aucun inconvénient à avoir un fauve empaillé dans son entrée, et, étant donné que Buck est fou d'elle, il acceptera tout ce qu'elle désire.

Elizabeth ne pouvait le contredire. Elle n'avait jamais vu son frère aussi heureux. Il adorait Rainey, et c'était réciproque. Elle sentit l'envie la gagner. Avaient-ils conscience de la chance qu'ils avaient ? Elle, elle avait cru être amoureuse de Spencer lorsqu'elle avait découvert qu'il l'avait trahie. Mais désormais, à peine quelques semaines plus tard, elle ne pensait même plus à lui. Et lorsqu'elle fermait les yeux et tentait de se rappeler la façon dont il l'embrassait, c'était chaque fois John qu'elle voyait.

Troublée par cette pensée, elle se redressa… et croisa le regard de John. Elle rougit. Savait-il ce qu'elle pensait de lui ? De ses baisers ? Savait-il qu'elle avait ardemment envie qu'il l'embrasse de nouveau ? Qu'elle se languissait de lui dans la nuit…

Elle interrompit le flot de ses rêveries et déclara :

— Il faut que nous partions. Le Dr Morrisson doit se demander où nous sommes.

Le regard rivé sur elle, John ne fit même pas attention à ses mots. Il avait vu qu'elle avait rougi. A quoi songeait-elle ? Son regard descendit sur sa bouche. Qu'est-ce qu'il avait envie de l'embrasser !

« Et que feras-tu après ? lui dit sa voix intérieure. Si tu l'embrasses de nouveau, tu sais que tu vas tomber amoureux d'elle. Et alors, que se passera-t-il lorsqu'elle retournera en Angleterre ? »

— Vous avez raison, dit-il, revenant à ce qui les occupait. Installons-le à l'arrière de la jeep.

Quarante minutes plus tard, ils déposèrent le couguar chez le vétérinaire, puis repartirent pour le ranch, au moment où le soleil descendait derrière la ligne des montagnes. John aurait aimé passer une soirée agréable, mais Elizabeth était devenue extrêmement silencieuse. Il n'était pas surpris. La journée avait été éprouvante. Il n'aurait pas été étonné qu'elle fasse des cauchemars au cours de la nuit à venir.

— Avez-vous faim ? lui demanda-t-il tandis qu'ils entraient dans la cour. Si vous le souhaitez, nous pouvons nous changer et aller en ville pour dîner puis aller voir un film. Cela vous changerait les idées.

— En fait, si cela ne vous ennuie pas, dit-elle doucement, je préférerais me détendre en prenant un bain dans les sources d'eau chaude, là où les Indiens installaient leur campement d'été. Je suis fourbue d'avoir passé autant de temps à dos de cheval, et j'aimerais me délasser dans l'eau un moment. Mais vous, si vous désirez aller au cinéma, ne vous privez pas. Je peux y aller seule. Les sources ne sont pas loin de la maison.

Même s'il ne s'était pas soucié de sa sécurité, pensait-elle qu'il oserait la laisser seule après ce qu'ils avaient vécu aujourd'hui ? s'interrogea John. Et si un autre couguar rôdait sur le domaine du ranch ? Il pourrait lui sauter dessus sans qu'elle s'aperçoive de sa présence.

— Non, je vais aller aux sources avec vous, dit-il calmement. Je resterai à proximité afin que vous soyez tranquille. On ne peut pas être sûrs qu'il n'y a pas d'autres couguars dans les parages.

— Oh, non, c'est inutile. Les risques qu'un autre couguar rôde aux alentours sont infimes. Tout se…

— … passera bien, finit-il pour elle. Je sais. Et vous avez raison. Les risques sont très minces. Mais néanmoins vous n'êtes toujours pas en sécurité. Raison pour laquelle nous somme convenus que vous ne devriez aller nulle part toute seule.

— Mais personne ne saura que je serai là-bas. Encore moins une fois la nuit tombée.

Peu convaincu, il répliqua :

— Qu'en savez-vous ? Nous aurions pu être suivis toute la journée. Peut-être qu'on nous observe en ce moment même, et qu'on attend une occasion de vous approcher.

Ses propos la firent blêmir.

— Parlez-vous sérieusement ou bien essayez-vous de me faire peur ?

— Bien sûr que je suis sérieux. Si le simple fait d'évoquer les risques qui pèsent sur vous vous effraient, dans quel état serez-vous si vous vous retrouvez seule aux sources et que quelqu'un sort de l'ombre pour s'en prendre à vous ? Nous ne savons pas qui sont ceux qui vous en veulent, mais nous savons en revanche qu'ils sont prêts à tout. Tout ce que je demande, c'est que vous ne les sous-estimiez pas. Ne croyez pas qu'ils ne rôdent pas là quelque part parce que vous ne les voyez pas.

La simple idée de se faire agresser dans le noir, loin de la maison, lui glaçait le sang, songea Elizabeth.

— D'accord, dit-elle d'une voix rauque, vous avez eu le dernier mot.

— Bien, rétorqua-t-il alors qu'il se garait devant la maison et déverrouillait la portière pour qu'elle puisse sortir. Je vous attends ici. N'oubliez pas d'emporter un peignoir. Lorsque l'on reste un moment dans les sources chaudes, l'air frais de la nuit surprend lorsque l'on sort de l'eau.

Vingt minutes plus tard, quand ils arrivèrent à destination, Elizabeth comprit immédiatement pourquoi les Indiens avaient pris l'habitude de venir s'installer là au cours de l'été avant même que l'homme blanc ne pose le pied sur le continent américain. Dans l'éclat de la pleine lune qui éclairait la cime des arbres à l'est, les sources chaudes brillaient de mille feux. Une brise légère faisait bruisser les arbres, comme s'ils chuchotaient, et, dans cette atmosphère mystique, elle imaginait les tentes indiennes installées autour des sources. Elle avait la sensation d'entendre de la musique et des éclats de rire, un feu qui crépitait et les hennissements des chevaux.

Perdue dans ses songes, elle avait complètement oublié la présence de John à côté d'elle, jusqu'à ce qu'il déclare :

— Il y a une ambiance saisissante par ici, n'est-ce pas ?

— Il y a des fantômes, aussi. Sentez-vous leur présence ? ajouta-t-elle.

Il aurait pu éclater de rire et lui demander si elle avait perdu la tête. Mais il se contenta d'opiner du chef, tandis qu'il contemplait les volutes de vapeur blanche qui s'élevaient des sources et dansaient dans la lumière de la lune.

— Je n'ai jamais vu de fantômes, mais s'il y a un lieu de prédilection que des esprits sont susceptibles de revenir hanter, c'est bien ici.

Ils garèrent la jeep et, à pied, s'approchèrent des sources, envoûtés par l'ambiance paisible. Ils se délectaient du silence solennel qui régnait, à peine troublé par le clapotis des bulles qui se formaient à la surface de l'eau. L'ensemble formait un cratère de rochers patinés par le temps, le vent, la pluie et les pieds des visiteurs attirés par les vertus de ces sources.

Son instinct disait à John de jeter un coup d'œil aux alentours afin de s'assurer qu'ils étaient seuls, puis d'aller s'installer près des arbres, un peu plus loin, afin qu'Elizabeth soit tranquille. Mais elle ne lui rendait pas la tâche facile. Elle leva les yeux vers lui et lui offrit un sourire radieux.

— Etes-vous sûr de ne pas vouloir venir vous baigner avec moi ?

Il en avait envie plus que tout, mais il luttait pour lui résister et sentait que c'était un combat impossible. S'il entrait dans l'eau avec elle, il savait qu'il ne répondrait plus de rien.

— Je n'ai pas apporté de maillot.

Elle aurait dû lui répondre : « Une autre fois, peut-être. » Au lieu de quoi elle déclara :

— Alors, dans ce cas, je vais enlever le mien.

Sans autre forme de procès, elle s'approcha de l'eau, chercha un endroit approprié pour y déposer sa serviette, son peignoir et commença à se déshabiller.

Tétanisé, hypnotisé, John se dit de ne pas la regarder, en vain.

— Enfin, Elizabeth. Ce n'est pas le moment de…

Pour toute réponse, elle déboutonna son jean, s'en libéra, et se tint devant lui, seulement vêtue d'un maillot à deux pièces et d'un T-shirt. Elle enleva le T-shirt et le laissa négligemment tomber sans bruit près de son jean. Les yeux fixés sur lui, elle passa les mains dans le dos pour défaire le haut de son Bikini.

— Je vous préviens, dit-il d'une voix mal assurée, arrêtez avant que…

Sans sourciller, elle ôta son soutien-gorge et le jeta sur la pile de vêtements. Il aurait dû l'arrêter de force, et tout lui avouer sur son passé avant qu'ils n'aillent trop loin. Mais après tout, il n'était qu'un homme, et avec un gémissement de dépit, il ôta à son tour son T-shirt et le jeta au sol. L'instant d'après, il enlevait son jean.

Le cœur battant, Elizabeth songea que, si elle ne voulait pas franchir le pas, il fallait qu'elle le fasse savoir maintenant. Mais elle n'avait pas envie de faire marche arrière. Elle avait passé une journée éprouvante et, chaque fois qu'elle fermait les yeux, elle revoyait le couguar prêt à bondir. Si elle n'avait pas levé sa carabine à temps, si elle avait mal visé…

La pensée de ce qui aurait pu arriver la fit trembler. Non ! se dit-elle. Pas question de songer à cela, pas question de revivre ces instants pénibles. A partir de maintenant, lorsqu'elle repenserait à cette journée, c'est le souvenir de la beauté des sources chaudes dans l'éclat de la lune qui lui viendrait à l'esprit… et celui de John qui entrait dans l'eau entièrement nu.

Est-ce que plus tard elle regretterait ? Le fait qu'elle soit sa patronne le dérangeait, mais elle n'avait pas l'intention de lui demander de l'épouser. Tout ce qu'elle voulait, c'était oublier les traumatismes de la journée, et ne plus penser qu'aux sensations qu'elle éprouvait lorsqu'il l'embrassait. Qu'y avait-il de mal à cela ? Elle ne voulait pas avoir le cœur brisé une fois de plus lorsqu'elle rentrerait à Londres, mais cela ne signifiait pas pour autant que John ne l'attirait pas. Au contraire, il la rendait folle. Quel risque pourrait-il y avoir à céder à cette attirance une seule et unique fois ?

Mais lorsqu'elle entra à son tour dans l'eau et se laissa aller à la douce sensation de chaleur qui s'empara d'elle, il ne vint pas vers elle, comme elle l'avait espéré. Au contraire, il s'installa face à elle et étendit les jambes devant lui. Sous l'eau, ses pieds effleurèrent les siens.

Leurs regards se rencontrèrent. Avait-il conscience de ce qu'il lui faisait ressentir par ce simple contact ? Se doutait-il à quel point elle avait envie qu'il la prenne dans ses bras et l'embrasse ?

« Alors, dis-le-lui. Après être allée jusque-là, tu ne peux plus reculer. »

— Pourquoi êtes-vous si loin ? demanda-t-elle d'une voix émue. Vous n'avez pas peur de moi, n'est-ce pas ?

Son regard était sombre et mystérieux.

— A votre avis ?

— Que suis-je censée croire ? répliqua-t-elle. Je ne peux même pas vous toucher.

— Bien sûr que si, dit-il en lui frôlant le pied sous l'eau.

Par jeu, elle plia les genoux afin d'être hors de portée.

— Vous disiez ?

— Vous trichez, dit-il avec mauvaise humeur.

Déçue, elle fronça les sourcils.

— Ai-je dit quelque chose de mal ?

— Non, rétorqua-t-il. C'est moi. Il y a quelque chose que vous devez savoir.

9

— Cet accident dont je vous ai parlé… vous savez, lorsque j'étais chez les marines.

— Oui. Que dois-je savoir ?

— J'ai laissé échapper un fusil, dit-il froidement. Le coup est parti lorsqu'il a heurté le sol, et mon meilleur ami a pris la balle en pleine tête.

Elle resta interdite.

— Oh, John, je suis tellement désolée, parvint-elle à dire, encore sous le choc. Mais c'était un accident, et…

— J'avais reçu un entraînement pour apprendre à manier les armes, Elizabeth, jamais je n'aurais dû laisser tomber mon fusil. C'est arrivé parce que j'ai été négligent. Mark est mort. Il avait vingt-trois ans, bon sang !

Il n'y avait pas d'émotion dans sa voix, seulement de la froideur dans son regard. Elizabeth lutta pour retenir ses larmes et prit conscience de la culpabilité qu'il avait portée au cours de toutes ces années. Son meilleur ami ! Comment avait-il réussi à surmonter cette épreuve ?

— Je suis vraiment désolée, dit-elle doucement. Ça a dû être terriblement difficile pour vous.

— C'est ce qui m'est arrivé de pire au cours de mon existence. C'est moi qui aurais dû mourir…

— Non ! Ne dites pas cela !

— Par conséquent, j'ai passé les six années suivantes à essayer de me tuer à petit feu en buvant, continua-t-il, comme s'il ne l'avait pas entendue. Ma femme m'a quitté. J'ai tout perdu.

— Y compris le ranch que vos parents vous avaient légué, dit-elle, comprenant mieux, au moment où elle disait cela, pourquoi il ne travaillait pas pour son propre compte. Oh, John, vous avez dû connaître l'enfer.

Il s'appuya contre les rochers derrière lui, les yeux dans le vague, comme s'il revivait le passé.

— Je croyais que perdre mon épouse était la souffrance ultime, que rien d'autre ne pourrait me faire aussi mal. Mais elle n'était pas partie depuis deux heures que la banque m'a appelé pour m'avertir qu'ils me destituaient de mon titre de propriétaire du ranch. Je ne pouvais plus payer les traites du crédit que j'avais souscrit en mettant mon bien en hypothèque. C'est là-bas que j'ai grandi, là que mes parents sont enterrés. Et moi, j'ai tout perdu, parce que j'étais un ivrogne.

Pleine d'empathie pour lui, elle l'observa dans le reflet de la lune.

— Est-ce à ce moment que vous avez cessé de boire ?

Il acquiesça.

— C'était à la fois un drame… et ce qui pouvait m'arriver de mieux. Cet événement a eu la vertu de me réveiller, dit-il simplement. J'ai compris qu'il fallait que je vienne à bout de mon alcoolisme si je voulais que ma vie retrouve un sens. Alors j'ai rejoint les Alcooliques anonymes et commencé une thérapie pour apprendre à surmonter la mort de Mark. Je suis sobre depuis trois ans.

— Entreprendre cela tout seul a dû être incroyablement difficile.

— Ne cherchez pas à faire de moi un héros, l'avertit-il. Je suis tout sauf cela.

Elizabeth n'était pas d'accord avec lui. Il s'était débattu dans les affres du désespoir, et il l'avait fait seul. A la simple pensée de ce qu'il avait dû ressentir le jour où il avait tout perdu — son épouse, sa maison, tout ce qui avait de l'importance à ses yeux — elle avait envie de pleurer.

— Ne soyez pas si prompt à vous dévaloriser, lui dit-elle. Après une telle série de drames, beaucoup de gens auraient abandonné et perdu tout espoir. Mais pas vous.

— C'est une façon de voir les choses, concéda-t-il. J'en déduis que vous faites partie de ceux qui voient le verre à moitié plein plutôt qu'à moitié vide.

Un sourire aux lèvres, elle haussa les épaules.

— Tout dépend de quoi le verre est rempli. Si c'est de limonade, alors il est à moitié plein. Si c'est de jus de prunelle, c'est une autre affaire.

— Je ne vous contredirai pas, répondit-il en esquissant un sourire malgré lui. Alors, mademoiselle Wyatt, maintenant que je vous ai livré mon secret, pouvez-vous me dire quel est le vôtre ?

— Vous le connaissez déjà. L'homme que j'aimais m'a trompée lorsqu'il était en Allemagne.

Sa bouche se tordit en un sourire amer.

— Voilà pour la légende qui raconte que l'on peut vivre heureuse avec le même homme toute sa vie. Ça n'existe pas.

— Ah oui ? Et qui vous l'a dit ?

— La nouvelle copine de mon ex-petit ami.

— C'est plausible, acquiesça-t-il. Mais regardez les choses sous un autre angle. En fait, c'est vous qui avez eu de la chance. Car il a sans doute déjà jeté son dévolu sur une autre femme.

— Oh, oui, en effet, c'est le cas. Ma sœur Priscilla m'a envoyé un e-mail dans lequel elle me raconte les derniers développements à son sujet. Désormais il est en Irlande avec une rousse. Ce type est un vrai malade.

— A une époque, je suis sorti avec une fille un peu dans le même genre…

Il lui parla de la première femme qui l'avait fait souffrir, celle qui l'avait plaqué pour un de ses amis. En réponse, elle lui raconta son histoire avec Mitch, l'étudiant en arts appliqués qui l'avait séduite et lui avait pris sa virginité à dix-sept ans, avant de la quitter aussi sec. Jamais il ne l'avait rappelée. Elle avait versé toutes les larmes de son corps.

— Je pensais que je ne ferais plus jamais confiance à un homme de ma vie. Et puis, ensuite, j'ai rencontré Victor, puis Clarence, puis enfin Spencer…

— Bref, vous êtes remontée sur le manège, la coupa-t-il avec un sourire entendu. Moi j'ai fait de même avec Susan, Becca…

— Et puis Mary Jo, Allison, Denise, continua-t-elle pour plaisanter. J'imagine que vous deviez avoir toutes les femmes que vous vouliez à vos pieds.

Il leva les yeux au ciel avec amusement et haussa les épaules.

— Oui et non. En fait, j'étais timide.

— Mais oui, et moi je suis la reine mère.

— Bien Votre Majesté. Il se fait tard. Nous devrions penser à rentrer. Vous sentez-vous un peu moins courbatue ?

Sous l'eau, elle s'étira de tout son long et soupira de bien-être.

— Oh oui, ça va beaucoup mieux. En revanche, je ne

sais pas si j'aurai la force de me lever. J'ai l'impression de ne plus avoir d'énergie dans les jambes.

Elle vacilla légèrement en cherchant à se mettre debout, et il se précipita à son secours avant qu'elle trébuche. Ils se retrouvèrent tout près l'un de l'autre, presque entièrement nus, car elle ne portait plus que le bas de son Bikini, et leurs regards se croisèrent.

« Ne reste pas là ! »

Au fond d'elle-même, elle entendait son bon sens lui commander de réagir, mais son corps semblait ne pas vouloir lui obéir. Elle était paralysée, et ne pouvait détacher son regard des yeux et de la bouche de John. Jamais elle n'avait autant eu envie d'embrasser un homme. Elle se pencha plus près de lui, jusqu'à ce que ses lèvres viennent caresser les siennes. Puis, lentement, les bras de John se refermèrent autour d'elle, et ils se retrouvèrent peau contre peau. Elle s'abandonna alors à la sensation d'accomplissement qui s'empara d'elle.

— Vous me faites perdre l'esprit, dit-il. Allez-vous m'embrasser pour de bon, oui ou non ?

— Peut-être, répondit-elle par pure provocation. J'y songe encore.

— Alors voilà de quoi alimenter votre réflexion, répliqua-t-il en l'embrassant.

Son baiser fut avide et pressant, mais aussi trop court. Elle l'embrassa à son tour, avant qu'il ne la repousse doucement.

— John !

Il prit une des serviettes de bain qu'elle avait déposées près de l'eau, la déplia et la passa autour de ses épaules et de ses bras. Il se mit à la sécher tendrement. Ce geste était si doux qu'elle en fut bouleversée. Chaque fois qu'elle sentait le contact de la serviette contre elle, sur ses seins, sur ses cuisses, un désir toujours plus fort montait en elle.

Frissonnant de plaisir, elle prit l'autre serviette et l'essuya à son tour, avec une tendresse réciproque. Elle le sentait réagir à ses caresses et le désir n'en était que plus intense.

Il murmura son nom, puis la prit dans ses bras et la serra contre lui, dans l'éclat de la lune, alors que les vapeurs de la source dansaient encore autour d'eux et les envoûtaient.

L'attention d'Elizabeth était entièrement captivée par John, par son parfum et les caresses de ses mains qui couraient sur son corps. Il s'allongea sur elle. Puis ses lèvres glissèrent à leur tour sur sa peau, et, à chaque zone qu'il explorait, il éveillait en elle un plaisir inconnu qui lui fit crier son nom.

— John !

— Savez-vous à quel point vous êtes belle ? dit-il, le souffle court, tandis qu'il embrassait son ventre, ses seins, son cou. Vous me rendez fou.

— Vous aussi vous êtes doué pour faire naître ce sentiment, dit-elle en riant.

Il rit également puis gémit de plaisir lorsqu'elle commença à passer doucement ses mains le long de son dos.

— Coquine.

— Vous n'avez encore rien vu, lui promit-elle en lui adressant un sourire séducteur.

D'un geste habile, elle le fit basculer sur le dos et roula sur lui. Elle commença à couvrir son corps de baisers et de caresses, et il perdit tout contrôle de lui-même. Il poussa un gémissement de désir féroce et la fit rouler de nouveau sous lui. Alors, la source, la nuit, le monde entier disparurent. Il n'y avait plus qu'eux deux.

Il l'embrassa encore, et lorsqu'elle leva les hanches pour venir à sa rencontre, il assouvit ce désir dévastateur. Ils se mirent à bouger à l'unisson, libérés et guidés par la même soif de l'autre. Enfin, alors qu'ils pensaient savoir tous deux comment finirait cette étreinte, ils sentirent une onde de volupté les emporter avec une puissance irrésistible.

Elizabeth n'aurait su dire à quand remontait la dernière fois où elle s'était sentie aussi heureuse. Elle savait bien que ça ne pouvait pas durer, mais elle n'en avait cure. Jamais elle n'avait éprouvé ce qu'elle venait de partager avec John. Son unique pensée était de passer en sa compagnie tout le temps qui lui restait avant son départ des Etats-Unis.

Une partie d'elle-même lui disait qu'elle commettait une erreur. S'engager maintenant dans une relation intime avec lui ne pouvait que lui causer des tracas plus tard, lorsqu'elle viendrait rendre visite à Buck et Rainey. Elle avait conscience que, même dans plusieurs années, elle n'aurait qu'à croiser son regard pour se remémorer ce qui aurait pu se passer entre eux… si elle n'avait pas hérité du ranch et n'était pas devenue sa patronne. S'il n'avait pas commis une erreur lorsqu'il faisait partie des marines et ne continuait pas à se punir de l'avoir commise. Cela faisait beaucoup de « si ». Elle risquait de lui laisser son cœur. Elle savait qu'il ne pouvait en être autrement. Mais tant pis. Tout ce qui comptait, c'était qu'elle avait envie de lui comme jamais elle n'avait désiré aucun homme.

Ce qui s'était passé cette nuit avait été tout simplement… incroyable. Il n'y avait pas d'autre mot pour décrire ce moment. Après avoir fait l'amour, ils s'étaient de nouveau baignés dans la source, avant de rentrer à la maison et de passer la nuit dans les bras l'un de l'autre. Elle avait préparé le petit déjeuner pour eux deux afin qu'ils restent encore ensemble. Pour la même raison, elle avait l'intention de leur concocter un petit dîner.

Tandis qu'elle roulait en direction de la ville, elle sourit lorsqu'elle vit dans son rétroviseur une voiture du bureau du shérif la suivre discrètement. Quand elle avait prévenu John qu'elle allait à l'épicerie de Willow Bend, il était en train d'effectuer la vidange du tracteur. Il était sale et couvert de graisse, et elle avait compris qu'il n'avait pas très envie de tout laisser en plan pour l'accompagner en ville. Mais il avait refusé qu'elle y aille seule. Elle avait donc appelé le bureau du shérif afin de demander s'il était possible qu'une voiture de patrouille l'escorte le temps de son aller-retour. Si ça n'avait pas été une journée calme, l'agent à qui elle avait parlé l'aurait sans doute envoyée paître. Mais là, un quart d'heure après son appel, il s'était présenté au ranch et avait assuré à John qu'il ne la quitterait pas des yeux.

Cependant, heureusement, lorsqu'elle arriva à l'épicerie, il ne la suivit pas à l'intérieur. Elle n'avait tout de même pas besoin d'une escorte pour acheter des légumes et du lait ! Elle prit un chariot et se dirigea d'abord vers les légumes.

— Ôte-toi de mon chemin.

Surprise, elle leva les yeux… et se trouva face à une femme entre deux âges, qui la dévisageait avec un regard hostile. Incrédule, elle demanda :

— Pardon ?

— Tu n'es pas la bienvenue ici. Si tu as un brin de jugeote, pars tant qu'il est encore temps.

— Comment ? Je ne sais pas qui vous êtes, madame, et je m'en moque. Mais, pour votre gouverne, je ne compte aller nulle part. Si vous, et tous ceux de votre espèce, vous aviez un peu de cervelle, vous l'auriez déjà compris.

Elle lui tourna le dos avec mépris et se concentra de nouveau sur les légumes.

Elle redoutait que la femme prenne une tomate et la lui jette dans le dos. Elle attendit avec appréhension. Mais apparemment, la femme avait décidé de l'affronter plus tard. Elle renifla de dédain et s'éloigna.

Soulagée, Elizabeth était partagée entre l'envie de rire et celle de rattraper cette mégère pour lui dire ses quatre vérités. Comment osait-elle ? Qu'est-ce qui ne tournait pas rond chez les habitants de Willow Bend ? Croyaient-ils réellement qu'ils parviendraient à les effrayer, ses frère et sœurs et elle, au point de les faire partir ? Dans ce cas, c'est qu'ils les connaissaient mal !

Encore pleine de l'envie d'en découdre, elle se remit à ses courses. Mais peu de temps après, un cow-boy qui portait un pack de bières dans son panier percuta volontairement son chariot. Il la regarda et passa brusquement à côté d'elle, la poussant au passage sur une pyramide de boîtes de conserve. Evidemment, lorsqu'une boîte fut déplacée, les autres tombèrent en cascade.

Elle parvint à se rattraper avant de chuter, entendit des rires moqueurs autour d'elle, mais refusa de se sentir gênée. « Laisse-les rire », pensa-t-elle, tandis qu'elle se baissait pour ramasser les conserves qui avaient roulé dans l'allée. Lorsqu'une année entière se serait écoulée et qu'elle et les siens seraient encore bel et bien à Broken Arrow, ils riraient jaune.

— Attendez, laissez-moi vous aider. Je me demande quelle mouche a bien pu piquer Tommy Guthrie. Je ne l'avais encore jamais vu se comporter comme un goujat.

Elizabeth fut étonnée que quelqu'un vienne l'aider.

Elle leva les yeux et vit une employée du magasin qui s'avançait dans sa direction.

— Etant donné que je ne connais pas de M. Guthrie, je suppose que c'est l'énergumène qui vient de me bousculer ?

L'employée, une petite femme tout en rondeurs aux cheveux blonds décolorés, sourit.

— Oui, en effet, c'est lui.

Elle lui tendit la main et ajouta :

— Je suis Lily Cunningham. Enchantée. Vous êtes Elizabeth Wyatt, je suppose ?

Elizabeth savait qu'elle aurait dû se montrer méfiante — après tout, elle devait avoir des ennemis un peu partout en ville — mais le regard franc de Lily, son sourire jovial, lui inspirèrent confiance.

— Oui, c'est bien moi, répliqua-t-elle. Comment l'avez-vous deviné ?

— L'accent britannique, rétorqua-t-elle. Par ici, on le reconnaît tout de suite. Qui plus est, tout le monde dans les parages sait que vos sœurs sont rentrées en Angleterre, évidemment. Donc, je ne pouvais pas me tromper.

Son sourire s'estompa et elle reprit :

— Je suis vraiment désolée que les gens d'ici vous traitent aussi mal.

— Ils font plus que cela. Ceux qui tentent de nous faire partir vont jusqu'à nous harceler et violer notre propriété. Rainey a même failli se faire tuer ! Mais ils vont le regretter, dit-elle avec force. Si nous découvrons les responsables de ces actes, nous les poursuivrons en justice.

— Je vous comprends, dit Lily en l'aidant à ramasser les dernières conserves éparpillées. A votre place, j'agirais de la même façon. D'ailleurs, selon moi, si Hilda n'avait pas souhaité que vous héritiez définitivement du ranch, elle ne vous l'aurait pas légué du tout. Qui plus est, vous êtes les derniers descendants des Wyatt, quand même ! Broken Arrow n'aurait plus de raison d'être si ses propriétaires ne portaient pas le nom de Wyatt.

Rassurée de constater que tout le monde n'était pas contre eux, Elizabeth sourit.

— Vous n'imaginez pas à quel point vos paroles me font du bien. Je commençais à croire que l'ensemble de la communauté de Willow Bend nous en voulait viscéralement.

— Non, tout le monde ici ne vous en veut pas. Je dirais même que la majorité de la population de la ville est plutôt bienveillante. Mais hélas, il y a comme partout des individus peu recommandables qui ternissent son image.

— Oh, c'est rassurant. Je me sens déjà mieux. Merci beaucoup.

L'employée sourit en retour. Elle déclara :

— Gardez à la mémoire que vous n'êtes pas seule. Je comprends que vous puissiez en douter, mais beaucoup de gens ici sont derrière vous.

Elizabeth appréciait sa sollicitude. Cependant, lorsqu'elle fit la queue pour régler ses articles, elle perçut l'hostilité des autres clients autour d'elle. Y en avait-il parmi eux qui étaient responsables des attaques perpétrées contre le ranch ? se demanda-t-elle. Elle avait fait part de ses soupçons au policier qui l'avait escortée en ville, mais il n'avait pas eu l'air très intéressé par ce qu'elle lui racontait. Et c'était bien là le nœud du problème. Il devait bien y avoir en ville quelqu'un qui savait, ou au minimum se doutait de l'identité de ceux qui voulaient s'emparer du ranch, songeait-elle tandis qu'elle était remontée en voiture pour rentrer au ranch.

Mais c'était l'omerta. Personne ne s'était manifesté, n'avait même appelé le bureau du shérif en gardant l'anonymat pour dénoncer les fauteurs de troubles.

Pourquoi ? se demanda-t-elle, tout en se baissant pour changer de station de radio. S'il y avait des gens convenables à Willow Bend — et elle voulait croire que, comme le clamait Lily, il y en avait —, pourquoi ne s'étaient-ils pas manifestés ? Pourquoi…

Soudain, le pare-brise vola en éclats.

— Ici l'agent Reynolds, monsieur Williams. Je suis à l'hôpital en compagnie de Mlle Wyatt. Elle m'a demandé de vous appeler pour vous prévenir que quelqu'un a tiré sur la jeep et fait éclater le pare-brise.

— Quoi ? Et elle, comment va-t-elle ?

— Eh bien, elle est un peu sous le choc…

— Qu'entendez-vous par « sous le choc » ? Est-elle blessée ?

— Non, heureusement.

— J'arrive.

John reposa brutalement le combiné et se contenta de s'essuyer les mains avant de se précipiter vers le pick-up. Quinze minutes plus tard, il faisait irruption dans le service des urgences. Malgré ce que lui avait dit l'agent, dans son esprit, il imaginait Elizabeth blessée et défigurée à vie…

Mais à peine fut-il entré qu'il se retrouva face à elle, en pleine discussion avec Sherm Clark, le shérif. Elle avait bien une coupure à la main recouverte d'une bande, mais cela ne semblait pas la gêner. Livide, elle jetait un regard froid à Sherm Clark, pas le moins du monde impressionnée, même s'il mesurait trente centimètres de plus qu'elle et faisait le double de son poids.

— Quel genre de shérif êtes-vous ? lui demandait-elle. Vous arrive-t-il de vous écouter parler ?

— J'ai simplement dit que…

— J'ai entendu !

— Que se passe-t-il ? intervint John en s'avançant. Elizabeth, ça va ?

— J'allais bien jusqu'à l'arrivée du shérif, répliqua-t-elle, jetant un regard dédaigneux à ce dernier. Dites à John ce que vous venez de déclarer. Je vous mets au défi de le faire.

— Vous n'avez pas à vous comporter comme si je vous avais tenu des propos obscènes, lui répondit-il froidement. Tout ce que j'ai dit, c'est que ce n'est peut-être pas dans votre intérêt en ce moment de rester dans le Colorado. Si vous ne me croyez pas, sortez et allez jeter un œil à votre jeep. Elle n'a plus de pare-brise, je vous signale.

— Je le sais très bien. Au cas où vous ne l'auriez pas remarqué, j'ai reçu un éclat de verre dans la main.

— Il est inutile de…

John vit la fureur dans le regard d'Elizabeth et décida de s'interposer.

— Calmez-vous, Elizabeth. Il cherche simplement à vous protéger de…

— Me protéger ? répéta-t-elle, scandalisée. Il n'essaie pas de me protéger, il essaie de se débarrasser de moi !

— Vous y allez un peu fort, intervint le shérif. Je cherche simplement à vous conseiller afin qu'il ne vous arrive rien de fâcheux.

— Si vous faisiez votre travail correctement, vous n'auriez pas à vous inquiéter de savoir s'il risque de m'arriver quelque chose ou pas, rétorqua-t-elle en le dévisageant par-dessus l'épaule de John qui cherchait à la calmer. Pourquoi avez-vous tant de mal à le comprendre ?

— Elizabeth…

Elle ignora l'avertissement de John et reprit doucement :

— Ecoutez bien, shérif, afin qu'il n'y ait pas de malentendu. Je ne vais nulle part. D'accord ? Allez le répéter à qui vous voudrez, faites-le publier dans les journaux si ça vous chante. Je resterai ici tant que Buck ne sera pas revenu de sa lune de miel. Et moi, ou une de mes sœurs, nous reviendrons chaque fois qu'il aura besoin d'une d'entre nous pour le suppléer. Nous ferons face par tous les moyens possibles, mais une chose est sûre, c'est que nous ne perdrons pas le ranch. Tâchez de vous en souvenir.

Sans lui laisser l'occasion de répondre, libérée de ce qu'elle avait sur le cœur, elle se tourna vers John.

— Pouvons-nous rentrer, maintenant ? J'aimerais vraiment partir d'ici.

Elle n'eut pas à lui demander deux fois.

— Bien sûr, allons-nous-en.

Il passa un bras autour de ses épaules et la raccompagna jusqu'au pick-up. Il s'aperçut soudain qu'elle n'avait pas d'affaires avec elle et demanda, perplexe :

— Où sont votre sac à main et vos provisions ?

— C'est l'agent Reynolds qui les a récupérés. Il a tout mis dans sa voiture et a appelé une dépanneuse pour la jeep.

Elle poussa un soupir de soulagement lorsqu'il l'aida à s'installer dans le pick-up, se renversa en arrière contre l'appuie-tête et ferma les yeux.

— Je ne sais pas ce qui m'arrive, dit-elle en bâillant, mais je n'arrive pas à garder les yeux ouverts.

— Ne vous inquiétez pas, dit-il en serrant sa main.

La journée a été pénible. Gardez les yeux fermés et reposez-vous.

Il aperçut soudain l'agent Reynolds près de sa voiture et ajouta :

— Je vais aller chercher vos affaires. Je reviens tout de suite.

Elle était très pâle, déjà à moitié endormie et elle acquiesça vaguement sans ouvrir les yeux. John l'observa et imagina la peur qu'elle avait dû éprouver lorsque le pare-brise avait explosé, et ne voulut même pas envisager ce qui aurait pu se passer si le tireur avait visé un peu plus à droite.

Il se sentit soudain furieux, traversa le parking à grandes enjambées en direction de l'endroit où se tenait le policier et lui demanda avec véhémence :

— Qu'est-ce qui s'est passé ? Comment ce type a-t-il pu lui tirer dessus alors que vous étiez censé être juste derrière elle ?

— Je vous jure que j'aimerais bien le savoir, répondit-il d'un air sombre. J'étais à cinquante mètres derrière, tout allait bien, et soudain le pare-brise a explosé. Juste avant, j'ai aperçu un éclat lumineux dans les arbres au loin. Mais le temps que j'appelle une ambulance et des renforts, le tireur était déjà loin.

— Avez-vous relevé des empreintes de pas ou de pneus ? Il doit bien y avoir un signe quelconque qui révèle une présence.

— S'il y en a, je ne les ai pas trouvés, répliqua l'agent. Mais il faut tenir compte du fait que, lorsque j'ai cherché, la nuit commençait à tomber et que le sol était sec et couvert d'aiguilles de pin. Pas facile de repérer des traces dans ces conditions.

John se sentit écœuré.

— Je n'arrive pas à croire que ce type ait pu faire

preuve d'autant d'audace. Il tire dans le pare-brise d'Elizabeth, alors qu'un policier la suit, et en plus il va s'en sortir sans encombres.

— Nous faisons tout notre possible monsieur Williams, mais quand nous n'avons pas d'indices, nous n'allons pas loin.

— Eh bien, vous ne faites encore pas assez, rétorqua-t-il, et moi non plus d'ailleurs. Je pensais qu'avec une escorte elle ne risquait rien.

— Moi aussi, dit le policier avec honnêteté. Hélas, si quelqu'un est prêt à tout pour s'en prendre à elle, sans que les risques encourus le découragent, nous pourrons toujours mobiliser l'ensemble des autorités du Colorado pour la protéger, cela risquera de ne pas suffire. Si j'étais vous, je ne la quitterais jamais des yeux.

Il devait bien admettre que le policier disait vrai.

— Merci pour votre coopération, dit-il en lui tendant la main. Si vous n'aviez pas été là, elle aurait pu s'en tirer plus mal.

— Si vous avez besoin d'aide, n'hésitez pas à m'appeler, dit Reynolds. Ah, et n'oubliez pas les affaires d'Elizabeth. Je vais vous aider à les transporter jusqu'à votre pick-up.

Joignant le geste à la parole, il partit avec John en direction du pick-up, et posait le dernier sac dans le coffre lorsqu'il reçut un nouvel appel. Il s'éloigna en faisant au revoir de la main.

John remonta en voiture et se trouva enfin seul avec Elizabeth. Il se tourna vers elle dans l'obscurité naissante et lui dit :

— Il faut que nous parlions.

Elle se redressa.

— Si vous espérez me convaincre de repartir pour

l'Angleterre, je vous préviens que c'est perdu d'avance. Je ne pars pas, un point c'est tout.

— Je refuse de vous laisser risquer votre vie, répondit-il. Si cela induit que je sois obligé de vous charger sur mon épaule pour vous faire partir du ranch, je n'hésiterai pas à le faire. Et ne pensez même pas à me rappeler que vous êtes ma patronne, ajouta-t-il lorsqu'il la vit redresser le menton et plisser les yeux. Je m'en fiche. Je n'ai pas besoin de votre permission pour vous protéger.

Elle ne doutait pas un instant qu'il parlait sérieusement, mais son choix était fait.

— Je ne quitterai pas le ranch, John, dit-elle posément. Donc, si vous souhaitez veiller sur moi, il faudra le faire sur le domaine de Broken Arrow.

— Mais comment diable voulez-vous que je m'y prenne ? reprit-il, avant de se frapper le front au moment où une idée lui traversait l'esprit. Mince ! Pourquoi n'y ai-je pas pensé plus tôt ? Il y a un ancien chalet de chasse dans les montagnes de la partie ouest du domaine. Je parie qu'Hilda ne s'en est jamais servi. Ce qui signifie que personne ne doit se rappeler son existence. Nous pourrions rester là-bas des mois sans que personne ne se doute de l'endroit où nous sommes. Qu'en dites-vous ?

— Mais si personne ne sait que nous sommes là-bas, les gens ne vont-ils pas en conclure que je suis partie ? Nous pourrions perdre le ranch.

Sa remarque était juste.

— Attendez. Il y a un Caméscope dans le bureau de Buck, lui dit-il. Si je vous filme au chalet avec le journal d'aujourd'hui…

— Cela prouvera que j'étais bien sur le domaine du ranch, dit-elle, ravie. C'est parfait !

10

Ils chargèrent le pick-up de couvertures et de vêtements, d'assez de provisions pour sustenter un régiment puis prirent la direction des montagnes. Elizabeth avait oublié le pénible incident du tir dans son pare-brise et était excitée comme jamais. Elle avait lu tous les journaux de famille, comme Buck, et elle connaissait toutes les légendes sur les chasses à l'ours et les Indiens. Elle avait aussi entendu parler de la vie dans ces petits chalets de chasse bâtis au XIXe siècle au beau milieu de la nature. Lorsqu'elle était venue aux Etats-Unis pour le mariage de Buck, elle s'était promis d'aller voir les montagnes, et ce chalet, où l'aventure du ranch avait débuté.

Cependant, lorsque John s'arrêta devant le bâtiment, il ne ressemblait en rien à ce qu'elle s'était imaginé. Il n'était pas en ruines, mais dire qu'il avait besoin d'être rénové était un euphémisme. Il n'y avait ni plomberie ni électricité, des tuiles manquaient sur le toit, et un trou de la taille d'un panier de basket se creusait dans le sol du porche. Des feuilles mortes et des aiguilles de pin s'étaient entassées devant la porte et les bords de fenêtres, et des araignées avaient tissé des toiles dans tous les angles. La porte d'entrée était béante, et il était évident que, hormis un ours ou un autre animal, personne n'y avait pénétré depuis bien longtemps.

Lorsqu'il vit la consternation se peindre sur le visage d'Elizabeth, John déclara :

— Ne vous en prenez pas à moi. Ce sont vos ancêtres qui ont construit cet endroit. A l'époque, les gens vivaient dans un confort rudimentaire.

Cette remarque lui fit redresser la tête.

— Sous-entendez-vous que je suis snob ?

Ses lèvres se retroussèrent.

— Qui, moi ? Jamais !

— Pour votre gouverne, je n'ai pas plus besoin de confort que mes ancêtres, rétorqua-t-elle. Vous n'avez qu'à regarder.

Et sans autre commentaire, elle saisit le balai qu'ils avaient apporté et entra dans le chalet.

Un sourire aux lèvres, John déclara :

— Appelez-moi si vous avez besoin d'aide. Je vais réparer le toit, et ensuite aller couper du bois.

Elizabeth l'entendit à peine. Elle franchit la porte et s'arrêta, grimaçant de dégoût à la vue du désordre qu'avaient laissé les animaux qui étaient passés dans le chalet. Dans un coin, il y avait un nid de brindilles et de feuilles, les os d'un animal mort dans un autre et une odeur qu'elle ne voulut même pas chercher à identifier. Elle protégea son nez et sa bouche d'un bandana et commença à déblayer toutes les salissures laissées par ces rôdeurs. Après quoi elle se saisit d'un nettoyant antibactérien parfumé au pin et commença à désinfecter le chalet.

Plusieurs heures passèrent. Elle entendit John occupé à donner des coups de marteau pour colmater les brèches du toit, puis scier du bois, mais elle n'y prêta guère attention. Tandis qu'elle nettoyait la cheminée, son regard se posa sur le lit de camp pliable à deux places que John apportait dans le chalet. A sa vue, elle se sentit confuse.

— Euh, mais, euh où…

Elle prit conscience qu'elle bégayait et fit de son mieux pour se ressaisir.

— J'aurais dû vous demander si vous souhaitiez un seul lit ou deux, dit-il avec un léger sourire, mais par ici, il fait froid la nuit. Partager un peu de chaleur humaine ne nous fera pas de mal.

— Nous sommes en mai, lui fit-elle remarquer. Qu'entendez-vous par froid ?

— La température peut descendre tout près de zéro, peut-être moins, dit-il en haussant les épaules. Nous sommes beaucoup plus haut qu'à la maison. Avez-vous vu la neige sous les arbres ?

Elle n'avait pas fait attention, trop accaparée par son nettoyage.

— Hein ? De la neige ! Dans ce cas, il va falloir installer le lit le plus près possible de la cheminée, et prévoir pas mal de couvertures.

Le regard toujours amusé, il tourna les talons et sortit.

Alors qu'il empilait le bois qu'il avait coupé, John sourit en repensant à la moue qu'avait faite Elizabeth en comprenant qu'il n'y avait qu'un seul lit pour eux deux. Il s'était attendu à ce qu'elle se plaigne lorsqu'elle découvrirait l'état du chalet, comme l'aurait fait la majorité des femmes. Mais il savait pourtant qu'Elizabeth n'était pas une femme comme les autres. Au cours des dernières semaines, elle n'avait pas craint d'apprendre tous les rudiments de la vie dans un ranch sans jamais rechigner. Elle n'était pas du genre à avoir peur de se salir les mains ou de se casser un ongle, et cela ne cessait de l'étonner. Car elle était en même temps belle, très féminine et sophistiquée.

Qui plus est, elle savait cuisiner. Elle n'avait même pas sourcillé lorsqu'il lui avait annoncé que, tant qu'ils resteraient au chalet, ils devraient préparer leurs repas sur un feu de camp.

— Avons-nous assez de casseroles et de poêles ?

Il acquiesça.

— Tout est dans la caisse de bois près du feu. Vous êtes-vous déjà servie d'un four hollandais ?

Alors qu'elle fouillait déjà parmi les ustensiles, Elizabeth leva vers lui un regard surpris et intrigué.

— Non. En avez-vous apporté un ?

— Je l'ai trouvé dans le placard de la cuisine. Il a l'air plutôt ancien. Il doit être dans la famille depuis un sacré bout de temps.

Elle se mit à fouiller avec impatience dans la caisse, le trouva tout au fond et le sortit, souriant comme une enfant qui vient de découvrir que le Père Noël lui a apporté le jouet qu'elle avait secrètement espéré.

— Eh, c'est génial ! J'ai lu des tas de choses sur son utilisation. Il faut d'abord le poser sur un lit de charbon de bois, puis le couvrir de braises pour qu'il chauffe comme un véritable four.

— Oui, c'est le principe, répliqua-t-il en riant. Lorsque j'étais enfant, ma grand-mère faisait cuire des biscuits dans un four tel que celui-ci. Il est impossible de faire un plat aussi délicieux dans un four traditionnel.

Excitée comme une puce, Elizabeth se mit à faire la cuisine avec la sensation d'avoir fait un bond dans le passé. Elle fit cuire des pommes de terre, des filets de poulet et des biscuits. Elle décida d'accompagner tout cela avec de la salade. John avait rempli plusieurs caisses de nourriture, et ils avaient sans doute de quoi faire une vinaigrette. Ravie, elle se remit à fouiller dans les caisses.

La nuit tomba tôt sur la petite clairière. Assis près du feu en train de dîner, John et Elizabeth avaient la sensation d'être seuls au monde. Dans le ciel, les étoiles scintillaient comme des diamants. John contemplait Elizabeth, hypnotisé par sa beauté.

— Le dîner était délicieux, dit-il doucement.

Elle eut un léger sourire.

— Merci. A vrai dire, j'étais assez contente de moi.

— Au cas où je ne l'aurais pas exprimé, je tiens à vous dire que vous faites vraiment du bon travail depuis que vous êtes ici. Vous vous pliez à toutes les tâches nécessaires sans jamais vous plaindre, et je ne sais pas à quelle autre femme je pourrais faire ce compliment. Vos ancêtres seraient fiers de vous.

Flattée, elle rougit légèrement.

— Merci. Avant de venir aux Etats-Unis, j'ai fait beaucoup de recherches sur la vie dans l'Ouest pour essayer d'avoir une idée de ce qui m'attendait. Mais je n'ai rien trouvé qui décrive réellement la vie quotidienne, surtout pour les femmes. Ce devait être extrêmement difficile. Vous verriez-vous vivre ici en plein hiver ? Les gens devaient être incroyablement résistants.

— Oui, ils l'étaient. Lorsque j'étais enfant, mon arrière-grand-père me parlait de son arrière-grand-père à lui. Il avait défriché un terrain pour y construire de ses propres mains un chalet de bois, avec la seule aide de sa femme. Ils ne disposaient d'aucun des outils modernes, il n'y avait pas de grues pour soulever les poutres les plus lourdes. Et la ville la plus proche était à plus de cinquante kilomètres. Comment sont-ils parvenus à accomplir cela à deux, je dois dire que pour moi c'est un mystère.

Il étendit les jambes devant le feu et fixa les flammes, cherchant à imaginer comment un homme et une femme avaient pu édifier un chalet qui, aujourd'hui encore, tenait debout.

— Ils étaient vraiment résistants et forts. Mon arrière-arrière-grand-mère a mis au monde sept enfants dans ce chalet de bois, sans sage-femme ni médecin pour l'assister. Et pourtant, elle et mon arrière-arrière-grand-père ont vécu tous deux jusqu'à plus de quatre-vingts ans. C'était vraiment des gens exceptionnels, tout comme les Wyatt, à propos desquels Buck m'a raconté des histoires également édifiantes. Vous les connaissez d'ailleurs mieux que moi, ajouta-t-il, puisque vous avez lu leurs journaux.

Elizabeth ne lui répondit pas et il jeta un coup d'œil à sa droite, où elle se tenait, les jambes allongées devant elle et une couverture ramenée autour des épaules. Elle avait la tête légèrement inclinée en avant et les yeux fermés. Sa respiration était calme et régulière, et John comprit qu'elle s'était endormie.

Il se sentit épris d'affection pour elle. La journée avait été longue, et elle avait travaillé d'arrache-pied pour rendre les lieux habitables. Après quoi elle avait fait la cuisine. Elle devait être épuisée.

Il se leva, entra dans le chalet et regarda où en était le feu qu'il avait allumé un peu plus tôt dans la cheminée. Les braises avaient besoin d'être ravivées. Il ajouta quelques bûches, posa les couvertures sur le lit puis ressortit pour éteindre le feu de camp. Après quoi il se tourna vers Elizabeth.

Elle n'avait pas bougé d'un centimètre. Un pan de sa couverture était retroussé, mais lorsqu'il s'approcha pour la réajuster confortablement autour d'elle, elle ne réagit même pas. Elle était profondément endormie, et lorsqu'il la prit dans ses bras et la souleva, sa tête tomba sur son épaule.

Il sentit sa respiration sur son cou et fut parcouru d'un frisson. Comment parviendrait-il à résister à une femme qui était l'exact contraire de tout ce qu'il avait pensé d'elle au départ ? Elle était là, dans ses bras, comme si elle avait été faite pour lui, et chaque fois qu'il la touchait, l'embrassait, son affection pour elle ne cessait de grandir. Lui faire l'amour avait été une erreur. Il ne fallait pas que cela se reproduise, il le savait. La meilleure chose à faire était de s'éloigner d'elle avant qu'elle lui brise le cœur lorsqu'elle repartirait pour l'Angleterre. Mais il savait que même lorsqu'il ne la connaissait pas, au tout début, il n'avait pas été capable de faire comme si elle n'existait pas. Alors comment le pourrait-il maintenant ?

Tout en la tenant soigneusement contre lui, il la porta à l'intérieur et la déposa délicatement sur le lit. Il ferma rapidement la porte, puis s'assit au bord du lit pour enlever ses bottes et la déchausser. Puis il entra sous les couvertures, à côté d'elle, tout habillé. Sous son poids, le matelas s'inclina quelque peu et Elizabeth roula au milieu du lit pour se retrouver tout contre lui.

Qu'elle était douce ! Dans son sommeil, elle se blottit davantage encore contre lui et il fut envahi par un désir irrépressible. Incapable de résister, il commença à déboutonner son chemisier. Lorsque ses doigts effleurèrent légèrement ses seins, elle émit un petit gémissement de plaisir qui l'excita encore plus. Il l'embrassa doucement et elle se réveilla petit à petit. A son tour, elle commença à faire glisser ses mains sur lui.

Il eut à peine conscience de prononcer son nom. Soudain elle vint sur lui et déclara :

— Redis-le. Tu prononces mon nom comme dans mes rêves.

— Elizabeth, mon amour.

Il était tellement troublé qu'il fut incapable de penser à une phrase complète. Enfin, il parvint à dire :

— Tu me rends complètement fou. Le sais-tu ?

Dans la faible lumière du feu de cheminée, il la vit sourire.

— Je crois que je pense exactement la même chose de toi. Mais si tu veux que je m'arrête...

— N'y songe même pas, dit-il d'un ton faussement menaçant, avant de la faire rouler sous lui et de l'embrasser.

Ses mains couraient sur son corps. Il défit son soutien-gorge puis s'attaqua à son jean.

Surprise, elle poussa un petit cri. Sans même y réfléchir, ils se débarrassèrent tous deux des vêtements qu'ils portaient, et alors même qu'elle frissonnait encore de désir, il la pénétra. Ils se mirent à bouger frénétiquement, ensemble, jusqu'à ce qu'enfin, un plaisir intense les libère tous deux. Lorsque John reprit quelque peu ses esprits, il aurait à peine su dire où il était et comment il s'appelait. Mais il s'en fichait.

Elizabeth devait admettre qu'elle était amoureuse de John.

Elle eut beau s'interroger afin de savoir si elle ne se trompait pas, elle arrivait toujours à la même conclusion. Il lui suffisait de poser les yeux sur lui pour savoir que l'évidence était là, devant elle. Il représentait tout ce qu'elle avait toujours recherché chez un homme, sans se l'avouer. Il était intelligent, travailleur, affectueux, honnête. Mais elle ne voyait pas comment ils pourraient bâtir un avenir ensemble.

Le problème de John, c'était son orgueil. Qu'il travaille pour la famille ou pas, elle, elle s'en moquait bien. De toute façon, elle ne pouvait rien changer au fait qu'elle était la sœur de Buck, qu'elle était une Wyatt. S'il l'aimait, elle voulait se convaincre qu'il ne laisserait pas sa situation professionnelle se mettre en travers de leur relation. Mais elle n'avait aucune certitude sur ses sentiments, et cela lui faisait mal. Car elle savait qu'avec lui, elle serait capable de passer une vie entière sans jamais se plaindre dans un minuscule chalet sans confort.

Elle prit conscience de ses pensées et faillit éclater de rire. Jamais sa famille ne voudrait croire que c'était la même Elizabeth qui avait tout d'abord refusé de venir aux Etats-Unis parce qu'elle craignait de ne pas pouvoir y boire un thé décent. Elle avait bien changé. Elle était amoureuse, et c'était merveilleux.

— Bien, dit John qui l'aidait à finir la vaisselle du petit déjeuner, que dirais-tu d'aller faire une balade, ce matin ? Il y a quelque chose que j'aimerais te montrer.

— Quoi ?

— Ah, si tu veux le savoir, tu dois me suivre, dit-il en riant.

Les yeux pétillants de curiosité, elle le contempla longuement.

— Bon, très bien, montre-moi le chemin.

— Oui, mais il faut que nous emportions quelques affaires.

Il rassembla quelques provisions et remplit leurs gourdes d'eau. Il prit sa carabine, ses jumelles, un appareil photo et il sourit.

— Voilà, nous sommes fin prêts. Allons-y.

C'était une belle matinée de mai, fraîche et piquante, sans nuages.

Ils laissèrent derrière eux la clairière qui abritait le chalet et montèrent plus haut dans la montagne. Après quelques minutes de marche, le silence de la forêt les enveloppa. Au-dessus d'eux, le vent faisait bruisser la cime des pins, mais le seul bruit auquel ils prêtaient attention était celui des brindilles et des aiguilles sous leurs bottes.

— Alors, vas-tu me dire où nous nous rendons ? demanda Elizabeth en faisant de plus grands pas pour remonter à sa hauteur. Si tu as emporté des vivres et de l'eau, c'est que nous sommes partis pour parcourir un bon bout de chemin.

— Peut-être, peut-être pas, répondit-il, énigmatique.

A la fois frustrée et amusée, elle reprit :

— D'accord, j'ai compris. Je dois découvrir seule le but de notre expédition.

Lorsqu'ils s'arrêtèrent pour profiter de la vue, elle le contempla et se demanda pourquoi il avait emporté les jumelles qu'il portait autour du cou.

— Nous sommes arrivés ? Tu voulais que je voie les montagnes ? demanda-t-elle en admirant la ligne des sommets à l'horizon.

— Non, perdu, dit-il en riant. Cependant, ça vaut le coup d'œil, n'est-ce pas ? Si tu veux prendre une photo, c'est le moment, car lorsque nous repasserons par ici, il fera sans doute déjà plus sombre.

— Plus sombre ! répéta-t-elle, incrédule. Allons-nous si loin que cela ?

Il se contenta de sourire et de rester évasif.

— Peut-être…

— Peut-être pas, j'ai compris, finit-elle, les yeux au ciel. Tu ne diras rien, alors avançons.

Toujours souriant, il lui prit la main et reprit sa marche.

Ils atteignirent la crête d'une première ligne de collines et commencèrent à descendre de l'autre côté. Le regard rivé sur le dos de John, apaisée par la chaleur de ses doigts autour des siens, Elizabeth n'aurait su dire dans quelle direction ni combien de temps ils marchèrent. Soudain, alors qu'elle commençait à se demander s'ils n'allaient pas se retrouver à Denver, il s'arrêta brusquement, et elle faillit le percuter.

— Désolée, dit-elle, avant de lever les yeux lorsqu'il se tourna à moitié et recula afin qu'elle profite de la vue.

Elle aperçut alors un cours d'eau qui serpentait parmi les montagnes.

— Oh, que c'est beau. Mais, qu'est-ce… Ça alors, est-ce un…

— … aigle chauve, finit-il pour elle. Je ne savais pas si tu en avais déjà vu un.

Il lui tendit ses jumelles et lui désigna l'est.

— Regarde en direction du fleuve à environ trois cents mètres, chuchota-t-il, dans ce grand tremble sur la falaise. Tu vois cet empilement de brindilles sur la droite ? C'est un nid.

Elle pointa les jumelles sur l'endroit qu'il indiquait et poussa un cri d'émerveillement.

— C'est incroyable ! Pourquoi ne m'as-tu pas dit que nous pouvions voir un tel tableau ?

— Mais c'est ce que je viens de faire, et c'est pourquoi nous sommes ici, répondit-il avec bonne humeur. Regarde, un aigle descend vers le fleuve pour pêcher un poisson.

Le cœur battant d'excitation, elle posa les jumelles pour s'emparer de l'appareil photo. John éclata de rire et la fit monter sur un rocher tout proche en la serrant contre lui afin qu'elle profite autant que possible du spectacle.

Le soleil commençait déjà à descendre sur la vallée où les aigles avaient installé leur nid lorsqu'ils la quittèrent pour rentrer au chalet. Cette fois, John resta à côté d'Elizabeth, et lorsqu'il lui prit la main, elle se dit que la journée n'aurait pas pu être plus belle.

— Est-ce que je t'ai remercié ? dit-elle d'une voix émue. Jamais je n'ai passé journée plus merveilleuse.

Il serra sa main plus fort.

— Je me disais bien que ça te plairait. Moi, je me souviens toujours de la première fois où j'ai vu un aigle.

— Quel âge avais-tu ?

— Cinq ans, il me semble. J'étais parti pêcher avec mon père, et nous étions sur la Snake River dans le Wyoming. Nous étions dans un petit bateau gonflable, au milieu de nulle part, et soudain j'ai levé les yeux et vu un aigle posé sur la plus haute branche d'un sapin de la rive. Et nous, nous étions là, juste en dessous lui.

— Vraiment ? Ça a dû être une sensation incroyable.

— Je n'oublierai jamais ce moment, dit-il sans hésiter. Le jour venait de se lever, les rayons du soleil scintillaient sur la surface de l'eau. Je ne pensais pas que je verrais un aigle, je ne saurais même pas dire ce qui m'a fait lever la tête. Mais lorsque je l'ai fait, cet animal majestueux était là, au-dessus de moi. Je crois que jamais je n'ai eu de vision plus émouvante.

— Je comprends ce que tu veux dire. Moi, je ne m'attendais pas à…

Elle hésita, incapable de trouver les mots appropriés. Il la regarda avec tendresse et vint à sa rescousse.

— Ça remue, n'est-ce pas ? dit-il avec un sourire.

Elle n'aurait pu dire le contraire.

— Je comprends mieux pourquoi mes ancêtres sont tombés amoureux du Colorado. Imagines-tu ce que ça devait être d'assister à ce genre de spectacle au XVIIIe siècle ? C'était sans doute…

Elle s'interrompit et fronça les sourcils, le regard fixé sur les arbres devant eux.

— Sens-tu cette odeur ? On dirait…

— De la fumée, la coupa-t-il en s'arrêtant. Mais d'où diable la fumée peut-elle venir ?

Elizabeth avait peur de prononcer les mots inévitables.

— Serait-ce possible qu'il y ait un feu de forêt ?

— C'est envisageable, mais c'est très rare à cette période de l'année. En plus, il n'y a eu ni orage ni tempête ces derniers jours. A moins que quelqu'un ait démarré un feu de camp sans prendre de précautions, mais c'est encore moins probable. Nous sommes toujours sur le domaine de Broken Arrow, il n'y a pas de campeurs dans le secteur. A part nous, il n'y a personne… du moins à notre connaissance.

Elizabeth finit par déclarer :

— Le chalet…

John poussa un juron et se mit à courir.

— Viens !

Ils étaient encore à plusieurs centaines de mètres du chalet, et pour l'atteindre ils devaient d'abord gravir une butte avant de dévaler son autre versant. Lorsqu'ils atteignirent les abords de la clairière, ils étaient tous deux essoufflés et épuisés, et Elizabeth avait un point de côté aigu qui l'empêchait de respirer. Mais elle l'ignora. Ils avaient le regard rivé sur le chalet, et sur la fumée noire qui s'en échappait.

— Oh, non, ce n'est pas possible !

— Vite ! Commence à remplir des seaux d'eau et à les jeter sur les flammes, dit John en se saisissant d'une pelle. Moi, pendant ce temps, je vais ramasser de la neige et la lancer également sur le feu.

Il n'y avait pas l'eau courante à l'intérieur du chalet. La seule réserve d'eau venait d'une ancienne pompe raccordée au puits à trente mètres de là. Si elle n'avait pas vu le chalet brûler devant ses yeux, Elizabeth aurait pris le temps de réfléchir et compris que John et elle se lançaient dans une tâche impossible. Mais à cet instant, sa seule pensée était de sauver le chalet bâti par ses ancêtres. S'il disparaissait, ce serait pour toujours. Avec l'énergie du désespoir, elle attrapa le seau que lui lança John et courut le remplir au puits.

Affolée, elle pompa l'eau glacée puis se rua en direction du chalet, renversant la moitié du contenu de son seau dans la panique.

« Dépêche-toi. » Ces mots se répétaient en boucle dans sa tête, mais lorsqu'elle versait sur le feu ce qui restait d'eau, elle n'avait même pas le temps d'observer si ce qu'elle faisait contribuait à faire reculer les flammes. Elle se retournait brusquement et courait de nouveau à la pompe.

Elle n'aurait su dire combien de seaux elle emplit puis vida ainsi. Ses mains lui faisaient mal d'avoir à actionner la pompe puis de porter les seaux, mais elle ne pouvait pas s'arrêter.

A côté d'elle, John ramassait frénétiquement des pelletées de neige et les jetait sur les flammes. La sueur coulait sur son visage, et elle savait qu'il devait être aussi épuisé qu'elle. Mais à aucun instant il ne s'interrompit pour reprendre haleine. Hélas, tous les efforts qu'ils déployaient semblaient vains. Le feu continuait de crépiter et de dévorer le chalet.

Un sanglot se forma dans la gorge d'Elizabeth.

— Je vous en prie, mon Dieu, je vous en prie…

Mais qu'espérait-elle ? Un miracle ? Une intervention divine ? Une inspiration soudaine ?

Submergée par l'effort et l'émotion, elle ne s'aperçut d'abord de rien. Tout ce qu'elle sentait, c'était la chaleur du feu qui lui brûlait le visage lorsqu'elle s'approchait et jetait un seau d'eau. Mais soudain, alors qu'elle retournait à la pompe, elle glissa sur l'herbe humide. Avant même qu'elle ait compris ce qui se passait, elle se retrouva étendue de tout son long, les yeux levés vers le ciel gris qui s'obscurcissait.

— Elizabeth !

— Je vais bien, lui assura-t-elle, à bout de souffle, tandis qu'elle s'efforçait de se relever. J'ai glissé.

— T'es-tu fait mal ? Tordu une cheville ?

Comme elle ne répondait pas, John reprit avec véhémence :

— Bon sang, Elizabeth, qu'est-ce qui t'arrive ? Dis quelque chose !

Ebahie, elle leva les mains et se les passa sur sa figure mouillée.

— Il pleut.

11

Rapidement, la légère bruine se transforma en une grosse averse. Toujours étendue au sol, Elizabeth ne savait plus si elle devait rire ou pleurer. Le chalet était sauvé… du moins ce qu'il en restait. Une partie du toit était gravement endommagée, et la pluie tombait à l'intérieur. Cependant, elle savait qu'il aurait été malvenu de se lamenter. Car si l'averse s'était déclenchée ne serait-ce qu'une demi-heure plus tard, le chalet aurait été réduit à un vulgaire tas de cendres.

— Ça va aller, lui dit John en l'aidant à se relever avant de la serrer dans ses bras. Fais-moi confiance. Je te promets qu'à nous deux, nous pourrons rapidement le remettre en état.

Encore tremblante à cause de la pluie froide et du choc de ce qu'ils venaient d'endurer, sans parler de la fatigue, elle enfouit son visage dans les plis de la chemise de John, et ne put se retenir de pleurer.

— C'est de ma faute, dit-elle en sanglotant. Tout est de ma faute.

Il la serra plus fort.

— D'où tiens-tu cela ?

— J'ai sans doute mal éteint les charbons ardents du feu de camp, dit-elle en hoquetant. Le vent doit avoir attisé une étincelle et le feu s'est propagé.

C'était une explication logique, la seule qu'elle puisse trouver... du moins jusqu'à ce que John déclare :

— Renifle l'air, ma chérie. Que sens-tu ?

Perplexe, elle releva la tête et le regarda sans comprendre.

— Ce que je sens ? La fumée, bien sûr.

Les flammes avaient cessé, mais les cendres étaient encore fumantes.

— Et je sens la pluie aussi. Pourquoi ? Que sens-tu, toi ?

Mais au moment même où elle posait la question, elle capta une autre odeur, familière, mais qu'on rencontrait rarement dans l'air pur des montagnes. Elle écarquilla les yeux et se crispa.

— De l'essence ?

Il acquiesça, la mine sombre. Quelqu'un les avait retrouvés.

Paniquée, Elizabeth se mit à regarder à droite et à gauche, mais elle ne vit rien d'autre que les pins alentour. Y avait-il quelqu'un caché parmi les arbres, en train de les observer ? Elle frissonna et redressa les épaules, cherchant à se convaincre qu'elle faisait un accès de paranoïa. Cependant, elle ne parvenait pas à chasser le sentiment sinistre qui semblait suinter de l'ombre des arbres et lui glaçait l'échine.

— Crois-tu qu'ils soient encore là ?

Elle posa cette question si bas que John ne l'entendit pas. Il prit son arme, puis lui tendit la sienne, le regard fixé sur les arbres.

— Tire sur tout ce qui bouge, lui murmura-t-il.

Avant, elle aurait été incapable de tirer sur un animal, et évidemment encore moins sur un homme, qu'elle ait su se servir d'une arme ou pas, songea Elizabeth. Mais là, tandis qu'elle se tenait dos à dos avec John et examinait les ténèbres, elle savait que non seulement elle serait capable de presser la détente, mais qu'en plus elle n'hésiterait pas à le faire si celui qui lui en voulait commettait l'erreur de se montrer.

Mais ce visiteur inopportun ne se manifesta pas. Les bois restaient complètement silencieux. Même les oiseaux avaient cessé de chanter.

Inquiète, Elizabeth demanda, sans quitter les arbres des yeux :

— Comment a-t-on pu nous retrouver ? Nous sommes à plusieurs kilomètres de la maison, et personne ne sait que nous sommes ici.

John se faisait exactement la même réflexion. Il avait pris tous les soins possibles pour s'assurer qu'ils n'étaient pas suivis. Alors comment avait-on pu les retrouver ? Il aurait été prêt à parier que personne ne les avait repérés lorsqu'ils étaient partis. Comment avait-il pu ne pas s'apercevoir que quelqu'un était sur leurs traces ? Qu'avait-il négligé ?

Une image lui revint, de plus en plus précise. Hier, lorsque Elizabeth et lui s'étaient assis près du feu pour déjeuner, le ciel était clair et sans nuages. La fumée de leur feu était montée droit au ciel… et droit vers un petit avion de tourisme qui avait survolé le chalet pendant qu'ils mangeaient.

— Bon sang !

— Qu'y a-t-il ?

Avec une expression fermée, il lui rappela le petit avion qu'ils avaient vu tous deux la veille, et auquel ils n'avaient guère prêté attention.

— Si le pilote de cet avion était à notre recherche, la fumée de notre feu de camp lui a indiqué précisément où nous étions.

— Et il serait venu jusqu'ici pour essayer de nous tuer ?

— Si telle avait été son intention, il aurait mis le feu au chalet hier soir, pendant que nous dormions, répliqua-t-il brusquement. Non, il ne veut pas nous tuer. Ce qu'il veut, c'est que tu partes. Il espère que mettre le feu au chalet suffira à t'effrayer suffisamment pour que tu décides de retourner illico en Angleterre.

— Dans ce cas, il perd son temps, déclara-t-elle froidement. Quand comprendra-t-il qu'il n'arrivera pas à me faire fuir ?

— Je pense qu'il est temps d'appeler Buck.

— Non ! Enfin, John…

— Les menaces se font de plus en plus précises et de plus en plus violentes, la coupa-t-il. Même si l'incendiaire n'avait pas l'intention de te tuer, il est déterminé, et il risque de franchir le pas à tout moment. Qui plus est, les accidents arrivent. Tu pourrais te retrouver gravement blessée.

— Buck sera de retour dans deux jours. J'ai donc besoin de rester seulement encore une nuit supplémentaire sur le domaine du ranch. Si je pars demain et que Buck revient après-demain, il n'y aura eu qu'une seule nuit sans personne au ranch. Donc il sera impossible d'invalider l'héritage. Ce qu'il faut éviter, c'est d'être absents deux nuits consécutives.

Il n'aurait pas dû l'écouter, se dit John. Elizabeth était en danger, et c'était cela le plus important. Il aurait dû l'emmener manu militari à Aspen ou à Colorado Springs, n'importe où, du moment qu'elle ne restait pas à Willow Bend ou Broken Arrow. C'était la chose la plus raisonnable à faire. Dès que Buck saurait que quelqu'un avait mis le feu au chalet, il accourrait, et alors elle pourrait retourner en Angleterre, où elle serait en sécurité. Il n'aurait plus à s'inquiéter.

Si elle avait été une tout autre femme, il n'aurait pas hésité une seule seconde. Cependant, à la seule pensée de la voir partir, son estomac se nouait. Certes, il avait toujours su que le jour viendrait où elle devrait quitter les Etats-Unis. Mais il n'avait pu s'empêcher d'espérer qu'elle repousserait son départ d'une ou deux semaines, même après le retour de Buck et Rainey. Mais, a priori, il pouvait faire une croix sur cette éventualité. Pour son bien, il fallait qu'elle parte. Ce qui signifiait que cette nuit serait la dernière qu'ils passeraient ensemble.

— Si nous restons ici, nous devons nous assurer que l'incendiaire du chalet n'est plus dans les parages. Ensuite, il faudra réparer le toit. Viens, allons vérifier les alentours.

Il ne leur fallut pas longtemps pour comprendre que celui qui avait mis le feu au chalet n'était pas un idiot. Il n'avait laissé aucune trace de sa présence, pas même une allumette.

— Ça suffit, dit-il, dépité.

Peu rassurée, Elizabeth regarda de nouveau autour d'elle.

— Crois-tu qu'il y a encore quelqu'un ?

John suivit son regard, et contempla les arbres désespérément silencieux. Rien ne bougeait.

— Je donnerais cher pour le savoir, dit-il avec honnêteté. Tout ce que je peux dire, c'est que si je tentais d'effrayer quelqu'un, je ne traînerais pas dans les environs pour risquer de me faire prendre ensuite.

— Et celui qui a mis le feu devait savoir que nous étions absents au moment où il a commis son forfait, remarqua-t-elle. S'il avait voulu s'en prendre directement à moi, il aurait attendu que nous soyons rentrés de notre randonnée.

— Absolument. A moins que ce ne soit un incompétent notoire, mettre le feu au chalet n'était qu'une façon d'entretenir la peur.

— Donc, tu penses qu'il est parti ?

— Impossible d'être catégorique, mais il y a de fortes chances que ce soit le cas. La question, c'est… que faisons-nous ce soir ? Le chalet est endommagé, et l'incendiaire a sans doute mis la maison sous surveillance, afin de vérifier si tu vas y retourner. Je pense que la meilleure solution, c'est donc de rester ici.

— Mais il y a un trou dans le toit, et une odeur de fumée persistante.

— J'ai le temps de réparer le toit avant qu'il fasse nuit noire, lui assura-t-il. Pour ce qui est de l'odeur de fumée, en revanche, il faudra faire avec. S'il faisait beau, nous pourrions dormir à la belle étoile, mais apparemment il va encore pleuvoir. Alors, que veux-tu faire ? Dormir dans le chalet malgré l'odeur de fumée, ou bien prendre le risque de rentrer à la maison en espérant que personne n'y mette également le feu ? A toi de choisir.

C'était tout décidé. Il était hors de question de faire courir un risque à la maison.

— Nous restons ici.

— Dans ce cas, nous devrions nous mettre au travail avant que la pluie recommence à tomber. Il faut faire vite.

Quelques minutes plus tard, John était sur le toit et inspectait les dommages causés par l'incendie. Par chance, ils étaient moins importants que ce qu'il avait d'abord cru. Cependant, avec l'aide d'Elizabeth, il lui faudrait deux bonnes heures pour effectuer la réparation. Il prit rapidement la mesure de la brèche afin d'estimer de quelle quantité de bois il aurait besoin, puis partit découper des planches.

— Je reviendrai plus tard pour mieux fixer les bardeaux, dit-il à Elizabeth tandis qu'elle l'aidait à les monter sur le toit, mais là je vais faire le minimum pour qu'ils tiennent cette nuit.

— Pendant que tu termines, je vais aller nettoyer l'intérieur et tenter de chasser un peu l'odeur de fumée, répondit-elle avec une grimace, tandis qu'elle commençait à redescendre de l'échelle. En revanche, je ne sais pas sur quoi nous allons dormir. Le feu a fait éclater le matelas pneumatique et les couvertures sont pleines de suie…

Elle faisait attention où elle mettait les pieds pour ne pas rater d'échelon, et ne pouvait donc pas voir la silhouette qui se tenait entre les arbres à une cinquantaine de mètres. Ni le fusil braqué sur John et elle. Mais, soudain, un coup de feu éclata.

— Qu'est-ce que…

Paniquée, elle se retourna brusquement, les yeux écarquillés, juste à temps pour voir John tituber et chuter du toit. Terrifiée, elle hurla :

— Non !

Elle se jeta littéralement de l'échelle et se précipita à côté de John. Elle avait le cœur qui battait à se rompre, et elle se mit à prier frénétiquement :

— Je vous en prie, faites qu'il ne soit pas mort. Je vous en supplie…

Il était pâle comme un linge, mais lorsqu'elle le toucha, il émit un grognement.

— John ?

Des larmes lui brouillaient la vue, et elle les essuya avec impatience lorsqu'elle vit sa blessure à l'épaule et le sang qui s'en échappait.

— Ne bouge pas, dit-elle en s'efforçant de garder les yeux ouverts. Il faut que je stoppe l'hémorragie…

Un second tir résonna, provenant des arbres sur la droite, et la balle fusa à quelques mètres de l'endroit où ils se tenaient.

— Laissez-nous tranquilles ! hurla-t-elle.

— La carabine, dit John en grimaçant de douleur lorsqu'il tenta de se redresser.

— Où…

— Je l'ai laissée près de la porte.

Elle tourna la tête, la vit et se précipita dessus. Un nouveau tir retentit, et, sans réfléchir, elle riposta par une rafale en direction des arbres.

Tout de suite après, elle perçut un cri de douleur, mais elle n'eut pas le temps de se demander si elle avait gravement blessé leur agresseur ou pas. Son seul souci, c'était John.

— Viens, dit-elle en l'aidant à se lever. Il faut que nous nous réfugiions à l'intérieur avant qu'il tire de nouveau.

John se mit debout avec peine et s'appuya lourdement sur elle.

— Combien crois-tu qu'ils soient ?

— J'espère qu'il était tout seul, mais je ne veux pas prendre de risques, répondit-elle.

Il était d'accord avec elle. Il comprima sa blessure à l'épaule de la main tandis qu'Elizabeth l'aidait à rentrer dans le chalet, mais ce geste ne servit pas à grand-chose. Du sang s'échappa d'entre ses doigts et coula au sol. Si Elizabeth ne l'avait pas soutenu, il se serait effondré.

Folle d'inquiétude, elle l'aida à s'asseoir au sol.

— Il faut arrêter cette hémorragie. Tu es pâle comme un spectre.

— Je vais bien, dit-il. C'est juste une entaille.

— Et moi je suis la reine d'Angleterre, rétorqua-t-elle. Regarde-toi. Tu es couvert de sang et tu es aussi faible qu'un nouveau-né. Ne bouge pas.

Elle enleva son T-shirt et le roula en boule pour en faire une compresse qu'elle appliqua contre sa blessure. Puis elle prit un couteau.

John l'avait déjà vue nue. Il lui avait même fait l'amour, il avait embrassé chaque partie de son corps. Mais alors qu'elle était là, seulement habillée d'un jean et d'un soutien-gorge, à découper son T-shirt en lanières pour panser sa blessure, il ne put s'empêcher de songer que jamais elle ne lui avait semblé aussi belle.

— Je dois t'emmener à l'hôpital.

Il avait l'épaule en feu, mais il ne pouvait détacher le regard de son buste sensuel.

— Si tu arrives à l'hôpital dans cette tenue, je vais avoir le temps de me vider entièrement de mon sang avant que l'on remarque ma présence, dit-il en affichant un demi-sourire malgré la douleur.

— Tais-toi.

— Bien madame. Au fait, t'ai-je dit à quel point tu es belle ?

Sa réaction et la mine agacée qu'elle afficha l'auraient fait rire s'il n'avait pas eu si mal.

— Vas-tu te tenir tranquille ? Au cas où tu ne l'aurais pas remarqué, j'essaie de te sauver la vie.

— Je vais tâcher de m'en souvenir, dit-il avec un petit rire, avant de pousser un gémissement de douleur lorsqu'elle noua davantage le bandage sur son épaule.

— Je suis désolée, mais il faut que ce soit serré.

— Je sais, geignit-il en pressant sa main. Fais ce que tu dois faire, ma chérie. Sans toi, j'aurais de sérieux problèmes à l'heure qu'il est.

— John, tu es blessé, celui qui t'a tiré dessus est

sans doute encore là dehors, à attendre que tu réapparaisses pour t'achever et ensuite s'occuper de moi. Si ça, ce ne sont pas de graves problèmes, je ne sais pas ce qu'il te faut.

— Tu as peut-être bien raison. Alors, quel est ton plan ? Car j'imagine que tu en as un.

Elle acquiesça.

— Il faut que je te conduise à l'hôpital, mais comme nous ne savons pas si le tireur est encore dans les parages, nous devrons attendre qu'il fasse complètement nuit pour sortir. Je vais t'aider à monter dans le pick-up dans l'obscurité, et nous partirons sur les chapeaux de roue.

Dit comme cela, ce projet ne pouvait pas être plus simple… ni plus dangereux. John n'osa pas lui dire que lorsqu'elle mettrait en route le véhicule et que les phares s'allumeraient, ils constitueraient des cibles de choix pour leur assaillant. Ou bien que ce dernier attendait peut-être lui-aussi qu'il fasse nuit noire pour en tirer parti. Dans tous les cas, ils étaient en fâcheuse posture.

Mais il ne pouvait pas risquer de lui faire perdre tout espoir. Car c'est bien la seule chose à laquelle ils pouvaient se raccrocher.

— D'accord, dit-il en serrant sa main. Nous attendrons qu'il fasse nuit.

Le crépuscule était tombé depuis une demi-heure, dans une heure au plus il ferait nuit noire. Le bandage à l'épaule de John était déjà maculé de sang, et même si l'hémorragie avait été jugulée, Elizabeth s'était aperçu qu'il s'affaiblissait. Il serrait toujours sa main, mais son étreinte se faisait moins vigoureuse, et cela l'inquiétait. Comment allait-elle parvenir à le faire se lever et marcher jusqu'au pick-up ?

Soucieuse, toute son attention portée sur lui, elle ne

vit pas la nuit tomber. Assise au sol à côté de John, les yeux rivés sur son visage, à l'affût de la moindre altération de sa respiration, elle se rendit compte soudain qu'il faisait noir.

Elle déglutit. Il était temps.

— John ?

Un instant, elle crut qu'il était inconscient. Il ne répondit pas tout de suite et elle commença à paniquer. Enfin, il murmura :

— Aide-moi à me lever.

Dans l'obscurité, elle passa lentement les bras autour de lui et le fit se redresser. Dehors, une pluie froide s'était remise à tomber, et commençait à suinter à travers le toit. Avant qu'Elizabeth soit parvenue à mettre John debout, l'averse tourna au déluge.

Soudain, tout lui parut plus difficile. Elle sentit des larmes de rage et de désespoir couler sur ses joues, tandis qu'un poids démesuré semblait peser sur ses épaules. Que devait-elle faire ? Avec une telle pluie, la clairière où se trouvait le chalet allait rapidement se transformer en véritable bourbier. Même si elle parvenait à mener John jusqu'au pick-up sans qu'il glisse dans la boue, comment parviendrait-elle à rouler dans ces conditions, et à descendre la montagne ? Il n'y avait pas de véritable route, seulement des sentiers qui, avec ce temps, pouvaient se révéler extrêmement difficiles à négocier.

— Ça va aller, lui souffla John dans l'obscurité, en la serrant contre lui malgré la douleur. S'il y a encore quelqu'un là dehors, il ne tiendra pas longtemps sous cette pluie. Il sait que je suis blessé et que ce sera très compliqué pour toi de m'emmener ailleurs. Il va donc penser que nous allons passer la nuit ici, et s'il revient, ce sera demain matin.

— En fait, ce n'est pas lui qui m'inquiète le plus, répondit-elle. Que se passera-t-il si tu tombes et que je n'arrive pas à te relever ? Et si nous parvenons à partir mais que nous nous embourbons ? Je n'ai jamais conduit de véhicule à quatre roues motrices. S'il y a une coulée de boue et que…

John la regarda droit dans les yeux.

— Et que se passera-t-il si les freins lâchent ? Et que se passera-t-il si les Martiens débarquent pour conquérir la Terre ? Hein, que ferons-nous ?

Elle était tellement perdue dans ses soucis qu'il lui fallut un long moment avant de prendre conscience de ce qu'il avait déclaré. Enfin, elle le contempla et reprit :

— Pardon ? As-tu parlé de Martiens ?

Il lui retourna un sourire malicieux.

— As-tu parlé de coulée de boue ?

A son tour, elle lutta pour réprimer un sourire et répliqua :

— Si tu insinues que s'inquiéter d'un risque de coulée de boue est aussi ridicule que craindre l'arrivée des Martiens, c'est que tu commences à délirer.

Il se contenta de rire.

— T'ai-je déjà dit que j'adore quand tu te vexes ?

— Tu ferais mieux de te taire. Je ne suis pas d'humeur à supporter tes petites provocations mesquines.

— Voilà que tu te remets à jouer les dures.

Elle ne put s'empêcher de rire.

— Tu ferais mieux d'être content que je ne sois pas si dure que cela, sans quoi je t'abandonnerais à ton triste sort. Et alors que ferais-tu ?

— Est-ce que tu sous-entends que tu vas me sauver la vie ?

— Oui, j'en ai bien l'intention.

Elle reprit son sérieux et passa un bras autour de sa taille.

— Prêt ?

Il acquiesça.

— A trois, on y va.

Ils avancèrent sans bruit et se tinrent dans l'encadrement de la porte pour observer le pick-up. Il était garé à l'extrémité du chalet, et le côté passager était celui qui était le plus proche d'où ils se trouvaient. Ils étaient d'ores et déjà convenus de s'engouffrer tous deux dans le véhicule par cette portière-là. Il ne leur restait donc plus qu'à mettre leur plan à exécution.

Elizabeth rassembla ses forces pour affronter la pluie froide et le risque de se faire de nouveau tirer dessus.

— Un, deux. Trois !

Le premier pas fut le plus pénible. La peur lui donnait la sensation de porter des semelles de plomb. Elle ne cilla même pas lorsque la pluie lui fouetta le visage, elle retenait sa respiration et s'attendait à tout moment à entendre résonner un tir et à éprouver la douleur d'une balle qui l'aurait atteinte…

Cependant, ce tir qu'ils redoutaient tous deux ne se produisit pas. Ce qui n'atténua pas la tension qu'ils ressentaient lorsqu'ils montèrent dans le pick-up. Elizabeth aida rapidement John à se glisser côté passager, et faillit faire tomber deux fois la clé de contact avant de parvenir à l'insérer. D'un coup sec, elle fit partir le moteur, enclencha la première et démarra en trombe.

Le trajet pour redescendre des montagnes et gagner la ville fut le plus pénible qu'elle ait jamais eu à effectuer. La pluie crépitait sur le pare-brise, mais elle ne ralentit pas. Elle glissa et dérapa sur le sentier boueux qui paraissait se dérober sous les pneus du véhicule, et lutta avec le volant pour maintenir sa trajectoire jusqu'à ne plus sentir ses phalanges.

A côté d'elle, John ne prononça pas la moindre parole, mais Elizabeth savait qu'il devait souffrir chaque fois qu'elle ne pouvait leur éviter une secousse tandis qu'ils dévalaient la pente.

— Je suis désolée, dit-elle lorsque enfin la conduite se fit plus aisée.

— Tu t'en sors très bien, dit-il dans un souffle. Ne t'inquiète pas pour moi.

Mais elle ne pouvait s'empêcher de se faire du souci pour lui. Il avait dû se remettre à saigner. S'il n'avait pas eu sa ceinture de sécurité, il serait allé percuter le tableau de bord. Plusieurs fois, lorsque le terrain irrégulier avait fait rebondir le pick-up, elle l'avait entendu gémir de douleur.

La simple pensée de le faire souffrir la rendait malade, mais elle ne pouvait pas courir le risque de ralentir. Elle avait trop peur d'être suivie. Elle ne pouvait ni appeler la police ni une ambulance, elle ne pouvait révéler à personne où ils étaient ni ce qui se passait. Car elle savait que celui qui les avait attaqués pouvait avoir des complices partout, même parmi les forces de l'ordre.

— Je t'emmène à l'hôpital, lui dit-elle lorsque enfin ils rejoignirent la route. Tiens bon.

Elle appuya sur l'accélérateur, mettant au défi quiconque de chercher à les suivre.

— Demain matin, je me rendrai au chalet pour aller voir ce qu'il en est, dit l'agent Reynolds à John et Elizabeth, une heure plus tard, alors que l'épaule de John avait été soignée et bandée. Mais je vous avoue que je ne m'attends pas à trouver d'indices. Le malfrat qui vous a attaqués a une longueur d'avance sur nous depuis le début. Je l'imagine mal se compromettre maintenant.

John était du même avis.

— Faites ce que vous pouvez. De notre côté, nous ferons de même.

— Je vous laisse toute latitude, répliqua l'agent. Vous avez bien le droit de vous défendre et de chercher à savoir qui vous en veut. Dans d'autres circonstances, je vous conseillerais de quitter la ville quelque temps, mais je comprends que vous ne puissiez pas agir ainsi. Soyez prudents, c'est tout.

Etre prudents, c'est bien ce qu'ils s'étaient efforcés de faire… pour finir dans le service des urgences d'un hôpital. Elizabeth s'était résignée à l'idée qu'ils ne pouvaient compter que sur eux-mêmes, et elle attendit que John et elle se retrouvent de nouveau seuls lorsqu'ils rejoignirent le pick-up pour lui annoncer :

— J'ai appelé Buck pendant que le médecin recousait ta blessure.

Etonné, il répliqua :

— Je croyais que tu ne souhaitais pas en arriver là.

— Non, en effet. Je considère qu'il devrait pouvoir s'absenter tranquillement et me laisser prendre les rênes du ranch, et cela sans avoir à s'inquiéter. Surtout lorsqu'il part en lune de miel ! Mais là, la situation est trop grave. Tu t'es fait tirer dessus, et je ne peux prendre le risque qu'un tel fait se reproduise. C'est pourquoi j'ai prévenu Buck, ainsi que mes sœurs. Nous sommes tous concernés, et il fallait qu'ils sachent ce qui se passe.

— Et qu'a dit Buck ? Il revient ?

Elle hocha la tête.

— Il devrait être là demain.

Demain. Ce qui signifiait qu'il leur restait à peine vingt-quatre heures.

— Je pense que ce soir nous devrions dormir à l'hôtel.

Perdue dans ses pensées, elle écarquilla les yeux à ses mots.

— Non ! Nous ne pouvons pas !

— Mais pourquoi ?

— C'est trop risqué. Si nous ne sommes pas au ranch ce soir et que celui qui t'a tiré dessus trouve un moyen de nous en tenir éloignés la nuit prochaine, le ranch sera perdu.

— Mais tu viens de me dire que Buck serait là demain, lui rappela-t-il.

— Normalement oui, mais on ne sait jamais. Réfléchis, John. Apparemment, celui qui convoite le ranch connaît tous nos faits et gestes. Comment être sûrs qu'il n'a pas fait en sorte de faire suivre également Rainey et Buck ? Que se passerait-il s'ils étaient retardés, si leur voiture tombait en panne, par exemple, et qu'ils ne puissent pas être là demain ? En temps normal, ce ne serait pas grave. Mais là, j'aurais déjà été absente du ranch une nuit. Ce qui signifie que celui qui s'en prend à nous n'aurait plus qu'à trouver un moyen de me tenir éloignée de Broken Arrow une nuit supplémentaire. Et alors, il suffirait à l'individu qui pense être l'héritier inconnu de se faire connaître auprès du notaire pour demander que l'enveloppe secrète du testament d'Hilda soit ouverte.

John savait que son raisonnement était juste. Mais il était extrêmement inquiet à l'idée de retourner au ranch. La maison était trop grande, trop difficile à défendre. Mais quel autre choix avaient-ils ?

— D'accord, finit-il par dire en soupirant. Nous allons rentrer au ranch. Mais pas question de rester dans le bâtiment principal d'habitation. Nous allons passer la nuit dans l'annexe.

12

Lorsque, à 14 heures le lendemain, Rainey et Buck pénétrèrent dans la cour du ranch, John eut le sentiment que jamais il n'avait été aussi soulagé de voir arriver quelqu'un.

— Je suis vraiment désolé que vous ayez dû écourter votre lune de miel, dit-il en tendant avec précaution, à cause de son épaule blessée, la main à Buck, mais Elizabeth a eu raison de vous appeler. Je ne peux plus la protéger. En fait, c'est plutôt elle qui veille sur moi, maintenant. Elle est restée éveillée toute la nuit à monter la garde près de la porte de l'annexe avec une arme.

A cette dernière phrase, Buck haussa les sourcils d'étonnement.

— Parlons-nous bien de ma sœur Elizabeth ? Celle-là même qui devient hystérique à la simple vue d'un lézard dans le jardin ? Qui ne supporte pas d'écraser une mouche avec un journal roulé ? C'est bien cette Elizabeth-là ?

Pas le moins du monde vexée, Elizabeth sourit.

— Eh bien oui, grand frère, c'est bien de moi dont il s'agit. Tu serais bien surpris si tu avais idée de tout ce que j'ai appris pendant ton absence. Et tout cela grâce à John. Je sais même m'occuper du bétail et séparer un petit de sa mère.

— On dirait que nous ne sommes pas les seuls à

avoir pris du bon temps, déclara Rainey qui s'avança pour donner l'accolade à sa nouvelle belle-sœur. Tant mieux, ça compense un peu les désagréments que vous avez dû subir.

— Je suis réellement désolée d'avoir été obligée de vous appeler, dit Elizabeth en reprenant une mine sérieuse. Mais je ne savais plus quoi faire. Lorsque les premières menaces se sont produites, je ne soupçonnais absolument pas que ça irait aussi loin. Certes, j'ai toujours gardé en tête les horribles méfaits de David Saenz envers vous deux. Mais il est mort.

— Moi aussi j'ai espéré qu'avec la mort de David le pire était derrière nous, renchérit Buck. Tu aurais dû me prévenir plus tôt de ce qui se passait. Rainey et moi, nous serions rentrés illico.

— C'est précisément la raison pour laquelle je ne t'ai pas tenu au courant, expliqua-t-elle. C'était votre lune de miel. Je ne voulais pas vous la gâcher.

— Qui plus est, au départ, la situation était tout de même moins critique, ajouta John. C'était juste des lettres de menace et des clôtures cisaillées. Mais ensuite, quelqu'un a tiré dans le pare-brise de la jeep alors qu'Elizabeth était au volant et rentrait au ranch. Alors même qu'un policier la suivait pour assurer sa protection.

— Quoi ?

— Je n'ai pas été blessée, les rassura-t-elle. C'était juste une tactique pour m'effrayer.

— C'est après cet épisode que nous avons décidé d'aller nous réfugier au chalet de chasse, reprit John. C'était a priori le lieu idéal pour se cacher tout en restant sur le domaine du ranch en attendant que vous rentriez. L'endroit est isolé, loin de tout, et personne ne pouvait savoir que nous nous y trouvions. Et pourtant, alors que nous étions partis faire une randonnée pour observer des aigles, quelqu'un a mis le feu au chalet.

— Oh, mon Dieu ! s'exclama Rainey. Heureusement que vous n'étiez pas à l'intérieur à ce moment-là.

— C'était un avertissement, lui expliqua Buck. Une façon de dire « nous savons où vous êtes, vous ne pouvez pas vous cacher. Alors partez, car la prochaine fois vous n'aurez pas autant de chance ».

— C'est précisément ce que nous aurions dû faire, intervint Elizabeth. Mais au lieu de décamper, nous avons voulu tenter de remettre le chalet en état, après que la pluie eut mis fin à l'incendie et l'eut empêché de brûler totalement. Et à ce moment-là, John s'est fait tirer dessus. J'ai alors compris que celui qui veut mettre la main sur le ranch est prêt à tout pour atteindre son objectif. Et donc, avec John blessé, j'avais besoin de renforts.

— En fait, ce qu'il faut, déclara John, c'est qu'elle reparte le plus tôt possible pour l'Angleterre. Dès qu'elle aura fait ses bagages, je l'emmène à l'aéroport.

Ebahie, Elizabeth s'exclama :

— C'est hors de question !

Elle aurait aussi bien pu parler à un mur. Le visage fermé, John répliqua :

— Je n'ai aucune intention de chercher à te convaincre. Tu t'en vas, un point c'est tout.

Elizabeth aimait se définir comme une femme raisonnable qui ne perdait pas facilement son calme. Mais cette fois-ci, elle se sentit immédiatement sortir de ses gonds. John pensait-il réellement qu'il pouvait lui dire ce qu'elle devait faire et qu'elle allait lui obéir sans sourciller, comme si elle n'était rien de plus qu'une écervelée docile et sans tempérament ?

— Non, je ne pars pas, rétorqua-t-elle. Crois-tu que

je pourrais partir comme si de rien n'était alors que tu es blessé ? Pour quel genre de femme me prends-tu ?

— Ici, tu n'es pas en sécurité, et…

— Et alors, qu'est-ce que ça peut bien faire ? Je suis tout simplement incapable de reprendre l'avion pour Londres en vous laissant toi, Rainey et Buck affronter seuls le danger.

A cette seule idée, elle en avait les larmes aux yeux, ce qui ne faisait qu'aiguiser davantage sa colère. Bon sang, elle devait être forte, elle ne voulait pas pleurer !

— Et au cas où tu ne l'aurais pas remarqué, je suis amoureuse de toi. Je ne vais nulle part, et si ça ne te plaît pas, c'est bien dommage !

Sans lui laisser le temps de répondre, elle se précipita dans la maison et claqua la porte derrière elle. Un silence écrasant s'ensuivit.

Pendant un moment qui parut durer une éternité, personne n'osa prononcer la moindre parole. Enfin, Buck s'éclaircit la voix.

— Bon, il semblerait qu'il se soit passé pas mal de choses pendant notre absence.

Il dévisagea John en levant un sourcil et en lui adressant un sourire malicieux.

— Eh bien, qu'est-ce que tu fais planté là ? Vas-tu réellement la laisser te faire une telle déclaration sans réagir ? Va la voir, mon vieux.

John était encore abasourdi par les mots d'Elizabeth. Elle l'aimait ? Jamais il ne s'était senti aussi frustré.

— Vous ne comprenez pas. Les choses sont plus compliquées. C'est ma patronne, quand même !

— Il semblerait qu'elle soit un tout petit peu plus que cela, remarqua Rainey dans un sourire. Elle est amoureuse de toi.

— Et toi, tu es amoureux d'elle, ajouta Buck en

l'observant de son regard perspicace. Ne tente même pas de le nier, ça se lit sur ton visage.

Vexé d'être ainsi percé à jour, John reprit sur un ton de mauvaise humeur :

— Et même si c'était le cas, qu'est-ce que ça change ? L'important, c'est que je ne suis pas l'homme qu'il lui faut. Vous le savez très bien. Je ne vous ai rien caché de mon passé, Buck. Je vous ai avoué que j'avais tué un homme.

Il prit soudain conscience de la brutalité de cette révélation devant Rainey et s'empressa de reprendre :

— Je suis désolé, Rainey. Ça me déplaît que vous soyez obligée d'entendre de tels propos, mais c'est aussi bien que vous sachiez tout également, afin que vous compreniez…

— Je sais déjà tout, déclara-t-elle posément.

— Rainey et moi, nous n'avons aucun secret l'un pour l'autre, expliqua Buck. Je lui ai tout raconté. Et elle est arrivée à la même conclusion que moi : ce qui s'est passé n'est qu'un dramatique accident.

— J'ai commis une faute, réitéra John. Mon meilleur ami est mort à cause de moi, parce que j'ai fait une erreur.

— Tu es un homme, John, pas une machine, reprit Rainey avec empathie. Il est impossible de prévenir tous les accidents. Tu ne peux pas te punir ta vie entière pour un événement que tu ne pouvais pas prévoir.

— J'ai laissé échapper mon arme. C'est impardonnable.

— Pourquoi l'as-tu laissée tomber ? Que s'est-il passé ?

Il détestait reparler de ce jour fatidique, mais les images lui revenaient sans efforts, aussi claires que dix ans auparavant.

— J'étais en train de donner une leçon de tir, et deux nouvelles recrues ont eu des mots et ont commencé à se battre. Mark a tenté de les séparer, a attrapé un des deux combattants et l'a repoussé en arrière. Ce dernier a chancelé, et est tombé sur moi. J'ai été surpris, mon arme m'a échappé. Le coup est parti, il a atteint Mark en pleine tête. Il est mort sur le coup.

— Mais ce n'était absolument pas de ta faute ! Comment pourrais-tu être tenu pour responsable de l'accident alors que c'est un autre homme qui t'a bousculé en tombant sur toi ?

— Je n'aurais pas dû laisser échapper mon arme.

— Si cet homme ne t'avait pas bousculé, tu ne l'aurais pas laissée tomber, lui fit remarquer Rainey. Mark savait-il que tu portais une arme ?

— Bien sûr, mais…

— Il n'y a pas de « mais », le coupa-t-elle. Mark savait que tu avais une arme, et pourtant il a repoussé un homme droit sur toi…

— Mais il ne pouvait pas savoir qu'il allait vaciller et me tomber dessus.

— Oui, mais alors, comment, toi, aurais-tu pu le savoir ? Pourquoi serait-ce toi le coupable ?

— Parce que c'était moi le responsable de l'unité.

— Mais les autres membres du groupe étaient des marines, tout comme toi. Des marines qui avaient reçu le même entraînement. Des marines, ajouta-t-elle avec emphase, qui auraient dû savoir qu'on ne peut pas se permettre de se battre comme des gamins en plein milieu d'un entraînement à balles réelles.

— Parmi tous les hommes présents ce jour-là, il est évident qu'aucun ne pouvait se douter qu'un des leurs allait mourir. Cependant, tu t'accuses de ne pas avoir prévu l'accident. Mais comment aurais-tu pu le faire, toi, plus qu'un autre ?

— Parce que…

John hésita, luttant pour chercher une réponse, et Rainey eut de la peine pour lui.

— Tu n'as pas de pouvoirs extralucides, John, reprit-elle doucement. Je suis persuadée que tu étais un soldat consciencieux et avec le sens du devoir chevillé au corps. Mais tu ne pouvais pas tout anticiper. Personne ne le peut. Et c'est pourquoi un homme innocent est mort, sans que personne n'ait pu éviter que ça arrive. C'est la fatalité. Ce serait arrivé de toute façon, que tu aies été là ou pas. Laisse-moi te poser une question : si la situation avait été inversée et que c'est toi qui étais mort, ton ami se serait-il accusé de ce drame ? Ou bien aurait-il compris qu'on ne maîtrise pas le destin ?

John la regarda droit dans les yeux, et la contempla comme si elle venait de lui asséner un coup de marteau sur la tête. Cela faisait dix ans qu'il portait la responsabilité de la mort de Mark comme un fardeau. Un poids qui avait presque entièrement ruiné sa vie. Il avait tout perdu : son épouse, le ranch familial, l'avenir qu'il s'était imaginé. Mais au cours de toutes ces années, jamais il ne s'était demandé si la culpabilité qu'il ressentait était justifiée. Il avait tout bonnement considéré que puisque son meilleur ami était mort, c'est que ça devait être de sa faute.

— Cesse de te punir, mon vieux, dit Buck d'un ton bourru. Tu as fait tout ce que tu pouvais pour ton meilleur ami, mais ça n'a pas suffi. Je suis sûr qu'il ne souhaiterait pas que tu t'en veuilles toute ta vie. Essaie de passer outre et va de l'avant.

— Cela ne change rien au fait qu'Elizabeth est ma patronne, nota John. Et je ne suis pas le genre d'homme dont vous auriez rêvé pour votre sœur. Avouez-le. Si vous aviez pu soupçonner qu'Elizabeth risquait de tomber amoureuse de moi, vous ne m'auriez pas embauché.

— Je me demande bien pourquoi tu as une telle idée en tête, rétorqua Buck. Tu es un ancien marine, bon sang ! Tu sais comment la protéger contre d'éventuelles agressions extérieures, tu es travailleur, et tu as plus d'honneur que la majorité des autres hommes. Que pourrais-je demander de plus pour ma sœur ?

John regarda Buck d'un air incrédule, comme s'il venait de parler de quelqu'un d'autre. Rainey sourit.

— Maintenant que ce doute est levé, il n'y a plus qu'une question qui compte. Es-tu amoureux d'elle ?

— Mais bien sûr que je suis amoureux d'elle ! Ça me rend fou, d'ailleurs ! Elle me rend fou, plus exactement. Je n'ai pas cessé de me dire qu'elle était ma patronne, qu'elle allait repartir en Angleterre, que j'étais idiot de songer à avoir une relation amoureuse avec elle, et pourtant rien n'y fait, je l'ai dans la peau.

— Je comprends ce que tu as éprouvé, dit Buck en passant affectueusement un bras autour de la taille de Rainey pour la serrer contre lui. Mais pourquoi es-tu encore ici à discuter avec nous ? Va la trouver et avoue-le-lui, et plus vite que ça !

Il hésita quelques secondes. Puis, résolu, il prit brièvement Rainey dans ses bras, serra chaleureusement la main de Buck et se précipita vers la maison.

Elizabeth avait la sensation d'avoir le cœur en lambeaux, mais elle était déterminée à ne pas pleurer. Dès qu'elle avait franchi le seuil de la maison, elle s'était précipitée dans sa chambre, mais elle avait vite compris qu'elle n'y trouverait aucun réconfort. Sa chambre était vide, elle était toute seule.

Elle ravala un sanglot, regarda par la fenêtre et, un instant, songea à sortir sans être vue pour aller ruminer sa peine dans un coin où elle serait tranquille pour pleurer et faire le deuil de son histoire d'amour avortée avant même d'avoir réellement débuté. Puis son regard se posa sur la grange, et ensuite sur l'annexe un peu plus loin. Là où vivait John. Elle n'oublierait jamais la nuit qu'elle y avait passée. Elle avait attendu l'aube, assise à côté de lui, sur le lit, pendant qu'il dormait. Elle était restée là, son arme chargée, prête à faire feu si jamais quelqu'un faisait irruption. Et jamais elle n'avait ressenti un tel sentiment d'être chez elle.

Incapable de résister aux émotions qui l'étreignaient, elle décida de se rendre à l'annexe. John n'y serait pas, de toute façon, se dit-elle. Il devait être avec Buck, dans son bureau, en train de lui faire un compte rendu précis des affaires du ranch. Il ne saurait jamais qu'elle était retournée là-bas.

Elle descendit à la hâte l'escalier qui menait dans la cuisine, et elle courait presque lorsqu'elle atteignit la porte arrière. Des larmes coulaient sur ses joues, mais elle n'y prêta pas attention. Personne ne la voyait. Elle s'arrêta sous le porche de l'annexe et se recroquevilla dans le vieux fauteuil à bascule.

Elle était venue rechercher un moment d'apaisement, mais tandis qu'elle contemplait les montagnes au loin, sa seule pensée était qu'elle n'arriverait pas à partir. Et cela même si John ne l'aimait pas. Il était trop tard. Elle se sentait enfin chez elle dans le ranch, et elle s'y sentait attachée avec une force qu'elle n'avait jamais éprouvée à Londres. Elle resterait ici.

« Et John ? Comment supporteras-tu sa présence ? »

Elle chassa ses pensées et se balança doucement. Il fallait qu'il l'aime. Qu'est-ce que cela pouvait bien lui faire de savoir pour qui il travaillait ? Elle l'aimait. S'il l'aimait également, rien d'autre n'aurait d'importance. D'une manière ou d'une autre, il fallait qu'elle parvienne à le lui faire comprendre. Sans quoi ils n'auraient pas d'avenir ensemble. Cette seule perspective lui brisait le cœur.

Perdue dans ses pensées, elle n'eut pas conscience qu'elle n'était plus seule, jusqu'à ce que John s'avance doucement vers elle. Elle observa sa mâchoire serrée et se redressa.

— Laisse-moi tranquille, John, l'avertit-elle. Je t'aime. Si le fait que je sois en partie propriétaire du ranch te dérange, alors il faut que nous trouvions un moyen de régler ce problème.

— Je suis d'accord.

Elle était tellement déterminée à lui dire ce qu'elle avait sur le cœur qu'elle ne le laissait même pas placer un mot.

— Jamais je ne t'ai traité comme un simple employé…

Lorsqu'elle le vit froncer les sourcils, elle se corrigea.

— D'accord, j'ai pu te renvoyer ce titre à la figure une ou deux fois au début, mais c'était parce que tu t'évertuais à me donner des ordres. Mais comment étais-je censée réagir ? Dire « oui monsieur » et obtempérer ? Honnêtement, je ne pense pas.

Les lèvres de John se retroussèrent légèrement.

— De toute façon, je te vois mal agir ainsi, dit-il avec un petit rire. Tu as trop de tempérament. C'est d'ailleurs un des traits de ton caractère qui font que je t'aime.

— Je n'y peux rien si je suis comme ça, pas plus que toi…

Enfin, elle prit conscience de ce qu'il venait de dire et s'interrompit net.

— Qu'as-tu dit ?

— J'ai dit que tu avais trop de tempérament pour

m'obéir sans rien dire. Et que c'était un des traits de ton caractère qui font que je t'aime.

— Tu m'aimes ?

— En fait, j'ai comme l'impression que j'ai tenté de repousser cette idée depuis le moment où je t'ai rencontrée, admit-il d'une voix émue.

Si elle n'avait pas déjà été assise, ses jambes ne l'auraient plus portée. Confuse, elle le regarda d'un air incrédule.

— Je ne comprends pas. Si tu m'aimes, pourquoi cherches-tu à me faire repartir ?

— Parce que tu mérites le meilleur, et que ce n'est pas moi.

— Ce n'est pas vrai !

— Je suis un ancien alcoolique, ma chérie, dit-il doucement. C'est un fait.

De nouvelles larmes pointaient derrière ses yeux.

— Mais cela ne fait pas de toi un homme mauvais. De plus, tu as surmonté ton problème d'alcool. Depuis combien de temps n'as-tu plus touché à un verre ? Trois ans ? Cinq ?

— Six, précisa-t-il. Mais chaque jour est un nouveau combat.

— Je le sais bien, dit-elle. Mais c'est un combat que tu es en train de gagner. Alors quel est le problème ?

— Il suffirait que je rechute une fois, une seule, et je pourrais retomber dans mes travers. Et tu ne mérites pas de vivre avec ce risque.

— Cela n'arrivera pas.

— Tu n'en sais rien.

— Non, lui accorda-t-elle, mais la seule garantie que je demande, John, c'est que tu m'aimes. Je n'en demande pas d'autre.

— Mais je n'ai rien à t'offrir, bon sang ! reprit-il. J'ai

raté ma vie, j'ai tout perdu. Que va penser ta famille de moi ?

— Il ne m'a pas semblé que mon frère a fait un malaise lorsque je t'ai dit devant lui que je t'aimais, lui fit-elle remarquer. Et ne joue pas la carte de l'autodénigrement. Tu n'es pas un imbécile qui a passé des années à errer dans les rues. Tu étais un marine et tu as traversé nombre d'épreuves. Et que veux-tu dire par « je n'ai rien à t'offrir » ? Et toi, tu n'es rien peut-être ? Ne sais-tu pas que tu es un homme merveilleux ?

— Peut-être devrais-tu parler à mon ex-femme, dit-il avec dépit. Crois-moi, à l'époque où nous avons divorcé, elle ne pensait pas que j'étais un homme merveilleux.

— Je veux bien croire que c'était une période très difficile pour vous deux, répliqua-t-elle. Tu t'es accusé d'un événement que tu ne pouvais pas prévoir, puis tu as passé je ne sais combien d'années à te punir pour cela.

— Et toi, tu veux quand même passer ta vie avec moi ?

Etait-il aveugle à ce point ? se demanda Elizabeth. Ne soupçonnait-il pas qu'il était exceptionnel ? Elle se leva et s'avança vers lui. Elle prit ses mains dans les siennes. Elle avait les yeux emplis de larmes tandis qu'elle lui offrait un sourire qui venait droit du cœur.

— Ce que je veux, c'est un homme qui a compris qu'il se faisait du mal et a cherché de l'aide. Je veux un homme qui n'a pas abandonné lorsqu'il a tout perdu. Plutôt que de se lamenter, il s'est remis au travail. Je veux un homme qui connaît ses faiblesses, mais qui a eu la force de les combattre et en est sorti vainqueur. Ce que je veux, c'est toi. Je t'aime.

— Mais je n'ai même pas de toit à t'offrir.

— Notre famille posséderait-elle ce ranch si on ne nous l'avait pas légué ? Je n'ai que faire de ce que tu possèdes ou pas. Ensemble, nous pourrons obtenir tout ce que nous voudrons.

John hésita.

— Elizabeth… je t'en prie… ce n'est pas aussi simple.

— Pourquoi ? Je t'aime, et tu m'aimes. Rien d'autre n'a d'importance, alors n'essaye pas de mettre des obstacles sur notre chemin. Je refuse de te perdre, ou de te laisser me perdre.

Elle affichait un regard déterminé, un regard qui avertissait John qu'elle allait camper sur ses positions et se battre afin d'obtenir ce qu'elle désirait. Rien de ce qu'il pourrait dire ou faire ne pouvait l'ébranler. Et ce qu'elle voulait, c'était lui.

L'émotion lui étreignit le cœur, et, pour la première fois depuis la mort de Mark et le moment où sa vie avait basculé dans le cauchemar, il eut le sentiment qu'il pourrait redevenir l'homme qu'il était avant ce drame. Et tout cela grâce à la foi qu'Elizabeth mettait en lui.

Il serra les doigts autour des siens.

— Sais-tu à quel point tu es incroyable ? Et combien je t'aime ?

La gorge serrée, elle répondit :

— Si tu m'aimes autant que je t'aime, alors j'ai beaucoup de chance.

— Oh que non, c'est moi qui ai de la chance, lui assura-t-il. Et maintenant que tu es parvenue à m'en faire prendre conscience, je ne vais pas te laisser filer.

— Et que vas-tu faire ? lui demanda-t-elle sur un ton amusé. M'attacher au pied du lit ?

— Plus tard, peut-être, reprit-il d'une voix émue. Mais d'abord, je vais te passer la bague au doigt… si tu le veux bien, évidemment. Veux-tu m'épouser, Elizabeth ? Veux-tu bâtir ta vie avec moi et avoir des enfants ? Veux-tu bien rester avec moi contre vents et marées et vieillir à mes côtés ? Je t'aime de tout mon être. Dis oui, et tu feras de moi l'homme le plus heureux sur terre.

Pour répondre, elle n'avait pas besoin d'y réfléchir à deux fois. Sans hésiter, rayonnante d'amour, elle se jeta dans ses bras.

— Oui !

Au loin, sur une colline, un homme se tenait dans l'ombre des immenses pins et leva de puissantes jumelles à hauteur de ses yeux. Il les ajusta sur le couple qui s'étreignait sous le porche de l'annexe du ranch et pesta lorsqu'il vit Elizabeth Wyatt se jeter au cou de Williams pour l'embrasser. A ce qu'il semblait, elle n'allait pas repartir pour Londres.

« Petite idiote », pensa-t-il. Qu'elle reste. De toute façon, ça ne changerait rien. Tôt ou tard, il allait hériter de Broken Arrow, et ni elle ni aucun membre de la famille Wyatt ne pourrait l'éviter. Il allait tout faire pour s'en assurer.

Épilogue

Elizabeth se tenait dans l'encadrement de la porte du bureau, scrutant le contenu des étagères, un large sourire éclairant son visage. John l'aimait. Elle ne parvenait toujours pas à y croire. Elle avait envie de chanter, de danser, elle flottait sur un petit nuage. Elle avait décidé de préparer un dîner pour fêter ses fiançailles avec John et le retour à la maison de Buck et Rainey. Mais elle n'avait aucune idée de ce qu'elle allait préparer. Il fallait que ce soit sensationnel, se dit-elle avant de rire d'elle-même. Qu'est-ce que cela pouvait bien faire ? De toute façon, elle était tellement excitée qu'elle goûterait sans doute à peine au contenu de son assiette.

Cette pensée la fit sourire et son regard se posa sur une boîte de thon. Elle imaginait très bien ce que tout le monde dirait si elle servait du thon en boîte ce soir. John…

— Je te tiens !

Sans prévenir, John arriva derrière elle et lui posa un bandeau sur les yeux.

— John ! dit-elle en riant. Qu'est-ce que tu fais ?

— Je te kidnappe, répondit-il. Non, non, ajouta-t-il en lui saisissant les mains avant qu'elle puisse retirer le bandeau. Tu restes comme ça. J'ai une surprise pour toi.

— Quel genre de surprise ?

— Un peu de patience et tu verras, déclara-t-il en

riant, avant de la prendre par la main. Viens, je vais te montrer.

Avec un petit rire, elle le laissa la conduire dehors à l'aveuglette, avant de s'arrêter net au son de l'ouverture d'une portière de voiture.

— Où allons-nous ?

— Faire un petit tour, ma chérie, mais ce n'est pas loin. Attention à ta tête, voilà.

— John…

Le ton menaçant de sa voix le fit rire.

— Qu'as-tu fait de ton goût pour l'aventure et le mystère ? Fais-moi confiance, ce sera une surprise agréable.

— Il y a plutôt intérêt, car sinon je ne vais pas cesser de te rappeler que c'est ce que tu m'avais promis, lui déclara-t-elle tandis qu'il bouclait pour elle sa ceinture de sécurité. Si par malheur c'est une mauvaise plaisanterie, je fais du thon en boîte pour le dîner !

— T'ai-je dit que j'adorais le thon en boîte ? répondit-il en éclatant de rire. Puisque nous allons nous marier, mieux vaut que tu le saches.

— Encore faut-il que tu vives assez longtemps, rétorqua-t-elle en cherchant sans succès d'affecter un ton menaçant. Où allons-nous ?

— Tâche de rester calme. Nous sommes presque arrivés.

Il n'imaginait pas à quel point ce qu'il lui demandait était une torture. Elle n'aimait pas les surprises, car elle était toujours trop impatiente de savoir de quoi il retournait. Se disant qu'il devait être concentré sur la conduite, elle tenta de soulever subrepticement un coin de son bandeau.

— Non, n'essaie même pas, l'avertit-il.

Elle eut un rire malicieux et serra les doigts qu'il avait posés sur sa main pour l'arrêter.

— Tu n'es vraiment pas drôle.

— Tiens-toi tranquille et tout ira bien, dit-il d'un ton faussement sévère.

Elle renifla de dédain, et il ne répondit pas.

Trente minutes plus tard, elle commençait à taper du pied d'impatience lorsqu'il s'arrêta enfin et coupa le moteur.

— Très bien, lui dit-il, tu peux enlever ton bandeau.

Le chalet de chasse, le lieu où tous deux avaient failli mourir, était bien le dernier endroit qu'elle s'était attendue à découvrir. Les dégâts causés par le feu le rendaient morne dans la lumière de cette fin d'après-midi. Son sourire s'estompa, et elle contempla John avec perplexité.

— C'est ça ta surprise ?

— Mmm-mmm, répondit-il, énigmatique, avant de reprendre sa main. J'ai longuement discuté avec Buck. Et nous avons conclu un arrangement.

Ses doigts étaient chauds autour des siens, et il caressait doucement du pouce la paume de sa main.

— A propos de quoi ? demanda-t-elle en faisant un effort pour garder son aplomb.

— Des troupeaux, répondit-il. En fait, j'ai été engagé avec pour mission première de les reconstituer. Buck m'a promis de me donner un veau chaque fois qu'il y aurait quatre nouvelles naissances dans le bétail, afin que je puisse constituer mon propre troupeau.

— Il a fait ça ! C'est vrai ?

— Moi aussi j'ai été incrédule lorsqu'il me l'a proposé, déclara-t-il avec un sourire. Mais il était tout ce qu'il y a de plus sérieux. Lorsqu'une année entière se sera écoulée et que toi et ta famille vous aurez un titre de propriété irrévocable, j'aurai donc un troupeau de belle taille.

Elle fronça les sourcils.

— Et où veux-tu en venir ?

— Ce que je veux dire, c'est qu'en vendant quelques bêtes et en économisant une partie de mon salaire, j'aurai assez d'argent pour réparer le chalet et y faire installer l'électricité. J'ai pensé que nous pourrions faire du chalet notre chambre et construire autour. Si tu es d'accord, bien sûr. Evidemment, si tu préfères vivre dans le bâtiment principal du ranch avec ta famille…

— Non !

— … je dirai à Buck que c'était gentil de sa part mais que c'est non. Je suis sûr qu'il comprendra.

— Non ! s'exclama-t-elle, plus fort. C'est fantastique !

— Tu en es sûre ? demanda-t-il avec une fausse ingénuité. Nous pouvons faire construire ailleurs sur le domaine. Tu es une des propriétaires. Buck m'a dit que nous n'avions qu'à choisir l'endroit où nous souhaitions nous installer.

Si elle n'avait pas surpris l'éclat malicieux dans son regard, elle n'aurait jamais compris qu'il feignait de ne pas l'avoir entendue. Car il avait autant envie qu'elle de remettre le chalet en état.

— Coquin, gronda-t-elle, avant d'éclater de rire lorsqu'il la serra contre lui. Hors de question que nous nous installions ailleurs.

— Comme tu veux, ma chérie. C'est toi le chef.

Retrouvez en septembre 2020,
dans votre collection

BLACK ROSE

Une femme sous tension, de Janie Crouch - N°601

SÉRIE DEUX FACE AU RISQUE 3/4

Vingt-quatre heures ! C'est le délai qu'un fou dangereux a donné à la police avant d'exécuter sa prochaine victime… Appelée à la rescousse en raison de ses talents d'informaticienne, Bree doit localiser l'assassin. Une course contre la montre dont elle ne sait si elle sortira indemne, car c'est elle désormais qui risque d'être la cible du tueur…

La peur dans tes yeux, de Cindi Myers

À Eagle Mountain, un nouveau meurtre est commis. Appelé sur la scène de crime, Nate Hall découvre avec surprise que c'est Jamie Douglas qui mène l'enquête. Jamie qu'il a quittée sept ans plus tôt et qui, de toute évidence, ne le lui a jamais pardonné. Jamie qui, d'un ton bravache – démenti par son regard terrifié –, lui annonce qu'elle a l'intention de servir d'appât au meurtrier…

La menace du bayou, de Joanna Wayne - N°602

Dans les marais du bayou, un corps de femme vient d'être retrouvé. Pour le détective Hunter Bergeron, une double mission commence : traquer le *French Kiss Killer* qui terrorise les femmes de La Nouvelle-Orléans, et protéger celle qu'il n'a jamais cessé d'aimer : Helena, son ex-fiancée qui, bien qu'elle corresponde en tous points aux précédentes victimes du tueur, feint d'ignorer le danger…

Retrouvailles clandestines, de Barb Han

Le visage fermé, Mitch écoute Kimberley lui expliquer pourquoi, un an plus tôt, elle s'est fait passer pour morte… Quelle est donc cette menace qui pèse sur elle ? Et comment imaginer que c'est pour son bien et celui de leurs deux bébés qu'elle les a abandonnés ? Et brusquement une sourde angoisse étreint Mitch car, en cédant au besoin de les revoir, Kimberley a forcément attiré sur eux l'attention de ceux qui la pourchassent…

Composé et édité par HarperCollins France.

Achevé d'imprimer en juillet 2020.

CPI
BLACK PRINT

Barcelone

Dépôt légal : août 2020.

MIXTE
Papier issu de sources responsables
FSC® C108412
FSC www.fsc.org

Pour limiter l'empreinte environnementale de ses livres, HarperCollins France s'engage à n'utiliser que du papier fabriqué à partir de bois provenant de forêts gérées durablement et de manière responsable.

Imprimé en Espagne.